Retime 007

基督山恩仇記 ❹

LE COMTE DE MONTE-CRISTO VOL.4

大仲馬 (Alexandre Dumas)◎著
韓滬麟、周克希◎譯

高寶書版集團

「人類的全部智慧就包含在這五個字裡面：等待和希望！」

愛德蒙・鄧蒂斯
基督山伯爵

目錄｜contents

第四冊主要人物介紹

基督山伯爵─報復的計畫與行動開始展開，並且一一在仇人面前揭露自己真實的身分。在一連串的行動之後，他開始懷疑起自己的手段，是否真的是在伸張天理正義。

艾伯特．德．馬瑟夫─因報紙披露其父當年在希臘的背叛行為，開始尋找幕後主謀，欲與其進行決鬥。最終因得知所有事情的真相而決定離開法國。

美茜蒂絲─唯一認出基督山伯爵真實身分的女子，並且得知了當年的真相。在故事中，她的出現與行動，使基督山伯爵開始動搖了自己復仇的決心。

安德烈亞．卡瓦爾坎蒂─自己的身分中遭揭露並關入大牢。在法庭上當眾揭穿了自己身世之謎。

海蒂─深居簡出的基督山伯爵女奴，成為指控馬瑟夫伯爵的重要人證。

德・馬瑟夫伯爵——因自己當年在希臘背叛之事遭到揭發，並且在無力反駁之下，失去名聲、地位以及家人。

德・維爾福檢察官——在經歷家中接二連三的變故，最後不只得知真相，還遭受到更嚴重的打擊。

鄧格拉斯男爵——經歷財物損失與女兒婚事遭到破壞後，終於破產而潛逃。最後被強盜綁架。

第八十四章　博尚

兩個星期裡，整個巴黎都在沸沸揚揚地談論著伯爵府上那件膽大包天的偷盜未遂案。竊賊臨死前曾在一張筆錄上簽字，指控貝厄弟妥是殺害他的凶手。警方受命派出全部警探追查嫌犯的線索。卡德魯斯的短刀、遮光提燈、鑰匙串和衣服，除了沒被找到背心之外，都存放在法院書記室。他的屍體則送去了停屍間。

伯爵告訴每個人，出事的當晚他正好在奧特伊，因此，他知道的情況都是布索尼神父告訴他的。這位神父完全是碰巧在那天晚上想在他家的圖書室裡找幾本珍貴的書籍，所以留在那裡過夜。只有貝爾圖喬，每當聽到有人提到貝厄弟妥這個名字，臉色就變得慘白。不過，誰也不曾去注意貝爾圖喬的臉色變化。被請去現場的維爾福，已經接手這件案子。他以自己一向對負責起訴的案件充滿熱忱的態度，著手安排了預審的準備工作。但是，三個星期過去了，日以繼夜的偵查工作卻毫無結果。

在社交場合上，大家開始遺忘了伯爵府上的偷盜未遂以及竊賊遭同夥刺殺的案子。他們的興趣轉移到了鄧格拉斯小姐和安德烈亞・卡瓦爾坎第伯爵日趨接近的婚事。這件喜事差不多等於宣布了，而且年輕人在銀行家府上已經被當作未婚夫來接待。他們也寄信給老卡瓦爾坎第先生。他回信說完全贊成這門親事，但表示因公務在身，實在無法抽空離開帕爾馬而深感遺憾。不過，在信中他申明會把年息十五萬法郎的本金交給兒子。

這三百萬本金，已經說定將存放在鄧格拉斯的銀行裡，由他去進行投資。不過，有人早就在年輕人的身邊耳語，暗示他未來的岳父近來在交易所裡屢屢失手，情況很不妙。但是年輕人胸襟坦蕩，對鄧格拉斯先生堅信不疑，不為這些流言所動，並以體恤為念，從不把這些話說給男爵聽。因此，男爵對安德烈亞·卡瓦爾坎第伯爵滿意得不得了。

歐仁妮·鄧格拉斯小姐卻不以為然。她出於對婚姻的本能憎惡，當初會接受安德烈亞，是為了擺脫馬瑟夫。但現在，安德烈亞逼得太緊，她開始對安德烈亞產生了一種顯而易見的反感。男爵也許早就覺察到了這一點，但是，他只把這種厭惡當作是任性所致，也就裝作若無其事的樣子了。

博尚要求寬延的期限快到了。不過，馬瑟夫已經體會到基督山伯爵勸他順其自然的忠告確實是有道理的。因為，根本沒有人注意到有關將軍的那則消息。也沒有人跑出來說，那個出賣約阿尼納城堡的軍官，就是這位在貴族院有著席位的高貴伯爵。但是，艾伯特並沒有因此覺得所受的羞辱稍微減輕。因為，在那些使他憤怒的幾行文字裡，很明顯地有著刻意損傷當事人的意思。另外，博尚上次結束談話的方式，也在他的心中留下了一個苦澀的回憶。因而他心裡一直存著決鬥的念頭，並且希望，如果博尚同意決鬥的話，最好能對所有的人，甚至對自己的證人，都不要提起決鬥的真正原因。

至於博尚，自從艾伯特那天前去拜訪過他以後，就再也沒人見過他。凡是有人問起，報館裡的人總是以他外出旅行做為回答，並表示他要過幾天才會回來。只是，他去哪裡了？誰也不知道。

一天早上，貼身男僕叫醒艾伯特，稟報博尚來訪。艾伯特揉揉眼睛，吩咐僕人先讓博尚在樓下的小吸菸室裡等。隨後，他很快地穿好衣服，走下樓去，只見博尚在房間裡來回地踱著步，而且一看見他，就停住腳步。

「我本來正想今天去您那裡。現在您不等我去，就先來看我，看來是個好預兆，先生，」艾伯特說，「那麼，請快告訴我，我是該向您伸出手說：『博尚，認錯吧，我倆還是朋友。』還是該乾脆就問一聲『您用什麼武器？』」

「艾伯特，」博尚說。他憂鬱的臉色使艾伯特不由得呆住了。「我們先坐下來，慢慢談吧。」

「我覺得正好相反，先生。在我們坐下之前，您要先回答我的問題才對吧？」

「艾伯特，」報紙編輯說，「有時候，事情就難在回答上。」

「為了讓您比較容易回答，我就再重問一次吧：『您收不收回那條消息？收回還是不收回？』」

「馬瑟夫，對於一個攸關法蘭西貴族院議員——陸軍少將德．馬瑟夫伯爵先生——的榮譽以及社會地位和生命的問題，一個人光回答收回或不收回是不夠的。」

「那麼該怎麼樣呢？」

「該像我做的那樣，艾伯特。應該說，當事情關乎一個家庭的名譽和利益時，花點錢，花點時間，受點勞累又算得了什麼呢？該說，同意去跟一位朋友進行殊死的決鬥，光憑個大概是不夠的，要有確鑿的證據才行。或該說，如果要我拿起劍跟一位三年來我經常和他握手的朋友廝殺，或是打開手槍的扳機對準他，我至少要知道我為什麼要這樣做，那樣我才能坦然自若且心安理得地到決鬥場上去。當一個人要用手臂來拯救自己的生命時，他是需要有這樣的心理狀態。」

「好啦，好啦！」馬瑟夫不耐煩地說，「您說這些話是什麼意思呢？」

「我的意思是說，我剛從約阿尼納回來。」

「從約阿尼納回來？您！」

「對，我。」

「這不可能。」

「親愛的艾伯特，這是我的護照。您看看這些簽證——日內瓦、米蘭、威尼斯、的里雅斯特、德爾維諾、約阿尼納。對於一個共和國，一個王國和一個帝國的警方，您總該是相信的吧？」

艾伯特的視線落在護照上，然後又驚愕地抬起頭來望著博尚。

「您去了約阿尼納？」他說。

「艾伯特，假使是一位外國人，一名陌生人，或是什麼勳爵，在三、四個月前跑來要我賠禮道歉時，我會直接解決這個人，省得糾纏不清。我也無須給自己添這個麻煩。但我認為，為了您，我必須小心謹慎地查明實情。我的去程花了一個星期，回程也花了一個星期，加上四天的檢疫隔離和在那裡逗留的四十八小時，我總共花了三個星期的時間。我昨晚剛到，現在就到這裡來了。」

「您為何要花這多時間說這些，而不肯回答我的問題呢？」

「這是因為，事實是，艾伯特……」

「您遲疑了。」

「是的，我不敢說。」

「您不敢承認您的通訊員對您說了謊？哦！自尊心別這麼強，博尚。承認吧，博尚，別讓人對您的勇氣有所懷疑了。」

「不是這樣，」編輯部主任喃喃地說，「情況正好相反……」

艾伯特臉色變得慘白。他想開口說話，但話到了嘴邊就是說不出來。

「我的朋友，」博尚以充滿溫情的語調說，「請您相信，我要是能向您道歉，我會很高興的。我會發自內心地向您道歉，可是，唉……」

「可是什麼？」

「那條消息是正確的，我的朋友。」

「什麼？那名法國軍官……」

「是的。」

「那位弗南特？」

「是的。」

「那個把他主人的城堡出賣給敵人的叛徒……」

「原諒我對您說的話，我的朋友，那個人，就是您的父親！」

艾伯特狂怒之下，做了像是要朝博尚撲過去的動作，可是，博尚與其說是伸出一隻手，不如說是用一道溫和的目光制止了他。

「您自己看吧，我的朋友，」他從口袋裡掏出幾張紙說，「這些就是證據。」

艾伯特打開紙，這是一份由約阿尼納當地四位德高望重的人士簽署的證明文件。其中紀錄著在阿里．臺佩萊納總督麾下擔任上校教官的弗南特．蒙代戈上校，曾收受一千蒲爾斯[1]出賣了城堡。他們的簽名是經領事認證的。艾伯特步履踉蹌，沮喪挫敗地跌坐在一張扶手椅裡。這一次，事情是無可置疑了，因為連姓氏都清清楚楚地寫在紙上。於是，在片刻無言且痛苦的靜默之後，他覺得胸口發脹，頸部的血管在擴張，眼淚止不住地奪眶而出。博尚懷著深深的同情，望著這個被極度的痛苦壓垮的年輕人，向他走去。

「艾伯特，」他說，「現在您能理解我了，是嗎？我是想親眼去看，親自去判斷，希望能找到一個有利於您父親的解釋，好為他主持公道。可是，事情卻相反，我了解到的情況證實了，那名教官，那位受阿里．帕夏總督提拔的弗南特．蒙代戈，就是弗南特．德．馬瑟夫伯爵。在回家路上，我想起了您把我引為摯友的深情厚誼，於是就趕來見您了。」

艾伯特仍然癱坐在椅子裡，雙手遮住眼睛，彷彿想擋住光線似的。

1 土耳其貨幣記帳單位，每蒲爾斯合五百比斯托爾。

「我趕來看您，」博尚繼續往下說，「是要對您說，艾伯特，我們的父輩在那個風雲變幻的年代裡所犯的錯，是不關子女的事的。艾伯特，經歷過我們出生時的那個革命年代的人，是很少能不在軍人的制服或法官的長袍上留下汙漬或血跡的。艾伯特，現在我有了這些證據，手裡掌握了您的祕密，那就任誰也無法強迫我接受一場決鬥了。因為我能斷定，您的良心將會譴責您，告訴您這場決鬥無異於一場謀殺。可是，我要為您做的，卻正是您無法開口要求我的事。這些證據，這些揭發，這些文件，只有我一個人擁有。您願意它們不復存在嗎？這個可怕的祕密，您願意它就保存在您我兩人之間嗎？請相信我以名譽擔保的諾言，我絕對不會把這個祕密洩漏出去。告訴我，您願意嗎，艾伯特？告訴我，您願意嗎，我的朋友？」

艾伯特撲到博尚身上，抱住他的脖子。「啊！多麼高尚的心！」他喊道。

「拿去吧。」博尚說著把那些文件交給艾伯特。

艾伯特伸出一隻瑟瑟發抖的手抓過這些紙，把它們緊緊地揉成一團，想把它們撕碎。可是，他又害怕有任何碎紙片被風吹走後，有一天又會飛回來打在他的額頭上。於是，他走到那支整日燃著給人點雪茄的蠟燭前，看著這些紙片一點一點地燒成灰燼。

「親愛的朋友，我最好的朋友！」艾伯特一邊燒毀紙片，一邊喃喃地說。

「但願這一切如同一場惡夢，就這樣過去吧。」博尚說，「就讓它們如同這些燒黑的紙片上最後幾處閃亮的紅點，就這樣消失吧。或者，如同從這些無聲的灰燼裡嫋嫋升起的最後一縷青煙，就這樣飄散吧。」

「是的，是的，」艾伯特說，「但願就只留下我對您，對我的救命恩人永存的友誼吧。這分友誼會在我們的子孫之間天長地久地流傳下去。這分友誼會永遠提醒我記得，我血管裡流著的血，我的整個生命，我名字的榮譽，都是您給我的。因為，要是這件事洩漏出去……哦！博尚，我對您老實說，我會朝自己腦袋開槍的。哦，不行，可憐的母親！我無論如何都不想讓她傷心而死，我會逃亡到國外去的。」

「親愛的艾伯特！」博尚說。

只是，這位年輕人很快就從這突如其來，或者該說是有些不自然的亢奮狀態中解脫出來，陷進了更加深沉的憂傷之中。

「嗯，」博尚問，「您又怎麼了，我的朋友？」

「我的心碎了。」艾伯特說，「聽著，博尚！一位父親毫無瑕疵的姓氏帶給兒子的敬重，信賴和驕傲，是沒辦法在一秒鐘裡就割捨的。哦！博尚！博尚！現在我該如何跟他說話呢？難道要把我的額頭從他靠近過來的嘴脣下面移開嗎？難道要把我的手從他伸過來的手下面縮回嗎？……哦，博尚！我是這世上最不幸的人。唉！我的母親，可憐的母親，」艾伯特滿眼含淚凝望著母親的肖像說，「要是您知道了這一切，您會多麼傷心啊！」

「哦，」博尚握住他的雙手說，「堅強些，朋友！」

「可是，登在您報上的那第一條消息，究竟是從哪裡來的呢？」艾伯特喊道，「在這所有事情的後面，隱藏著一股我們不知道的敵意，暗藏著一個我們看不見的仇人。」

「是的！」博尚說，「所以您更需要堅強，艾伯特！不要讓您的情緒在臉上顯露出來。您要把這分痛苦藏在心裡，正如雲層蘊藏著毀滅和死亡，只有在狂風暴雨驟然發作時才讓人們發現這致命的祕密。好啦，朋友，保存您的精力，等待打擊驟然出現的時刻來臨吧。」

「您認為事情還沒結果嗎？」艾伯特充滿驚懼地說。

「我什麼也沒設想，我的朋友。不過，一切都是有可能的。順便問一下……」

「什麼事？」艾伯特看著博尚遲疑的樣子。

「您會跟鄧格拉斯小姐結婚嗎？」

「您為什麼在這個時候問這種問題？」

「因為，這樁婚約是會進行或是取消，跟我們討論的那個人有很大的關係。」

「怎麼會？」艾伯特臉漲得通紅地說，「您認為鄧格拉斯先生……」

「我只是詢問您的婚事現在怎麼樣了。懇請您不要在我的話裡找我根本沒有的意思，也別一心以為這些話有什麼弦外之音。」

「不會結了，」艾伯特說，「這樁婚約取消了。」

「知道了。」博尚說。

他看到艾伯特的神情又要變得憂鬱起來。「讓我們出去走走吧，艾伯特。」他說，「可以乘車或騎馬到樹林裡去，讓您散散心，然後再回來吃早餐。之後，您去做您的事；我去做我的事。」

「好的，」艾伯特說，「不過我們還是走路吧，我覺得，稍為走累一點，會讓我感覺好一些。」

兩個朋友徒步出發，沿著林蔭大道來到了瑪德萊娜教堂。

「既然我們已經出來了，」博尚說，「就去見基督山先生吧。他這個人儘管從不多問，卻有一種能使對方振作精神的奇妙本領。在我看來，不愛提問的人，才是最好的安慰者。」

「當然好！」艾伯特說，「我喜歡他……去他家吧。」

第八十五章　旅行

基督山伯爵看見兩位年輕人一起來訪，欣喜地叫出聲來。

「啊哈！」他說，「我希望事情已經解決，問題也都談清楚了。」

「是的，」博尚說，「那些無稽之談已經不攻自破。要是還有人想再提，我第一個就不答應。所以，這件事我們就別再談了。」

「艾伯特先生會告訴您，」伯爵接著說，「我當初就是這麼勸他的。看啊，」他又說，「我剛忙完煩人的早晨工作。」

「忙些什麼呢？」艾伯特問，「看來像是在整理您的文件？」

「我的文件？謝天謝地，不是的。我的文件用不著整理，因為我根本就沒有。我是在整理卡瓦爾坎第先生的文件。」

「卡瓦爾坎第先生？」博尚問。

「是啊！難道您不知道他是伯爵引薦的一位年輕人嗎？」馬瑟夫說。

「這件事我必須先說清楚，免得誤會。」基督山回應，「我沒有引薦任何人，更別說卡瓦爾坎第先生了。」

「他還要取代我，迎娶鄧格拉斯小姐為妻。」艾伯特帶著一個勉強的笑容繼續說，

「想必您也猜得到，親愛的博尚，這使我痛苦不堪。」

「什麼？卡瓦爾坎第先生將要與鄧格拉斯小姐結婚？」博尚問。

「沒錯！您難道是從地球的另一頭來的嗎？」基督山說，「您，一位報社記者，無冕之王！這可是整個巴黎的頭條話題。」

「那麼是您，伯爵先生，撮合這樁聯姻的囉？」博尚問。

「我？安靜吧，流言先生，快別這麼說！我，撮合？不，您真不懂我。我是竭力反對這件婚事的。」

「喔！我明白了，」博尚說，「您是為了我們的朋友艾伯特？」

「為了我的緣故？」年輕人說，「喔！真的不是！伯爵先生可以為我說句公道話，證明我一直渴望取消這樁婚約，幸而它實現了。伯爵先生宣稱我該感謝的不是他。那好吧，我要像古羅馬人一樣，為Deo ignoto[2]供一座祭壇。」

「請聽我說，」基督山說，「這事我實在沒出什麼力，所以那位準岳父的和那位年輕人都對我很冷淡。只有歐仁妮小姐，我覺得她似乎對結婚不怎麼感興趣，又加上她看到我無意勸她放棄可貴的自由，所以對我還保留一點好感。」

「您是說這件婚事就要舉辦了？」

「哦！是的，我再怎麼說也是沒用的。我對那位年輕人並不了解，別人說他很有

---

2 拉丁文，不知其名的神祇。

錢，說他們第好，可是對我而言，這些都只不過是傳言而已。我勸過鄧格拉斯先生，直到我都說累了，他卻還是對那位盧卡人著迷不已。我甚至把一個在我看來更為嚴重的情況告訴他。那位年輕人年幼時不知是被奶媽掉過包，或是被波希米亞人偷走，還是被家庭教師弄丟過，我不太清楚究竟是在哪種情形之下，可是我知道，他父親有十年之久沒見過他了。他在這十年間的流浪生活裡曾經做過什麼事，就只有老天知道了。沒錯，這些話我全都說了，還是沒用。他們委託我寫信給少校，請他提供證明文件。現在，文件都在這裡，我必須把這些資料送去給他們。只是，我要像彼拉多[3]那樣洗我的手了。」

「那麼阿爾米依小姐，」博尚問，「對於您把她的學生奪走之事，有說過些什麼嗎？」

「喔！這我可不太清楚，不過，她好像要到義大利去了。鄧格拉斯夫人對我提起過她，還要求我寫幾封推薦信給那些演出經理人。我寄給瓦萊劇院的院長幾張便箋，他以前接受過我的幫助。不過，您這是怎麼了，艾伯特先生？您看上去垂頭喪氣的。啊，莫非您在不知不覺中愛上了鄧格拉斯小姐？」

「這我也不知道。」艾伯特憂鬱地笑了笑說。

博尚這時看起牆上的油畫來了。

「反正，」基督山繼續說，「您跟平時不一樣。有什麼事嗎？說吧。」

3 Pilate，《聖經・新約》中羅馬帝國駐猶太的總督。他迫於祭司長和長老們的壓力，判耶穌釘十字架處死。此時，他取水洗手，對眾人說：「流義人血之罪，不在我身上，您們自己承當吧！」

「我的頭很痛。」艾伯特說。

「這樣的話，親愛的子爵，」基督山說，「我可以向您推薦一個萬靈的藥方。」

「是什麼？」年輕人問。

「換個環境。」

「真的？」艾伯特說。

「沒錯。這一陣子我煩惱得要命，要想換個環境。要不要我們一起出去散散心呢？」

「您有煩惱，伯爵先生？」博尚說，「為什麼事？」

「喔，您不把那個事件看在眼裡。我倒想看看，要是在您府上進行預審，您會做何準備。」

「什麼預審？」

「就是德．維爾福先生準備對我那可愛的凶手立案之事。似乎是一個從苦役犯監獄逃跑出來的強盜。」

「沒錯，」博尚說，「我在報上看過。這個卡德魯斯是誰？」

「他好像是個普羅旺斯人。德．維爾福先生以前在馬賽時聽說過他，而鄧格拉斯先生也記得見過他，所以檢察官先生對這件案子頗為關心。好像連警察廳長也對它極為關注，這當然使我相當感激。可是，也正為這樣的關注，近兩個星期來，他們把在巴黎和市郊能抓到的強盜，都送到我這裡來了。他們的理由是這些人中有殺死卡德魯斯先生的凶手。但是，要再這麼進展下去，不用三個月，這個可愛的法蘭西王國裡的竊賊和殺手們，都會對我家的地形了若指掌了。所以我打算出門去，乾脆把整座屋子都丟給他們，自己跑得越遠越好。跟我一起去吧，子爵先生，我可以帶您上路的。」

「好呀。」

「那麼說定了？」

「是的，可是要去哪裡呢？」

「我對您說了，去一個空氣新鮮、安靜恬適的地方。到了那裡，心高氣傲的人，也會變得謙卑。我愛這種羞辱的教訓，儘管我像奧古斯都那樣，儼然是宇宙的主宰。」

「但是，您到底要去哪裡呢？」

「到海上去，子爵先生。您知道，我是名水手。我從小就是被抱在年老的海神臂彎裡，以及躺在美麗的安菲特里忒[4]的胸脯上長大的。我曾在他碧綠的斗篷和她蔚藍的長裙上嬉戲。我喜愛大海就像男人愛戀情婦，長久不見就會非常想念。」

「那我們去吧，伯爵先生！」

「去海上？」

「沒錯。」

「您接受了我的提議？」

「我接受。」

4　Amphitrite，希臘神話中海的女神，海神波塞頓之妻。

「那好的，子爵先生，今天晚上會有輛旅行馬車停在我的院子裡，在那上面可以像睡在床上一樣地躺下來。那是一輛四匹馬拉著的馬車。博尚先生，車上可以坐四個人，您願意加入我們嗎？」

「謝謝，我剛從海上回來。」

「什麼？您剛從海上回來？」

「是的，我剛到博羅梅群島[5]去了一趟。」

「那有關係嗎？跟我們一起去吧。」艾伯特說。

「不，親愛的馬瑟夫，您該明白，我之所以拒絕，是因為我不能去。再說，」他壓低嗓音說，「我必須留在巴黎守在報箱旁邊，這非常重要。」

「喔！您真是位好朋友，一位無可比擬的好朋友。」艾伯特說，「沒錯，您說得對，博尚，請您多留神，仔細地看著，設法找出那位把消息傳出來的敵人。」

艾伯特和博尚分手了。兩人握手時最後的那一下緊握，代表著彼此不能在外人面前說出那件事的共識。

「博尚先生是個很出色的人，」當這名記者走了以後，基督山說，「是嗎，艾伯特先生？」

「是的，他是很忠誠的朋友，我打從心底喜歡他。不過，現在既然只有我們兩

5 Borromean，義大利的一個群島。

人……雖然去哪裡對我都一樣，可我還是想問，我們到底要去哪裡呢？」

「去諾曼第，如果您願意的話。」

「這是個好主意！我們可以完全置身在鄉間了，是嗎？既無須社交，也沒有鄰居？」

「跟我們在一起的只有供我們騎的馬，陪我們打獵的狗，還有垂釣的小船。」

「我正是這樣想！我先回去告訴家母我們的計畫，然後再回來找您。」

「不過，」基督山說，「令堂會准許您去諾曼第嗎？」

「我可以去我想去的地方。」

「沒錯，既然我是在義大利遇見您的，我知道您可以一個人出門。我指的是，您跟神祕的基督山一起出門這件事。」

「您忘記了，伯爵先生，我不是經常告訴您，家母對您很有好感。」

「『女人善變』這是弗朗索瓦一世說的。『女人是海裡的波濤』這是莎士比亞說的。他們一位是偉大的君王；另一位是偉大的詩人。他們想必都是很了解女人的。」

「沒錯，那是泛指一般的女人。但是，家母可不是尋常的女子。」

「我只是個見識淺薄的外國人，無法完全理解貴國語言的微妙之處，對此不知您能否見諒？」

「我的意思是說，家母不輕易動感情，但是，一旦動了真情，就會永遠不變。」

「喔，真是如此的話，」基督山嘆了一口氣說，「那麼您認為她並非對我漠不關心嗎？」

「我再重複一次，」馬瑟夫接著說，「您一定是一位與眾不同且超乎常人之人。因為，您居然能引起家母對您，我並不想說是好奇，而是對您的一種關注。我和她單獨在一起時，我們總是在談您。」

「那麼，她有試著讓您不喜歡我嗎？」

「正好相反，她常對我說：『馬瑟夫，我相信伯爵生性高尚，盡力去讓他喜歡您吧。』」

「是嗎？」基督山嘆著氣說。

「所以，您知道，」艾伯特繼續說，「她非但不會反對，而且會完全贊成我們一起去旅行。因為，這跟她天天叮囑我的話正好符合。」

「那好吧，一會兒見。」基督山說，「請在五點鐘來這裡，我們要在午夜或凌晨一點趕到那裡。」

「趕到特雷波爾？」

「是的，或是附近的地方。」

「但是，我們真能在八個鐘頭內趕完四十八里格的路程嗎？」

「這很容易。」基督山說。

「您真是個天才。您不久後，不光是能趕過火車，這在法國不算難，甚至還會比電報更快了。」

「現在，子爵先生，由於我們要花七、八個小時才能趕到那裡，所以請您務必準時。」

「請放心，我除了準備些行裝，在出發前沒其他的事了。」

「那麼五點見。」

「五點見。」

艾伯特離開了。基督山伯爵在對他微笑頷首致意之後，有一段時間像是在想什麼事，陷入了深思。最後，他伸手擦拭了一下前額，彷彿要驅趕這恍惚的狀態，然後走到小鈴跟敲了兩下。

基督山敲的兩下鈴聲剛落，貝爾圖喬就走進了房門。

「貝爾圖喬先生，」基督山說，「我要起程去諾曼地的時間，從原本預定的明天或後天改為今晚出發。從現在到下午五點鐘，時間仍算充裕，您派人去通知第一站的車伕，德．馬瑟夫先生會和我一起去。」

貝爾圖喬按照吩咐派了信差趕到蓬圖瓦茲，通知馬車將在六點抵達。蓬圖瓦茲的車伕又派人急報下一站，就這樣一站一站地把訊息傳下去。六個小時之後，沿途的各個驛站都已經接到通知了。

出發前，伯爵上樓到海蒂的房間，對她說他要出門，告訴她要去的地點，並把整座宅邸託付給她，一切由她照應。

艾伯特準時來了。很快地，馬車的疾速前進使旅途變得有趣起來，因為，它的速度超乎馬瑟夫原先的預想。

「說真的，」基督山說，「照您們的驛車每小時兩里格的速度，還有那個未經得前面驛馬車的同意不能擅自超車的荒謬規定，會讓一個使性子或是病懨懨的旅客，不僅阻礙也延宕了充滿活力、身強力壯的旅客。這樣根本寸步難行。所以我呢，靠自己的驛站和驛馬旅行，就沒有這些麻煩了，是嗎，阿里？」

伯爵把頭伸出車窗外，吹了口哨，頓時間馬匹不是在跑，像是在飛了。馬車轟隆震響地奔行在道路上，使得路邊的行人紛紛回頭來看這讓人眼花的彗星。阿里笑著連連吆喝，用他強健有力的手緊緊拉著轡繩，驅策著馬匹。牠們漂亮的鬃毛正在風中飛揚。這位沙漠之子，此刻正是適得其所，他黝黑的臉龐、閃閃發亮的眼睛和那身雪白的阿拉伯斗篷，在他所掀起的陣陣塵霧中，看上去猶如西蒙風[6]的精靈與颶風之神。

「我從來沒體驗過這種由速度引起的快感。」馬瑟夫說，同時，他額頭上的最後一抹愁雲也消散了。「可是您是從哪裡弄來這些馬呢？」艾伯特問，「莫非是專門馴養的？」

「完全正確。」伯爵說，「六年前我在匈牙利買了一匹以速度出名的種馬。今晚我們會用到的三十二匹馬都是牠的後代。牠們都全身漆黑，而且前額都有一顆白星。」

「那真是太令人讚賞了！不過，伯爵先生，您要這些馬做什麼呢？」

6 Simoom，非洲撒哈拉沙漠中常見的熱帶做熱風。

「您知道，用牠們來旅行。」

「可是，您並不是一直在旅行。」

「等我不需要的時候，貝爾圖喬會把牠們賣掉的。他說過能在牠們身上淨賺三、四萬法郎。」

「可是歐洲的君主並沒有錢到買得起這些馬呀。」

「那麼貝爾圖喬就在東方找個高官重臣，他會掏空自己的財寶箱買下牠們，然後再壓榨百姓，重新裝滿它。」

「伯爵先生，我可以提供您一個想法嗎。」

「當然。」

「我在想，除您之外，貝爾圖喬先生一定是歐洲最富有的人了。」

「您錯了，子爵先生。我敢說，他手上連一法郎也沒有。」

「那麼他一定是個怪人。親愛的伯爵，我要提醒您，請別跟我說這些超乎想像的事了，我會不再相信您的。」

「我從不說什麼神奇之事，艾伯特先生。告訴我，為什麼管家要偷主人的錢呢？」

「因為，我想是他生性如此，喜歡偷竊。」艾伯特說。

「您錯了。那是因為他有妻子與家人，而且有自己與家庭能過好日子的欲望。還有，他無法確認自己可以永遠保有現在的狀況。所以，他要為自己留個後路。現在的狀況是，貝爾圖喬先生是孤身一人，而且他可以隨意動用我的錢財。最後，他能確定絕對不會離開我的身邊。」

「為什麼？」

「因為我找不到更好的管家。」

「您可能被騙了。」

「不是的，我所做的都是確定無疑之事。對我來說，最好的僕人，就是我對他掌有生殺大權的人。」

「那您對貝爾圖喬掌有這樣的權力嗎？」艾伯特問。

「是的。」

有些話說出口，就好比關上一道鐵門似的結束了談話，就像伯爵的這聲「是的」。

整個旅程就是以同樣的疾速跑完的。三十二匹駿馬分成八組，在八小時裡接力完成四十八里格的路程。馬車在濃重的夜色中抵達一座美麗的花園門前。恭候在門後的看門人打開了鐵門。他事先已經接到了最後一個驛站車伕的通知。這時是淩晨兩點半。馬瑟夫被領進他的套房。洗澡水和宵夜都已準備好了。一路上坐在車廂後面的僕人，現在專門服侍他。伯爵由巴蒂斯坦服侍，他一路上是坐在車廂的前面。

艾伯特洗了澡，吃了宵夜，就入睡了。這晚，他是在海浪憂鬱的催眠聲中安然睡著的。早上起床後，他直接走到長窗前，打開窗門走到一個小小的平臺上。這裡，前面是一望無際的大海；後面是連著一片小樹林的秀麗的花園。一艘船身狹長、桅檣高聳的雙桅帆船停在一條小河上。它的桅杆頂上有一面旗幟，上面繡著基督山伯爵的紋章圖案——

藍色大海上聳立著一座山，還有一個紅色的十字架。在雙桅帆船的周圍，停靠著鄰近村莊漁民的小帆船，像是卑順的子民等待著女王的命令。在這裡，就像基督山伯爵所到的任何地方一樣，即使只待兩天，生活起居均以最高標準安排得極其奢華。

艾伯特看到套房的前廳裡放著兩支長槍，其他的打獵用品也一應俱全。一樓有一間頂特別高的小房間，裡面放的全是那些英國人發明的各種新鮮器具——英國人因為有耐性，有空閒，所以都是釣魚好手。他們發明的靈巧漁具，還沒能被因循守舊的法國漁民所接受。

整個白天就是在這些活動中度過的。基督山伯爵對這些活動非常專精。他們在花園裡打到了十二隻雉雞，又在小河裡釣到了同樣多的鱒魚。晚餐是在一座面朝大海的涼亭裡進行，後來又是在圖書室裡喝茶。

第三天傍晚，基督山伯爵那些耗費體力的活動，已經把艾伯特弄得疲憊不堪，他坐在窗邊的扶手椅上睡著了。而基督山伯爵正在與他的建築師討論他預計在家中建造的暖房設計圖。忽然間，石子路上響起一陣急促的馬蹄聲，使得年輕人睜眼往外望去，吃驚地發現院子裡竟然站著他的貼身男僕。他這次出門，為了不打擾基督山伯爵，所以沒有把自己的男僕一起帶來。

「弗洛朗丹來了！」他跳起來喊道，「是我母親病了嗎？」他朝房門口衝去。

基督山伯爵望著並看見他奔到喘息未定的僕人面前。那名僕人從袋裡掏出一個封口的小包裹，裡面是一份報紙和一封信。

「這封信是誰寫的？」艾伯特急切地問。

「博尚先生。」弗洛朗丹回答。

「那麼是博尚派您來的？」

「是的，先生。他派人叫我到他府上去，給了我一筆旅費，讓我租驛馬趕到這裡來，還要我答應沿途絕不耽擱，直到見到先生為止。我一路趕了十五個鐘頭。」

艾伯特雙手顫抖著打開信，才看了幾行，他就喊了一聲，渾身發抖地抓起那份報紙。頓時間，他的眼睛變得黯然無神，雙腿發軟，險些跌倒，幸好弗洛朗丹伸出手臂讓他扶住，才算站穩腳步。

「可憐的人！」基督山低聲地說，「俗話說，父輩造的孽，會一直報應到第三代、第四代身上。」

此刻，艾伯特已經恢復了過來，一邊繼續往下看那份報紙，一邊把落在大汗涔涔前額上的頭髮甩上去。

看完後，他把信和報紙都揉成一團，說：「弗洛朗丹，您的馬還能跑回巴黎嗎？」

「那是匹瘸腿的驛馬。」

「您離開時家裡情況怎麼樣？」

「相當平靜。不過我從博尚先生府上回去時，看到夫人在流淚。她叫人找過我，想要知道您什麼時候回去。於是，我告訴她博尚先生正要我去找您。她一聽馬上伸出手臂，像是不讓我來，但是，她想了一會兒以後又對我說：『是的，去吧，弗洛朗丹，去叫他回來吧。』」

「好的，母親，好的，」艾伯特說，「我這就回去了。您放心，讓那個可恥的傢伙等著瞧吧！……可是，我得先去告別一下。」

他回到了剛才離開基督山伯爵的那個房間。才五分鐘，艾伯特的樣子全變了。他說話的聲音變得又粗又啞。他的臉上布滿皺紋。他的雙眼在青筋暴起的眼瞼下燃燒著。他走路搖搖晃晃，就像是個喝醉酒的人。

「伯爵先生，」他說，「多謝您的盛情款待。我本來想多享受幾天的，但是我現在必須回巴黎不可。」

「出了什麼事嗎？」

「一件非常不幸的事。請允許我就此告辭，這是一件跟我的生命同等重要的事。請別問我原因，我求您了，但請借我一匹馬！」

「馬廄裡的馬您儘管用，子爵先生。」基督山說，「可是您騎馬趕回去會累垮的，還是乘敞篷車或是馬車吧。」

「不，那樣太慢了，再說，我正需要您擔心會把我累垮的疲勞，那會使我好過一些。」

艾伯特往前走了幾步，像一個被子彈射中的人那樣轉了個圈，跌倒在門邊的一張椅子上。

基督山伯爵沒看見艾伯特第二次的虛脫。他正在窗口喊道：「阿里，給德．馬瑟夫先生備馬！叫他們要快！他有急用！」

聽到這些話，艾伯特又振作起來。他奔出門；伯爵跟在他後面。

「謝謝！」年輕人縱身騎上馬背，輕輕地說了一聲：「您也盡快趕回去，弗洛朗丹。伯爵先生，我換馬的時候，要對一下口令嗎？」

「只要下馬，他們馬上就會換一匹給您。」

艾伯特猶豫了一下。「您也許會覺得我這麼離去很奇怪，很不近情理。」年輕人說，「您不能理解報紙上的幾行字為什麼會使一個人變得如此絕望。請看吧，」他說，「但等我走了以後再看，免得您看見我的憤怒。」

就在伯爵撿起報紙時，艾伯特把僕人剛在他的馬靴上裝好的馬刺用力朝馬肚上一勒，在不同於以往的刺激下，那匹馬如同離弦的箭似的疾速向前衝去。伯爵懷著無限憐憫的心情目送年輕人遠去，直到人影完全消失了，才把視線轉到那份報紙上，念起下面這則消息來：「三星期前《大公報》曾經報導過的約阿尼納阿里．帕夏麾下的那名法國軍官，不僅出賣了約阿尼納的城堡，而且把他的恩主也出賣給了土耳其人。此人當時確實名叫弗南特，正如我們可敬的同行所說的那樣。但在那以後，他給自己的教名加上了一個貴族的頭銜和一個姓氏。他現在叫德．馬瑟夫伯爵先生，在貴族院占有一個席位。」

就這樣，被博尚寬厚地隱匿下來的可怕祕密，又像一個披上盔甲的幽靈，再度出現了。有人殘酷地把消息提供給了另外一家報社。就在艾伯特出發去諾曼第的第三天，這家報社刊載了這條幾乎使那位可憐的年輕人發瘋的新聞。

第八十六章　審判

早上八點鐘，艾伯特到了博尚的住處。貼身男僕事先已被告知要立即領馬瑟夫進入。此時博尚正在洗澡。

「我到了。」艾伯特說。

「嗯，可憐的朋友，」博尚回答，「我正在等您。」

「我用不著對您說，我相信您光明磊落，心地高尚，是絕不會把這件心痛的事告訴其他人的。再說，您派人給我的信也證明了您對我的情誼。所以，別浪費時間，告訴我吧，您可知道是誰把這可怕的事爆出來的？」

「我想，我有一些線索。」

「不過，請先告訴我有關這件可恥事件的細節。」

於是，博尚對這位被羞辱和悲痛所折磨的年輕人道出了事情的來龍去脈。下面是有關狀況：

兩天前的早晨，另一份不是《大公報》的報紙刊登了那則消息。這一來問題就更嚴重了，因為公眾都知道那家報紙是政府的喉舌。博尚見到那條消息時正在用早餐。當時，他也顧不得用餐了，立即吩咐叫了一輛輕便馬車，一路趕往那家報社。儘管博尚的政治態度與那家報社的發行人截然對立，可是他倆卻是摯友。這種事有時，或者不妨說是經常會有的。他走進辦公室時，那位發行人正攤開自家的報紙，興趣盎然地讀著「巴黎要覽」上一篇關於甜菜糖的文章。這篇文章大概是出自他之手。

「喔！正好！」博尚說，「既然您手裡就捧著報紙，那我就不必對您說明來意了。」

「難道您對糖的問題也有興趣嗎？」官方報紙的發行人問。

「不，」博尚回答，「我對這個問題一竅不通。我是來談另一件事的。」

「什麼事？」

「馬瑟夫的那則報導。」

「是嗎？這不就是伯爵的事嗎？」

「這事太奇怪，我覺得您冒著很大的風險，可能會面臨誹謗的罪名。」

「完全沒問題。我們拿到稿子時是連同全部的佐證資料一起收到的。我們有把握德．馬瑟夫伯爵對這件事不會出聲反駁。況且，揭露這些根本不配擁有榮譽之名的可鄙罪犯，也算是報效國家。」

博尚聽得目瞪口呆。「究竟是誰提供您這些正確的情報呢？」他問，「這件事是我的報紙先刊登的，但後來因為證據不足而沉寂下去。照理說，我們比您們更熱衷於揭發德．馬瑟夫先生。因為他是法蘭西貴族院的議員，而我們是反對派。」

「哦！事情很簡單。並不是我們挖掘了這條醜聞，而是它自己送上門來的。昨天有個從約阿尼納來的人，把一包奇怪的資料送到我們報社。此人因為看見我們猶豫著要不要把這件事刊登在報紙上，於是就對我們說，要是我們不登，他就會提供給另一家報社。」

博尚明白，事情已無可挽回，只能低頭認輸。於是，他沮喪地離開那家報社，寫了一封信給馬瑟夫。不過，他卻無法將以下的事寫在信中，因為它們是在信使出發後發生的。就在當天，貴族院裡引起了一場不小的騷動，在這些平日安靜沉穩的成員們身上，可以看到情緒激昂的表現。每個人都提前來到了會場，都在談論著這可悲的事件。這件事勢必會引起輿論的關注，把公眾的注意力集中到這個顯赫機構中的一位著名的成員身上。

有人在讀著那則報導；有人在發表議論。大家憑著各自的記憶交換一些細節情況，把事情的來龍去脈補充得更為完整。德．馬瑟夫伯爵平日跟他的同僚們關係並不融洽。他就跟所有的暴發戶一樣，為了維護自己的地位，不得不擺出一副高傲的架勢。家族歷史悠久的貴族嗤笑他。有識之士疏遠他。出身名門的顯貴本能地看不起他。伯爵原本就處在這種充當贖罪祭品的尷尬境地，如今被上帝指定為祭獻的犧牲品，大家更是群起攻之。

只有德．馬瑟夫伯爵本人對這些情形一無所知。他沒有看到刊載有損他名譽文章的報紙。他一早只是寫了幾封信，試騎了一匹馬。所以他是按照平常的時間到貴族院。他昂著頭，眼神驕矜，步態傲慢地走下馬車，穿過走廊進入大廳，全然沒有注意到守門員的遲疑態度和同僚們打招呼時的冷淡神色。馬瑟夫進場時，會議已經開始半個多小時了。儘管伯爵，正如我們剛才說的那樣，對發生的事一無所知，所以神態和舉止都跟平常無異。但是，在周圍的人們眼裡，他的神態舉止卻顯得比平時更加傲慢不遜。而且，在這種情況下他居然還出席到會，對那些妒羨他名聲的同僚來說，這無異是一種明目張膽的挑釁，因而，在場的人一致認為他有失體統。不少人覺得他是故作姿態；有些人則相信他是有意侮辱大家。

很明顯的，整個貴族院渴望發起一場爭辯。可以看見人人手裡都拿著那份揭露醜聞的報紙。可是跟往常一樣，大家都躊躇著不想擔起發難的責任。終於，一位令人尊敬的議員——德．馬瑟夫伯爵公開的宿敵——走上了講臺。他莊重的神情表明發起攻擊的時刻到了。大廳裡有一陣令人難堪的靜默，只有馬瑟夫一人還被蒙在鼓裡。他不知道大家此次為何會如此聚精會神地聆聽一個平時不是很受歡迎的演講者發言。講者先說了幾句開場白，聲稱他要說的是一件非常重要，非常神聖，也是攸關整個貴族院生死的大事，要求各位同僚注意聽他發言。伯爵對這段開場白全然沒有注意。但講者一提到約阿尼納和弗南特上校時，德．馬瑟夫伯爵就神色大變。他臉色白得使在座的議員們都不由得打了個寒顫，所有的視線都集中到了伯爵一人身上。

精神上的創傷有一點特別之處，就是它可以隱匿起來不讓人看見，但並不會真正痊癒。傷口會永遠作痛，碰一下隨時都會淌血。這些傷口是永遠裂著，活生生地留在心裡。

那條消息是在同樣的肅靜中讀完的，這時有一陣輕微的騷動掠過會場，但是，當講者似乎又要接著發言時，整個大廳馬上又變得鴉雀無聲了。發起攻擊的議員說到了他的不安，講到了這件任務是如何的艱巨。他聲稱自己是為了維護德・馬瑟夫先生以及整個貴族院的名譽，才要求對這些如此棘手的私人問題進行辯論。最後，他在結束發言前要求迅速安排一次聽證會，以便在謠傳尚未擴散之前將其挫敗，使德・馬瑟夫先生得以洗刷冤屈並恢復他在輿論界歷來享有的地位。

馬瑟夫被這突如其來的橫禍完全擊垮了。他渾身打顫，茫然失神地望著周圍的同僚們，囁嚅著說不出話。他畏縮的神情，既可以看成有罪之人的愧疚，也可視為是無辜之人的驚愕，不過，這種神態倒是為他贏得了一些人的同情。真正寬宏大量的人，在看見對手遭遇的不幸超過了他們仇恨的界線時，往往會萌生出一種同情心來。議長將舉行聽證會的動議付諸表決——方式是坐著或站起。最後的決定是舉行聽證會。議長問伯爵需要多長時間準備自己的辯護詞。伯爵在感覺到自己受了這麼可怕的打擊後居然還活著時，又恢復了勇氣。

「各位議員先生，」他回答，「像這樣一場由匿名敵人所操縱的攻擊——此刻他們大概正躲在暗處——將它擊退是根本不用花什麼時間的。我必須立即以迅雷不及掩耳的速度與力道來反擊曾在一瞬間使我眼睛一驚的那道閃電。哦！我願灑出我的鮮血來向諸位證明，而不是進行這樣的辯護。我是無愧於和您們坐在一起的！」這番話使在場的人產生了一種對被告很有利的印象。

「因此，」他說，「我要求盡快舉行聽證會。到時，我將向議院提交全部必要的資料，以保證結論的有效性。」

「您要指定一個日期嗎？」議長問。

「從現在起，我一切聽候議院的處置。」伯爵回答。

議長搖了搖鈴。「在座的各位是否同意，」他問，「今天就舉行聽證會？」

「同意！」全場異口同聲地回答。

大會推選十二位議員組成聽證委員會，負責審查馬瑟夫提供的資料。第一次聽證會定於當晚八點在會議廳舉行。如有必要繼續進行聽證，將在每天的同一時間，同一地點舉行會議。當決議宣布後，馬瑟夫要求允許他退席。他要回去把多年來收集的有關資料整理一下。以他狡黠且倔強的性格，他早就未雨綢繆地對這場風暴有所準備。

艾伯特聽著，渾身都在顫抖，先是因為抱著希望，然後是忿怒，之後又轉為羞愧。他因為出於對博尚的信任，知道父親是有罪的，所以捫心自問，既然他是有罪的，又要如何證明自己的清白。博尚此時出現猶疑，因此停住未往下說。

「後來呢？」艾伯特問。

「後來嗎？我的朋友，您這是要強我所難了。您一定要全部知道嗎？」博尚問。

「絕對要知道。我寧願從您嘴裡聽到，而不是從別人那裡得知。」

「鼓起您全部的勇氣吧。您現在比任何時候都更需要它。」

艾伯特伸手按在額頭上，想證實一下自己的力量。就像一個將為了自己生命而進行殊死搏鬥的人，會摸摸自己的護胸甲，彎彎自己的長劍一樣。他感覺到力量的豐沛，那是因為他錯把亢奮的情緒當作精力旺盛的狀態。「說吧！」他說。

博尚繼續說：「到了晚上，整個巴黎都在關注著事態的發展。許多人表示令尊只要一出場，就能使指控不攻自破；也有不少人說伯爵不會到場。有些人煞有其事地說看見伯爵動身去布魯塞爾了。還有人跑到警署打聽伯爵是否有如傳聞所說的去申領過護照。

「我承認我也千方百計找管道，」博尚往下說，「終於說動了一位年輕的貴族院議員朋友。他是聽證委員會的成員之一，並答應把我夾帶進去旁聽。七點鐘時，他帶著我進到會場，趁開會的人都還沒來，把我託給一個守門人。那個人把我帶進一個類似包廂的地方，前面有一根柱子擋住我，使我完全置身於黑影之中。這樣，我就有機會可以從頭至尾看見和聽見即將發生的事了。

「八點整，所有的人都到了。時鐘敲到最後一下時，德．馬瑟夫伯爵先生走進會場。他手上拿著一些文件，神態看上去很平靜。不過跟平時不一樣的是，他走路的儀態很輕鬆，衣著講究而嚴肅。而且，他按照老軍人的習慣，把上衣的鈕扣從下一直扣到頸脖上。他的出場造成了很好的效果。委員會的人並不是都對他都抱有敵意，其中有幾名成員還走到伯爵面前去跟他握手。」

艾伯特聽著這些細節的敘述時，覺得自己的心在碎裂，但在悲痛中間，又摻著一絲感激之情。對那些在父親落難之際仍向他表示尊重的人，他真想擁抱他們。

「這時候，一名守門員走進來，把一封信交給議長。『您請發言吧，德．馬瑟夫先生。』議長一邊拆信，一邊說。伯爵開始為自己申辯，我可以向您肯定地說，艾伯特，」博尚繼續往下說，「他的辯詞非常精采，極有演說技巧。他展示的文件，證明約阿尼納總督直到最後關頭還是對他極為信任。因此，總督才會委派他去面見皇帝進行一場生死攸關的談判。他出示的一枚戒指，是傳遞總督旨意的信物。阿里·帕夏通常把它做為印章加蓋在信封的火漆印上。當時，帕夏把這枚戒指給他，是為了讓他不論是在白天還是晚上，一回去就可以直接進宮，甚至能直接進到後宮面見帕夏。遺憾的是，他說，談判失敗了，當他趕回去保衛他的恩主時，帕夏已經死了。不過，伯爵先生說，阿里·帕夏直到臨死前還是對他寵信有加，把自己的寵姬和女兒都託付給了他。」

艾伯特聽到這句話，不由得打了個寒顫，因為在聽著博尚講述的同時，年輕人的腦海裡也浮現出海蒂所敘述的故事。他記起了美麗的希臘女孩提過的談判使命、戒指和她被變賣淪為女奴的經過。

「伯爵先生的發言反響如何？」艾伯特不安地問。

「我承認我聽得很感動。委員會的成員也都跟我有一樣的感覺。」博尚說。

「這時議長不經意地將送來的信打開，才看了前面幾行，神情就變得專注起來。他看了一遍，又重看一遍，然後眼睛盯著德·馬瑟夫先生說：『伯爵先生，您剛才告訴我們，約阿尼納總督把他的妻子和女兒託付給了您。』

「『是的，』馬瑟夫回答說，『可是這件事，也像其他事情一樣，遭遇了厄運。我回來時，瓦西麗姬和她女兒海蒂都已經不見了。』

「『您認識她們嗎？』『由於我跟帕夏關係極為親密，加上他對我的忠誠極其信任，所以我見過她們超過二十次。』

「『她們後來情況怎麼了，您是否有所了解？』『是的，先生。我聽說她們很憂傷，而且可能處境悲慘。但是當時我沒有錢，生命也時時受到威脅，所以無法去找她們。對此，我是深感遺憾的。』

「議長的眉頭讓人難以覺察地皺了一下。『諸位，』他說，『您們已經聽到了德·馬瑟夫伯爵先生所做的解釋。伯爵先生，您能否提供幾位證人，來證實您剛才所說的話呢？』

「『唉，不能，先生，』伯爵回答說，『在總督身邊生活過，了解我在宮中情況的那些人，死的死，散的散。我相信，我是同胞中唯一在那次戰亂後倖存的人。我所有的，就是已呈交在閣下面前的阿里·臺佩萊納信函，以及那枚做為傳達他旨意的信物戒指——它現在就在我手上。最後，我還有一件能夠提供出來，成為最確鑿的證據。那就是，在有人匿名發難後，始終沒有一個人敢站出來對我身為一個正直之人所說的一切以及做為一個清白無瑕軍人的一生提出過非難。』

「一陣表示贊同的低語聲掠過整個會議廳。這時，艾伯特，要是沒有節外生枝的事冒出來，您父親的這件公案就贏定了。剩下的只是進行表決。但是，就在這時，議長開口了。

「『諸位，』他說，『還有您，伯爵先生，想必您們不會反對聽一位很重要的證人，至少是自稱為證人的證詞吧。此人是自己上門來的。而且根據伯爵先生對我們說的那些情況，我們有理由相信，這位證人是為了證明我們同僚的清白與無辜而來。這就是我剛才收到的那封信。您們願意我把它宣讀一下，還是決定讓它擱在一邊，不去受它的干擾呢？』

「德．馬瑟夫先生臉色發白，手指痙攣地捏緊那些文件，把它們捏得窸窣作響。委員會的回答是要宣讀此信。至於伯爵先生，他已經陷入沉思，沒有發表其他意見。

「於是議長宣讀了下面的這封信：『議長先生：我可以向負責審查陸軍少將德．馬瑟夫伯爵先生在伊庇魯斯和馬其頓的所作所為的聽證委員會提供極為確鑿的證詞。』議長稍為停頓了一下。德．馬瑟夫伯爵先生臉色慘白；議長以探詢的目光環視全場。『念下去！』喊聲從不同的方向傳來。

「議長繼續往下念：『阿里．帕夏罹難時我在場。我親眼看見他臨終時的情景。我知道瓦西麗姬和海蒂的下落。我聽候委員會的處置，並請費心傳喚出庭作證為感。此信送到閣下手裡之時，我已在貴族院前廳等候。』

「『那麼這位證人，或者不如說這位敵人，究竟是誰呢？』伯爵先生問。不難聽出，他的嗓音已經完全變了調。『我們就會知道的，先生，』議長回答，『委員會同意聽取這位證人的證詞嗎？』『同意，同意！』大家異口同聲地說。

「議長傳喚守門員進來。『守門員，』議長問，『現在有人等在前廳嗎？』『是的，議長先生。』『是個什麼樣的人？』『是名女子，由一名僕人陪著。』在場的人都面面相覷。『讓這名女子進來。』議長說。

「五分鐘後守門員又進來了，這時所有的目光都盯住門口，我呢，」博尚說，「也跟大家一樣焦急地等待著。走在守門員後面的，是一位披著能遮住全身的面紗的女子。從面紗下顯示出的身材和她身上散出的香氣，可以猜想是一位優雅的年輕女子，但僅此而已。議長請陌生女子撩開面紗，這時大家才看清這位女孩穿著希臘服裝，而且是位絕色佳人。」

「啊！」艾伯特說，「是她。」

「誰？」

「海蒂。」

「您怎麼知道的？」

「喔！我是這麼猜的。還是請講下去吧，博尚。您看見了，我很平靜，也很堅強。我們大概快知道結局了吧。」

「德．馬瑟夫先生，」博尚繼續說，「注視著那名女子，驚訝的目光中摻雜著恐懼。對他來說，那張優雅之口所說出的話將關係到他的生與死。但是對其他的人來說，也真是一種異常驚奇且古怪的際遇。以至於德．馬瑟夫先生的得救與否，在整個事態的發展中已經退居第二位了。

「議長用手示意，請年輕女子在一張椅子上就座，但是她搖搖頭表示她願意站著。至於伯爵先生，早已跌坐在自己的椅子裡，顯然他的兩條腿已經支撐不住了。

「『小姐，』議長說，『您曾寫信要求向委員會提供有關約阿尼納事件的情況，並聲稱您是目睹當時事態的見證人。』

「『確實如此，』陌生女人回答說，她的聲音裡充滿著一種動人的憂鬱情調，而且具有東方語言的那種特殊音色。

「『可是，』議長接著說，『請允許我這麼說，您當時還很年幼。』

「『當時我是四歲。但是，因為這些事情對我關係重大，我的腦子裡至今沒有忘掉任何一個場景，記憶中也沒有漏掉任何一個細節。』

「『那麼，您跟這些事情究竟有什麼關係，您究竟是什麼人，以至於對那場驚人的災難會留下如此深刻的印象呢？』

「『因為關係到我父親的生與死，』年輕女孩回答說，『我叫海蒂，是約阿尼納帕夏阿里．臺佩萊納和他心愛的妻子瓦西麗姬的女兒。』

「交織著謙遜和驕傲的紅暈，布滿了年輕女子的雙頰。她炯炯有神的目光和充滿尊嚴的身世自白，在全體與會者身上產生了一種無法形容的影響。至於伯爵，即便當場有個巨雷霹下來，在他腳下裂開萬丈深淵，他也不見得會更驚惶了。

「『小姐，』議長向她欠了欠身子，接著說，『請允許我提一個簡單的問題，僅僅是一個問題，其中並無懷疑的意思，而且這是最後一個問題了。對您所言之語的真實性，您能否提供證據？』

「『能，先生，』海蒂說完，從面紗下取出一只緞料的香囊。『這裡就有我的出生證書，是由我父親親筆書寫並由他的大臣們簽署的。這裡有我的受洗證書，父親同意我皈依母親的宗教，所以馬其頓和伊庇魯斯的首席大主教都在這張證書上蓋了印。這裡還有

（或許那是最重要的）那名法國軍官把母親和我賣給亞美尼亞奴隸販子埃爾．科比爾的賣身文契。那名法國軍官在跟土耳其宮廷的那場骯髒交易中，把他恩主的女兒和妻子做為戰利品收了下來，之後賣了一千蒲爾斯，也就是差不多四十萬法郎的價錢。』

「全場的人在一片陰森的肅靜中聆聽著驚心動魄的指控。德．馬瑟夫伯爵聽著，臉色變得白裡泛青，眼睛裡充滿血絲。海蒂的神情始終很平靜，但這種平靜卻比別人的狂怒更令人生畏。她把那份用阿拉伯語書寫的賣身契遞給議長。

「因為已經先想到那些文件可能是用阿拉伯語，現代希臘語或土耳其語所書寫。所以，議院譯員事先就接到了通知，被傳喚到了會議廳。有一位貴族議員在那次英勇卓絕的埃及戰役中曾學過阿拉伯語，對這種語言相當熟悉，這時由他站在邊上監督譯員翻譯。

「只聽到譯員手捧著犢皮紙文契高聲念道：『本人埃爾．科比爾，陛下的奴隸販子和後宮供應商，茲確認曾代至尊的皇帝從法蘭西爵爺基督山伯爵手中收受價值兩千蒲爾斯的祖母綠一顆，做為他買下一位名叫海蒂的十一歲基督徒女奴的贖金。這名小女奴是已故的約阿尼納帕夏阿里．臺佩萊納和他的寵妃瓦西麗姬為人所公認的女兒。該女奴及其母親係我於七年前買下，但其母到達君士坦丁堡即去世。當時的賣主是阿里．臺佩萊納總督麾下的一名法國上校，名叫弗南特．蒙代戈。上述交易，係陛下授權由我出面安排，付款數額為一千蒲爾斯。本契約承陛下批准，于伊斯蘭教曆一二四七年訂立於君士坦丁堡。埃爾．科比爾（簽名）為保證本契約具有法律正式文件的可靠性，此件應加蓋御璽為憑，此事由賣主負責。』

「在奴隸販子的簽名旁邊，果然可以看見那位至尊大皇帝的御璽的印記。讀畢文契，驗看過印章後，有一陣可怕的寂靜。伯爵渾身上下只剩下眼神還透著生氣，而那道彷彿下意識地盯在海蒂臉上的目光，又似乎化作了火和血。

「『小姐，』議長說，『我們是否可以向基督山伯爵先生查證一下？我想他在巴黎是和您在一起的？』『先生，』海蒂回答，『我的再生之父基督山伯爵先生三天前去諾曼第了。』

「『那麼，小姐，』議長說，『是誰建議您採取這個行動呢？本庭為此向您表示感謝，而且，以您的出身和不幸的遭遇來說，這樣做也是極為自然的。』

「『先生，』海蒂回答說，『促使我採取這個行動的，是我對神明的崇敬，是我所身受的痛苦。儘管我是名基督徒，上帝原諒我吧，我卻無時無刻不在想為我那英名顯赫的父親報仇雪恨。所以，從我的腳踏上法國的國土，從我知道那個叛徒就住在巴黎的那一刻起，我的眼睛和耳朵就始終在警惕著。

『我在我高貴的保護人宅邸裡過著隱居的生活。這樣生活是因為我喜歡幽暗和寧靜，它們讓我可以生活在沉思和冥想之中。但是，基督山伯爵先生像父親一樣無微不至地關心著我，使我對社交界的點點滴滴都不會感到陌生，只不過，我是遠遠地靜聽著種種傳聞。我也閱讀所有的報紙，正如我能欣賞到所有的畫冊，能聆聽到所有的詠嘆調一樣。正因為我即使不參與社交生活，仍隨時都在注意著他人的狀況，所以，我得知今天上午在貴族院發生的事，也知道今晚將要發生的事……於是，我才寫了那封信。』

「『這麼說，』議長問，『基督山伯爵先生跟您的行動毫無關係？』

「『他根本不知道，先生，我甚至有些害怕，擔心他知道了會不高興。可是，今天對我而言是至關重要的一天。』年輕女子邊說邊向上天抬起頭來，雙眼裡充滿著火一般的激情。『因為，我終於能為父親報仇雪恨了。』

「這段時間裡，伯爵先生始終沒有開口。他的同僚們都望著他，想必是可憐他在一名女子的芳香氣息下，即將毀於一旦的前程。他臉上那些恐怖的線條，正一點一滴地勾勒出他的痛苦。

「『德．馬瑟夫先生，』議長說，『您認識這位小姐，承認她是約阿尼納帕夏阿里．臺佩萊納的女兒嗎？』

「『不，』馬瑟夫掙扎著站起來說，『這是我仇敵策畫的陰謀。』

「海蒂剛才一直凝望著門口，像是在等什麼人。這時，她猛然地轉過臉來，面對面對著伯爵先生站著，不自主地發出一聲怕人的喊聲。

『您不認識我？』她說，『那好！幸好我還認得您！您就是率領著我高貴父親軍隊的法國軍官弗南特．蒙代戈。就是您，出賣了約阿尼納的城堡！就是您，在他派您到君士坦丁堡直接跟皇帝進行關係到您恩主的生死存亡談判以後，帶回了那道假的敕令！就是您，用那道假敕令騙到了帕夏的戒指，騙取了守衛火藥的勇士塞利姆的信任。就是您，刺死了塞利姆！就是您，把母親和我賣給了奴隸販子埃爾．科比爾！凶手！凶手！凶手！您的額頭上還沾著您恩主的血！大家看呀！』

「聽到這番充滿正義的激情控訴，所有的視線都轉而投向伯爵先生的前額。伯爵先生也不自主地伸手抹了抹前額，彷彿他感覺到上面真的還沾著阿里熱呼呼的鮮血。

「『那您能認出德·馬瑟夫先生確定就是那名軍官弗南特·蒙代戈嗎？』

「『我能認出他嗎？』海蒂喊道，『哦！我的母親！您對我說過：『您以前是自由的人。您有過一個您心愛的父親。您幾乎註定要當女王的！仔細看看那個人。就是他把您變成奴隸的。就是他把您父親的頭顱刺在槍尖上的。就是他把我們賣身為奴。就是他出賣我們的！仔細看著他的右手，上面有一道很寬的疤痕。要是您忘記了他的臉，只要看見那隻手就會認出他的。那個奴隸販子埃爾·科比爾的金幣就是一枚一枚地落進那隻手！』我能認出他嗎？哦！現在就讓他再說一遍他認不認得我吧！』

「她的話，猶如劈向德·馬瑟夫先生的利刃，一字一句地摧毀了他的意志。聽到後面那幾句話時，他下意識地趕緊把他確實有著一道傷疤的手不由得藏在胸口，跌坐在椅子裡，完全陷入了頹喪絕望之中。這幕情景，徹底改變了在場之人對伯爵的想法。

「『德·馬瑟夫伯爵先生，』議長說，『您不必過於消沉，您可以作答。本庭公正執法，就像上帝的審判庭一樣對所有的人一視同仁。本庭絕不會聽任您被敵人置於死地而不給您自衛的機會。您需要再舉行一次聽證會嗎？您需要我指派兩位元貴族院議員到約阿尼納去一趟嗎？請回答！』

「德·馬瑟夫一聲不響。這時，委員會的成員都頗為驚恐地面面相覷起來。大家都很了解伯爵先生好強暴烈的性格——這個人不到完全精疲力竭是絕不會放棄抵抗，善罷甘休的。所以，在這種驚呆般的沉默之後，接下來必定是一場雷電交加的暴發。

「『怎麼樣，』議長問他，『您有什麼話要說嗎？』『我沒有任何回應！』伯爵先生聲音低啞地說。

「『這麼說，』議長說，『阿里．臺佩萊納的女兒說的全是事實？她確實是一位使有罪之人望而生畏，甚至不敢回答一個不字的見證人？而您被指控的所有行徑，您也真的做過？』

「伯爵先生環視了一圈周圍的同僚，他雙眼中的絕望神情，即使是老虎見了也會動容。但是它卻沒能使面前的審判官們心軟。之後，他抬頭望向著穹頂，又立刻低下頭。彷彿害怕頂上會突然裂開，在耀眼的光芒中顯露出另一個叫做上蒼的法庭；另一位叫做上帝的審判官。

「之後，他猛然一把扯開那件似乎使他窒息的上衣鈕扣，像一個可悲的瘋子般衝出會議廳。一時間，穹頂下陰沉地迴響著他的腳步聲，隨後傳來馬車載著他離去的隆隆聲，在這座佛羅倫斯風格建築的柱廊間震盪著。

「『諸位，』當會議廳重新安靜時，議長問，『是否可以證實德．馬瑟夫伯爵先生犯有背叛、賣主和凌辱之罪？』『是的！』聽證委員會的所有成員異口同聲地回答。

「海蒂一直在會議廳裡待到結束。當她聽到對伯爵的判決時，臉上沒有顯露出一點快樂或憐憫的表情。然後，她重新蒙好面紗，儀態莊重地向貴族院的議員們鞠了一躬，邁著維吉爾曾見到女神們邁步的姿態走出了會議廳。」

第八十七章 挑釁

「這時，」博尚繼續說，「我趁著寂靜和黑暗，悄悄地溜出會議廳，沒被人發現。領我進去的那個守門員在門口等著我。他帶我穿過走廊，來到一道朝沃日拉爾街開的小門。我走出門時，真是悲喜交集。請原諒我這麼說，艾伯特，我為您感到悲傷，但同時我又為這位小姐替父報仇的高尚行為感到欣喜。是的，我可以向您肯定地說，艾伯特，不論消息的揭發是出自誰的手，我是說，即使它或許出自一個仇敵之手，此人也只是充當了上帝的使者而已。」

艾伯特一直用雙手抱著頭。這時，他抬起那張羞得通紅、流滿淚水的臉，緊緊抓住博尚的手臂。

「朋友，」他說，「我的生命已經完結了，剩下的只有一件事。我不能像您一樣說這是上帝對我的懲罰，我要找到那個始終對我充滿敵意的人。當我知道這個人是誰以後，不是我殺掉他，就是被他殺死。我很看重您的友誼，希望您能幫助我。博尚，如果在您的心裡這友誼還沒被蔑視擠走的話。」

「蔑視，我的朋友？這場不幸跟您有什麼關係？不！謝天謝地！那種兒子要為父親的行為負責且充滿偏見的不公正時代早就過去了。回憶一下您過去的生活吧，艾伯特。

是的，那還是記憶猶新的事。但您可曾想得起有哪一天的晨曦，能比您在東方見過的清晨更加純美的嗎？沒有！艾伯特，請相信我，您很年輕，您很富有，離開法國吧。在這個崇尚追求刺激與崇尚熱愛變換口味的豪華巴比倫，什麼事都會變成轉眼雲煙。等您隔個三、四年娶位俄國公主回來後，誰也不會再想起前一天發生的事，更何況那還是十六年前的舊事。」

「謝謝，親愛的博尚，謝謝您這番話的好意，可是我不能這麼做。我告訴過您我的心願，現在，如果有必要，我可以把心願這兩個字換成意志。您明白這件事對我的關係有多大。我沒辦法用跟您一樣的角度來看問題。在您眼裡是上天的旨意；在我看來卻是來自一個絕非聖潔之人的陰謀。我覺得用天意來解釋這一切，是根本講不通的。也幸好如此，這樣我不必去找看不見且摸不著的懲惡褒善天使，而是找一個看得見也摸得著的人來為自己報仇。我憑自己在過去一個月來所受的折磨，再次向您重申一次，博尚，我執意要回到人間的世俗生活中，如果您像您說的那樣還是我的朋友，就請幫我一起去找到擊出這一拳的手吧。」

「就這樣吧！」博尚說，「如果您非要拉我回到現實不可，我照辦就是了。如果您執意要去尋找您的仇敵，我也願意奉陪。況且，我也必須找到他，因為我的名譽也跟您的一樣，跟我們能否找到他是息息相關的。」

「好吧！那麼，您知道的，博尚，我們必須立即開始調查。每一分鐘的拖延，對我而言都像遙遙無期。把事情舉發的人還沒有受到懲罰，他也許會認為自己能安然無恙。

但我憑我的名譽發誓，要是他那麼想，那麼他就想錯了！」

「聽我說，馬瑟夫。」

「喔，博尚，我知道您已得知其中的一些情況。您使我對生命重新燃起希望！」

「我並不想說我即將告訴您的事就是事情的真相，不過，這至少是黑暗中的一絲光芒。或許，我們能循著這絲光線找到我們的目標。」

「快說吧！我都等得不耐煩了。」

「好吧！我把我從約阿尼納回來時不想對您說的那件事告訴您吧。」

「說吧。」

「我去了那裡，自然會去找當地的大銀行家詢問情況。我才剛起頭，甚至還沒說出您父親的名字，他就說：『哦！我猜到您為什麼來了。』

「『您為何知道又怎麼會猜到呢？』

「『因為兩星期前有人為同一件事寫信來問過我。』

「『誰？』『巴黎的一位銀行家，我的業務夥伴。』

「『叫什麼名字？』『鄧格拉斯先生。』」

「是他！」艾伯特喊道，「對，他長期以來一直對我可憐的父親嫉恨在心。他這個所謂的平民百姓，無法容忍看到德．馬瑟夫伯爵當上法蘭西貴族院議員。您看，我的婚事就是那麼不明不白地取消的。沒錯，就是這樣。」

「去調查吧，艾伯特，但在找到正當理由前請別發怒，去調查吧。如果事情真是如此……」

「哦！是的，如果這是事實，」年輕人喊道，「他就要為我所受到折磨付出代價。」

「您注意，馬瑟夫，他已經是個老人了。」

「我會像他對待我的家族榮譽那樣地對待他的年齡。如果我父親曾經冒犯了他，那麼他為什麼不去當面反擊他呢？喔！不，他害怕與他面對面！」

「我不是在責備您，艾伯特。我只是在勸您。您要謹慎行事。」

「哦！不用擔心，再說，您要陪我一起去，博尚，處理嚴肅之事，該有證人在場。在今天結束以前，假使鄧格拉斯先生有罪，不是他死，就是我亡。喔當然，博尚，我要有一個莊嚴的葬禮！」

「既然您已經下定了這樣的決心，艾伯特，那就該立即付諸行動。您不是要去鄧格拉斯先生府上？我們現在就走吧。」

博尚差人去叫來了一輛出租輕便馬車。駛到銀行家府邸前時，只見安德烈亞．卡瓦爾坎第先生的四輪敞篷馬車和僕人也在門口。

「哦！老天，這也不錯。」艾伯特神色陰鬱地說，「要是鄧格拉斯先生不肯跟我交手，我就殺了他的女婿。卡瓦爾坎第家族的人，大概是不會拒絕決鬥吧。」

僕人去向銀行家通報年輕人來訪。鄧格拉斯已經知道昨晚的事情，所以一聽到艾伯特的名字，連忙吩咐擋客。但是已經太晚了，艾伯特跟在那名僕人後面，聽到鄧格拉斯的吩咐，就帶著博尚推開門，直接闖到銀行家的書房裡。

「先生！」銀行家喊道，「難道我在自己家裡，連選擇是否見客的自由也沒有了嗎？您似乎是忘了您的身分。」

「不，先生，」艾伯特冷冷地說，「在有些情況下，他是沒有這種自由的，除非他是個懦夫。我是在給您一個臺階下，讓您拒絕承認您是懦弱的。」

「那麼，您到底想要怎麼樣，先生？」

「我想要，」艾伯特說，並一路走近，只當沒看見背靠著壁爐架站著的卡瓦爾坎第。「我想要跟您找個僻靜的地方會面，而且要有十分鐘的時間沒人打擾，這樣就夠了。在那裡見面的兩個人，其中一人會橫倒在樹蔭下。」

鄧格拉斯臉色變白，卡瓦爾坎第往前挪了一步。

艾伯特轉身朝那位年輕人走過去。「而您也是，」他說，「如果您願意就來吧，先生。您有資格這麼做，因為您差不多也是這個家庭的一分子了。這種會面，只要有人願意接受，我是來者不拒的。」

卡瓦爾坎第目瞪口呆地望著鄧格拉斯。他鼓足勇氣站起身，走到兩位年輕人的中間。艾伯特對安德烈亞的攻擊，使他的立場有了一個變化，他心想，艾伯特的來訪除了他原先所想的原因之外，可能還另有緣故。

「喔！先生，」他對艾伯特說，「要是您是因為我喜歡他而不喜歡您，就到這裡來找這位先生吵架，那我先告訴您，我要向檢察官提出控訴。」

「您弄錯了，先生，」馬瑟夫帶著陰鬱的笑容說，「我完全沒提到結婚的事。我找卡瓦爾坎第先生說話，不過是因為我覺得他有過一絲衝動，想要介入我倆的討論而已。不過，您說的也有道理，我今天是來找每個人吵架的，可是，您請放心，鄧格拉斯先生，您有優先權。」

「先生，」鄧格拉斯回答說，他又氣又怕，臉色慘白，「我警告您，要是我倒楣，在街上碰上一條瘋狗，我就會宰了它。而且，我會覺得這是為社會做了件好事，根本談不上有什麼過錯。現在，如果您瘋了，而且想來咬我，我會毫不手軟地殺了您。令尊自毀名譽、敗壞門風，難道是我的過錯嗎？」

「是的，可憎的惡徒！」馬瑟夫喊道，「是您的錯！」

鄧格拉斯往後退了一步。「我的過錯？」他說，「您真是瘋了！我怎麼會知道希臘的那件事？難道我曾住過那些國家嗎？是我建議您的父親出賣約阿尼納城堡，背叛……」

「住嘴！」艾伯特聲音喑啞地說，「是的，直接揭露事件且將這個不幸與悲痛帶給我們的不是您。但是，這一切都是您虛偽地唆使的。」

「我？」

「沒錯，是您！消息是從哪裡來的？」

「我想，您應該在報紙上看到有關約阿尼納的事了？」

「是誰寫信到約阿尼納去的？」

「寫信到約阿尼納？」

「對，是誰寫信去查問我父親的情況？」

「我想，每個人都可以寫信到約阿尼納去的。」

「但是只有一個人寫了信。」

「只有一個人？」

「對！那個人就是您。」

「我確實是寫了。我想，當一個人要把女兒嫁給一位年輕人時，他是有權可以打聽一下這位年輕人的家庭情況。這不僅是一種權利，而且也是一種責任。」

「您寫這封信的時候，先生，是知道會得到什麼回答的吧。」

「我？我向您保證，」鄧格拉斯大聲說。他帶著一種信任而且放心的神情，因為他已經不怎麼害怕，而在心底裡對這名不幸的年輕人感到興趣了。「我鄭重向您解釋，我從沒想過要寫信到約阿尼納去。我怎麼會知道阿里．帕夏遇難的事呢？」

「那麼是誰慫恿您寫的？」

「老天！這是世界上最簡單的事了。我說起您父親的過去，說到他的財產總有些來路不明。那個人就問我，您父親是在哪裡發的財。我回答說：『在希臘。』於是那人就對我說：『那麼，就寫信到約阿尼納。』」

「建議您這麼做的是誰？」

「正是您的朋友，基督山伯爵。」

「基督山伯爵叫您寫信去約阿尼納？」

「沒錯，所以我就寫了。您要看看我收到的回信嗎？我可以拿給您看。」

艾伯特和博尚彼此對望了一眼。

「先生，」這時，一直還沒有開過口的博尚說，「您好像是在指責伯爵先生。您知道他這時不在巴黎，沒辦法為自己辯解，是嗎？」

「我沒有指責任何人，先生，」鄧格拉斯說，「我是實話實說。剛才在您們面前所說的話，就是當著基督山伯爵的面，我也還是會這麼說的。」

「那麼伯爵先生知道您收到回信的內容嗎？」

「我把回信給他看過。」

「他知道我父親教名是弗南特，姓蒙代戈嗎？」

「是的，我早就告訴過他了。我只是做了一件換做其他人處在我的境況，也一樣會做的事，說不定還會比我做得更多。我收到回信的第二天，令尊在基督山先生的建議下，正式來為您提親。當時，我決定拒絕他，但是，我並沒有做任何解釋或是揭穿他。事實是，我又何苦去干預那件往事呢？德·馬瑟夫先生的榮譽或是恥辱，又會對我有什麼影響呢？它既不會增加也不會減少我的收入。」

艾伯特覺著自己的血液都往額頭上衝。在這件事上沒什麼可懷疑的了。鄧格拉斯固然是在卑鄙地為自己辯解，但他的神態卻不像是在說謊。雖然，他這麼做並不是良心發現，而多半是由於害怕的緣故。但是，他所說的話，即使不是句句屬實，至少也有一部分是實情。再說，馬瑟夫要找的是什麼呢？他並不是要弄明白鄧格拉斯和基督山的過失孰輕孰重。他要找的是一個能負責的人，一個肯和自己決鬥的人。顯然地，鄧格拉斯是不會交手的。

這時，那些已被遺忘或當初不曾留意的事情，又從他的記憶深處浮現。基督山在買下阿里．帕夏的女兒時就已知情。因為知情，所以他才建議鄧格拉斯寫信去約阿尼納。在得知回信的內容後，他才在艾伯特表示想被引薦給海蒂時，順水推舟地答應，且有意讓話題轉到阿里之死，不去反對海蒂敘述這個故事（但顯然地，他在用近代希臘語跟那年輕女孩說時，已先提醒她不許對馬瑟夫說認識他的父親）。況且，他不是還要求過馬瑟夫別在海蒂面前提到自己父親的名字的嗎？最後，當他得知最終的打擊就要爆發時，他就帶著艾伯特去了諾曼第。已經沒有任何可以懷疑的地方了，這所有的一切都是精心計畫與刻意安排的。基督山跟他父親的仇敵是同一派的。

艾伯特把博尚拉到一邊，把這些想法統統告訴了他。

「您說得有理，」博尚說，「鄧格拉斯先生在這件事上，只是做得魯莽粗俗而已。而這位基督山先生，您倒是該讓他解釋清楚。」

艾伯特轉過身來。「先生，」他對鄧格拉斯說，「請您明白，儘管我現在要告辭了，可事情並不算結束。我還需弄清楚您的推諉之詞是不是成立。我現在就到基督山伯爵先生的府上去把事情問明白。」

說完，他朝銀行家躬了躬身，帶著博尚就往外走，對卡瓦爾坎第就只當沒他這個人似的。

鄧格拉斯一直陪他們到大門口，到了大門口，又對艾伯特別再三申明他對德・馬瑟夫伯爵先生並無個人恩怨，所以是不會想去得罪他的。

第八十八章 侮辱

出了銀行家的宅邸，博尚讓馬瑟夫停一下。

「您聽我說，」他說，「剛才在鄧格拉斯先生家裡我是對您說，該讓基督山先生解釋清楚。」

「是的，我們現在就去找他。」

「等一等，馬瑟夫，在去伯爵家以前，您最好先考慮一下。」

「您要我考慮什麼？」

「考慮您將要採取之行動的嚴重性。」

「這會比去找鄧格拉斯先生更嚴重嗎？」

「是的。鄧格拉斯先生是個一心想著錢的人，而您知道，這些愛財之人明白兩人間的決鬥需要冒著多大的風險。但是另一位則不同，儘管在表面上他是個完美的紳士，但您就不怕發現他其實是位惡徒嗎？」

「我就只怕一件事，就是找一個不肯跟我決鬥之人。」

「這你可以放心，」博尚說，「他會跟您會面的。我唯一擔心的，是他比你強太多了。」

「我的朋友，」馬瑟夫莞爾一笑說，「這我求之不得。能為父親而死在決鬥場上，對我而言是最好的結局——這樣我們就都得救了。」

「您的母親會悲痛而死的！」

「可憐的母親！」艾伯特用手捣住眼睛說，「我知道她會的。可是，她這麼死去，總比羞辱地死去好些。」

「您真的下定決心了，艾伯特？」

「是的，我們走吧。」

「不過，您覺得我們能在他家碰到他嗎？」

「他計畫比我晚幾個鐘頭回來，此時他肯定已經到家了。」

兩人登上馬車，往香榭麗舍大道三十號而去。到了目的地，博尚想一個人先進去，可是艾伯特對他說，這件事已超乎常規，他應該可以不管決鬥的禮儀了。年輕人的行為，完全出於神聖的動機，博尚只能順從他的心意——他聽了馬瑟夫的話，讓馬瑟夫走在前面。艾伯特一下子從大門口跑到宅子的臺階上，出來迎接他的是巴蒂斯坦。他表示伯爵剛回來，但正在洗澡，吩咐過不見任何人。

「那麼，洗好澡以後呢？」馬瑟夫問。

「大人要用餐。」

「用完餐之後呢？」

「大人要睡一個小時。」

「然後呢？」

「然後他要上歌劇院去。」

「您能確定嗎？」艾伯特問。

「完全確定，先生，大人吩咐過在八點整備馬。」

「很好，」艾伯特說，「我就是想知道這些情況。」

然後，他轉身對著博尚說：「要是您有別的事要做，博尚，請馬上去做吧。要是您今晚有約會，那就請改到明天。我希望您能陪我上歌劇院去。如果有可能，請把夏托·勒諾也帶去。」

博尚便跟艾伯特分了手，離去前說定在八點缺一刻時去接艾伯特。

艾伯特回到家以後，派人去通知弗朗茲，德布雷和摩萊爾，表示他希望今晚在歌劇院見到他們。然後他去探望母親，自昨晚的事發生後，她一直沒出房門，獨自待在臥室裡。艾伯特進屋見她躺在床上，為這個家的公然受辱而悲痛欲絕。見到艾伯特，在美茜蒂絲身上產生了大家自然可以想像到的效果。她抓住兒子的手，忍不住地抽泣起來——眼淚發洩了她的悲痛。

有一段時間，艾伯特就這樣默不作聲地站在他母親的床邊。從他蒼白的臉色和皺緊的眉頭，可以看出他復仇的決心在心裡漸漸地動搖了。

「母親，」艾伯特問，「您知道德·馬瑟夫先生有什麼仇敵嗎？」

美茜蒂絲打了個哆嗦——她注意到自己的兒子沒說「我的父親」。

「我的朋友，」她說，「處在伯爵這樣地位的人，總會有許多他們自己都不認識的敵人。而您也知道，一個人心裡有數的仇人，並不是最危險的。」

「是的，這我知道，所以我才要求助於您敏銳的眼光。母親，您是個出色的女子，什麼事都瞞不過您的眼睛！」

「您為什麼要對我說這些呢？」

「因為您，比如說，也注意到了家裡舉辦舞會的那天晚上，基督山先生在我們家裡不肯吃任何東西。」

美茜蒂絲渾身打顫地用燒得滾燙的手臂支起身子。

「基督山先生！」她喊道，「這跟您問我的問題有什麼關係呢？」

「您也知道，母親，基督山先生差不多可以算是東方人了。而那些東方人，為了充分保留復仇的自由，在仇敵家裡是不吃任何東西也不喝一滴水的。」

「基督山先生？您說他是我們的仇敵，艾伯特？」美茜蒂絲說話時，臉色已經變得比蓋在身上的被單還要白了。「是誰對您說的？為什麼？您瘋了，艾伯特。基督山先生對我們一直彬彬有禮。基督山先生救過您的命，是您自己把他介紹給我們的。哦！我求您，孩子，假使您有這種想法，快把它丟開。如果說有一件事我必須勸您，或者，我必須求您的話，那就是千萬要好好對待他。」

「母親，」年輕人帶著憂鬱的眼神接著說，「您要我謹慎對待這個人，一定是有您的理由。」

「我？」美茜蒂絲說，臉頓時漲得通紅，又立刻轉白，但接著又變得比剛才更白。

「是的，肯定是怕他會傷害我們，是嗎？」

美茜蒂絲渾身打顫，用探詢的眼神盯住她的兒子。「您對我說的話很不尋常，」她對艾伯特說，「而且您像是持有古怪的成見。伯爵先生到底做了什麼呢？不過是三天前，您還跟他一起在諾曼第。僅僅在三天以前，我們還視他為最好的朋友。」

一絲自嘲的微笑掠過艾伯特的嘴角。美茜蒂絲看見了，以她身為女人和母親的雙重直覺，她猜出了整件事。但她是審慎而且堅強的，因此她隱藏了自己的悲傷和懼怕。

艾伯特靜默了片刻以後，伯爵夫人重新開口。「您來問我覺得怎麼樣，我要坦白地說，我很不好。您應該留在這裡，驅走我的孤獨。我不想一個人待在這裡。」

「母親，」年輕人說，「您知道我有多樂意聽從您的請求。但是，有一件很緊急且重要的事使我今天一整個晚上都必須離開您。」

「好吧，」美茜蒂絲嘆著氣回答，「去吧，艾伯特。我不想用孝心將您束縛。」

艾伯特假裝沒聽見這句話，向母親鞠躬退下。

年輕人剛把房門關上，美茜蒂絲就把一名心腹僕人叫來，吩咐他跟在艾伯特後面，看他去哪裡，然後立即回來把情況告訴她。隨後，她按鈴讓侍女進來，支撐起虛弱的身體讓侍女幫她換好裝，準備隨時應付可能發生的事。

那名僕人接下的任務並不難完成。艾伯特回到住所，將自己仔細地打扮好。七點五十時，博尚來了。他見了夏托．勒諾，後者答應在啟幕前到達劇院正廳前座。他倆乘上艾伯特的四輪馬車。艾伯特覺得沒有必要遮遮掩掩地不讓人知道自己的去處，所以高聲吩咐：「去歌劇院！」

他匆忙地在啟幕前到了劇場。夏托．勒諾已經在座位上了。因為博尚已把事情的原委都告訴了他，因此艾伯特無須再對他解釋。兒子要想為父親報仇的舉動，本來就是天經地義的，所以夏托．勒諾並不想勸阻艾伯特，只是重申了一下他一定會聽候艾伯特的差遣。德布雷還沒有到，但艾伯特知道他是極難得會錯過一場歌劇院的演出，直到舞臺的帷幕拉起前，艾伯特一直在劇場裡走來逛去。他一心想在走廊或是樓梯上遇見基督山伯爵。這時鈴聲響了，他回到正廳前座，坐在夏托．勒諾和博尚的中間。他的眼睛一直沒離開過兩根廊柱間的那個包廂，只是，在第一幕演出時，包廂自始至終都是緊閉著。

終於，當第二幕剛開演，也在艾伯特第一百次去看他的錶時，那個包廂的門打開了。基督山伯爵身穿黑衣走進包廂，靠在欄杆上往下面的大廳望去。跟在伯爵後面進來的是摩萊爾。他的視線在找尋他的妹妹和妹夫，並在第二排的一個包廂裡找到他們，向他們點頭示意。

伯爵在環視大廳時，瞥見一張蒼白的臉和一雙看似熱切地想吸引他注意的炯炯眼神。他認出了那個人是艾伯特，但同時在這張神情激動的臉上，似乎意識到還是別去理睬對方為妙。於是，他不露半點聲色地就座，從匣子裡取出望遠鏡朝另一方向望去。

儘管伯爵做出沒在看艾伯特的樣子，但事實上，艾伯特始終沒有離開過他的視線。第二幕演完，帷幕落下時，他從不出錯的銳利眼睛看見年輕人由兩個朋友陪著，起身離開了正廳前座。隨後，他又看見年輕人的臉出現在對面的一個前排包廂的廊柱間。伯爵感覺到風暴就要來臨，當他聽到包廂門鎖上鑰匙轉動的聲音時，儘管他看上去仍然興致勃勃地在跟摩萊爾交談，實際上他已做好了一切準備，好面對接下來會發生的事。包廂的門打開了。直到這一刻，基督山才轉過頭去，看了一眼臉色慘白且渾身發抖的艾伯特。在他身後是博尚和夏托．勒諾。

「嗨！」他喊了一聲，這種親切殷勤的態度，跟他平時在社交場合的寒暄客套是不大一樣的，「我的騎士找到目標了！晚上好，德．馬瑟夫先生。」

說完，他具有超乎尋常自制力的臉上，顯露出極其誠摯的表情。摩萊爾在這時記起了子爵給他的那封信。馬瑟夫在信上沒有任何解釋，只是請他晚上來歌劇院。此刻他才明白，應該是要發生一件可怕的事了。

「我到這裡來，不是來跟您說這些虛偽的客套話，也不是來跟您假惺惺地談什麼友誼，」年輕人說，「我是來要求您做出解釋的，伯爵先生。」

年輕人顫抖的聲音，好不容易地才從咬緊的牙齒中間擠出來。

「在歌劇院裡做解釋？」伯爵說話時的平靜聲調和似乎能穿透一切事物的銳利眼神，使人能通過這兩個特徵感覺到他是個對自己永遠充滿信心的人。「雖然我對巴黎的習慣尚且不甚了解，但是我認為，先生，這裡並不是做解釋的地方。」

「不過，要是有些人躲躲閃閃，」艾伯特說，「拿著他們在洗澡，吃飯或者睡覺的理由見不到他們，那也就只能在見得到他們的地方找他們說話了。」

家裡。」

「我並不難見到，」基督山說，「因為昨天，先生，要是我沒記錯的話，您就在我家裡。」

「昨天，先生，」年輕人神情尷尬地說，「我在您家裡，是因為我還不知道您是個什麼樣的人。」

說著，艾伯特提高了音量，弄得鄰近包廂的人，以及經過走廊的人，都聽見他的聲音。因此，那些人都轉過頭來，或停住腳步站在博尚和夏托．勒諾背後，注意著這場紛爭。

「您這是怎麼了？」基督山說，神色間沒有顯露出絲毫激動。「您看上去神志有些不大清楚。」

「只要我能看穿您的陰險，先生，只要我能讓您明白我要為此向您報仇，我的神志就夠清楚了。」艾伯特狂怒地說。

「先生，我不懂您在說些什麼，」基督山說，「而且，即使我懂得您的話，您也已經說得太大聲了。這裡是我的包廂，先生，只有我才有權利在這裡說得比別人大聲。請您出去，先生！」

說著，基督山用一個威嚴的命令手勢對艾伯特指了指門。

「哦！我要您出去，從您的包廂裡出去！」艾伯特說，兩隻痙攣的手把手套使勁地又捏又揉，這一切伯爵都看在了眼裡。

「好了，好了，」伯爵冷靜地說，「我看您是要找我吵架，先生。不過我要奉勸您一句，子爵先生，請您好好記住。大聲嚷嚷地找人挑釁是個很壞的習慣。大聲嚷嚷並不是對所有的人都合適的，德．馬瑟夫先生。」

聽到這個名字，一陣驚訝的低語聲傳遍在聆聽這場爭吵的人群中。從昨晚以來，大家的嘴裡都在說著馬瑟夫這個名字。艾伯特比所有的人都更敏感地聽懂了這個影射。他揚起手想把手套往伯爵臉上丟過去，幸好摩萊爾一把抓住了他的手腕，而博尚和夏托．勒諾也從後面抱住了他。這兩人害怕局面越出決鬥挑釁的界限，不想把事情鬧大。

基督山並沒站起，只是從座位上斜過身並伸出一隻手，從年輕人捏得緊緊的手指中間扯下了那只又潮又皺的手套。

「先生，」他以一種可怕的口吻說，「我接受了您想摔過來的手套，而且還會用它裹好一顆子彈送還給您。現在請您從我的包廂裡出去，否則我要喚我的僕人來趕您出去了。」

艾伯特步態踉蹌、神色迷亂、兩眼充血地往後退了兩步。摩萊爾趁機把包廂的門關上。基督山伯爵又拿起望遠鏡看了起來，彷彿根本沒發生過什麼特別的事似的。此人有著一顆青銅鑄成的心和一張大理石雕成的臉。

摩萊爾俯在他的耳邊對他說：「您對他做過什麼事呢？」

「我？什麼也沒做，至少不是對他本人。」基督山說。

「可是，這場奇怪的爭吵總是有個原因的？」

「德．馬瑟夫伯爵先生的那件事，讓這個可憐的年輕人發怒了。」

「這中間跟您有什麼關係呢？」

「他父親的背叛事實是海蒂告訴貴族院的。」

「是嗎？」摩萊爾說，「我是聽說過，但是，我總不肯相信我看見跟您一起來過這個包廂的希臘女奴，就是阿里．帕夏的女兒。」

「不過，這是事實。」

「那麼，」摩萊爾說，「我全明白了，剛才那場爭吵是有預謀的。」

「怎麼回事？」

「沒錯。艾伯特先生寫信給我，要我今晚到歌劇院來。他是要我目擊他將對您進行的侮辱。」

「可能是吧。」基督山語氣極為平靜地說。

「那您會對他怎麼樣呢？」

「對誰？」

「對艾伯特先生！」

「對艾伯特先生？」基督山以同樣的語氣說，「我會對他怎麼樣，馬西米蘭先生？我要在明天上午十點以前殺死他。就像此刻我的手正握著您的手一樣確定。」

這次輪到摩萊爾把基督山的手握在自己雙手中間。他發覺這隻手出奇的冰涼和鎮定，不由得打了個寒噤。

「哦！伯爵先生，」他說，「他父親是那麼愛他！」

「別跟我說這些！」基督山大聲說，這似乎是他第一次發怒。「我要讓他痛苦！」

摩萊爾驚訝地把基督山的手鬆開了。

「伯爵先生！伯爵先生！」他說。

「親愛的馬西米蘭先生，」伯爵打斷他說，「您聽迪普雷的這一句唱得多美啊——

哦！瑪蒂爾德！我心中的偶像。

「喔，我第一個在那不勒斯發現迪普雷的人，也是第一個為他鼓掌的。精采！精采！」

摩萊爾知道再說也沒用，只好作罷。

艾伯特吵完退出時拉起的那道舞臺帷幕，不久便又落了下來。這時有人在敲包廂的門。

「請進。」基督山說，聲音裡沒有流露半點激動的情緒。

博尚出現在門口。

「晚上好，博尚先生，」基督山說，彷彿他今晚是第一次見到這位記者似的。「請坐。」

博尚欠了欠身，走進包廂坐下。

「先生，」他對基督山說，「也許您已經注意到了，我剛才是陪德·馬瑟夫先生一起來的。」

「這就是說，」基督山笑著說，「您倆大概是一起吃的晚飯。我很高興地看到，博尚先生，您要比他審慎得多。」

「先生，」博尚說，「我承認，艾伯特是不該這麼衝動，我以我的名義向您表示歉意。只是，我既然已經表示了歉意，當然您知道，伯爵先生，這只是我個人的歉意，那麼我就想對您說，我相信您是一位謙謙君子，應該不會拒絕對我解釋您和約阿尼納方面的關係。然後，關於那位希臘女子，我還想說幾句。」

基督山用嘴唇和眼睛的一個輕微的動作，命令對方不要再往下說了。「好了！」他笑著說，「我全部的希望都落空了。」

「為什麼？」博尚問。

「您大概是急於為我樹立一個奇異的名聲。照您看來，我是萊拉，是曼弗雷德，是魯思文勳爵。然後，等到大家都把我看成一個乖張沒趣的怪人時，您就來推倒您塑造的形象，設法讓我變成個庸俗之人。您恨不得我拉到您的水準，然後要求我解釋。算了吧！博尚先生，您是在開玩笑。」

「不過，」博尚態度高傲地接著說，「在有些情況下，正直之人會命令您……」

「博尚先生，」這位怪人打斷他的話說，「能命令基督山伯爵的，就只有基督山伯爵。所以，請您什麼也別說了。我想怎麼做就會怎麼做，而您可以相信我，博尚先生，我總是做得很好。」

「先生，」年輕人回答說，「對上流社會的人是不能這麼隨便打發的。我要求一個信譽的保證。」

「先生，我就是一個活生生的保證，」基督山不動聲色地說，但眼睛裡透出咄咄逼人的光芒。「我們兩人都渴望把血管裡流著的鮮血灑出來，這就是我們相互的保證。請您把這個回答轉告子爵先生，並對他說，明天十點鐘以前我就會看到他的血是什麼顏色。」

「那麼，」博尚說，「我就只有安排決鬥手續了。」

「這點對我完全是可有可無的，先生。」基督山伯爵說，「所以，您大可不必為這麼點小事跑來妨礙我聽歌劇。在法國，大家用長劍或手槍決鬥。在殖民地用步槍。在阿拉伯用匕首。請告訴您的委託人，我雖然是受侮辱的一方，但為了把怪僻的名聲保持到底，我任憑他挑選武器，並且同意不經討論，毫無異議地接受他的任何選擇。是任何選擇，您聽清楚了嗎？任何選擇，甚至用抽籤的方法也可以。那個方法固然愚不可及，但對我就是另一回事了。因為我穩操勝算。」

「穩操勝算？」博尚用驚愕的目光望著伯爵重複說。

「那是當然的。」基督山微微聳了聳肩膀說，「要不然我就不會跟德·馬瑟夫先生決鬥了。我要殺了他，必須如此，也必定如此。不過，請在今晚就先送信到我家裡，告訴我用什麼武器和定在何時。我不喜歡讓別人等我。」

「用手槍，上午八點在萬森森林。」博尚神情狼狽地說，弄不清對方究竟是個自負自誇的人，還是個超自然的異人。

「好了，先生，」基督山說，「現在事情都解決了，請讓我聽歌劇吧。另外，請轉告您的朋友艾伯特先生，讓他今晚上別再來了。他這種不當的野蠻行為，只是在自我傷害。讓他回去睡覺吧。」

博尚完全驚愕地退了出去。

「現在，」基督山轉過來對摩萊爾說，「我可以指望您當我的證人，是嗎？」

「當然，」摩萊爾說，「我悉聽您的吩咐，伯爵先生。不過……」

「什麼？」

「有一點很重要，伯爵先生，就是我應該知道真正的原因……」

「這麼說，您是拒絕我了？」

「不是的。」

「那位年輕人是雙眼蒙蔽地在行動著，並不知道真正的原因。真正的原因，只有我和上帝才知道。但我可以憑我的名譽擔保，摩萊爾先生，上帝不僅知道，而且會站在我這邊。」

「這就夠了，伯爵先生。」摩萊爾說，「您請誰當另一位證人？」

「在巴黎除了您，摩萊爾先生，和您的妹夫伊曼紐爾先生，我沒有認識任何我願意託付這個榮譽的人。您認為伊曼紐爾先生會答應幫我這個忙嗎？」

「我可以代他答應您，伯爵先生。」

「好！那我就不缺什麼了。明天早上七點先到我家，好嗎？」

「我們一定來。」

「噓！開幕了，我們聽吧。我有個習慣，聽這部歌劇連一個音符也不願漏掉。《威廉・退爾[7]》的音樂真是太美了！」

7　William Tell，瑞士民間傳說中的英雄。一八〇四年席勒根據傳說故事寫成劇本《威廉・退爾》，一八二九年羅西尼改編成同名歌劇。

第八十九章　夜會

基督山先生按照他的習慣，直到迪普雷唱完那曲有名的《隨我來！》才起身離去。在劇院門口，跟摩萊爾分手時又提醒一次，第二天早上七點整一定要和伊曼紐爾到他府上。然後，伯爵登上自己的四輪馬車，神色始終安詳，臉上也一直笑容可掬。五分鐘後他回到了自己的府邸。不過，凡是了解伯爵的人，看見他一進門對阿里說下面這句話時的表情，是絕不會搞錯其中的含義的。

「阿里，把那對象牙柄的手槍拿來！」

阿里把槍匣拿給主人。伯爵開始細心地察看武器，對於一個即將把自己的生命託付給這小小的兩塊鋼鐵和幾顆鉛彈的人，會如此的細心也是非常自然的事。這兩支手槍有著特殊的紋路，是基督山伯爵特地定製用在室內打靶用的。只要輕輕地一扣扳機，子彈就會衝出槍膛，待在隔壁房間裡的人，誰也不會猜到伯爵，照靶場的行話說的那樣在「練練手」。

正當他握緊手槍，朝著一塊當靶用的鐵板瞄準黑點的時候，書房的門打開，巴蒂斯坦走了進來。在伯爵還沒來得及開口時，就瞥見在開著的房門外站著一名戴面紗的女子。她是隨著巴蒂斯坦走進這屋子的，此刻在隔壁房間幽暗的光線下可以看清她的身影。她看見伯爵手裡握著槍，還看到了桌上放著兩把劍，便猛然衝了進去。

巴蒂斯坦用詢問的目光看著主人。伯爵示意他退下。巴蒂斯坦退了出去，隨手把房門關上。

「您是誰，夫人？」伯爵對戴面紗的女人說。

陌生女人環顧四周，確證沒有旁人在場，便彎下身子，彷彿是要跪下似的，同時兩手合在胸前，用絕望的口吻說道：「愛德蒙，別殺了我的兒子吧！」

伯爵往後退了一步，輕輕地喊了一聲，不自覺地鬆手讓手槍掉了下去。

「您在說什麼名字，德·馬瑟夫夫人？」他說。

「您的名字！」她撩開面紗喊道，「這是可能只有我一個人還沒忘記的，您的名字。愛德蒙，來看您的不是德·馬瑟夫夫人，是美茜蒂絲。」

「美茜蒂絲死了，夫人。」基督山說，「我已經不認識叫這個名字的人了。」

「美茜蒂絲還活著，先生。美茜蒂絲還記得您的聲音。她從剛見到您，甚至在看清您以前，就認出了您是愛德蒙，認出了那只有您才有的說話聲。從那時起，她就步步緊隨著您，注視著您，為您掛心。她不用去找，也能知道是誰的手給了德·馬瑟夫先生這一沉重的打擊。」

「您是想說弗南特吧，夫人。」基督山帶著一種苦澀的譏諷說，「既然我們在回憶當年的名字，那就把它們全都記起來吧。」

但是基督山說弗南特這個名字時，帶著一種恨之入骨的表情，美茜蒂絲不由得感到一陣恐懼的顫抖傳遍了自己的全身。

「您看見了，愛德蒙，我並沒有搞錯！」美茜蒂絲喊道，「我有理由對您說，請饒了我的兒子吧！」

「誰告訴您，夫人，說我對的兒子懷有惡意呢？」

「事實是，沒有人！可是，一個母親天生就有雙重的感知。我全都猜到了。今晚我跟在他後面到了歌劇院，躲在樓下的包廂裡，我全都看見了。」

「如果您全都看見了，夫人，那麼您看見是弗南特的兒子在當眾侮辱我嗎？」基督山的語氣平靜得怕人。

「哦！發發慈悲吧！」

「您也看到了，要不是我的朋友摩萊爾先生抓住他的手，他就會把手套摔到我的臉上來了。」

「請聽我說。我的兒子，他猜到了是您。他認定是您讓他父親遭到了這場災禍的打擊。」

「夫人，您說錯了。這不是災禍，而是懲罰。打擊德・馬瑟夫先生的並不是我，而是決意懲罰他的上帝。」

「可是您為什麼要去代替上帝呢？」美茜蒂絲喊道，「當上帝都已經忘卻的時候，為什麼您偏偏還要記得呢？約阿尼納和它的總督，跟您愛德蒙有什麼關係呢？弗南特・蒙代戈出賣阿里・臺佩萊納又有什麼對不起您的地方呢？」

「喔，夫人，」基督山回答說，「這些都是那名法國軍官跟瓦西麗姬的女兒之間的事情。那不關我的事，您說得有理。要是說我也曾經發過誓要報復的話，並不是向那名法國軍官，也不是向德．馬瑟夫伯爵，而是要向那個加泰羅尼亞女子美茜蒂絲的丈夫，向那個漁夫弗南特報復。」

「啊！先生！」伯爵夫人喊道，「命運讓我犯下的這件過錯，是該得到這樣可怕的復仇！有罪的是我，愛德蒙，如果說您要向誰復仇的話，那就該是我。我太軟弱，沒能忍受和您的分離，沒能忍耐自己的孤獨。」

「可是，」基督山喊道，「我為什麼會離開您？您又為什麼會孤獨呢？」

「因為您被捕了，愛德蒙，因為您坐了牢。」

「我又為什麼會被捕？為什麼會坐牢？」

「我不知道。」美茜蒂絲說。

「是的，您不知道，夫人，至少我也希望是這樣。好吧！我來告訴您。我被捕，還有坐牢，就是因為在我跟您舉行婚禮的前一天，在雷瑟夫酒店的涼棚架下面，有一個名叫鄧格拉斯的人寫了這封信，而那個漁夫弗南特把它投進了郵箱。」

說著，基督山走到寫字臺前，打開抽屜取出一張紙，它已經褪去了本來的顏色，墨跡也變成了鐵銹色。基督山把這張紙拿給美茜蒂絲。它就是鄧格拉斯寫給檢察官，後來基督山伯爵在裝扮成湯姆森——弗倫奇公司的代理人付給德．博維爾先生二十萬法郎的那天，從愛德蒙．鄧蒂斯的檔案卷宗裡抽出來的那封信。

美茜蒂絲驚恐萬分地一行一行往下看：

檢察官先生臺鑒：鄙人乃王室與教會的朋友。茲稟告有一名叫愛德蒙．鄧蒂斯者，是法老號船上的大副，今晨從士麥那港而來，中途在那不勒斯和費拉約港港口停靠過。繆拉有一信託他轉交予謀王篡位者，後者覆命他轉交一信與巴黎的波拿巴黨人委員會。

逮捕此人時便可得到他的犯罪證據，因為此信不是在他身上，就是在他父親家中，或是在法老號上他的艙房裡。

「多麼可怕啊！」美茜蒂絲把一隻手放在沁出汗珠的額頭說，「那這封信……」

「是我用二十萬法郎買下來的，夫人。」基督山說，「但很值得，因為有了它，我今天可以在您面前證明我的無辜。」

「這封信的結果怎麼樣？」

「這您也知道，夫人，結果就是我坐了牢。可是您不知道，夫人，這牢一坐就是多少年。您不知道，整整十四年我就被關在伊夫堡的地牢裡，離您才四分之一里格。您不知道，這十四年裡，我天天在心裡對自己重複從第一天就立下的復仇誓言。可是，我不知道的是，您已經嫁給了誣告我的弗南特，也不知道我的父親已經死了，而且是餓死的！」

「怎麼可能？」美茜蒂絲身子顫抖地喊著。

「這是在我被監禁了十四年之久，從監獄裡出來之後，聽到的兩個消息。正因如此，我就以活著的美茜蒂絲和死去的父親的名義發誓，一定要向弗南特報仇，我……我現在正在為自己報仇。」

「您能確定這件事一定是可憐的弗南特做的嗎？」

「我以我的靈魂擔保，夫人，我對您說的這些事，就是他做的。何況，他還做過更見不得人的事。他身為法國公民，卻去投靠英國人！他出生在西班牙，卻去跟西班牙人打仗。他受恩於阿里，卻出賣、殺害了阿里。跟這些醜事相比，您剛才看到的那封信又算得了什麼呢？那不過是失意的情人設下的一個圈套。

「對後來嫁給了他的女子來說，我承認，而且我也理解，這都是可以寬恕。可是，對一個原來要娶這名女子的男人來說，是無法原諒的。好吧！法國人沒有懲處這名叛徒。西班牙人沒有打死這名叛徒。躺在墳墓中的阿里，也沒能報應這名叛徒。而我，被出賣，被謀害，被埋葬在另一座墳墓中的我，靠著上帝的仁慈從這座墳墓裡爬出來了。我理當為上帝來懲罰他。上帝派我來就是為了報仇，現在我來了。」

可憐的女人又低下頭去，把頭埋在了手掌中間。她的腿彎了下去，跪在了地上。

「請您寬恕吧，愛德蒙，」她說，「請為我而寬恕吧，我依然是愛著您的！」

為人妻的自尊心，遏制住了情人和母親的感情衝動。她的前額低得快要碰到地毯了。伯爵搶步上前把她扶了起來。她坐在一張椅子上，淚眼婆娑地看著基督山蒼白的臉。這張臉上悲痛和憤恨的表情依然顯得很可怕。

「讓我不要去滅絕這個該受詛咒的家族？」他喃喃地說，「要我違背激勵我去懲罰它的上帝意志？這不可能，夫人，這不可能！」

「愛德蒙，」不願放棄最後一線希望的可憐母親說，「天啊！當我喚您愛德蒙的時候，您為什麼不叫我美茜蒂絲呢？」

「美茜蒂絲，」基督山重複說，「美茜蒂絲！喔！是的，您說得有理，我說著這個名字時依然覺得那麼甜美。這是許多年以來第一次從我嘴裡清楚地說出這個名字。哦！美茜蒂絲，您的這個名字，我曾滿懷惆悵地感嘆中呼喚過它，曾在痛苦的呻吟中呼喚過它，曾在絕望的喘息中呼喚過它。在嚴寒刺骨的冬天，我在地牢的麥草堆上凍得發抖時呼喚過它。在酷暑難熬的夏天，我在牢房的石板地上輾轉反側時呼喚過它。美茜蒂絲，我非得為自己報仇不可，因為我受了十四年的折磨。我哭泣、詛咒了十四年，現在，我對您說，美茜蒂絲，我非得為自己報仇不可！」

伯爵生怕自己會在當年深深愛過的戀人祈求之下心軟，所以訴諸他的回憶來喚起仇恨的情緒。

「您報仇吧，愛德蒙！」可憐的母親喊道，「但請您在有罪的人身上報仇。在他身上報仇，在我身上報仇，但不要在我兒子身上報仇吧！」

「《聖經》裡寫著，」基督山回答，「『父親作的惡，將報應在子女身上，直到第三代和第四代。』既然上帝授意先知這麼寫，為什麼我得比上帝更仁慈呢？」

「因為上帝擁有時間和永恆，而人是無法擁有這兩樣東西的。」

基督山一聲長嘆，聽上去猶如淒厲的哀號。他用手死命地去抓著自己濃密的頭髮。

「愛德蒙，」美茜蒂絲向著伯爵伸出雙手，繼續說，「愛德蒙，從我認識您開始，我就一直崇拜您的名字，一直把對您的回憶珍藏在心中。愛德蒙，我的朋友，我心中的鏡子時時刻刻照見著這個高貴純潔的形象。請您別讓它蒙上一層陰影吧。愛德蒙，但願您能知道，不論是在我希望您還活著的時候，還是在我以為您死了以後，我曾經為您向上帝祈禱過多少次。唉！是的，在我以為您死了以後，我還一直在為您祈禱啊！我以為您的屍體被埋葬在哪座陰森的塔樓下面。我以為您的身體被扔進了獄卒堆埋死亡囚犯的深坑。為此，我又曾經流了多少淚！可是我，除了祈禱和哭泣，愛德蒙，還能為您做些什麼呢？

「您聽我說，整整十年我每天夜裡都在做同一個夢。我聽說了您想逃跑，頂替一個囚犯鑽進一塊裹屍布。結果，他們把您這個活人當屍體從伊夫堡崖頂扔了下去。直到您撞在岩石上發出慘叫時，抬屍人才知道屍體被掉了包。但那時他們已經成了使您送命的劊子手。喔！愛德蒙，我憑我向您苦苦哀求希望得到您寬恕的兒子頭顱發誓。愛德蒙，整整十年，我每天夜裡看見那幾個人在一座山崖的頂端晃著一團說不出形狀，也說不出究竟是何物的東西。整整十年，我每夜都聽見一聲慘叫，驚醒過來時渾身顫抖、手腳冰涼。喔，愛德蒙，請相信我，儘管我是有罪的，但是，我也忍受著這種種的折磨。」

「您嘗過父親在您離去之後死去的滋味嗎？」基督山把雙手插進頭髮裡喊道，「您見過您心愛的女人把手伸給您的情敵，而您卻在不見天日的地牢裡聲音嘶啞地喘著氣的情景嗎？」

「沒有，」美茜蒂絲截斷他的話說，「可是我見到我心愛的人就要成為殺害我兒子的凶手！」

美茜蒂絲說出這句話時，神情悲痛，語氣絕望。基督山伯爵聽到這句話，聽到她的語氣時，不禁發出一陣引起喉頭劇痛的啜泣。

獅子被征服了；復仇者被說動了。

「您要什麼？」他說，「要您的兒子活著嗎？好吧！他會活下去的！」

美茜蒂絲喊了一聲。基督山不由得兩滴熱淚奪眶而出，但這兩滴眼淚剎那間就消失了。想必是上帝派了天使把這兩滴在祂眼裡比居架拉特和俄斐[8]最貴重的珍珠更加珍貴的眼淚收集了回去。

「哦！」她邊喊，邊抓住伯爵的手按在自己的嘴脣上，「哦！謝謝，謝謝，愛德蒙！現在的您就是我一直夢見的您，就是我一直愛著的您。哦！現在我可以對您這麼說了。」

「好在這可憐的愛德蒙，」基督山回答說，「不會讓您愛多久了。死者就要回到墳墓，而幽靈就要隱回黑夜中了。」

「您說什麼，愛德蒙？」

---

8 Guzerat and Ophir，《聖經・舊約・列王紀》載，所羅門王派人出海遠航，到達俄斐之地，運回大量黃金珠寶。

「我說，既然您命令我死，美茜蒂絲，我就只能去死了。」

「死！這是誰說的？誰說到死了？您怎麼又想到死了？」

「難道您認為我當著那些人的面，當著您的朋友和您兒子朋友的面，在大庭廣眾下受了侮辱，受了一個會把我的寬宏大量當做他的勝利去炫耀的小子之挑釁之後，我還會有半點苟且活下去的想法嗎？我最愛的，除了您，美茜蒂絲，就是我自己，也就是說，是我的尊嚴。是這種使我變得超越在其他人之上的力量，它就是我的生命。現在您用一句話就摧毀了它。我當然要死了。」

「但是，愛德蒙，既然您寬恕了他，決鬥就不會舉行了。」

「決鬥還是會舉行的，夫人，」基督山神情莊嚴地說，「但流到地上的，不會是您兒子的血，而是我的血。」美茜蒂絲尖叫一聲，朝基督山伯爵衝過去，但她立即停住了腳步。

「愛德蒙，」她說，「既然您還活著，既然我又見到了您，那就是說在我們之上是真有著一位上帝的，而我打從心底裡信賴他。在等待向他求助的同時，我相信您說的話。您說過我的兒子會活下去，所以他會活下去的，是嗎？」

「是的，他會活下去的，夫人。」基督山說。美茜蒂絲竟然會這麼鎮靜地接受他為她所做出視死如歸的犧牲，沒有一聲驚呼，也沒有半點詫異，這使他感到很吃驚。

美茜蒂絲向伯爵伸出一隻手。

「愛德蒙，」她熱淚盈眶地望著伯爵說，「您真是太好了，您剛才的舉動是那麼高尚。您對一個可憐的命途多舛又多災多難的女人，所付出的同情和諒解是那麼崇高！唉！憂傷比歲月更無情地把我催老了。我已經無法再用一個微笑，用一道目光來使我的愛德蒙記起當年他曾經怎麼也看不夠的那個美茜蒂絲了。喔，但請相信我，愛德蒙，我對您說了，我也受過許多折磨。讓我對您再說一遍，當一個人既沒有歡樂的回憶，也沒有一點憧憬和希望，眼看著自己的生命在流逝的時候，那真是非常淒慘的。可是，那也證明了人世間的一切還沒有完結。是的！它們還沒有結束。我能在心理殘存的情感裡知道這一點。喔！讓我對您再說一次，愛德蒙，您剛才所做出寬恕的諾言，是多麼高尚，多麼偉大，多麼崇高！」

「您現在這麼說，美茜蒂絲。可是，您知道我為您所做的犧牲究竟有多大時，那您又該怎麼說才好呢？請設想一下，當造物主創造了世界，使荒地肥沃之後，卻為了避免我們的罪孽有一天會讓一位天使不朽的眼睛裡流下淚水，而在創造到三分之一的時候停了下來。請設想一下，當一切都準備好了，當生命塑造成形，大地變得豐饒以後，上帝卻在欣賞自己傑作時熄滅了太陽，把世界一腳踹進了永恆的黑夜之中。只有在這時，您才能了解，喔，不，您仍然沒法了解，失去生命此刻對我意味著失去了什麼。」

美茜蒂絲注視著伯爵，眼神中交織著驚訝、仰慕和感激的神情。基督山伯爵用兩隻滾燙的手托住前額，彷彿單靠他的頭已經承受不住紛擾思緒的重負了。

「愛德蒙，」美茜蒂絲說，「我只有一句話要對您說了。」

伯爵苦澀地微笑了一下。

「愛德蒙，」她繼續說，「您會看到，雖然我的臉已經變得蒼白。我的眼睛已經失去光澤。我的美貌已經不復存在。總之，雖然我的容貌已經不再是當年的美茜蒂絲。但您會看到，我的心仍然跟從前一樣！……再會了，愛德蒙。我對上帝不再有所祈求了……我看到您還是跟從前一樣高貴，一樣崇高。再會了，愛德蒙……謝謝您！」

但是伯爵並不回答。

美茜蒂絲打開書房的門，走了出去。這時伯爵還沒有回過神來，他陷進一種痛苦而深邃的冥想之中，這是由於復仇已成泡影而引起的。當德·馬瑟夫夫人的馬車沿著香榭麗舍大道駛去時，傷殘軍人院敲響了半夜一點的鐘聲，這下鐘聲讓基督山伯爵的頭抬了起來。

「我真後悔，」他說，「在我下決心要復仇的那天，為什麼不把自己的心給摘下來呢！」

第九十章　決鬥

美茜蒂絲離去以後，基督山房裡的一切都沒入了昏暗之中。對周圍的事物，對自身的存在，他的思想都停滯了。他充滿活力的大腦，就像極度疲勞的肉體一樣，變得麻木了。

「什麼？」他對自己說。這時油燈和蠟燭都快燃盡了，僕人們還不耐煩地等候在前廳裡。「什麼？難道我準備了那麼久，花了那麼多心血建造與保養的大樓，就因一個觸碰，一個字，一個呼吸就倒坍下來了嗎！是的，這個身軀，我曾經寄予希望，曾經為它驕傲，曾經在伊夫堡地牢裡一無是處，但我把它塑造成偉大的身軀，明天就要變成一堆塵土了！唉！血肉之軀的死亡並不足惜，因為這不是生命力的殞滅。它是人人都有的歸宿，也是受苦之人嚮往的安息。這不正是我我渴求已久的長眠？當年法利亞出現在我的牢房裡的時候，我不是正是沿著饑餓的痛苦之路向它走近嗎？對我而言死亡是什麼？向前一步就是安寧；往前兩步，或許，便是寂靜。

「不，我可惜的並非生命的終結，而是毀掉長年累月，精心費力構成的整個計畫。我原以為上帝會幫助我實現這些計畫，現在看來祂是反對我的。是上帝不願意讓我實現這些計畫！我放在自己肩上這個幾乎跟整個世界一樣沉重的擔子，我原以為能擔到最後的。可是，它太過沉重超過我的力量，我只能在半途將它卸下。

「哦！十四年的絕望和十年的希望，曾使我相信自己是能代表天意的。但是，我現在又要變回一個聽任命運擺布的人了嗎？而這一切，都是因為我的心，我以為已經死了的那顆心，其實只是麻木了而已。現在它甦醒了，它又跳動了，是一名女子的聲音在我的胸膛裡喚起的振動，這種痛苦使我屈服了。

「可是，」伯爵繼續往下想，越來越深地沉溺在美茜蒂絲讓他將面臨可怕明天的沉思中。「可是，一名心地如此高尚的女子，是不可能出於自私而任憑身強力壯的我就這樣死去的！她的母愛，或者說她的母性的狂熱，是不至於達到這種地步的！有些美德，過了頭是會變成罪行的。但是她不會這樣，她一定已經預見某種悲慘的場面。她會趕來置身於劍刃中間把我們隔開，而無論這種舉動在這裡想起來有多麼崇高，到了決鬥場上就會成為笑柄了。」

想著想著，一陣由自尊心激起的紅暈湧上了伯爵的臉。

「笑柄，」他重複地說，「而這樣嘲笑將會落在我身上。我，淪為笑柄？不！那我寧可去死。」

這個在他心中被自己渲染誇大的預想，且面臨著在明天無法逃脫的厄運。他最後對自己說：「真傻！真傻！真傻！我竟然會寬宏大量到讓自己成為美茜蒂絲兒子瞄準的槍靶！他永遠不會相信我的死是自殺的，而這對我的名譽非常重要——這可不是虛榮心，而是一種自尊心。為了身後的名譽，我該讓人們知道，我是出於自願，是根據我的自由意志，有意把已經舉起來準備射擊的手臂放下。我用這條強有力的，本來可以對付任何人的手臂，向自己開槍的。我該讓人知道，我必須這麼做。」

他抓起一支筆，從寫字臺的暗屜裡抽出一張紙——那是他的遺囑，是在他剛到巴黎時寫的。現在他在這張紙的下方寫了幾行類似追加遺囑的附言，對不明白真相的人們說明了自己的死因。

「我這樣做，我的上帝！」他舉頭望著上天說，「是為了您的榮耀，也是為了我的名譽。這十年來，我一直把自己視為您的復仇使者。現在絕不能讓馬瑟夫，還有另外那兩名惡徒——鄧格拉斯和維爾福——以為命運已經幫他們擺脫了他們的仇人。不，更該讓他們知道，決意要對他們進行懲罰的上帝，只是根據我的意願延後了執行的期限。他們雖然在這世界上逃避了懲罰，但報應正在另一個世界裡等待著他們。他們拖延的時日，換來的是永恆的懲處。」

正當他的思緒在這些陰鬱而飄忽的想法之間，在這場被痛苦驚醒的惡夢中遊蕩的時候，晨曦染白了窗上的玻璃，照亮了他手下那張淺藍色的紙。這張紙上有他剛寫下上帝為他辯護的至高無上證詞。

此時是清晨五點鐘。

忽然間，一陣輕微的聲音傳到了他的耳裡。基督山依稀覺得像是聽到一種被抑制著的嘆氣聲。他回過頭去四處望了一下，沒有看見人影。但是那聲音又出現了，而且聽得很清楚，所以他的疑心變成確信。於是，伯爵站起身，輕輕地打開客廳的門，只見海蒂坐在一張扶手椅上，手臂下垂，美麗而蒼白的臉龐向後仰著。她這樣坐在門口，原本是想讓他出來時可以看見她。但是在累人的熬夜枯等之後，有一陣連年輕人也難以抵擋的睡意向她襲來，於是她在椅子上睡著了。開門的聲音也沒能把海蒂從夢中驚醒。

基督山用充滿愛憐的目光凝視著她。「美茜蒂絲還記得她有個兒子，」他說，「我卻忘了我有個女兒！」隨後，他憂傷地搖了搖頭。

「可憐的海蒂！」他說，「她是想見到我，想跟我說話。她在擔心，或者猜到了什麼事情……哦！我不能不跟她告別就這麼離去。我不能在把她託付給另一個人之前就這麼死去。」

說完，他悄悄地回到寫字臺前，在前面那幾行字下面接著寫：

茲確認向前雇主馬賽船主皮埃爾．摩萊爾之子，北非騎兵軍團上尉馬西米蘭．摩萊爾遺贈兩千萬款項。若其以為增添其妹裘莉及妹夫伊曼紐爾的財產不致有損該伉儷之幸福，則可將上述款項部分轉贈該伉儷。此兩千萬錢幣藏於基督山岩洞內，貝爾圖喬悉知其詳。

若上尉之心尚未有所歸屬，他將娶約阿尼納阿里．帕夏之女海蒂為妻。此女由我滿懷父愛之下撫養成人，且待之如同女兒，故上尉將完成我最後之心願。

本遺囑已寫明所餘全部財產均由海蒂為遺產繼承人，其中包括英國，奧地利和荷蘭諸地之地產與年金，以及各處宅邸與別墅中之全部動產，除去前述兩千萬款項以及數筆留贈僕役之款項，所餘財產總數仍可達六千萬之數。

他剛寫完最後一行，忽然聽見身後一聲尖叫，不禁鬆手讓筆掉了下去。「海蒂，」他說，「您都看見了？」

原來，年輕女孩被照在眼瞼上的陽光弄醒以後，起身走到了伯爵身後，但她踩在地毯上的腳步非常輕柔，所以伯爵沒有聽到聲響。

「哦！我的大人，」她把雙手合在一起說，「您為什麼要在這種時候寫這樣的東西？您為什麼要把全部財產都遺贈給我，我的大人？您是要離開我嗎？」

「我要去旅行，親愛的天使，」基督山帶著憂愁且充滿無限溫情的神色說，「如果我遇到不測……」伯爵止住了話。

「怎麼樣？」年輕女孩以一種威嚴的語氣發問。伯爵以前沒有聽到過她用這種語氣說話，所以不由得打了個寒噤。

「是的，如果我遇到不測，」基督山接著說，「我希望我的女兒能夠幸福。」

海蒂搖搖頭，憂鬱地笑了笑。

「您是想到死亡嗎，大人？」她說。

「這是一種有益的想法，我的孩子，智者曾這麼說過。」

「好吧，如果您死了，」她說，「就讓您的財產遺贈給別人吧。因為，如果您死了……我就什麼都不需要了。」

說著，她拿起那張紙，撕成四片，扔在客廳中央的地上。隨後，這樣的激動使她耗盡精力倒在地上，但不是睡著，而是暈厥了過去。基督山俯下身去，把她抱了起來，望著這張甜美而蒼白的臉龐，這雙美麗而緊閉的眼睛，這個優雅卻全無生氣的身體，使他第一次意會到——她對他的愛，也許不同於一個女兒對父親的愛。

「唉！」他萬分沮喪喃喃說，「也許我本來還是可以得到幸福的。」

他把海蒂一直抱到她的套房裡，把依然昏迷不醒的她交給侍女們去照顧。然後，他又回到書房，而且這一次，他一進門就隨即把門關上，坐下來把剛才被撕掉的那份遺囑重新抄了一遍。他剛抄完，就聽見一輛輕便馬車駛進院子的聲響。基督山走到窗前，看見馬西米蘭和伊曼紐爾跨下車來。

「好，」他說，「時間到了！」於是，他把遺囑裝進信封，在封口蓋了三個火漆印。

過了不久，他聽見客廳裡響起了腳步聲，就親自走去把門打開。摩萊爾出現在門口。他早到了將近二十分鐘。

「我也許來得太早了，伯爵先生，」他說，「但我想坦白地承認，昨晚我一夜都沒闔眼，而且我們全家都是如此。我要看到您精神抖擻，一切都好好的，才能放下心來。」

看到這種充滿真誠的感情流露，基督山伯爵也不由得感動了。於是，他不是向年輕人伸出手，而是張開雙臂去擁抱他。

「摩萊爾先生，」他感動地說，「今天對我是很寶貴的一天。因為，今天我感覺到了一位像您這樣的人對我的友情之愛。您好，伊曼紐爾先生。這麼說，您們兩位都會陪我一起去嗎，馬西米蘭先生？」

「當然！」年輕上尉說，「難道您還擔心我們會不來嗎？」

「不過，假使是我錯了……」

「請聽我說，昨天艾伯特先生向您挑釁的時候，我自始至終在看著您，而且整個晚上都在想著您那種鎮定的表情。我對自己說，正義一定是在您這邊，否則一個人臉上的表情也就太沒有意義了。」

「可是，摩萊爾先生，艾伯特先生是您的朋友。」

「我們只是認識而已，伯爵先生。」

「您是在見到我的那天，第一次見到他的吧？」

「是的，是這樣。可是那又如何呢？這件事您不說我都忘了。」

「謝謝您，摩萊爾先生。」

然後他在銅鈴上敲了一下。

「喔，」他對即刻出現在門口的阿里說，「您請人把這個信封送到我的律師那裡去。那是我的遺囑，摩萊爾先生。等我死後，您要看一下。」

「什麼？」摩萊爾喊道，「等您死後？」

「哎！難道不該防患於未然嗎，親愛的朋友？我說，昨天我們分手以後，您又做了什麼呢？」

「我去了托爾托尼俱樂部，在那裡，如我所料找到了博尚先生和夏托．勒諾先生。

是的，我是去找他們。」

「那又是為什麼呢？既然事情早就說定了。」

「您聽我說，伯爵先生，這件事情很嚴重，而且無法避免。」

「您原先對這一點還有懷疑？」

「沒有。挑釁是在大庭廣眾進行的，事情已經弄得沸沸揚揚，大家都知道了。」

「那又怎麼樣？」

「因此，我希望他們能同意換一種武器，用長劍代替手槍。子彈是不長眼睛的。」

「他們同意了？」基督山懷著一絲別人難以覺察的希望，急切地問。

「沒有，因為他們知道您的劍術太好了。」

「喔？是誰背叛我？」

「敗在您手下的那些劍術極佳的人。」

「結果您沒談成？」

「他們斷然拒絕。」

「摩萊爾先生，」伯爵說，「您從來沒有見過我射擊吧？」

「從來沒有。」

「好吧，我們還有時間，您看著。」

基督山拿起美茜蒂絲進門時，他握在手裡的那對手槍，在靶板上貼上一張梅花A，連開四槍，前三槍各打在三個葉瓣上，而最後一槍打在花莖上。

每開一槍，摩萊爾的臉色就白一次。他察看基督山伯爵用來表現絕招的手槍子彈，發現都是些大粒霰彈般大小的子彈。

「真是神奇了，」他說，「您來瞧，伊曼紐爾！」

然後，他又轉身對著基督山伯爵。

「伯爵先生，」他說，「看在老天的分上，請您別殺死艾伯特先生吧！這個可憐的人還有位母親！」

「說得對，」基督山說，「而我，是沒有的。」

伯爵說這話的語氣，使摩萊爾不由得打了個寒顫。

「您是受挑釁的一方，伯爵先生。」

「當然，您想說什麼呢？」

「我是說，先開槍的會是您。」

「我先開槍？」

「喔！這是我跟他們說定，或者說是我爭取來的。我們對他們也做了夠多的妥協，因此，在這一點上該由他們讓步了。」

「相隔幾步？」

「二十步。」

伯爵脣間掠過一道嚇人的微笑。

「摩萊爾先生，」他說，「請別忘了您剛才看到的情形。」

「所以，」年輕人說，「我只能希望您的激動能讓艾伯特先生逃過一命了。」

「我會激動？」基督山說。

「要不就是您的寬宏大量，我的朋友。正因為我和您本人一樣信任您的槍法，所以我想提一個要求。要是換了別人，我對他提出這樣的要求，也許是件很荒唐的事。」

「什麼要求？」

「打斷他一條胳臂，打傷他，但別殺死他。」

「摩萊爾先生，請您還是聽我說吧。」伯爵說，「您不必來勸我對德．馬瑟夫先生手下留情。我可以先告訴您，德．馬瑟夫先生會被照顧得好好的。他會由他的兩位朋友陪著，安然無恙地回家去的，而我……」

「什麼？您？」

「哦！那就是另一回事了。我會被抬著回家的。」

「您在說什麼呢？」馬西米蘭情不自禁地失聲喊道。

「正像我對您說的，親愛的摩萊爾先生。德．馬瑟夫先生將會殺死我。」

摩萊爾驚訝不解地望著伯爵。「從昨晚到現在，您究竟遇到什麼事了，伯爵先生？」

「就跟布魯圖[9]在腓力比戰役前夜碰到的事情一樣——我看到了一個幽靈。」

「那麼這個幽靈……」

9　Brutus，布魯圖在腓力比戰役中敗於屋大維、安東尼聯軍，遂自殺。

「摩萊爾先生，這個幽靈對我說，我已經活得夠久了。」

馬西米蘭和伊曼紐爾面面相覷。基督山掏出錶來。

「我們走吧，」他說，「已經是七點零五分了，決鬥定在八點整。」

一輛準備好的馬車停在門口。基督山伯爵和兩位證人上了車。穿過走廊時，基督山伯爵在一扇門前停下聆聽。馬西米蘭和伊曼紐爾貼心地往前走了幾步，但他們好像聽見，一聲輕輕的嘆息應答了屋裡的嗚咽聲。

鐘敲八點時，他們抵到了約定的地點。

「到了，」摩萊爾從車窗裡探出頭去說，「是我們先到。」

「大人請原諒，」跟著主人一起來的，帶著滿臉無法形容驚慌之色的巴蒂斯坦說，「但我好像看見那邊樹蔭下，停著一輛車子。」

基督山伯爵俐落地跳下馬車，伸手去幫伊曼紐爾和馬西米蘭下車。馬西米蘭把伯爵的手握在自己的掌心裡。

「好極了，」他說，「我很高興地看到，這隻手的主人是個終生都會做好事的人。」

「我似乎看到，」伊曼紐爾說，「我看到兩位年輕人在那裡，很明顯地，是在等人。」

基督山伯爵把摩萊爾拉到他妹夫背後一、兩步路遠的地方。

「馬西米蘭先生，」伯爵問他，「您有心上人了嗎？」

摩萊爾驚訝地望著基督山。

「我不是要打聽您的私事，親愛的朋友，我只是問您一個簡單的問題。請回答有或者沒有。我想知道的就這麼多。」

「我愛著一個女孩，伯爵先生。」

「您很愛她？」

「勝於愛我的生命。」

「好了，」基督山說，「又是一個希望成了泡影。」

接著，他嘆了口氣，輕輕地說：「可憐的海蒂！」

「說實話，伯爵先生！」摩萊爾大聲說，「要不是我已經很了解您，我真會以為您沒那麼勇敢！」

「這是因為我在想著一個人。我就要離開她了，而我在為她嘆息！好了，摩萊爾先生，一名軍人會不懂得什麼是真正的勇敢嗎？我惋惜的又會是自己的生命嗎？對於曾在生死之間度過二十年的我來說，是生或是死又都算得了什麼呢？而且，您可以放心，摩萊爾先生，如果說這是一種軟弱的表現，那麼這種軟弱也只有在您面前才會流露。我很清楚，這個世界就像一個客廳，應當有禮且尊嚴地退出去，也就是說，應當先付清打牌輸的錢，然後鞠躬離去。」

「好極了，」摩萊爾說，「這話說得真精采。順便問一下，您把自己的槍帶來了嗎？」

「我的槍？為何要帶來？我相信這些先生們會準備的。」

「我去問一下。」摩萊爾說。

「好吧，但不要訂下協議，您明白我的意思嗎？」

「您無須擔心。」

摩萊爾向博尚和夏托．勒諾走去。那兩人見到馬西米蘭往自己走來，便迎上前幾步。三個年輕人相互鞠躬，如果不能說是很親切，至少也可說是相當客氣地彼此致意。

「不好意思，二位先生，」摩萊爾說，「我怎麼沒見到德．馬瑟夫先生。」

「今天早晨，他派人來通知我們，」夏托．勒諾回答，「要直接到這裡跟我們會合。」

「喔！」摩萊爾說。

博尚掏出錶來。「八點過五分，還不算晚，摩萊爾先生。」他說。

「哦！」馬西米蘭回應，「我並不是這個意思。」

「那邊有一輛馬車駛過來了。」夏托．勒諾說。

一輛馬車沿著一條林蔭大道疾駛而來。他們就站在這條林蔭大道和另外幾條大路的岔口上。

「先生們，想必您們準備好武器了，是嗎？」摩萊爾說，「基督山先生放棄使用自備手槍的權利。」

「我們預估到了伯爵有這方面的雅量，摩萊爾先生。」博尚說，「所以，我把我的槍帶來了。那兩支槍是我因為考慮到類似的情況，在八、九天前剛買下以備不時之需。

槍完全是新的，還沒有人使過。您是不是要查驗一下？」

「哦！博尚先生，既然您這麼肯定地說德·馬瑟夫先生跟這些槍並無關係，您當然也知道，有這話就很足夠了。」

「先生們，」夏托·勒諾說，「這輛駛來的車上，坐的不是馬瑟夫，那是，沒錯！是弗朗茲和德布雷。」

他說的這兩個年輕人朝他們走了過來。

「先生們，」夏托·勒諾跟兩人握手說，「是什麼機緣把您們帶來這裡的呢？」

「因為，」德布雷說，「艾伯特今天早晨約我們到決鬥場來會合。」

博尚和夏托·勒諾詫異地相互對望一眼。

「各位，」摩萊爾說，「我想我明白是怎麼回事了。」

「是什麼呢？」

「昨天下午，我收到德·馬瑟夫先生的一封信，約我到歌劇院見面。」

「我也一樣。」德布雷說。

「我也一樣。」弗朗茲說。

「我們也一樣。」夏托·勒諾和博尚說。

「他那是想讓我們在他挑釁要求決鬥時都在場。」摩萊爾說，「而現在，他是想讓我們在他決鬥時也都在場。」

「沒錯，」那些年輕人說，「您應該是猜中了。」

「但是，在這安排之後，他自己卻還未現身。」夏托．勒諾喃喃地說，「艾伯特已經遲到十分鐘了。」

「他來了，」博尚說，「騎著馬，跑得飛快，僕人跟在後面。」

「真是太冒失了，」夏托．勒諾說，「在我對他做了全部的叮囑後，居然騎馬來跟人用手槍決鬥！」

「還有，」博尚說，「領帶上面繫著硬領，敞開上衣，白背心，他為何不乾脆在胸口畫個小黑點呢？那不是更簡單嗎！」

在這期間，艾伯特已經到了離這五位年輕人十步外的前面。他勒住馬，跳下來，把韁繩甩到僕人的手裡。艾伯特向他們走來。他臉色蒼白，眼睛紅腫。可以看得出，他昨晚整夜沒睡過一秒鐘。在他的整張臉上，有一種異乎尋常的憂愁和莊重的表情。這種表情在他是很難得有的。

「我向各位先生們致謝，」他說，「承蒙您們應邀前來，對這種友誼，我不勝感激。」

摩萊爾在馬瑟夫走近時，往後退下了十多步，跟他隔著一段距離。

「我說的也包括您，摩萊爾先生，」艾伯特說，「對您我也同樣地感激。所以請您過來吧，朋友是不嫌多的。」

「先生，」馬西米蘭說，「您也許還不知道我是基督山先生的證人？」

「我原先不能確定，但我猜想應是如此。這樣就更好，珍視榮譽的人在這裡越多，就越滿足我的心意。」

「摩萊爾先生，」夏托・勒諾說，「勞駕去告訴基督山伯爵先生，德・馬瑟夫先生已經到了。我們悉聽他的吩咐。」

摩萊爾轉身想去履行自己的職責。同時，博尚從馬車上取下裝手槍的匣子。

「請等一下，各位，」艾伯特說，「我有兩句話要對基督山伯爵先生說。」

「私下說？」摩萊爾問。「不，先生，當著大家的面說。」

艾伯特的證人都驚愕地面面相覷。弗朗茲和德布雷低聲地交談了幾句，而摩萊爾對這意外的插曲感到很高興，於是去找到了正在一條平行的側道上跟伊曼紐爾散步的伯爵。

「他要我怎麼樣？」基督山問。

「我不知道，但他說有話要跟您說。」

「哦？」基督山說，「我相信他不是想再以新的說詞羞辱我一番！」

「我不認為他有這樣的意圖。」摩萊爾說。

伯爵由馬西米蘭和伊曼紐爾陪著走上前去。他平靜而充滿安詳與從容神色的臉，跟滿臉驚慌的艾伯特形成了一個奇特的對比。艾伯特也在走過來，後面跟著那四位年輕人。走到距離彼此三步的時候，艾伯特和伯爵都停住了腳步。

「各位先生，」艾伯特說，「請再走近些。我希望我接下來有幸對基督山伯爵先生說的話，您們都能一字不漏地聽清楚。因為，我有幸對他說的這些話，無論您們聽了會覺得有多奇怪，但只要有人願意聽，就勞駕您們去轉告他們。」

「我在等著，先生。」伯爵說。

「先生，」艾伯特一開始說話的聲音在發抖，但越往下說就越鎮定。「先生，我曾經指責您不該有意洩露德．馬瑟夫伯爵先生在伊庇魯斯的所作所為。因為，無論德．馬瑟夫伯爵先生的罪孽有多大，我認為您並沒有懲罰他的權利。可是今天，先生，我知道了您是有這個權利的。使我這麼快就認為您有這權利的，並不是弗南特．蒙代戈對阿里．帕夏的背叛，而是漁夫弗南特對您的出賣。是那次的作為對您造成無比深重的災難。因此我要對您說，我要大聲公開地說，是的，先生，您是有理由向我父親復仇的。我身為他的兒子，感謝您沒有採用更嚴厲的手段。」

即使現在的晴天上有道驚雷霹下來，打在這個意想之外場景的聽眾身上，他們也不會比聽到艾伯特的這番話來得更加吃驚。

至於基督山伯爵，他帶著一種無限感激的神情，緩緩地抬起頭來望著上天。他在艾伯特身陷羅馬強盜手中時，已經領教過他那種天不怕地不怕的脾氣。這麼一位血性男子居然會一下子變得這般忍辱負重，使他完全驚嘆。他在其中看到了美茜蒂絲的影響。他也明白了這名心地高尚的女子，昨天為什麼會任憑他許下犧牲的諾言而不置一詞。那是因為，她事先已經知道這個犧牲是不會實現的。

「現在，先生，」艾伯特說，「如果您認為我剛才向您表示的歉意已經夠了，就請把您的手伸出來吧。您似乎具有從不犯錯的罕見的美德，但我認為除此之外，在所有其餘美德中最重要的一條，莫過於承認自己的錯誤。當然我說這句話，僅僅是指我自己而言。我跟常人一樣處世行事，而您，您是按上帝的旨意生存的。只有一位天使，能夠拯救我倆之中的一個免於死亡。這位天使從天國降臨人間，即使不能說是為了讓我倆成為朋友，唉，命運決定了這是不可能的，但至少也可以說是為了讓我們相互尊重。」

基督山眼睛濕潤，胸部劇烈起伏，嘴巴微微張開。他向艾伯特伸出一隻手去，而艾伯特帶著一種近於敬畏的神情握住它。

「各位，」他說，「基督山先生慷慨地接受了我的道歉。我昨天做事過於倉促，而倉促往往是容易壞事的——我對他做錯了事。現在，我的過錯得到了補救。我希望人們不會因為我做了良心要求我做的事，而把我看成一個懦夫。但無論如何，倘若真有人對我有所誤解，」年輕人高傲地抬起頭說，彷彿他是同時在對朋友和仇敵挑戰似的。「我將會盡力去糾正他的看法。」

「昨天夜裡他出什麼事了？」博尚問夏托．勒諾，「我覺得我們在這裡演的是頗為尷尬的角色。」

「說實在的，艾伯特剛才做的事情，要不是無恥之最，就是高尚之至。」男爵回答說。

「唉！您說，」德布雷問弗朗茲，「這怎麼回事？什麼？基督山伯爵損害了德．馬瑟夫先生的名譽，而馬瑟夫先生的兒子卻居然認為他做得有理？換了我，就算我家裡出了十件約阿尼納的事，我也會認定只有一件事非做不可，就是去跟人決鬥十次。」

至於基督山伯爵，他低著頭，兩臂鬆弛無力地垂著。二十四年回憶的重負壓在了他的身上。他此刻想到的不是艾伯特，不是博尚，不是夏托．勒諾，不是在場的任何一個人——他想到的是那位勇敢的女性。她昨天來向他請求寬恕她兒子的性命。他對她許下犧牲自己的承諾，但她又以吐露一個家庭祕密的痛苦為代價，拯救了他的生命。而且，這個祕密一經揭露，這個年輕人心裡的那片孝心可能也就此斷送了。

「都是天意啊！」他喃喃地說，「呵！今天我才完全相信，我真是上帝的使者！」

第九十一章　母與子

基督山伯爵帶著憂鬱而莊重的笑容向五位年輕人躬身告別，和馬西米蘭與伊曼紐爾一起上了車。決鬥場上只剩下艾伯特、博尚和夏托．勒諾。年輕人望著他的兩位證人，眼神中全無羞愧之意，反而像在詢問他們對剛才發生之事的看法。

「喔！親愛的朋友，」博尚先開了口，這可能是因為他比較重感情，也可能是較會掩飾。「請讓我向您表示祝賀。這樣一件令人不愉快的事，能這麼解決可真讓人意想不到。」

艾伯特默不作聲，沉浸在自己的思緒中。夏托．勒諾只是用那根有彈性的手杖拍打著自己的馬靴。在一陣尷尬的沉默過後，他說：「我們要走了嗎？」

「你想走時就可以。」博尚回答，「不過，請讓我再對德．馬瑟夫先生稱讚幾句。他今天表現出罕見的寬宏大量。」

「喔！是的。」夏托．勒諾說。

「能有這麼強的自制力，真是了不起！」博尚繼續說。

「這是真的，但要是我，就做不到。」夏托．勒諾帶著一種意味深長的冷淡的神情說。

「先生們，」艾伯特插進來說，「我想您們並不明白，基督山先生和我之間曾經發生過一件非常嚴重的事情。」

「這有可能，這是有可能的，」博尚立刻說，「不過，不是隨便哪個陌生人都能明白您的英雄氣概的。早晚有一天您會看到，您必須使出全身的氣力去跟他們解釋。那樣做，對您的健康與長壽都並不合適。您是不是願意聽我對您說一句朋友的忠告？到那不勒斯，海牙，聖彼德堡，到那些安靜的地方去吧，那裡的人對榮譽的看法，要比我們這些滿腦子都是冒險精神的巴黎人理智得多。尋找平靜與遺忘，這樣幾年後，也許您能平和地回到法國來。我說的對嗎，德．夏托．勒諾先生？」

「我完全同意，」那位紳士說，「一場決鬥不了了之，就必須再進行嚴肅的決鬥不可。」

「謝謝，二位，」艾伯特帶著一個冷淡的微笑說，「我會遵從您們的忠告，但這並不是因為您們這麼說，而是我本來就打算離開法國。我同樣感謝承蒙您們的看重，來當我的證人。這一點應該說是已經銘刻在我的心裡了。在我剛才聽了您們說的話後，我還記得的就只剩這一點。」

夏托．勒諾和博尚面面相覷。兩人有著相同的看法——馬瑟夫方才表示感忱的語氣中有一種很決斷的意思。看來，要是這場談話再繼續下去，大家都會感到尷尬。

「再見，艾伯特。」博尚非常突兀地說。

他同時漫不經心地朝年輕人伸出一隻手，但後者彷彿還沒從那種木然的狀態中擺脫出來。事實上，他沒有去握這隻伸過來的手。

「再見。」夏托．勒諾也說了一句。左手仍握住那根小手杖；右手做了個再見的手勢。

艾伯特用極輕的音量說：「再見！」但他的眼神中表示的意思卻是很清楚的。在他的目光中是由抑制的忿怒，驕傲的蔑視和寬容的憤慨構成的一首詩。

兩名證人上車離去以後，艾伯特仍然一動不動，憂傷地站了片刻。之後，猛然間，他拉開僕人縛在小樹上的韁繩，俐落地跳上馬鞍，策馬一路往巴黎而去。一刻鐘後，他回到了埃爾代街的宅邸。

下馬時，他覺得好像在伯爵臥室的窗幔後面瞥見了父親蒼白的臉。艾伯特長嘆一聲轉過頭去，進了自己的那座小樓。進屋後，他看著所有從童年時代起曾帶給他許多歡樂回憶的珍貴之物。他望著油畫。畫中的人物像是微笑，而畫裡上著絢爛的色彩。他從橡木畫框裡取下母親的肖像，捲起來，讓那個金色的畫框又黑又空地地留在牆上。

隨後他把那些漂亮的土耳其彎刀，精美的英國長槍，日本瓷器，擺滿新奇的小首飾的杯爵和刻有弗歇爾[10]或巴里[11]簽名的青銅藝術品逐件擺放整齊。他把櫥門一一拉開看過後，把鑰匙插在每個櫥櫃的鎖孔上。他拉開寫字桌的一個抽屜，把身邊的全部零錢，連同擺在杯爵裡，裝在珠寶匣裡，擱在架子上的首飾配件通通放進這個抽屜。接著他又把

10　弗歇爾（一八〇七—一八五二），法國雕塑家。

11　巴里（一七九六—一八七五），法國雕塑家、水彩畫家。

所有的物件都登記在一張詳盡而準確的清單上，再把一張桌子上堆放著的書籍與紙張挪開，騰出一塊很顯眼的地方，把那張清單放在上面。

他曾吩咐過僕人不許進來，但就在他剛開始做這工作時，那名貼身男僕進屋來了。

「有什麼事？」馬瑟夫問，語氣中憂傷比憤怒的成分更重些。

「對不起，大人，」貼身男僕說，「大人吩咐過我不許來打擾，這我很清楚，可是德．馬瑟夫伯爵先生剛才派人來叫我去。」

「那又怎麼樣？」艾伯特問。

「我想在去伯爵先生那裡之前，先聽聽大人的吩咐。」

「為什麼？」

「因為，伯爵先生想必是知道由我陪大人去決鬥場的。」

「有可能吧。」艾伯特說。

「現在他叫我去，應該是要問我發生的情況。我該怎樣回答呢？」

「照實說。」

「那麼，我就說決鬥沒有進行？」

「您就說我向基督山伯爵先生道了歉，去吧。」

僕人鞠躬退下。這時艾伯特開始寫清單。當他做完這件工作時，庭院裡一陣馬蹄聲和震得窗戶作響的車輪滾動聲，引起了他的注意。他走到窗前，看見父親登上敞篷馬車往外而去。府邸的大鐵門剛在伯爵身後關上，艾伯特就朝著母親的房間走去。由於房門口沒有僕人通報，他直接往進入美茜蒂絲的臥室。但眼前見到的情景和猜出的原因，使他頓時覺得心頭像被堵住似的——他在臥室門口站住了。

兩人的心靈彷彿是相通的，美茜蒂絲在臥室裡所做的事情正是艾伯特剛才在他自己房間裡所做的。一切都整理好了——飾帶，服裝，首飾，布料，錢正要往抽屜裡放，而抽屜的鑰匙都仔細地歸在一起。艾伯特看見這些準備工作，已經明白是怎麼回事了，他喊了一聲「母親！」就撲過去摟住了美茜蒂絲的脖子。若是有位畫家能畫下這兩張臉上的表情，那一定會是一幅出色的畫作。

其實，這種毅然決然的舉動，艾伯特自己做著時並沒覺得害怕，但看著母親的行動卻嚇了一跳。「您在做什麼呢？」他問。

「您在做什麼呢？」她反問。

「哦，母親！」艾伯特喊道，激動得幾乎說不出話來。「您跟我是不一樣的！不，您千萬不能跟我一樣也下那樣的決心。因為我是來向您告別，我要離開您的家，和……和您。」

「我也一樣，艾伯特。」美茜蒂絲回答，「我也一樣，我也要走。說實話，我還希望兒子能陪我一起離開。莫非我想錯了？」

「母親，」艾伯特語氣堅決地說，「我不能讓您去分擔我準備承受的命運。從今以後，我必須去過著既無地位，也無財產的生活。剛開始學著過這種艱苦日子的時候，在我能賺到錢以前，還需要先向一位朋友借貸來維持生計。所以，我的好母親，我正要去弗朗茲那裡，請他借給我一小筆錢，來應付必要的開支。」

「您，我可憐的孩子！」美茜蒂絲喊道，「您，您要去忍受貧窮與饑餓？哦！不要說了，您會打破我的決心。」

「但不會打破我的，母親。」艾伯特回答說，「我年輕力健，而且我相信我是勇敢的。從昨天起，我明白了一個人的意志能有多大的力量。喔！母親，有些人曾經受過那麼多苦，但他們非但沒有死去，而且在上天曾給過他們幸福許諾的廢墟上，憑著上帝曾給過他們殘存的希望，重新獲得了財富與幸福！我見過這樣的人，母親。我知道他們是怎樣憑著魄力和勇氣，從敵人把他們扔進去的深淵裡爬上來，戰勝對手，反過來把那些當年的勝利者拋下去的。是的，母親，我從今天開始，就要跟過去一刀兩斷。我什麼都不要，甚至連我的姓氏也捨棄。因為，您能明白，您的兒子是不能再用一個會在別人面前感到臉紅的人的姓氏！」

「艾伯特，我的孩子，」美茜蒂絲說，「假使我的心能更堅強些，我本來也會對您這麼說。我微弱的聲音沒能說出的話，您的良知代我說了。就照您的良知去做吧，我的孩子。您有過朋友，艾伯特，現在暫時中斷和他們的聯繫吧。但請以您母親的名義發誓，千萬別絕望！在您這樣的年齡，生活還是美好的，親愛的艾伯特，因為您才二十二歲。既然一顆像您這樣純潔的心靈，需要一個毫無瑕疵的姓氏，那就用我父親的吧。他叫埃雷拉。

「我了解您，我的艾伯特，不管您從事什麼職業，您用不了多久就會為這個名字爭光的。到那時，我的朋友，到您重新回到社交界時，過去的不幸只會使您顯得更加輝煌。但是，儘管我想得這麼美好，結果卻未必如此，那至少讓我保留這點希望吧。我也只剩這個期盼了，因為我前面已經沒有多少路，當我跨出這屋宅時，墳墓就在等待著我了。」

「我會照您的心願去做的，母親。」年輕人說，「是的，我也有跟您一樣的希望。您是這麼純潔，而我又是完全無辜，上天的震怒不會跟隨著我們的。但是既然我們決心已定，那就馬上行動吧。德．馬瑟夫先生出去已經差不多半小時了，您也知道，趁這個機會，我們可以無須多言，安靜地離開吧。」

「我準備好了，我的兒子。」美茜蒂絲說。

艾伯特馬上跑到大街上，叫了一輛出租馬車，它將載著他倆離開這個宅邸。他記得聖父街上有座小屋是連傢俱出租的，母親在那裡可以有個簡樸，但體面的住處。於是，他準備帶伯爵夫人到那裡去。正當出租馬車停在門口，艾伯特跳下馬車的時候，一個人走到他面前，交給他一封信。艾伯特認得這位管家。

「伯爵先生的信。」貝爾圖喬說。

艾伯特接過信，拆開看了起來。看完以後，他用眼睛四處尋找貝爾圖喬，但他在年輕人看信時，早就走得不見蹤影了。於是，艾伯特眼裡流著淚，胸脯激動地起伏著，回到美茜蒂絲的房裡，一言不發地把這封信遞給她。

美茜蒂絲念道：「艾伯特：在向您表明我已經得知您正待實行的計畫同時，我也想向您表明，對您的用心良苦，我是完全理解的。您現在已經一無牽掛，您要離開伯爵的家，而且您要帶著您那亦然了卻牽掛的母親離開您們的家。可是，請仔細想想，艾伯特，您欠她的情，您憑著自己那顆可憐高貴的心，是無法還清的。您自己盡量去搏鬥，去受苦吧。但是，請別讓她去受您在奮鬥的最初階段無法避免的貧困折磨。因為，就連今天蒙在她身上的災難陰影，也並非她應該承受的。上帝是不會願意看到一個無辜的人去為一個罪人贖罪的。

「我知道您倆就要離開埃爾代街的宅邸，而且什麼東西都不帶走。我是怎麼知道的，您不用去打聽。我知道了，這就行了。請您聽我說，艾伯特。

「二十四年前，我滿懷喜悅和驕傲回到了故鄉。我有一個未婚妻，艾伯特，那是一位我心愛的聖潔女孩。我為我的未婚妻帶去了一百五十枚金路易，那是我沒日沒夜地工作，辛辛苦苦存下的積蓄。這筆錢是給她的，是特地留給她的。我深知大海是變化莫測的，所以就把我們的這筆財產埋在了我父親住所樓房的小花園裡。這棟樓房就在馬賽的梅朗小路上。這間可憐而珍貴的小屋，艾伯特，您母親是很熟悉的。

「我最近回巴黎時，途經馬賽，我去看了這勾起我許多痛苦回憶的屋子。那天晚上，我拿著鐵鍬在當初埋錢的地方挖下去。鐵箱還在老地方，誰也沒碰過它。它還在那棵無花果樹的樹蔭下躺著。那棵無花果樹，還是我父親在我出生的那天種下的。

「好了！艾伯特，這筆當初準備給那位我心愛的女孩，幫她過著寧靜生活的錢，今天由於一種奇特而悲傷的巧合，又可以派上同樣的用場了。哦！請您一定要理解我的意思。因為，我完全可以拿出幾百萬錢來給這位可憐的女子，我只是把我離開我心愛的女孩以後，就一直被遺忘在我那可憐的小屋裡的一塊黑麵包給了她。

「您是個寬宏大量的人，艾伯特，但您或許還是會讓驕傲或怨恨蒙住了雙眼。如果您拒絕我，如果您向別人去要求我有權向您提供的幫助，那我就要說，有個人的父親是受您的父親之害，在饑餓和絕望中悲慘地死去的。而您竟拒絕這個人提供給您母親的生活費，這就很難說得上是寬宏大量了。」

信念完了，艾伯特臉色蒼白地佇立不動，等待著母親做出決定。

美茜蒂絲舉頭望著上天，雙眼中充滿著一種難以形容的神情。「我接受，」她說，「他有權給我一份帶到修道院去的錢！」

說完，她把信藏在胸口，挽起兒子的手臂，以一種或許連她自己也意想不到的堅定步伐走下樓去。

第九十二章　自殺

這時，基督山伯爵也跟伊曼紐爾和馬西米蘭一起回到了巴黎。歸途是愉快的。伊曼紐爾毫不掩飾的流露出，他對這對場決鬥能和平落幕的興奮情緒。摩萊爾坐在車廂的一個角落裡，讓開心的妹夫滔滔不絕地表達自己的意見。而他則把那分同樣愉快亢奮的感覺留在心裡，只是，他發亮的目光卻洩漏了自己的情緒。

馬車駛到特羅納城門時，遇到了貝爾圖喬。他佇立不動，像個站崗的哨兵似的等候在那裡。基督山伯爵從車窗探出頭去，跟他低聲地交談了幾句，隨後這位管家就消失不見了。

「伯爵先生，」車子駛近王宮廣場時，伊曼紐爾說，「請讓我在家門口下車吧，我想盡早讓我妻子不要再為您和為我擔心。」

「要是現在慶賀勝利不會顯得可笑的話，」摩萊爾說，「我很想邀請伯爵先生到我們家去。不過，伯爵先生想必也有不安的心靈需要他去撫慰。所以，我們既然到了，伊曼紐爾，那就向我們的朋友告別，讓他趕快回家吧。」

「等一下，」基督山說，「請不要一下子就讓我少了兩個同伴。伊曼紐爾先生，請趕快回到您可愛的妻子身邊，代我向她表示我由衷的敬意吧。摩萊爾先生，請您陪我到香榭麗舍大道。」

「沒問題。」馬西米蘭說，「我正好在那一帶有件事要辦，伯爵先生。」

「我們要等您吃飯嗎？」伊曼紐爾問。

「不用了。」年輕人說。

車門又關上了，馬車繼續趕路。

「您看，我給您帶來了多好的運氣。」車廂裡只剩摩萊爾和伯爵時，摩萊爾說，「您沒有這麼想過嗎？」

「有想過，」基督山說，「正因為這樣，我才想希望您留在我身邊。」

「那真是奇蹟。」摩萊爾繼續說，把自己的想法說了出來。

「什麼事？」基督山說。

「就剛才發生的事。」

「是的，」伯爵微笑著回答，「您說對了——那是個奇蹟！」

「因為艾伯特是個勇敢的人。」摩萊爾接著說。

「非常勇敢。」基督山說，「我曾經見過他在匕首懸在頭頂上的當下照樣睡著。」

「我還知道他決鬥過兩次。」摩萊爾說，「跟他今天早晨的表現相比，真不知道該做何解釋？」

「這應該都要歸功於您的影響力吧？」基督山微笑著說。

「幸好艾伯特先生不是軍人。」摩萊爾說。

「為什麼？」

「在決鬥場上道歉，那怎麼行！」年輕的上尉搖著頭說。

「算了吧，」伯爵語氣溫和地說，「請不要懷有庸俗之人的偏見，摩萊爾先生！請您放在心上，如果艾伯特是勇敢之人，那麼，他就不會是個懦夫。他今天早上的行為，一定有使他非那麼做不可的理由。他的表現，沒有其他說法，而是一種英雄氣概。」

「是的，當然是的。」摩萊爾回答說，「不過，我還是要像西班牙人那樣說一句：『他今天不如昨天勇敢。』」

「您會和我一起用早餐的，是嗎，摩萊爾先生？」伯爵換了個話題說。

「不了，我十點鐘就必須跟您分手。」

「那麼您是跟人約定一起吃早餐了？」

摩萊爾笑著搖搖頭。

「但您一定是要在某處吃飯的。」

「如果我說我不餓呢？」年輕人說。

「喔！」伯爵說，「我只知道有兩種情感會使人失去胃口。一種是悲傷，但是我看得出您現在非常開心，所以不是這種情況。另一種是愛情。因此，根據您向我吐露過的心跡，我想我可以認為……」

「喔，伯爵先生，」摩萊爾愉悅地回應，「我不想否認。」

「您不想對我說說這件事嗎，馬西米蘭先生？」伯爵語氣急切地說，從中可以看出他很想知道這個祕密。

「今天早晨我向您表明過我的心跡了，是嗎，伯爵先生？」

基督山伯爵朝年輕人伸出一隻手去，做為回答。

「那麼，」摩萊爾繼續說，「既然我這顆心不再與您一起留在萬森森林，我就必須到別處去找它了。」

「去吧，」伯爵緩緩地說，「去吧，親愛的朋友。但請答應我，如果您覺得遇到了什麼麻煩，請別忘記我在這個社會上還有些影響力。我很樂意利用它來為我所愛的人做點事情。而您，摩萊爾先生，我愛您。」

「我會記住的，」年輕人說，「就像自私的孩子在需要父母幫助的時候就會記得他們一樣。當我需要您的幫助，當那個時候來臨時，我會去找您的，伯爵先生。」

「很好，我期待您的諾言。那麼，再見了。」

「再見，直到我會再次相會。」

這時，馬車到了香榭麗舍大道的宅邸門口。基督山伯爵打開車門。摩萊爾跳下車去。貝爾圖喬等候在臺階上。摩萊爾沿著馬里尼大街走遠了，基督山急步走到貝爾圖喬面前。

「怎麼樣？」他問。

「是的！」管家回答，「她要離家出走了。」

「她的兒子呢？」

「他的貼身男僕弗洛朗丹說他也要走。」

「跟我來。」

基督山伯爵帶著貝爾圖喬走進書房，寫了我們上面看到過的那封信，交給這名管家。

「去吧，」他說，「快送去。順便告訴海蒂說我回來了。」

「我在這裡。」年輕女孩說，她聽到馬車的聲音，已經下樓來了，看到伯爵安然無恙地回來，她的臉興奮得容光煥發。

貝爾圖喬退了出去。海蒂在焦急不安地等了這麼久才盼來的重逢的最初時刻，同時感受到了一個女兒與父親重逢時的各種欣喜之情和一名情婦再次見到愛人時的激情之愛。當然，基督山伯爵沒有顯露太多的情緒，但心裡的快樂卻是有過之無不及的。喜悅，對於受苦已久的心靈來說，好比久旱逢甘霖的大地。心靈和土地盡情地吸吮著落在它們身上的甘美雨露，只是，在外表上卻是什麼也看不出來的。不久前，基督山伯爵才剛剛明白了一件他長久以來一直不敢相信的事——這世上有兩個美茜蒂絲——他還可以得到幸福。

他洋溢著幸福激情的目光，充滿渴望地凝視著海蒂濕潤的雙眼。正在這時，房門突然地打開來了。伯爵皺了皺眉頭。

「德．馬瑟夫先生來訪！」巴蒂斯坦說，彷彿這句話等同於道歉。

果然，伯爵的臉上露出了喜色。

「哪一個？」他問，「子爵還是伯爵？」

「是伯爵先生。」

「哦！」海蒂喊道，「難道事情還沒結束嗎？」

「我不知道是不是都結束了，我心愛的孩子。」基督山握住年輕女孩的手說，「但我知道，您什麼也不用害怕了。」

「但他就是那個惡徒……」

「那個人是無法傷害我的，海蒂，」基督山說，「只有他的兒子才能導致讓我害怕之事。」

「所以，我有多麼擔驚受怕，」年輕女孩說，「您永遠無法明白的，大人。」

基督山笑了。

「我憑我父親的墳墓向您發誓！」基督山把一隻手放在女孩的頭上說，「如果有不幸要降臨的話，那絕不會是落在我的身上。」

「我相信您，大人，就像這是上帝對我說的一樣。」年輕女孩一邊說，一邊把前額湊給伯爵。

基督山伯爵在這純潔而美麗的額頭上吻了一下。這個吻同時使兩顆心怦然跳動——一顆是猛烈的；另一顆是悄然的。

「哦！」基督山喃喃地說，「我被允許可以再愛了嗎？……請德·馬瑟夫伯爵先生進客廳吧。」他陪著美麗的希臘女孩走向一座暗梯，同時對巴蒂斯坦說。

我們必須先解釋這次的來訪。雖然對基督山伯爵來說是意料之中的事，但對讀者而言就未必如此了。

上面已經說過，美茜蒂絲在臥室裡，如同艾伯特在他自己房裡把物品都整理好一般，她正把首飾分門別類放好，櫥門全都鎖好，鑰匙都歸在一起，將所有物件都安排整齊。在她整理安排的時候，並沒有看見貼在房門玻璃上那張蒼白而陰沉的臉。房門玻璃是供走廊採光用的，從那裡不僅可見也可聽到屋裡的動靜。所以，貼在房門玻璃上往裡看的那個人，雖然不會被看見也不會被聽到，但是，他卻幾乎可以全看到，也全聽見德·馬瑟夫夫人臥室裡發生的事情。

那個臉色蒼白的人離開那扇房門，走進德·馬瑟夫伯爵的臥室。進了屋子，他就用一隻痙攣的手撩開朝向院子的窗戶窗幔。他就那樣在窗前站了十分鐘，一動也不動，一聲也不響，聽著自己怦怦的心跳聲。對他來說，那十分鐘相當長的。

就在這時，艾伯特從與基督山伯爵的決鬥場回來，察覺到在窗幔後面等他回來的父親，便頭轉到另一邊去。伯爵睜大的眼睛，因為他知道艾伯特昨天曾狠狠地侮辱過基督山伯爵。那樣的侮辱，無論在世界上哪個國家，都只會導致一場殊死的決鬥。所以，既然艾伯特安然無恙地回來，那表示仇已報了。一股無法形容的喜悅神色明亮了那張慘澹的臉，猶如被雲層遮住前的最後一道陽光，照進的是一座墳墓而不是一張沙發。

但是，就像我們提過的狀況，他白等了。因為，他的兒子並沒有到他屋裡去稟告他的勝利。他能理解在替父親完成洗刷名譽的決鬥前，他的兒子不願見到自己的理由。可是，當已完成復仇時，他的兒子為什麼還不來投入他的懷抱呢？

就在伯爵沒有見到艾伯特之後，就派人去喚他的僕人來。我們知道，艾伯特吩咐過他對伯爵什麼也不用隱瞞。十分鐘後，只見德．馬瑟夫將軍出現在臺階上，身穿黑色禮服，黑長褲，戴軍服硬領，黑手套。看樣子，他已事先下過指令，因為，他剛走到最後一級臺階時，套好馬匹的馬車就從車庫裡駛過來了，停在他的面前。這時，他的貼身男僕把一件軍裝大衣扔進車廂裡，大衣裡包著兩把長劍。隨後，僕人關好車門，在車伕身邊坐下。車伕在敞篷馬車的前座上向後轉身等候吩咐。

「到香榭麗舍大道，」將軍說，「基督山伯爵府邸。快！」

馬匹在頻頻的鞭打中往前疾奔，五分鐘後，它們停在伯爵府邸的門前。德．馬瑟夫先生自己打開車門，沒等車子停穩，就像個年輕人似的跳到旁邊的側道上，拉了鈴，隨即帶著僕人消失在打開的大門裡。片刻之後，巴蒂斯坦向基督山先生通報德．馬瑟夫伯爵來訪。基督山伯爵在送走海蒂的同時，吩咐讓德．馬瑟夫伯爵先到客廳。將軍在客廳裡來回踱著大步，走到第三回轉過身時，看見基督山伯爵已站在門口。

「哦！是德．馬瑟夫先生，」基督山語氣平靜地說，「我還以為是聽錯了。」

「沒錯，是我。」伯爵的嘴角痙攣，沒法清楚地吐出聲音。

「我能請教一下，是什麼原因使我能有幸在一大早就見到德．馬瑟夫先生呢？」

「您今天早晨沒有跟我的兒子進行一場決鬥嗎，先生？」將軍問。

「我有。」伯爵回答。

「我還知道我兒子有充分的理由要來跟您決鬥，並且會豁出性命地殺死您。」

「是的，先生，他有非常充分的理由。但是，您看見了，儘管動機十足，他卻沒有殺死我，甚至沒有跟我動手。」

「但是，他認為您就是他父親蒙受奇恥大辱的原因，就是我的家庭此刻遭受毀滅之禍的源頭。」

「這是事實，先生，」基督山帶著他嚇人的平靜神色說，「但那是次要的原因，而非主因。」

「可想而知，是您向他道了歉，或是做了解釋？」

「我沒有解釋任何事，倒是他向我道了歉。」

「但是，您認為他為什麼會這麼做呢？」

「可能是因為他認定了，在這件事中有一個人的罪孽比我更深。」

「那個人是誰？」

「他的父親。」

「就算是吧，」伯爵臉色變得慘白地說，「可是您知道，罪孽之人是不喜歡被人定罪的。」

「我知道，也預料到了會發生的事。」

「您料想到了我的兒子是個懦夫！」伯爵喊道。

「艾伯特．德．馬瑟夫先生根本不是懦夫。」基督山說。

「一個人手裡拿著劍，而且在伸劍可及的地方就站著一個不共戴天的仇人，卻不去決鬥，就是個懦夫！即使他在這裡，我也會這麼當面對他說！」

「先生，」基督山冷冷地回答，「我沒想到您來找我，就是為了告訴我這些家庭瑣事。這些話請回去跟艾伯特先生說吧，也許他會知道怎麼回答您的。」

「哦！不，不，」將軍嘴角浮起一個轉瞬即逝的微笑說，「不，您說得對，我不是為這而來的！我是來告訴您，我也認為您是我的仇敵！我是來告訴您，我本能地憎恨您！我覺得我早就認識您，早就在恨您！總之，既然這個時代的年輕人不喜歡決鬥，那就讓我們一決高下。您意下如何，先生？」

「當然好。剛才我說道我已預見會發生什麼事，指的正是您的大駕光臨。」

「太好了。您都準備好了？」

「是的，先生。」

「您知道這場對決，一定要打到我倆其中一人死亡才結束嗎？」將軍咬牙切齒憤怒地說。

「直到我倆其中一人死亡。」基督山伯爵緩緩地點頭說。

「那我們開始吧。我們不需要任何證人。」

「完全正確，」基督山說，「不需要，我們對彼此很熟悉了！」

「正好相反，」伯爵說，「我跟您並不認識。」

「是嗎？」基督山仍然帶著不退讓的冰冷神情說，「讓我們看看吧。您不就是在滑鐵盧戰役前夜擅離職守的士兵弗南特嗎？您不就是在西班牙為法國軍隊當嚮導和奸細的那位弗南特中尉嗎？您不就是叛變，出賣與殺害恩主阿里的那位弗南特上校嗎？而這些弗南特合在一起，不就是那位陸軍少將兼貴族院議員德・馬瑟夫伯爵嗎？」

「哦！」將軍喊道，這些話就像燒紅的烙鐵燙在了他的身上。「您這個惡人，在您或許就要殺死我之前，還要來數落我的恥辱！不，我沒說我對您是一位陌生之人。我知道得很清楚，魔鬼，您滲透到黑暗之中看到了往事。您翻閱了——我不知道您是憑著什麼火光——我過去經歷的每一頁紀錄！可是在我身上，在我的恥辱裡面，或許還有比您漂亮的外衣之下更光榮的東西。不……不，我知道您認識我，可是，我只知道您是個披金戴銀且珠光寶氣的冒險家。在巴黎您自稱是基督山伯爵。在義大利，您叫水手辛巴達。在馬爾他，我忘了您是叫什麼。可是，我想知道的是您的真名。當我在決鬥場上把劍插進您心臟時，我將要喊的，就是這個在您的一百個名字當中唯一的真名。」

基督山伯爵臉色變得異樣慘白，淺黃褐色的雙眼裡透出灼人的火光。他疾步走進跟臥室相連的小間，一下子就脫下了領帶，禮服和背心，穿上一件窄小的水手上衣，戴上一頂水手帽，露出幾綹長長的黑髮。

他回到客廳，把雙手叉在胸前。咄咄逼人且毫不容情地向將軍走去。馬瑟夫起初不明白基督山伯爵為什麼突然離開，所以一直在等著。此刻，一見迎面走來的基督山伯爵，他只覺得牙齒格格打顫，兩腿發軟，不由自主地往後退去，直到碰到一張桌子，痙攣的手得以抓住一個支撐的地方才停住。

「弗南特！」基督山對他喊道，「在我的一百個名字中間，我只要說出一個就能嚇死您，而這個名字，您也猜到了，不是嗎？或者您也已經記起來了，是嗎？因為，飽經憂患又受盡折磨的我，今天讓您看到的是一張由於復仇的喜悅而變得年輕的臉。這張臉，您應該是經常在夢中見到的，自從您娶了美茜蒂絲，我的未婚妻！」

將軍的頭往後仰，兩手往前伸，目光凝滯，默不作聲地盯著眼前可怕的景象。隨後，他退後靠在牆上，貼著牆壁慢慢地摸到門口，一邊往後退出房門，一邊發出一聲悲涼、哀傷、淒厲的叫喊：「愛德蒙．鄧蒂斯！」

然後，他連連發出不成人聲的哀號，拖著身子走到前廳，像醉漢似的穿過庭院，在倒進他貼身男僕臂彎的同時，只是含糊不清地低聲吐出了這麼幾個字：「回府！回府！」

一路上，涼爽的空氣以及僕人的注意所引起的羞愧，使他恢復了能集中精神的狀態。只是路程很短，馬車越是駛近府邸，伯爵就越感到所有的痛苦又重新回來了。到了離府邸還有幾步路的地方，伯爵吩咐停住，下了車。府邸的大門敞開著，有一輛出租馬車停在院子裡。那名車伕被叫進這座華麗的宅邸時，也感到吃驚。伯爵驚恐地望著這輛馬車，但不敢向任何人發問，直接往自己的房間跑去。有兩個人正在下樓，他連忙閃進一個小房間，剛好來得及躲過。那是美茜蒂絲扶著兒子的手臂，正要離開宅邸。

母子倆從躲在錦緞門簾後面的不幸之人身邊走過。他甚至能感覺到美茜蒂絲的裙袍從他身上擦過以及他兒子說以下的話時，呼出的溫暖氣息。

「勇敢些，母親！我們走吧，這已經不是我們的家了。」

話聲消失了，腳步聲遠去了。

將軍直起身子，用攣縮的雙手攀住錦緞門簾，死命抑制住可怕的嗚咽。那是發自一個被妻子和兒子同時拋棄的父親的可怕悲鳴。不久，他聽見出租馬車的鐵門砰一聲地關上，隨後是車伕的吆喝聲和震得窗玻璃格格作響的沉重車輪滾動聲。這時，他奔進臥室，想再看一眼他在這世上所愛過的兩個人。可是馬車向外駛去時，美茜蒂絲和艾伯特都沒有在車窗前露一下臉。誰也沒有向這幢孤零零的屋子，向這個被拋棄的丈夫和父親望上最後的一眼。那個表示著告別和留戀——也就是寬恕——的最後的一眼。

於是，就在出租馬車轔轔駛出大門拱頂的同時，響起了一聲槍響。從那間臥室的一扇被爆炸聲浪震碎的玻璃窗裡，冒出了一縷黑煙。

第九十三章　瓦朗蒂娜

我們應該早就猜到，摩萊爾有約的地點是在那裡。

與基督山伯爵分手以後，摩萊爾就慢慢地朝維爾福的府邸走去。我們說「慢慢地」，是因為他有半個多小時可以用來走這五百步路。不過，儘管時間綽綽有餘，他因急於想獨自安靜地思考，所以還是早早地就跟基督山伯爵道別。

他完全知道這時是什麼時間——是瓦朗蒂娜正在侍奉諾瓦第埃吃早餐的時候。而這種盡孝道的時間當然是不容打擾的。諾瓦第埃和瓦朗蒂娜跟他約定，每星期讓他去兩次。今天，他就是要去享受這分權利的。

他到達時，瓦朗蒂娜正等著他。她焦急不安，幾乎是神情慌亂地抓住他的手，把他帶到她祖父面前。這種幾乎到了神情慌亂的焦急不安情緒，是因為馬瑟夫的舉動在社交圈裡激起的波瀾所造成的。歌劇院的事件，已經鬧得人盡皆知（社交圈總是無所不知的）。在維爾福府上，沒有人懷疑這個事件一定要靠決鬥來了結。瓦朗蒂娜憑著女性的本能，猜到了摩萊爾必定會是基督山伯爵的證人。這位年輕人素以勇敢著稱，她又知道他對伯爵的友情有多深厚。所以，她擔心他會不安於只是當名證人在一邊袖手旁觀。因此，我們能夠理解，她是如何迫不及待地想詢問與聆聽每一個細節以及摩萊爾的回答。

等到她得知決鬥以一種意想不到且令人欣慰的方式落幕時，摩萊爾從心上人的眼睛裡看到一種無法形容的歡欣神情。

「現在，」瓦朗蒂娜說，同時對摩萊爾做了手勢，讓他坐在她祖父的旁邊。她自己則坐在他的小足凳上。「現在來談點我們自己的事吧。您知道嗎，馬西米蘭，爺爺有一陣子曾經打算離開這個家，另外租一間遠離德．維爾福府邸的公寓？」

「是的。」馬西米蘭說，「我記得這個計畫，而且當時我就相當贊成。」

「那就好！」瓦朗蒂娜說，「請您再次贊成吧，因為爺爺又重新想到這個計畫了。」

「太好了！」馬西米蘭說。

「您知道是什麼原因，」瓦朗蒂娜說，「讓爺爺決定要離開這座屋子嗎？」

諾瓦第埃望著孫女，想用眼神示意她別說。但是，瓦朗蒂娜沒有注意到他。她的眼睛，她的目光，她的微笑，都是對著摩萊爾的。

「哦！無論諾瓦第埃先生的理由是什麼，」摩萊爾喊道，「我敢確定一定是一個很有道理的原因。」

「一個相當出色的理由，」瓦朗蒂娜說，「他假裝說聖奧諾雷區的空氣對我不好。」

「是嗎？」摩萊爾說，「這個說詞，諾瓦第埃先生可能說對了。近半個月來，我覺得您的健康情況越來越糟糕了。」

「是有些不好，」瓦朗蒂娜回答說，「所以爺爺變成了我的醫生。爺爺什麼都懂，因此，我對他有最足夠的信任。」

「您真的生病了嗎？」摩萊爾急切地問。

「哦！這不能稱之為病。我只是覺得渾身有點不舒服。我沒有胃口，覺得胃裡總是有些翻騰，像是要適應什麼東西似的。」

諾瓦第埃一字不漏地聽著瓦朗蒂娜的每一句話。

「這種沒查明的毛病，您是用什麼藥來治的呢？」

「很簡單，」瓦朗蒂娜說，「我每天早晨服一匙他們為我祖父調製的藥水。我說一匙，是說剛開始時服一匙，現在我已經服到四匙了。祖父說這是一種萬靈藥。」

瓦朗蒂娜笑了，但可以明顯地看出她的不舒服。陶醉在愛情中的馬西米蘭，靜靜地凝視著她。她很美，但是，她的臉色比以往更蒼白。她的雙眼比平時更閃亮。她平日裡有如珍珠般白皙的雙手，如今彷彿是蠟製的，而蠟黃的色調一天比一天明顯。年輕人把視線從瓦朗蒂娜移到諾瓦第埃身上。他正以一種奇特而深邃的目光看著沉浸在戀愛中的年輕女孩。而他也和摩萊爾一樣，很關心這些原因不明的病徵。它們不易察覺，以至於除了祖父和情人，誰都沒有注意到。

「不過，」摩萊爾說，「我以為這種您已經吃到四匙的藥水，是要調配給諾瓦第埃先生的處方？」

「我知道這藥很苦，」瓦朗蒂娜說，「苦得我再喝什麼東西，都好像是同一個味道。」

諾瓦第埃以詢問的眼神望著孫女。

「是的，爺爺，」瓦朗蒂娜說，「是這樣的。剛才下樓到這裡來以前，我喝了一杯糖水。我剩了半杯沒喝完，那水喝起來很苦。」

諾瓦第埃臉色發白，示意他想說話。瓦朗蒂娜站起身，想去拿字典。諾瓦第埃帶著顯而易見的焦慮神情注視著她。果然，年輕女孩渾身的血直往臉上衝，兩頰變得緋紅。

「哦！」她喊道，仍是維持她開心的樣子，「真是奇怪！我看不清了！難道是陽光刺著眼睛嗎？」說完，她扶住了窗子。

「可是現在陽光不強啊。」摩萊爾說。諾瓦第埃臉上的表情要比瓦朗蒂娜的身體不適更使他感到不安。他朝瓦朗蒂娜奔去。年輕女孩笑了笑。

「您放心吧，爺爺，」她對諾瓦第埃說，「您也放心吧，馬西米蘭，沒事的，已經過去了。可是您們聽！我在院子裡聽到了什麼，那不是一輛馬車的聲音嗎？」

她打開諾瓦第埃的房門，跑到走廊上的一扇窗戶前，又趕緊跑了回來。

「沒錯，」她說，「是鄧格拉斯夫人和她女兒來看我們。再見，我必須趕緊走了，要不然，她們會叫人到這裡來找我的。或者，還是說等會兒見，馬西米蘭。請您就待在爺爺身邊，我答應您不留她們。」

摩萊爾目送她離去，看著她關上房門，聽著她走上小樓梯。那座樓梯可以同時通往德．維爾福夫人和她的房間。等她走後，諾瓦第埃示意摩萊爾去把字典拿來。摩萊爾馬上照辦。瓦朗蒂娜教過他，所以他很快就學會了怎樣弄懂老人的意思。

然而，不管他怎麼熟練，因為每次都必須先從頭往下背，找到要找的字母，再到字典裡把一個一個的字找出來，所以，直到十分鐘以後，老人的意思才被表達成這樣的一個句子：「去把瓦朗蒂娜房間裡的那杯水和那個玻璃瓶都拿來。」

摩萊爾立即拉鈴喚那名接替巴魯瓦的僕人進來，並以諾瓦第埃的名義吩咐他。那名僕人不久後就回來了。玻璃瓶和杯子都是空的。諾瓦第埃示意他想說話。

「為什麼杯子和玻璃瓶都是空的？」他問，「瓦朗蒂娜說她只喝了半杯。」弄明白這個問題又花了五分鐘。

「我不知道，」僕人說，「不過瓦朗蒂娜小姐的貼身女僕在房裡，說不定是她倒掉的。」

「去問問她。」摩萊爾說。這次他是從諾瓦第埃的眼神中理解他的意思。

僕人出去以後，幾乎馬上就回來了。

「瓦朗蒂娜小姐到德．維爾福夫人屋裡去的時候，經過她自己的房間。」他說，「她因為口渴，就進屋把杯裡剩下的半杯水喝了。那個玻璃瓶裡的水，被愛德華少爺倒掉給鴨子做水塘。」

諾瓦第埃抬頭望著上天，神情就像一個孤注一擲的賭徒。然後，老人的視線就落在房門口，始終不離那個方向。

瓦朗蒂娜見到的人果然就是鄧格拉斯夫人和她女兒。她倆已被請到德．維爾福夫人的客廳裡，因為維爾福夫人說了要在她的套房裡見她們。瓦朗蒂娜之所以要經過自己的房間，就是這個緣故。她的房間跟繼母的房間在同一層樓上。兩間套房中間只隔著愛德華的臥室。

兩位女士走進客廳時，帶著一種近乎正式訪問的生硬態度。這種態度意味著訪客是為通知消息而來。在社交場上，人們彼此間的談吐舉止該用什麼分寸，一眼就能看清。德．維爾福夫人就是用一本正經來回敬一本正經的。這時，瓦朗蒂娜進來了，彼此又行了一次屈膝禮。

「親愛的朋友，」男爵夫人說，這時兩位女孩正彼此拉住對方的手。「我跟歐仁妮來，是為了想最先向您們宣布一個消息。就是，小女和卡瓦爾坎第親王將於近期內舉行婚禮。」

鄧格拉斯執意要用親王的頭銜。因為那位平民出身的銀行家覺得這個頭銜比子爵和伯爵更氣派。

「那就請允許我向您表達誠摯的祝賀吧。」德．維爾福夫人回答，「卡瓦爾坎第親王殿下看上去是位出類拔萃且難得的年輕人。」

「請聽我說，」男爵夫人笑容可掬地說，「說句朋友間的話，我覺得親王的前程要比我們，現在看到的更不可限量。在他身上，有些特別的舉止，讓我們這些法國人看一眼就認得出是一位義大利或者德國的紳士。除此之外，他心地特別高尚，感情也非常細膩。最後，鄧格拉斯先生對我保證，他的財產極為可觀，這是他的原話。」

「還有，」歐仁妮一邊翻著德．維爾福夫人的畫冊，一邊說，「您要再加上一句，夫人，說您對這位年輕人有一種特殊的仰慕之情。」

「那麼，」德．維爾福夫人說，「我不需要問您是否也有同樣的仰慕之情了。」

「我？」歐仁妮以平常的果斷口氣回答，「哦，根本沒有，夫人。我的志向，不是把自己拴在家庭瑣事或者在一個男人的反覆無常之上。而是想成為一位藝術家，那樣才能有心靈，人格和思想的自由。」

歐仁妮的這番話說得堅定果決。瓦朗蒂娜聽著，不由得臉上升起了紅暈。這位嬌弱的女孩無法理解那種似乎沒有半點女性羞怯的個性。

「何況，在各種情況下」歐仁妮繼續說，「既然不管我願意不願意，都必須結婚，那麼，我真要感謝上帝讓我能從與艾伯特．德．馬瑟夫先生的婚約中逃脫。否則，我今天就成為一個名譽掃地的男人之妻了。」

「這倒是真的。」男爵夫人帶著一種很奇特的天真神情說。這種神情儘管在平民百姓中屢見不鮮，卻也沒讓那些貴夫人們就因此摒棄不用。所以，有時候在顯貴的夫人們身上也能見到這種神情。「要不是馬瑟夫那麼猶豫不決，小女早就成了艾伯特先生的夫人了。將軍恨不得結成這門親事。他甚至還上門當面向鄧格拉斯先生幫兒子提親，幸虧沒答應他。」

「可是，」瓦朗蒂娜怯生生地說，「父親的恥辱一定要強加在兒子身上嗎？在我看來，艾伯特先生跟將軍的背叛行為是毫無關連的。」

「真不好意思，」另一位年輕女孩毫不容情地說，「艾伯特先生的羞辱是咎由自取。聽說他昨晚在歌劇院向基督山先生挑釁之後，今天竟然在決鬥場上向他道歉。」

「這不可能！」德・維爾福夫人說。

「唉！親愛的朋友，」鄧格拉斯夫人帶著我們剛才提過的那種天真神情說，「這件事千真萬確。我是聽德布雷先生說的，道歉時他也在場。」

瓦朗蒂娜也知道這件事情，但她沒說話。記憶被一句話勾起之後，她的思緒又回到了諾瓦第埃的房間，那裡有摩萊爾在等著她。內心陷入沉思之後，她的精神有一陣子游離在談話之外。她甚至完全沒聽見旁人在說些什麼。正在這個時候，鄧格拉斯夫人伸手搭在她的手臂上，把她從遐想中驚醒過來。

「有什麼事嗎，夫人？」瓦朗蒂娜說。鄧格拉斯夫人的觸碰，真的把她嚇了一跳，就像被電觸了一下似的。

「我是說，親愛的瓦朗蒂娜，」男爵夫人說，「您應該是生病了吧？」

「我嗎？」年輕女孩伸手按在自己發燒的額頭上說。

「是的。您在這面鏡子裡照照自己，不過是一分鐘的時間裡，您的臉一下子紅，一下子白，都有三、四次了。」

「是啊，」歐仁妮喊道，「看您的臉色有多白！」

「哦！您別擔心，歐仁妮，我像這樣有好幾天了。」雖說她向來不善於耍小心機，但這位年輕的女孩明白，這時正個告退的契機。再說，德・維爾福夫人也幫了她一個忙。

「先去休息吧，瓦朗蒂娜。」她說，「您真的病了，她們兩位會原諒您的，去喝杯水，會好些的。」

瓦朗蒂娜親吻了歐仁妮，對已經起身準備告辭的鄧格拉斯夫人行了屈膝禮後，便走了出去。

「這可憐的孩子，」等瓦朗蒂娜走出房門以後，德·維爾福夫人說，「她讓我感到非常不安。如果她真的患有重病，我也不會太過驚訝的。」

此時的瓦朗蒂娜，處於一種她自己也沒意識到的亢奮狀態。她穿過愛德華的房間，沒有注意到小男孩在玩什麼花樣，然後她又走過自己的房間，來到那座小樓梯前。她一級一級地往下走，走到還剩三級樓梯時，已經聽得到摩萊爾說話的聲音。這時，她突然覺得眼前一陣發黑，僵直的腳在樓梯上踩了個空，雙手也沒有力氣拉住扶手，結果，她就在樓梯隔板上碰撞著，不是走而是滾下了最後三級樓梯。

摩萊爾頓時起身打開房門，只見瓦朗蒂娜躺在樓梯平臺上。他快速向前跑去，抱起瓦朗蒂娜，把她放在一張扶手椅裡。瓦朗蒂娜睜開了眼睛。

「哦！我是多麼笨手笨腳啊！」她精神亢奮、滔滔不絕地說，「我應該是糊塗了吧？我都忘了還有三級樓梯呢！」

「您或許撞傷了。」摩萊爾說，「我能為您做些什麼嗎，瓦朗蒂娜？」

瓦朗蒂娜往身體四周看了一下。她看見諾瓦第埃眼睛裡流露出極度驚恐的神色。

「您不用擔心，爺爺，」她說著，吃力地笑了笑，「我沒什麼，沒什麼……我只是頭暈而已。」

「又頭暈了！」摩萊爾合緊雙手說，「哦！瓦朗蒂娜，我求您千萬注意身體。」

「沒事，」瓦朗蒂娜說，「沒事的，我跟您說，都過去了，不要緊的。現在，聽我告訴您一個消息吧。再過一個星期，歐仁妮就要結婚了。三天後有一個盛大的宴會，那是訂婚筵席。我們都被邀請了——父親，德．維爾福夫人和我……至少我是這麼理解的。」

「什麼時候才輪到我們來準備這些事呢？哦！瓦朗蒂娜，您對您祖父有很大的影響力，請讓他回答您說——快了吧。」

「這麼說，」瓦朗蒂娜問，「您是希望我催促與提醒爺爺嗎？」

「是的，」摩萊爾喊道，「快說吧。只要您還沒屬於我，瓦朗蒂娜，我總是覺得會失去您。」

「哦！」瓦朗蒂娜回答，同時她有點抽筋。「哦！說真的，馬西米蘭，您以一名軍官、一名士兵來說真是太膽小了。人家說軍人是從不知道害怕的。哈！哈！哈！」

她爆發出一陣尖利而痛苦的笑聲。她的手臂僵硬地翻轉了過去，頭往後仰靠在椅背上，動也不動。上帝沒讓諾瓦第埃從嘴裡吐出來的驚恐叫喊，從他的雙眼中迸射了出來。摩萊爾明白了，要趕緊求援。年輕人死命地拉鈴。待在瓦朗蒂娜房裡的貼身女僕和接替巴魯瓦的男僕，即刻奔了過來。

瓦朗蒂娜臉色慘白，手腳冰涼，全身上下沒有一點生氣。以至這兩名僕人不用聽主人說什麼，就被始終籠罩著這座屋宅的恐怖氣氛擄獲住了。他們一頭衝向走廊大聲呼救。

鄧格拉斯夫人和歐仁妮這時剛要離去；她們知道了造成喧嚷的原因。「我跟您們說過的！」德．維爾福夫人大聲說，「可憐的孩子！」

第九十四章　吐露真情

正在這時，從德．維爾福先生的書房裡，傳來了他的叫喊聲：「出什麼事了？」摩萊爾用眼神徵詢諾瓦第埃的意見。老人剛才已經恢復了鎮靜，這時他用目光示意摩萊爾躲進小房間。上次在大致相同的情況下，摩萊爾已經在裡面藏過一次了。他剛來得及拿起帽子氣喘吁吁地跑進那個小房間，通道上就響起了檢察官的腳步聲。

維爾福急步走進房間，朝瓦朗蒂娜奔去，把她抱在懷裡。

「叫醫生！叫醫生！……叫德．阿弗裡尼先生！」維爾福喊道，「不，還是我自己去。」說完，他衝出房門。

這時，摩萊爾從另一扇門衝了出來。他剛才突然間在心裡觸動了一件可怕的回憶，就是他在德．聖米蘭夫人猝死的那晚所聽到，維爾福與醫生之間的那場談話。現在，它在記憶中浮現了出來。這些症狀，跟巴魯瓦臨死前的症狀是一樣的，只是程度稍輕，沒那麼嚇人。

同時，他覺得耳畔又響起了基督山伯爵的聲音。就在兩小時前，基督山伯爵似乎是這麼對他說的：「如果您遇到了麻煩，我在這個社會上還有些影響力。」他剛想到這裡，就衝出門去，從聖奧諾雷區奔到馬提翁街，又從馬提翁街跑到香榭麗舍大道。

此時，德．維爾福先生已經乘著出租輕便馬車趕到了德．阿弗裡尼先生的門前。他又猛又急地拉著門鈴，使得看門人開門時露出滿臉驚恐的神色。維爾福直接朝樓梯奔去，他實在連說話的力氣都沒有了。

看門人認識他，所以沒加以攔阻，只是對他大聲地說：「在書房裡，檢察官先生，在書房裡！」

維爾福推開門，衝了進去。

「哦！」醫生說，「是您！」

「是的。」維爾福隨手關上門說，

「對，大夫，這回是我來問您，這裡是不是沒有旁人了。大夫，我的家是個凶宅！」

「什麼！」醫生說，他表面上顯得很冷靜，但內心裡卻大為震驚，「又有人病倒了？」

「是的，大夫！」維爾福用痙攣的手抓住自己的頭髮喊道，

「是的！」德．阿弗裡尼的眼神在說：「我早就警告過您了。」

隨後從他的脣間緩慢而清晰地吐出兩句話：「是您家裡的哪個人要死了？是哪個新的犧牲者將要在上帝面前去指控我們的軟弱呢？」

維爾福的心頭湧起一陣悲愴的嗚咽；他走近醫生，抓住他的手臂。

「瓦朗蒂娜！」他說，「這次是瓦朗蒂娜！」

「您的女兒！」德．阿弗裡尼喊道，猛然被悲痛和驚嚇抓住了。

「您看到了，您弄錯了，」法官喃喃地說，「去看看她吧。在她受著臨終前的痛苦床前，求她原諒您曾經懷疑過她吧。」

「您每次來找我，」德·阿弗裡尼說，「總是太遲了。可是儘管如此，我還是要去。我們得趕快走，先生，仇敵在襲擊您的家。我們一點時間也不能再浪費了。」

「哦！這一次，大夫，您不會再責備我軟弱了。這一次，我一定要把凶手找出來，嚴加懲處。」

「我們還是先想辦法救活受害者，然後再考慮報仇吧。」德·阿弗裡尼說，「走吧。」

把維爾福載到這裡來的那輛輕便馬車，又載著由德·阿弗裡尼陪伴的他疾駛而去。與此同時，摩萊爾拉響了基督山府邸的門鈴。

伯爵正在書房裡，神情專注地看著貝爾圖喬剛才匆匆送來的一張紙條。聽到離開才不過兩小時的摩萊爾來訪，伯爵抬起頭來。在這兩個小時中間，年輕人想必也跟伯爵一樣，經歷了不少事情。因為，這個年輕人跟他分手時是笑容可掬的。現在，卻是滿臉驚慌。伯爵站起身，快步走到摩萊爾面前。

「出什麼事了，馬西米蘭先生？」他問，「您臉色這麼白，額頭上在淌著汗水。」

摩萊爾不是坐下，而是跌進了一張扶手椅裡。

「是的，」他說，「我是跑來的，我有事要跟您說。」

「您家裡人都好嗎？」伯爵用一種充滿深情的親切語調詢問，其感情的真摯是任何人都看得出的。

「謝謝您，伯爵先生，謝謝，」年輕人說。他顯然有些尷尬，不知道從何說起。「是的，我們全家都很好。」

「那就好，不過，您是有事要對我說吧？」伯爵接著說。他越來越感到不安了。

「是的，」摩萊爾說，「我確實有事。我剛從一座已被死神進入的屋子裡出來，跑來見您。」

「那您是從德．馬瑟夫先生府上出來？」基督山問。

「不是。」摩萊爾說，「德．馬瑟夫先生府上有人死了？」

「將軍剛才開槍自殺了。」基督山回答說。

「哦！多可怕的不幸！」馬西米蘭喊道。

「但是，對伯爵夫人，對艾伯特，卻並非不幸。」基督山說，「一個死去的父親和丈夫，勝過一個名譽掃地的父親和丈夫。血能洗去恥辱。」

「可憐的伯爵夫人！」馬西米蘭說，「我最同情的就是她。她是一位多麼高貴的女性！」

「也同情同情艾伯特吧，馬西米蘭先生。請您相信，他是伯爵夫人的好兒子。不過我們還是來說自己的事吧。您剛才說，您是跑來找我的。您有事要我為您效勞嗎？」

「是的，我需要您的幫助。也就是說，我像個神志錯亂的人那樣，相信您能夠在只有上帝能救助我的情況下，給我幫助。」

「告訴我是什麼事吧。」基督山回答。

「哦！」摩萊爾說，「我實在不知道是不是可以向世人的耳朵洩露一件這樣的祕密。可是厄運在迫使著我，情勢在逼著我非說不可，伯爵先生。」摩萊爾遲疑著。

「您相信我是愛您的嗎？」基督山說，並且充滿溫情地把年輕人的一隻手握在自己的掌心中間。

「哦！看啊，您在鼓勵我。而且，這裡有個聲音在對我說（摩萊爾把一隻手按在自己的心口上），我對您不該有任何祕密。」

「您說得對，摩萊爾，這是上帝告訴您的心，而您的心再告訴您的。請把您的心對您說的話，再說給我聽吧。」

「伯爵先生，您能允許我以您的名義，派巴蒂斯坦去打聽一個人的消息嗎？那個人您也認識。」

「我本人都願悉聽您的吩咐，更何況我的僕人呢。」

「哦！這是因為，我要是聽不到她已經好轉的確切消息，就沒法活下去了。」

「要我拉鈴叫巴蒂斯坦進來嗎？」

「不，我自己去跟他說。」

摩萊爾走出去叫來巴蒂斯坦，低聲對他說了幾句話。那位貼身男僕跑著出去了。

「這樣，行了嗎？」基督山看見摩萊爾走進門來，就問道。

「是的，這樣我就稍微安心一點了。」

「您知道我在等著您。」基督山微笑地說。

「是的，我要說了，請您聽好。有一個晚上我來到一個後花園，躲在繁密的樹叢後面，誰也不會想我在那裡。有兩個人從我的身邊走過。請允許我暫時不說出他倆的名字。他們在低聲交談，因為我對談話的內容非常關心，所以一字不漏地聽著他們的每一句話。」

「若是我從您發紅的臉以及發抖的身體來看，我會說這是個陰鬱的開場，摩萊爾先生。」

「喔，是的！非常陰鬱，我的朋友！那個花園的主人家裡剛有人過世了。我聽見他們談話的那兩人，一位是花園的主人，另一位是醫生。那時候，主人在向醫生訴說他的恐懼與痛苦。因為在一個月裡，死神已經是第二次敲開這座宅子的門，而且都是意想不到的猝死。所以，人們都以為那是一座上帝震怒之下派滅絕天使來選定的屋宅。」

「喔！是嗎？」基督山凝視著年輕人說，一邊用一個令人難以覺察的動作把椅子轉過一些，使自己置於陰暗處，讓光線直接照在馬西米蘭的臉上。

「是的，」摩萊爾繼續說，「死神在一個月裡已經兩次降臨那座宅子了。」

「那麼醫生怎麼回答？」基督山問。

「他回答……他回答說那並不是自然死亡，致死的原因是……」

「是什麼？」

「是毒藥！」

「真的嗎？」基督山輕輕地咳了一聲說。這種咳嗽在他情緒特別激動時，可以用來掩飾他的臉紅，或是臉色變白，也能掩飾他聽對方說話時的關注神情。「馬西米蘭先生，您真的聽見他這麼說了？」

「是的，親愛的伯爵先生，我確實聽見他這麼說，而且醫生還說，要是再發生同樣的事，他認為就必須訴諸法律了。」

基督山伯爵非常平靜，或者說顯得非常平靜地聽著。

「是的，」馬西米蘭說，「死神又第三次降臨了，可是宅子裡的主人，或是那名醫生，都沒有做出表示。現在，死神也許就要第四次降臨了。伯爵先生，我既然知道了這個祕密，您說我該怎麼辦呢？」

「親愛的朋友，」基督山說，「我覺著您是在說一件我倆都心照不宣的事情。您聽到談話所身處的房子，我是知道的，或者至少我知道有一幢像那樣的房子。這幢房子裡有一座花園，有一位一家之主的父親，有一名醫生，還有過三次奇怪的猝死。是的，您看，我沒聽到過什麼悄悄話，可是這些事我知道得跟您一樣多。但是，我可曾有過良心上的不安嗎？沒有！這些事跟我無關。您說似乎有一位滅絕天使在上帝的震怒下選定了這座宅子。是的，誰能說您的假設就不是實情呢？可是，那些連利害攸關的人都不願意看見的事情，您也就別去看了吧。假使降臨在那座屋宅上的，不是上帝的震怒，而是祂的審判，馬西米蘭先生，那您就轉過頭去，讓上帝去審判吧。」

摩萊爾渾身打顫。在伯爵的語氣中，有一種悲涼、莊嚴而又可怕的意味。

「何況，」伯爵繼續往下說，但很明顯地換了一種語調，聽上去簡直讓人覺得下面的話不像是從同一個人的嘴裡說出來的。「何況，誰告訴過您這種事還會再發生呢？」

「它又發生了，伯爵！」摩萊爾喊道，「就為了這個，我才跑來找您的。」

「那麼，您要我做些什麼呢，摩萊爾先生？難道說，您希望我去通知檢察官先生嗎？」

基督山伯爵說的最後這句話，具有極大的含意，使摩萊爾不禁驀地起身喊道：「伯爵先生！伯爵先生！您知道我說的是誰了，是嗎？」

「哎！完全正確，我的好朋友。為了證實這一點，讓我來把事情交代清楚，或者說，讓我來一一點出那些人的名字吧。有一天晚上您到了德．維爾福先生的花園裡——按照您告訴我的情況，我推測那正是德．聖米蘭夫人去世的當晚。您聽見德．維爾福先生跟德．阿弗裡尼先生正在談論德．聖米蘭先生的突然死亡和侯爵夫人類似的猝死。德．阿弗裡尼先生說，他認為其中有一起是，甚至兩起都是中毒事件。

「而您，是一名誠實之人，從那時候起您就不斷地捫心自問，聽著您良心之語，想知道自己否該把這個祕密說出去，還是該守口如瓶。您為什麼要折磨折磨自己呢？『良心啊，您到底要我怎麼樣？』像斯特恩[12]說的那樣。我親愛的朋友，如果他們睡著了，就讓他們去睡吧。如果他們失眠，就讓他們在輾轉反側中臉色變白吧。您只要平和地禱

12 Sterne（一七一三—一七六八），英國小說家。

告，無人能使您內疚與不安。」

摩萊爾這個人看起來十分悲痛，他緊抓著基督山的手。「可是，我對您說，它又發生了！」

「嗯！」伯爵對於摩萊爾的執著感到驚訝，所以神情專注地望著他說，「那就讓它發生吧。那是一個阿特裡代的家族[13]。上帝譴責了他們，他們必將受到懲罰。他們就像孩子們用硬紙板折成的僧侶，即使有二百個之多，也終將被它們的造物主一個接著一個地全部吹倒在地。三個月前是德·聖米蘭先生，兩個月前是德·聖米蘭夫人，後來又是巴魯瓦，今天，不是年邁的諾瓦第埃就是年輕的瓦朗蒂娜。」

「您都知道？」摩萊爾驚恐之極地大喊。基督山伯爵雖然是個天塌下來臉也不會變色之人，但是看到他的神情也嚇了一跳。「您都知道，卻什麼也不說！」

「那又關我什麼事呢？」基督山聳聳肩膀說，「難道我認識這些人了？難道我該犧牲一人去救另一個人？天啊，不，不，加害人與被害人之間，我是不做選擇的。」

「可是我，」摩萊爾悲痛地哀號著，「我愛她！」

「您愛……誰？」基督山跳起來抓住摩萊爾舉向天空的雙手喊道。

13 Atreidae，據希臘神話，阿特柔斯與兄弟梯厄斯忒斯合謀殺死同父異母兄弟後，一起逃往邁錫尼。阿特柔斯當上國王後，兩人反目，阿特柔斯殺了梯厄斯忒斯的兩個兒子，並把人肉做成饌肴宴請梯厄斯忒斯。後來，阿特柔斯的兒子阿伽門農又被梯厄斯忒斯的另一兒子殺死。阿特裡代意為「阿特柔斯的兒子們」。

「我深情地愛她……發瘋地愛她……我寧願用全身的鮮血只求不讓她流下一滴眼淚。我愛瓦朗蒂娜・德・維爾福，而現在有人正在謀害她，您明白了嗎？我愛她，我向上帝，向您求助，我要如何才能解救她？」

基督山伯爵發出一聲嘶吼，他的叫聲只有聽過受傷的獅子咆哮的人才能想像。

「不幸的人啊！」這次換他他用力擰絞著自己的手喊道，「您愛瓦朗蒂娜！那個該詛咒的家族之女！」

摩萊爾從沒見到這樣的表情，也從沒見過一雙眼睛對著他投射出這樣可怕的光芒。他在戰場上，在阿爾及利亞浴血的夜晚，屢屢見過的恐怖精靈，也從不曾在他周圍晃動過如此陰森嚇人的火光。他驚恐地往後退去。

至於基督山伯爵，在這陣感情的宣洩和大聲的喊叫過後，他閉上眼睛，就像是被內心的亮光照花了眼。片刻之後，他正憑著堅強的毅力在使自己冷靜下來進行思考。漸漸地，只見他剛才劇烈起伏的胸膛平緩了下來，猶如烏雲過後，浪花翻滾、泡沫飛濺的波濤又在陽光下變得平靜了。這種沉默，自制，與內心的掙扎，差不多持續了二十秒鐘。隨後，伯爵抬起他蒼白的臉。

「我說，」基督山說，「親愛的朋友，您知道上帝如何懲罰冷漠無情與無動於衷之人嗎？就是將可怕悲戚的景象呈現在他們面前。我自始至終就像個看熱鬧的沒事人，眼看著這場悲劇一步一步展開。我就像一個邪惡天使，藏身在祕密之後（保守祕密對有錢有勢的人來說是很容易的），笑著看著人們在作惡。現在輪到我了，我覺得自己也被那條我曾經看著牠扭曲爬行的毒蛇咬傷了，而且是咬在了心上！」

摩萊爾發出一聲喑啞的呻吟。

「夠了，夠了，」伯爵繼續說，「這樣的哀怨已經夠了。您要像個男子漢，要堅強，要充滿希望。因為，我在這裡，因為，我在關照著您。」

摩萊爾悲傷地搖著頭。

「我對您說要有希望！您明白我的意思嗎？」基督山喊道，「您要知道，我是從不說謊，而且說到做到。現在是中午，馬西米蘭先生，感謝上帝您是中午而不是晚上，更不是明天早晨才來。請您聽好我對您說的話，摩萊爾先生。現在是中午，要是瓦朗蒂娜現在沒有死，她的命就保住了。」

「怎麼會？」摩萊爾喊道，「我離開她的時候，她已經奄奄一息了。」

基督山伯爵把一隻手按在自己的額頭上。這個裝滿可怕祕密的沉甸甸大腦裡，正在想些什麼呢？對著這顆無情但仍是肉做的心，光明天使或是黑暗天使又在說些什麼呢？也只有上帝才知道了！

基督山伯爵又一次抬起頭來，這一次，他的臉已經像剛醒來的孩子那樣寧靜了。

「馬西米蘭先生，」他說，「您先回家，我要您先別自亂陣腳，別採取任何行動，別讓臉上流露出擔憂的表情。我會把消息告訴您的。去吧。」

「哦！伯爵先生！您的這種冷靜態度，讓我覺得太可怕了。難道您能跟死神對抗嗎？難道您不是普通人？難道您是一位天使？」

說著，這位從未因任何危險而退縮過的年輕人，在基督山伯爵面前因為感覺到一股無法形容的恐懼，而不由得往後退了。但是基督山伯爵微笑地望著他，他的笑容是那麼憂鬱，卻又那麼深情，使得馬西米蘭眼眶裡充滿了淚水。

「我能為您做的事很多，我的朋友，」伯爵回答，「走吧，我需要一個人獨處。」

基督山伯爵對周圍的人一直有種神奇的影響力。摩萊爾此刻就被這種力量所左右，甚至都沒想到要逃避它。他跟伯爵握了手，就退出去了。但出了大門，他就停下來等巴蒂斯坦。因為，他剛剛看見巴蒂斯坦出現在馬提翁街的轉角上，正急匆匆地奔過來。

在此同時，維爾福和德．阿弗裡尼也急忙地趕到了府邸。他們走進屋裡時，瓦朗蒂娜仍然昏迷不醒。醫生開始檢查病人。他不僅因為身處於這種情況而非常仔細，更因了解隱情而格外地縝密精細。維爾福急切地注視著醫生的眼神和嘴角，等待著檢查的結果。諾瓦第埃的臉色比年輕女孩更蒼白，而且他比維爾福更迫不及待地想知道結果，所以，他也在等待，臉上現出一種睿智與敏感的表情。

終於，德．阿弗裡尼慢慢地吐出了這麼一句話：「她居然還活著。」

「居然！」維爾福喊道，「哦！大夫，您用的是個多可怕的字眼！」

「是的，」醫生說，「我再說一遍，她居然還活著，這使我感到很吃驚。」

「那麼她有救了？」做父親的問。

「是的，既然她還活著。」

這時，德．阿弗裡尼與諾瓦第埃的眼神相遇了。老人的眼睛裡閃爍著一種異樣的興奮光芒，其中有著豐富的含意，醫生看著，不由得心頭一怔。他讓年輕女孩重新躺倒在扶手椅上。她的嘴脣毫無血色，跟整張臉一樣灰白。然後，他佇立不動地望著諾瓦第埃。剛才他的一舉一動，諾瓦第埃都看在眼裡，並在眼神中反映出了他的想法。

「先生，」這時德．阿弗裡尼對維爾福說，「請去把瓦朗蒂娜小姐的貼身女僕叫來。」

維爾福輕輕放下正托著的女兒的頭，親自跑去叫那名女僕。

維爾福剛關上房門，德．阿弗裡尼就往諾瓦第埃面前走去。

「您有話要對我說？」他問。

老人意味深長地眨了一下眼睛。我們還記得，這是他唯一能表示肯定的動作。

「對我一個人說？」

「是的。」諾瓦第埃表示。

「那好的，我待會兒跟您一起留下來。」

這時維爾福進來了，後面跟著那名貼身女僕；女僕後面又來了德．維爾福夫人。

「我親愛的孩子怎麼啦？」她喊道，「她離開我房間時就覺得很不舒服，可我沒想到有這麼嚴重。」

說著，少婦眼眶裡含著淚水，以一個母親所能表現出的全部溫情，走到瓦朗蒂娜跟前拉起她的手。

德．阿弗裡尼繼續望著諾瓦第埃，他看見老人的眼睛張大睜圓，雙頰變得灰白，而且顫動起來，汗珠沿著他的額頭往下淌。

「啊！」他順著諾瓦第埃目光方向望去，落在德．維爾福夫人的臉上，不由自主地喊出了聲。

這時維爾福夫人一再地說：「這可憐的孩子，她躺在床上會好受些。來，法妮，我們把她抱到床上去。」

德．阿弗裡尼先生覺著這個提議給了他一個能單獨與諾瓦第埃留下來的機會，所以點點頭，表示這的確是最好的辦法，但他囑咐除了他指定的東西，不能讓她吃任何別的東西。她們抬起瓦朗蒂娜，這時她已恢復了知覺，但還不能動彈，幾乎也不能說話。因為剛才經受的那場打擊，使她全身都像散了似的。可是，她還能有力氣用一道目光向祖父告別。老人看著她被抬走，就彷彿自己的心被人摘走了。

德．阿弗裡尼跟著病人來到她的臥室，開了處方後，告訴維爾福親自乘出租馬車到藥房，親眼看著藥劑師當面配製處方籤上的藥水，拿回來以後，在女兒的臥室裡等他。他又重複叮囑了一遍，別讓瓦朗蒂娜吃任何東西，然後就下樓回到諾瓦第埃的房間，小心地關好各扇房門，確信四周沒有人在偷聽。

「請問，」他說，「您對您孫女的病知道一些情況嗎？」

「是的。」老人表示。

「請聽我說，我們沒有時間可以耽擱，就讓我提問，您來回答吧。」

諾瓦第埃表示他已經做好了回答的準備。

「您是否預料到了瓦朗蒂娜今天發生的情況？」

「是的。」

德·阿弗裡尼想了一下，然後走近諾瓦第埃。

「請原諒我下面要對您說的話，」他接著說，「可是，在目前這種可怕的情形下，任何蛛絲馬跡都不應該放過。您看到了可憐的巴魯瓦怎麼死的，是嗎？」

諾瓦第埃抬起頭望著上天。

「您知道他是怎麼死的嗎？」德·阿弗裡尼把一隻手按在諾瓦第埃的肩上問道。

「是的。」老人回答。

「您認為他是自然死亡的嗎？」

諾瓦第埃僵硬的脣邊，閃過一種類似微笑的表情。

「那麼，您曾經想到過巴魯瓦是被毒死的嗎？」

「是的。」

「您認為使他致死的毒藥，是特意為他安排的嗎？」

「不。」

「現在您是否認為，原來想打擊另一個人，結果打在巴魯瓦身上的那隻手，就是今天打擊瓦朗蒂娜的同一隻手呢？」

「是的。」

「這麼說，她也會死了？」德·阿弗裡尼問，深邃的眼神凝視著諾瓦第埃的臉。

他等待著這句話在老人身上的反應。

「不。」他回答，目光中帶有勝利的神氣，簡直會使最聰明的占卜家都覺得難以捉摸。

「這麼說，您還存有希望？」德．阿弗裡尼驚訝地說。

「是的。」

「您希望什麼？」老人用眼睛讓對方明白，他無法回答。

「啊！對了，是的。」德．阿弗裡尼喃喃地說。

隨後他重新轉過頭對著諾瓦第埃。「您是希望，」他說，「那個凶手就此罷手？」

「不。」

「那麼，您是希望毒藥會對瓦朗蒂娜失效？」

「是的。」

「這就是我對您說有人想毒害她時，」德．阿弗裡尼接著說，「您並未感到驚訝的緣故嗎？」

老人用眼睛表示，他對這一點深信不疑。

「那麼，您認為瓦朗蒂娜能怎麼倖免於難呢？」

諾瓦第埃的雙眼堅定地盯住一個地方。德．阿弗裡尼順著他的視線望去，發現他的目光停留在每天早晨送來給他的那個藥水瓶上。

「喔！喔！」德．阿弗裡尼說。他的腦子裡迅速閃過一個念頭，「您早就想到……」

諾瓦第埃沒來得及等他講完。

「是的。」他表示。

「要使她能耐得住這種毒藥……」

「是的。」

「所以您就讓她逐漸適應……」

「是的，是的，是的。」諾瓦第埃表示。對方能懂得他的意思使他覺得非常高興。

「事實上，您聽我說過，我給您服用的藥水裡攙有馬錢子鹼的成分？」

「是的。」

「您是想讓她逐漸適應這種毒藥，從而對它產生一種抗藥性？」

諾瓦第埃表示出同樣的得意與興奮的神情。

「您果然成功了！」德．阿弗裡尼喊道，「要不是這種預防措施，瓦朗蒂娜今天早就死了。那是無法解救，必死無疑的毒藥。現在雖然毒性攻勢很猛，但她只是搖晃了一下，至少，這一次瓦朗蒂娜是不會死了。」

老人的眼睛裡散發出一種異乎常人的喜悅神情。他帶著一種無限感激的表情抬起頭望著上天。

這時，維爾福回來了。

「喔，醫生，」他說，「這是您要的藥。」

「這藥水是當著您的面配製的嗎？」

「是的。」檢察官回答。

「一直沒有離開過您的手？」

「沒有。」

德．阿弗裡尼拿起藥瓶，倒了幾滴藥水在手心裡，嘗了嘗味道。

「好的，」他說，「我們上樓到瓦朗蒂娜的房間去吧。有些事我要向所有的人都叮囑一下，而您必須親自監督，德．維爾福先生，任何人都不能違反。」

就在德．阿弗裡尼由維爾福陪著上樓到瓦朗蒂娜的臥室時，一名神情嚴肅、語氣平靜而果斷的義大利神父，租下了跟德．維爾福先生府邸毗鄰的房子。

我們無法知道他究竟是怎樣辦到的，居然讓這幢房子的三戶房客在兩小時內就全都搬了出去。不過，在這個地區有一種風聲不脛而走，說是這幢房子地基已經不穩，隨時有倒塌的危險。但是，話雖這麼說，那位新房客還是在當天下午五點鐘，就帶著一些簡樸的傢俱搬進了這幢房子。新房客的租約是分別以三年、六年、九年為期。他按照房主沿用的慣例，預付了半年的房租。這位新房客，我們剛才已經說過了，是個義大利人，自稱賈科莫．布索尼先生。

當天夜裡，隨即來了一群工人，而附近街上為數很少的遲歸行人，驚訝地看到一群木工和泥水匠正在連夜趕修一幢危房的底層。

第九十五章　父與女

在上一章中我們已經看到，鄧格拉斯夫人前來正式通知德・維爾福夫人，歐仁妮・鄧格拉斯小姐和安德烈亞・卡瓦爾坎第先生的婚事將在近期內舉行。這個正式通知表明了，或者說看上去似乎表明了，這件大事的所有當事人已經達成共識。但是，在這之前卻還有一幕場景，是應該向讀者介紹的。因此，我們要請讀者回到這個往後災禍會接踵而至的日子當早，地點是在讀者已經熟悉的那個金碧輝煌客廳。

客廳的主人鄧格拉斯男爵先生向來把它引為驕傲。早上十點鐘，心事重重且神色不安的男爵先生已經在客廳裡，也踱了好幾分鐘的步。他不時望著客廳的那幾扇門，聽到一點響聲就停住腳步。當這分耐心終於用光的時候，他把貼身男僕叫了進來。

「艾蒂安，」他對著那個僕人說，「去看看歐仁妮小姐為何要我在客廳裡等她，再問她為何讓我等這麼久。」

發了這通脾氣以後，男爵稍微平靜了一些。

原來，鄧格拉斯小姐早晨醒來以後，就派人對她父親說她要見他，而且指定這個金色客廳做為會見的地點。這種別有用心的舉動，尤其是其中隱含的正式意味，都沒有讓銀行家感到太吃驚。他立即遵從女兒的意願，先來到了客廳。

艾蒂安很快就完成使命回來了。

「小姐的貼身女僕對我說，」他說，「小姐已經梳妝好了，馬上就會下來。」

鄧格拉斯點了點頭，表示感到滿意。當著外人的面，甚至當著手下人的面，鄧格拉斯總是裝出一副好好先生和寬容父親的樣子。他為自己指定的是通俗喜劇中的一個角色。他為自己設計並且自以為適合自己的那副面具，從右邊看過去是古典戲劇中咧開嘴笑的慈父容貌，而從左邊看過去則是彎著嘴角的一張哭喪臉。

我們必須趕緊補充，等他到了家人的面前，笑著朝上翹的嘴角就拉下來露出一副哭相了。結果，在極大多數時間裡，好好先生不見影蹤，出現的是粗魯的丈夫和專橫的父親。

「這個瘋丫頭，照她的說法是想跟我談談，」鄧格拉斯喃喃地說，「可她為何不上我的書房去呢？她到底要跟我談些什麼呢？」

當這個惱人的問題在他的腦子裡轉到第二十遍的時候，客廳門打開，歐仁妮走了進來。她身穿一條黑色緞子長裙，上面繡著同樣顏色的拉毛小花，頭髮仔細梳過，而且戴著手套，就像是要上義大利劇院去看戲似的。

「哦！歐仁妮，到底有什麼事？」做父親的喊道，「為何要一本正經地到客廳裡來，在我的書房裡談不是很好嗎？」

「您說得很有道理，父親，」歐仁妮回答，一邊向她父親做了個手勢，示意他可以坐下，「您剛才提出了兩個問題。這兩個問題恰好包含了我們所要談的全部內容，所以我都會做出回答。只是，跟一般慣例不同的是，我會先回答第二個問題，因為這個問題比較簡單。先生，我選定客廳做為會面的地點，是為了避免一位銀行家的書房所能產生的不愉快印象以及所能造成的影響。

「那些漂亮的燙金帳本，那些像要塞城門一樣關得嚴實的抽屜，那一疊一疊不知從什麼地方來的銀行票據，還有那一大堆從英國，荷蘭，西班牙，印度，中國和祕魯來的信函，所有的這一切，往往會對一位父親的頭腦產生一種奇特的影響，使他忘記自己在這世界上除了社會地位和客戶的意見之外，還有一種比那更重要與更神聖的東西。因此，我選定了這個客廳。您在這裡可以面帶微笑而且神情愉快地在精美的畫框裡看到您的，我的，還有母親的畫像，以及各式各樣牧歌似的農村景色和令人心醉的田園風光。我很看重外界印象的影響力。也許，特別對您而言，這是一個錯誤，不過，有什麼辦法呢？要是我連一點幻想也不剩了，那還算什麼藝術家呢。」

「很好，」鄧格拉斯先生回答。他極其冷靜地聽完了這長篇大論。但是，儘管他聽得很仔細，卻一句話也沒聽懂。凡是愛私下撥小算盤的人，總想從對方的話裡找出點能做為自己想法的東西。鄧格拉斯就是那種人。

「所以，第二點已經說清楚，或者，大致上說清楚了，」歐仁妮絲毫不為所動地往下說。在她的手勢和話語中，都明顯透露出一種男性的肆無忌憚。「而且我看您對這樣的解釋已經感到滿意了。現在我們回到第一個問題上吧。您問我為什麼要求進行這樣一次會面。我可以用一句話來回答您，父親，就是我不願意和安德烈亞．卡瓦爾坎第伯爵先生結婚。」

鄧格拉斯從扶手椅裡跳了起來?猛然受到這麼一個打擊,他不由得向著上天同時抬起了頭和舉起了雙手。

「是的,父親,」歐仁妮接著說,仍然相當鎮靜。「您真的吃驚了。這我懂,因為自從這件小事進行以來,我從來沒有表示過半點反對的意思。因為,我始終相信,到時候,我總會有機會堅決且明確地對從未徵求過我意見的那些人,對我不喜歡的那些事表示反對。但這一次,我的安靜,或者照哲學家的說法,是被動性,卻出自另一個原因。這原因就是,我想做一個孝順聽話的女兒……(年輕女孩塗過唇膏的紅唇上浮現出一絲笑意)學著服從。」

「所以?」鄧格拉斯問。

「所以,先生,」歐仁妮接著說,「我竭盡全力試著這麼做,但時至今日,儘管我已經做出種種努力,我還是覺得無法服從。」

「但是,」鄧格拉斯說。他次人一等的心智,被這種在無情的邏輯之下所產生的深思熟慮以及意志的力量所震暈。「您拒絕的理由是什麼呢,歐仁妮?您究竟是為了什麼原因呢?」

「我的理由?」年輕女孩接著說,「這樣說吧,並不是這個男人比別人更醜,更蠢,或是更叫人討厭,不是的。安德烈亞・卡瓦爾坎第先生,在依照長相和身段來評判男人的那些人的眼裡,說不定還算得上相當俊俏的標準。也不是因為他比別人更無法打動我的心。那是在寄宿學校女學生的理由，我認為我早就過了那個階段。我根本不愛任何人，先生，這一點您是清楚的，是嗎？所以我不明白，既然沒有任何非這樣做不可的理由，我何必要讓自己的生活拖上這麼個永遠甩不掉的累贅呢。

「智者不是說過『不要任何多餘的東西』，另外不是還說過『把一切都帶在身上』嗎？當初我是從拉丁文和希臘文學到這兩句格言的。其中一句，我想是費德魯斯[14]說的，而另一句是皮阿斯[15]說的。那麼，我親愛的父親，在生活之舟遇險時——因為生活就是意味著我們的希望會永無止盡的遇險——我就把無用的行李全都拋進海裡，就是這樣而已。而我，我就保有自己的意志，也能夠完全獨自生活，因而享有完全的自由。」

「不幸的孩子啊！不幸的孩子！」鄧格拉斯臉色蒼白地喃喃說著。因為他根據長期的經驗，知道眼前突然面對的這道障礙是非常堅固的。

「不幸的孩子，」歐仁妮回應，「您說我是不幸的孩子，是嗎，父親？不是的，說實話，您的感嘆在我看來像是演戲，完全是裝出來的。相反的，您應該說我很幸福。我問您，我還缺什麼呢？大家都說我長得美，憑這一點我到處都會受到歡迎。而我，我喜歡人家熱情接待我，這會讓他們的臉上煥發光彩，會使我周圍的人顯得不那麼難看。我生來就有幾分聰明，也還算敏感。憑藉它們，我就有把我在一般人身上看到的長處，吸

14 Phaedrus，（西元前一世紀末至西元一世紀中葉），古羅馬寓言作家，著有《寓言集》五卷，其中有不少篇取材于伊索寓言。

15 Bias，（西元前六世紀），希臘哲學家，「七賢」之一。

收到自己身上來的能力，就像猴子敲碎核桃殼吃裡面的肉一樣。

「我很富有，因為您是法國第一流的富豪，因為我是您唯一的女兒。而且，您不至於會固執到像聖馬丹門劇院和蒙巴那斯喜劇院舞臺上的那些父親一樣，因為自己的女兒不肯為他們生外孫、外孫女就剝奪女兒的繼承權。何況，法律早就看到了這一點，它不允許您剝奪我的繼承權，至少是剝奪我的全部繼承權，正像它不允許您有強制我嫁給任何一位先生的權利一樣。就這樣，美貌與聰明，還有照喜歌劇裡的說法『頗有幾分才氣』，外加有錢！這不就是幸福了嗎，先生！您為何要說我不幸呢？」

鄧格拉斯看到女兒臉上帶著笑，居然傲慢到了這種狂妄的地步，不由得全身猛烈一震，但表現出來的，也不過是喊了一聲而已。面對女兒詢問的目光，面對那兩條由於詢問而蹙起的漂亮黑眉毛，他小心翼翼地別過臉去，隨即平靜了下來——審慎的鐵掌把他給制服了。

「是啊，我的女兒，」他帶著一個微笑回說，「您說的都沒錯。可是，有一件事除外，我的女兒。不過，我暫時先別告訴您是什麼事。我寧可讓您自己去猜。」

歐仁妮望著鄧格拉斯，她剛才如此驕傲地戴在自己頭上的那頂桂冠，居然會遭到非議，真的使她大為震驚。

「我的女兒，」銀行家繼續說，「您向我非常清楚地解釋了，一個像您這樣的女兒在做出不結婚的決定前，有過怎樣的想法。現在輪到我來向您說明一個像我這樣的父親，是出於什麼動機才決定要讓女兒嫁人的。」

歐仁妮欠了欠身，但神態不像是一個洗耳恭聽的女兒，反而像一個辯論的對手在等著交鋒。

「我的女兒，」鄧格拉斯繼續說，「當一個父親要求女兒選擇一名丈夫時，他總是有希望她結婚的理由。有的人是像您剛才說的那樣，一心巴望有個外孫或外孫女，讓他感到自己的生命在他們身上得到了延續。可是，我要開門見山地向您說清楚，我並沒有這種弱點，對於天倫之樂，我幾乎可以說是看得很淡漠的。我對女兒這麼直言不諱，是因為我知道您通情達理，足以理解這種淡漠，並且不會因此對我多加指責。」

「好極了，」歐仁妮說，「我們有話就直說吧，先生，我欣賞坦承之人。」

「哦！」鄧格拉斯說，「您知道，就一般情形而言，我並不欣賞這種直來直往的作風。但是，在情勢需要的時候，我也就會依著您的方式。所以，我就繼續說下去。我提出要您結婚，並不是為了您的幸福，事實上，我根本就沒有想到您。您欣賞坦承，那我就直說了。是因為我需要您越快結婚越好，這是為了保障我目前正在籌備的商業計畫得以實行。」

歐仁妮開始覺得不安。

「我跟您保證，事情就像我對您說的這樣。您可千萬不能怪我，因為是您非要我這麼說的。您要明白，我是出於無奈，才對您這麼一位藝術家做出這些充滿數字的解釋。我知道您是怕走進一個銀行家的書房，就會產生各種不愉快與破壞詩意的印象或是想法。但是這間銀行家的書房，前天您為了來向我要那些花在心血來潮愛好上的幾千法郎月零用錢時，還心甘情願地進去過。這些錢，我是同意支出的。但您要知道，我親愛的小姐，在這樣一間書房裡，可以懂得很多東西，即使對於不願意結婚的年輕人也是很有助益的。

「比如說，考慮到您那敏感的神經，我就在這間客廳告訴您吧。在那裡可以懂得，一個銀行家的信譽，就是他物質上和精神上的整個生命。一個人是靠信譽支撐的，就像肉體是靠呼吸才有生氣。關於這一點，基督山先生有一天對我說過一段很精采的話，我是永遠也忘不了的。在那裡還可以懂得，一旦信譽喪失了，肉體也就成了行屍走肉。這正是有幸做為一位邏輯與頭腦都如此清晰之女的銀行家父親，很快就要落得的下場。」

不過，在這一個打擊之下，歐仁妮並沒有萎靡，反而腰板挺得更直。

「破產？」她說。

「正是，我的女兒，我說的就是這個意思。」鄧格拉斯邊說邊用指甲在胸口畫著，那張粗鄙的臉上仍然掛著那種富有心機卻無良心之人的笑容。「破產……是的，就是破產。」

「啊！」歐仁妮說。

「是的，破產！現在全說出來了。這是個『充滿恐懼的祕密』，就像悲劇詩人說的那樣。如今，我的女兒，請聽我來告訴您，要怎樣才能依靠您來消災避難。我要說清楚，這不是為了我，而是為了您。」

「哦！」歐仁妮喊道，「如果您以為我因您說給我聽的災難而感到悲傷，是為了我自己的緣故，先生，那您就看錯人了。我破產？這跟我又有什麼關係呢？我不是還有我的才能嗎？難道我不能像芭斯塔[16]，瑪麗勃朗[17]，或格麗契[18]那樣，伴隨著歡呼，喝采和鮮花，賺進十萬或十五萬法郎嗎？這筆錢是不管您如何富有，都未曾也永遠不會給我的年金數目。而且，我也將不欠任何人的情，不需要從您手裡拿那區區的一萬二千法郎時，還得看您不樂意的臉色，還必須聽您指責我揮霍的嘮叨。

「就算我沒有這分才能，您的微笑在向我表明您對我的才能有所懷疑，那麼，我不是還有對獨立的狂熱嗎？獨立在我看來比財富更可貴。它將滲透我整個身心，直到成為我的本能。不，我並不是在為我自己憂傷，我總會找到辦法的。我的書，我的筆，我的鋼琴，這些東西都不算貴，我也可以再取得，並且成為我的所有物。

「您認為我是在為鄧格拉斯夫人感到傷心嗎？那您就又錯了。假使我沒有完全弄錯的話，母親對威脅著您的這場災難是早有準備，也不會跟著您遭殃的。在我看來，她已經躲在避風港裡，自得其樂，並且把精力花在關心自己的財產上，根本顧不上我了。謝天謝地，她藉口我喜歡自由，所以什麼事都是讓我自己作主。

「哦！不，父親，從我小時候起，我就對身邊的事情看得太多，也懂得太多，以至於不幸之事對我不會造成衝擊。從我懂事開始，我就沒有被人愛過，這是我的不幸。而

16　Pasta，（一七九八—一八六五），義大利女高音歌唱家。
17　Malibran，（一八〇八—一八三六），法國女中音歌唱家。
18　Grisi，（一八〇五—一八四〇），義大利女高音歌唱家。

自然地，我也就不愛任何人，這又是我的萬幸！現在，您知道我的處世哲學了吧。」

「那麼，」鄧格拉斯說。他氣得臉色發白，但並不是父愛受到傷害的緣故。「那麼，小姐，您如此堅持是要眼看著我破產嗎？」

「您破產？我眼看著您破產？您這是什麼意思？我不明白。」

「真的太好了，看來我還有一線希望。請您聽我說。」

「我在聽著。」歐仁妮說。她的雙眼直視著父親，他做了些努力才沒在女兒的逼視下垂下眼睛。

「卡瓦爾坎第先生將要與您結婚，」鄧格拉斯繼續說，「而婚後，他就會把要帶給您的三百萬聘金放在我的銀行。」

「這真是貼心啊！」歐仁妮極其輕蔑地說，兩隻手交替地在手套上撫摸著。

「您以為我會讓您們這三百萬受到損失？」鄧格拉斯說，「絕對不會。這三百萬至少也能生出一分利。我從另一個同行那裡得到一條鐵路的承股權。在我們這個年頭，這項事業是絕無僅有能讓人一下子發大財的好機會。就像當年的約翰．勞[19]讓那些成天想鑽營投機的巴黎人到神奇的密西西比撈了一票一樣。我計算過，擁有百萬分之一的鐵路股份，就相當於過去在俄亥俄州的河岸上擁有一阿爾邦的荒地。這是一種抵押投資。您看，這可是個進步。因為一個人出了錢，至少可以換到十斤，十五斤，二十斤，甚至一

---

19 John Law（一六七一—一七二九），蘇格蘭貨幣改革家，開發美洲法屬領地的「密西西比計畫」的制定者。

百斤的鐵。因此，我必須在一星期內買進四百萬股份！這四百萬，我告訴您，獲利可以有一分到一分二啊。」

「不過，我在前天對您進行那個令您念念不忘的拜訪時，父親，」歐仁妮接著說，「我看見您的進帳，這是您們的行話，是嗎？我看見您進帳了五百五十萬。您甚至還把那兩張寶貝票據拿給我看，並且對於這麼值錢的紙竟然沒有像閃電一樣照花我的眼睛，還感到很吃驚呢。」

「是的，可是那五百五十萬不是我的，那只是別人對我表示信任的一種證據。我平民銀行家的頭銜使我贏得了濟貧院的信任，而那五百五十萬就是屬於濟貧院的。若是在別的時候，我就會毫不猶豫地動用那筆款項，可是此時，外界已知道我接連虧損了幾筆數目很大的錢。而且，正像我告訴過您的，我的信譽已經開始動搖了。因此，院方隨時都會來提取這筆款項。要是我挪作他用，就不得不羞辱地宣布銀行倒閉。我並不鄙視倒閉，您要相信我，但必須是口袋有錢時，而不是破產之後啊。可是，只要您嫁給了卡瓦爾坎第先生，我就可以動用那三百萬聘金，甚至，只要外界以為我可以動用那筆錢，我的信譽就會恢復。這一、兩個月來讓不可思議的命運作弄得栽進深淵的家業，也能重振旗鼓了。您聽明白了嗎？」

「聽得非常明白。您把我抵押了三百萬，不是嗎？」

「價錢開得越高，就越有面子。這樣可以讓您知道自己的身價。」

「謝謝。最後一件事，父親，您能不能答應我，只是利用卡瓦爾坎第先生那筆聘金數目的虛名，但絕不去動用它？這不是自私不自私的問題，而是怎麼處理一件棘手之事的問題。我很願意幫您重振您的家業，但我不願意跟您同謀去弄得別人破產。」

「可是既然我已經跟您說了，」鄧格拉斯喊道，「有那三百萬……」

「您認為，父親，不去動用那三百萬，您也能擺脫困境嗎？」

「但願如此吧，不過前提是您們必須結婚，好讓我恢復信譽。」

「您答應在我簽訂婚約後就給我的五十萬法郎嫁妝，您能付給卡瓦爾坎第先生嗎？」

「從市政廳回來，他就可以拿到。」

「很好！」

「然後呢？您還想要什麼？」

「我想知道，您是否只要求我簽字，之後，就會給我充分的自由？」

「絕對如此。」

「那麼，就像我對您說過的，父親，我準備嫁給卡瓦爾坎第先生。」

「可是，您到底是有什麼打算？」

「哦！這是我的祕密。要是我在知道您的祕密以後，就把我的祕密也告訴您，那我對您還有什麼優勢呢？」

鄧格拉斯咬咬自己的嘴脣。

「那麼，」他說，「您也準備好，願意去做一些絕不可少的正式拜訪了？」

「是的。」歐仁妮回答。

「還有，三天後會在婚約上簽字？」

「是的。」

「那麼，現在該是我來對您說『很好』了！」

說著，鄧格拉斯拉起女兒的一隻手，用雙手把它握住。

但是稀奇就稀奇在，父女兩人這麼握手時，做父親的不敢說一句：「謝謝，我的孩子」；做女兒的居然連一個笑臉也不肯給父親。

「會談結束了吧？」歐仁妮立起身來問。

鄧格拉斯點了點頭，表示他沒有話要說了。

五分鐘以後，德．阿爾米依小姐的手指下又響起鋼琴的樂聲；鄧格拉斯小姐唱起了苔絲狄蒙娜[20]的詠嘆調。一曲唱完，艾蒂安進來向歐仁妮通報，馬車已經備好，男爵夫人正等她一起外出訪客。

我們已經看到了這兩位女士拜訪維爾福家的情況，她們從那裡出來以後，又去了幾戶人家。

20　威爾第根據莎士比亞悲劇《奧賽羅》改編的歌劇中的女主人公。

第九十六章　婚約

在我們剛才描述的場景過後三天，也就是歐仁妮・鄧格拉斯小姐和被銀行家執意稱作親王的安德烈亞・卡瓦爾坎第預定將在婚約上簽字的當天，大約下午五點鐘，一陣清涼的微風拂過基督山伯爵屋前的小花園，把枝頭的樹葉吹得簌簌作響。伯爵本人正準備出門，而車伕在門外的車座上已經坐等了一刻鐘，被勒住韁繩的馬不耐煩地使勁踏著前蹄。就在這時，一輛我們已經見過多次，尤其是在奧特伊出事的夜晚也曾見過的敞篷馬車，迅速敏捷地轉進大門疾駛到府邸的臺階前。安德烈亞・卡瓦爾坎第先生簡直不是踏出，而是衝下車來。他衣冠楚楚，容光煥發，彷彿就要去迎娶一位公主似的。

他以慣常的熟稔態度問了一聲伯爵的身體可好，就順著樓梯一溜煙地小跑衝上二樓，在樓梯口遇到伯爵本人。見到這位年輕人，伯爵止住了腳步。至於安德烈亞・卡瓦爾坎第，他正在往前衝，而當他往前衝的時候，是什麼東西也擋不住他的。

「哎！您好，親愛的基督山先生。」他對伯爵說。

「啊！安德烈亞先生！」這一位帶著半揶揄語氣回答，「您好嗎？」

「就像您看到的，好極了！我有許多事要跟您談，不過，我要先問一句，您是要出去，還是剛回來？」

「我要出去，先生。」

「那麼，為了不耽擱您的時間，如果您願意，我可以跟您一起坐您的車，讓湯姆駕著我的車跟在後面就行了。」

「不了。」伯爵帶著一個令人難以覺察的鄙夷笑容說。他不願意讓人看見他跟這位年輕人做伴。「不，我寧願在這裡跟您談，親愛的安德烈亞先生。在房間裡談話會更謹慎些，不用擔心車伕會偷聽。」

於是，伯爵走進二樓的一個小客廳裡坐下，把一條腿跨在另一條腿上，示意年輕人也坐下。

安德烈亞做出一副最愉快的神情。

「您知道，親愛的伯爵先生，」他說，「今晚舉行訂婚儀式，九點鐘就要在岳父家簽訂婚約了。」

「喔！是嗎？」基督山說。

「什麼！這對您居然還是件新聞？難道鄧格拉斯先生沒通知您這件事嗎？」

「喔，對，」伯爵說，「我昨天有收到他的信。可是我記得沒寫明時間。」

「有這可能。岳父一定以為大家都知道了。」

「說真的，」基督山說，「您看您有多幸運呢，卡瓦爾坎第先生？您的這樁婚事是極為合適的聯姻。再說，鄧格拉斯小姐相當漂亮。」

「是的，這是真的，她很美。」卡瓦爾坎第用一種非常莊重的語氣回答。

「最重要的是，她非常有錢，至少我相信是這樣的。」基督山說。

「非常有錢嗎，您這麼相信？」年輕人重複說。

「當然，我聽說鄧格拉斯先生至少隱瞞了自己一半的財產。」

「以他自己說法，也已經有一千五百萬到兩千萬了。」安德烈亞說著，眼睛裡透出欣喜的光芒。

「這還不是全部，」基督山補充說，「他即將要做一項投資，雖然那在美國和英國已經有點不時興了，但在法國還很新穎的作法。」

「是的，是的，我知道您在說什麼，是指他剛得到承股權的那條鐵路，是嗎？」

「完全正確！照一般的預估，他在這筆投資上至少可以賺進一千萬。」

「一千萬！您這麼相信？真是太了不起了。」卡瓦爾坎第說。他彷彿聽見了金幣悅耳動聽的叮噹聲，簡直有些飄飄然了。

「還有，」基督山接著說，「這筆財產早晚都會歸您的。既然鄧格拉斯小姐是獨生女，這會是天經地義的事。更何況，您自己的財產，至少您父親告訴我，也跟您未婚妻幾乎相當。不過，我們現在先把錢的事情稍為擱下吧。您知道嗎，安德烈亞先生，我認為您在這件事上處理得很有技巧？」

「我要說的可不是指壞處，」年輕人說，「我天生就是外交家。」

「那麼，您一定要成為外交官。外交這東西，您知道，是學不會的。這是一種本能……這麼說，您的心已經被俘虜了？」

「說實話，恐怕是的。」安德烈亞用他在法蘭西歌劇院裡聽到多朗特或瓦賴爾回答阿爾賽斯特[21]的腔調回答說。

「您的愛有得到回報嗎？」

「我想是的，」安德烈亞帶著洋洋得意的神態說，「因為她都要嫁給我了。不過，我決不會忘了有一點至關重要。」

「哪一點？」

「我曾經得到過很大的幫助。」

「胡說！」

「千真萬確。」

「是時機？」

「不，是您。」

「是我？根本不是，親王，」基督山回答的時候，故意把這個頭銜說得特別誇張。「我能為您做什麼呢？難道，單憑您的姓氏，社會地位和您的品德，還不夠嗎？」

「不，」安德烈亞說，「不是的，不管您怎麼說，伯爵先生，我堅持認為一個像您這樣的人的地位，要比我的姓氏，我的社會地位和品德更有用。」

「您真是完全誤解了，先生。」基督山說。他感覺到了年輕人的狡詐和精明，也明

21 Dorante or Valere reply to Alceste，莫里哀的劇作《憤世嫉俗者》中的人物。

白對方說的這些話是有所指。「您是在我了解令尊的權勢和財產情況以後，才獲得我的保護。終歸到底，我過去既沒有見過您，也沒有見過您那位顯赫的父親。那麼，究竟是誰讓我有幸認識您呢？是我的兩位好友——威爾莫勳爵和布索尼神父。又是什麼力量在鼓勵我，不是當您的擔保人，而是來當您的保護人呢？是令尊的姓氏。這個在義大利如此聞名且相當榮耀的姓氏。就我個人而言，在這以前我並不認識您的。」

伯爵平靜且極為安穩的態度，使安德烈亞明白了，此刻自己是被一隻比他更強勁的手抓在手心裡，要想從中掙脫出來並不容易。

「啊！」他說，「那麼家父真的是有一筆很大的家產了，伯爵先生？」

「看來是這樣的，先生。」基督山回答。

「您知道他答應給我的結婚費用是否到了嗎？」

「匯款通知書我已經收到了。」

「三百萬現款呢？」

「三百萬現款應該是在半路上。」

「那麼，我真的能拿到手了？」

「當然！」伯爵說，「我想，到目前為止，先生，您還不至於缺錢花用吧。」

安德烈亞被這個問題嚇到，不得不思索片刻。從思緒中重新振作後，他說：「現在，我對您就只剩一個請求了，儘管您可能會不樂於接受，但想必是能諒解的。」

「請說吧。」基督山說。

「我因為運氣好，結識了多位尊貴的人士。而且，至少在目前，也有了一大群朋友。可是，當我要在整個巴黎社交介面前舉行這樣一場婚禮的時候，我還應該有個顯赫的姓氏來作後盾。如果家父不能攙住我的手，那就應該有另一隻強有力的手來把我領到聖壇跟前去。今天，家父是來不了巴黎的，是嗎？」

「他上了年紀，渾身是傷。據他說，每次出外旅行都難受得要死。」

「我明白。因此，我是來對您提出一個請求的。」

「對我？」

「是的，對您。」

「是什麼請求呢？」

「就是，請您代替他。」

「哦，親愛的先生！什麼？在我有幸跟您相處過這麼多次以後，您對我還這麼不了解，竟然對我提出這麼一個請求？您盡可以請我借給您五十萬。說實話，雖然這樣的借款非常少見，但您也可以不讓我如此為難。您要知道，我相信我以前也告訴過您，基督山伯爵的為人處世，尤其是在倫理觀念方面，一向是有東方人的種種禁忌，或者說得更明確些，就是種種迷信的。我，在開羅有一群妻妾，在士麥那，在君士坦丁堡也都有。現在要我來主持一場婚禮！絕對不行。」

「這麼說，您是拒絕我了？」

「正是，即使您是我的兒子，我的兄弟，我也會照樣拒絕。」

「那我該怎麼辦呢？」安德烈亞失望地喊道。

「您剛才說您有一大群朋友。」

「沒錯，可是把我引薦給鄧格拉斯先生全家的是您呀。」

「根本不是！我們還是把事情弄清楚吧。我只是請您到奧特伊跟他一起吃晚飯，而去他家是您自己的事。天啊！這完全是兩件事。」

「這沒錯，可我的婚事，您是幫過忙的。」

「我？完全沒有，求您相信這一點。請回想一下，您來請我幫您去提親時，我是怎麼回答您的？我說：『喔！我從不主持婚禮，我親愛的親王。這對我是一個不可動搖的原則。』」

安德烈亞咬咬自己的嘴脣。「可您，」他說，「至少會去吧？」

「全巴黎的人都會去嗎？」

「那好，我跟所有的巴黎人一樣，也會去的。」伯爵說。

「哦！當然囉。」

「您會在婚約上簽字嗎？」

「我看這沒什麼不行的。我的禁忌還沒到這樣的程度。」

「既然您不肯再多給我些面子，我也只能憑您給我的這點就此感到滿足了。不過最後還有一句話，伯爵先生。」

「什麼事？」

「請給我建議。」

「當心，建議有時比幫忙更糟。」

「哦！給我建議並不會牽累您什麼的。」

「那您說吧。」

「我妻子的嫁妝是五十萬法郎。」

「這個數目是我親耳聽鄧格拉斯先生宣布的。」

「我是應該收下這筆錢呢，還是應該讓它留在公證人那裡？」

「通常，如果想讓事情做得漂亮些，可以採用這樣的做法——先由雙方的公證人在訂婚儀式上確定一個日期，可能是第二天，也可以是第三天。等到了第二天或者第三天，他們就把各自收到的結婚費用和嫁妝當場進行交換。然後，在婚禮舉行過後，他們就把這幾百萬，全部以夫妻共同財產的名義轉到您的名下。」

「我這樣問，」安德烈亞帶著某種掩飾得很拙劣的不安神情說，「是因為我記得聽岳父說起過，他想把我們的錢投資到那件了不起的鐵路生意上去。這件事您剛才也對我提過。」

「是的，」基督山接著說，「照一般人的估計，這會是一件能讓您的本金在一年裡翻三倍的大生意。鄧格拉斯男爵先生是個好父親，而且很會算計。」

「這就好了，」安德烈亞說，「一切都很好，除了您的拒絕之外。那讓我傷心極了。」

「您只能歸咎於在某些情形下，會有非常自然的禁忌了。」

「好吧，」安德烈亞說，「那就悉聽尊便了。我們晚上九點見。」

「晚上見。」安德烈亞抓住伯爵的手握了一下，出門跳上自己的敞篷馬車揚長而去。在握手時，基督山伯爵儘管露出一種勉強的神色，連雙唇也發白了，但嘴角仍保持著彬彬有禮的笑容。

離九點鐘還有四、五個小時，安德烈亞把這些時間用來到處拜訪。在他剛才提過的那些朋友面前，把鄧格拉斯即將行動的那宗投資生意的前景吹說得天花亂墜使人神魂顛倒，並慫恿他們晚上穿上全副華麗的行頭到男爵府邸去亮相。

果然，到了晚上八點半，鄧格拉斯府邸的大客廳，跟與之相連的走廊，還有同一樓面上的另外三個客廳，都擠滿了香氣撲鼻的人群。把他們引到這裡來的，與其說是跟府邸主人的交情，倒不如說是一種來看看會出些什麼新聞的不可抗拒欲望。一位科學院院士說過，社交場上的晚會就好比花展，吸引著用情不專的蝴蝶，饑餓貪婪的蜜蜂和嗡嗡作響的大胡蜂。

不用說，所有的客廳裡都是燈燭生輝，光線從絲綢貼面的牆壁的鍍金嵌飾上粼粼瀉下。這種裝飾儘管格調很低，用意只是擺闊而已，但此刻確實是金碧輝煌、大放光彩。

歐仁妮小姐的裝束很樸素，但非常雅致。她身穿一條繡白花的白色綢裙，一朵白玫瑰掩映在烏黑光亮的秀髮間，全身上下再沒有其他的珠寶與飾物。然而，她驕矜的眼神與她這身簡樸的服飾相反，背叛了原想傳達少女單純氣質的意圖。

鄧格拉斯夫人正在離她三十步的地方跟德布雷，博尚和夏托．勒諾交談。德布雷被邀請參加府邸裡的這個盛典，但只是普通來賓，沒有享受任何特權。

鄧格拉斯先生被眾議員、金融家圍在中間，正在解釋一種新的稅收理論，等到政府迫於形勢前來邀他入閣之時，他就要將這種理論付諸實踐。

安德烈亞挽著歌劇院一位風流倜儻的年輕演員，大言不慚地向他描述未來生活的藍圖，吹噓自己有了那筆十七萬五千法郎的年金以後，打算怎樣在巴黎社交圈裡引進更時髦的時裝款式。他之所以要這麼做，是因為他需要借此壯膽，做出一副自在的樣子。

這些客廳裡蜂擁的人群，猶如一股來回流動的綠松石，紅寶石，祖母綠，乳白石和鑽石的渦流。就跟別處一樣，我們注意到，打扮得最花俏的，總是年紀最老的夫人，而一心想引人注目的總是最醜的女人。

假使真有那麼幾朵美麗皎潔的百合和芳香宜人的玫瑰，那也要仔細找才能找到，因為她們總是被一個包頭巾的母親或是像隻極樂鳥似的姑媽藏在哪個角落裡。

在嘈雜的人群裡，在一片談笑聲中，有時會響起僕人通報某位金融界的鉅子，軍界的要人或是藝文界的名士駕到的聲音，於是，這個名字就會在人群中引起一陣輕微的騷動。但是，這是在多少個受到冷落或輕蔑訕笑的來賓中間，才能有一位享受到這種在人海中掀起波瀾的特權啊！

當那座沉睡的恩狄彌翁[22]造型的大座鐘金色鐘面上的指標指向九點，且忠實地再現

22　Endymion，希臘神話中的美少年，月神塞勒涅愛上了他，使他在拉特摩斯山谷裡長睡不醒，以便能親吻他。

機械裝置設計巧思的銅鈴敲了九下的時候，僕人報出了基督山伯爵的名字。這時，全場的人就像觸電似的，都把頭轉過去對準了門口。

伯爵身穿黑衣，跟往常一樣不加裝飾。白色的背心勾勒出他寬闊而高貴的胸膛。黑色的硬領跟蒼白的臉色相配，顯得格外醒目。他身上唯一的飾物是背心上的一條金鏈，但細得在白背心上幾乎看不出來。

頃刻間，在大客廳門口圍起了一圈人。

伯爵一眼就看到了鄧格拉斯夫人在大客廳的一頭；鄧格拉斯先生則在另一頭，而歐仁妮小姐站在他前面。他先走到男爵夫人面前，她正在和德・維爾福夫人談話。維爾福夫人是獨自前來，因為瓦朗蒂娜身體還沒有康復。然後，他穿過人群中為他讓出的一條路，直接走到歐仁妮面前，快速而謹慎地向她說了兩句祝賀的話，聽得這位驕傲的藝術家大為詫異。在她身邊是路易絲・德・阿爾米依小姐。這位小姐對於伯爵熱心幫她寫推薦信給義大利相關單位，這件事表示感謝，並告訴他說，她馬上就會用到這些推薦信了。他離開這些夫人與小姐，剛轉過身來，就見到了鄧格拉斯。這位銀行家是特地迎上前來跟他握手的。

完成這三件社交義務以後，基督山伯爵就站在原地環顧四周。他那屬於特有社交地位的眼神似乎在說：「我該做的都已經做了，現在，就讓別人來做他們該為我做的吧。」

安德烈亞在隔壁的一個客廳裡察覺到了基督山伯爵在人群中引起的騷動，跑過來跟伯爵打招呼。他只見伯爵被人團團圍在中間；大家都爭先恐後地跟他交談。那些平時很少說話，但一說話就很有分量的人，是經常會遇到這種情形的。

此時，雙方的公證人走進大客廳，把草擬的文件放在簽字用的檯子上。木制的檯子漆成金色，鋪著繡金的絲絨臺毯。一位公證人坐下了，而另一位仍站著。即將開始宣讀婚約，幾乎半個巴黎都參加了這場盛會，這些人都要在這份婚約上簽字。人們各就各位，也就是說，女士們圍成一圈坐下，而先生們對布瓦洛[23]所謂的「嚴謹風格」更為漠視，各自對安德烈亞的激動不安，鄧格拉斯先生的全神貫注，歐仁妮的無動於衷，以及男爵夫人處理這種大事時的機敏活潑在品頭論足著。

宣讀婚約時室內一片寂靜。但剛一結束，各個客廳頓時變得比之前加倍的喧鬧。因為，即將屬於這對年輕人，為數可觀的幾百萬鉅款，使陳列在另一個房間裡的新娘嫁妝和鑽石倍添光彩，並以它們的誘惑力在妒羨的人群中引起強烈迴響。在年輕男士的眼裡，鄧格拉斯小姐的魅力也隨之劇增，甚至連太陽都相形失色。至於女士們，那就不用說了，儘管對那幾百萬忌妒得要命，但她們心裡在對自己說，沒有這些錢她們照樣美麗動人。

安德烈亞被朋友們圍在中間，在他們的恭維和奉承聲中，開始相信自己做的夢即將成為現實，他幾乎快迷失了。

公證人莊嚴地拿起一支筆，舉過頭頂說道：「先生們，婚約開始簽字。」

---

23 Boileau（一六三六—一七一一），法國詩人，文學理論家。

男爵第一個簽字，隨後是老卡瓦爾坎第先生的代理人，再來是男爵夫人，之後才是照文件上那種俗不可耐的普遍說法，也就是所謂的那對「準新人」。

男爵拿起筆簽了字，然後那位代理人也簽了字。男爵夫人挽著德．維爾福夫人的手臂走過去。

「我的朋友，」她拿起筆說，「這有多讓人失望啊？在那件使基督山伯爵先生險遭不測的凶殺盜竊案之後，又發生了意外之事，使德．維爾福先生無法光臨。」

「真的嗎？」鄧格拉斯說話的口氣，好像是在說：「哼，我才不在乎呢！」

「事實上，」基督山走上前來說，「維爾福先生的無法光臨，恐怕是我在無意中造成的。」

「什麼？您，伯爵先生？」鄧格拉斯夫人一邊簽字一邊說，「要真是這樣，您可要當心，我饒不了您的。」

安德烈亞豎起了耳朵。

「不過這並非是我的錯，所以我必須把事情說清楚。」伯爵說。

大家都貪婪地聽著——一向難得開金口的基督山伯爵，居然要把事情說清楚。

「您還記得嗎，」伯爵在一片寂靜中開口說，「那個到我家行竊，後來據說在離開我家時被同夥殺害的歹徒，是死在我家裡的？」

「記得。」鄧格拉斯說。

「嗯，為了進行搶救，我們脫下他的衣服，丟在角落裡，後來警方把它們收起存證時卻漏掉的那件背心。」

安德烈亞的臉色明顯變得非常蒼白，他悄悄地把身子向門口靠近。他看見天際出現了一塊烏雲，覺得它蘊藏著一場暴風雨。

「不過，那件沒被重視的背心，今天被我的僕人們找到了。它上面都是血跡，靠心口的地方還有個洞。」

夫人小姐們尖叫起來，有兩、三位做出要暈過去的樣子。

「他們誰也猜不出那團破爛的東西是哪裡來的，就拿給我看。我想到了那大概就是死者的背心。我的貼身男僕很不情願地在這件陰森可怕的遺物裡小心翼翼地摸索著，突然間，他在口袋裡摸到了一張紙片，抽出來一看，是一封信。要給誰呢？是給您的，男爵先生。」

「給我？」鄧格拉斯喊道。

「是的！真的是要給您的。儘管紙上有血汙，我還是看清了您的名字。」基督山在一片驚訝聲中回答。

「可是，」鄧格拉斯夫人神情不安地看著自己的丈夫，問道，「這跟德・維爾福先生不能來這裡又有什麼關係呢？」

「非常簡單，夫人，」基督山接下去說，「這件背心和這封信，就是平時人們所說的罪證。所以，我把信和背心都派人送到了檢察官先生那裡。您也明白，親愛的男爵，按法律程序辦事，是處理刑事案件最可靠的辦法。我想，那也許是針對您的一項陰謀。」

安德烈亞直直地望著基督山伯爵，同時溜進了第二間客廳。

「有可能，」鄧格拉斯說，「被殺的那個人以前不是名苦役犯嗎？」

「是的。」伯爵回答說，「是個苦役犯，名叫卡德魯斯。」

鄧格拉斯的臉微微發白；安德烈亞離開第二間客廳，進了前廳。

「哎，還是請簽字吧，請簽字！」基督山說，「我看得出，我說的故事把大家都給嚇著了。男爵夫人和鄧格拉斯小姐，我非常謙恭地請您們原諒。」

男爵夫人剛簽好字，把筆交還給公證人。

「卡瓦爾坎第親王殿下，」公證人說，「卡瓦爾坎第親王殿下，您在哪裡？」

「安德烈亞！安德烈亞！」好幾個年輕人的聲音重複喊著。他們都已經跟這位顯貴的義大利人熟稔到可以直呼他教名的程度了。

「去把親王找來，對他說該他簽字了！」鄧格拉斯對一個僕人喊道。

但就在這時，大客廳裡的賓客們，突然驚恐地往後退去，彷彿有個嚇人的怪物闖進了屋裡，要來 quaerens quem devoret[24]。

顯然，這些後退、驚惶和喊叫是事出有因的。一名憲兵軍官，在每個客廳門口安了兩名憲兵看守，然後跟在一位束著肩帶的警長後面向鄧格拉斯走去。鄧格拉斯夫人尖叫一聲，昏厥了過去。鄧格拉斯以為他們是衝著自己來的（有些人的良心是永遠不得安寧

24 拉丁文，擇肥而吞食。

的），所以，賓客們看見的是他那張驚恐得變了形的臉。

「有什麼事嗎，先生？」基督山走到警長跟前問。

「各位，」這位執法的警官不去回答伯爵。「誰叫安德烈亞．卡瓦爾坎第？」

廳裡四處響起一片驚慌的喊聲。大家紛紛尋找，相互詢問。

「那麼，這個安德烈亞．卡瓦爾坎第究竟是什麼人？」鄧格拉斯幾乎神志錯亂地問著。

「一名從土倫監獄逃出來的苦役犯。」

「他犯了什麼罪？」

「他被指控，」警長以冷漠的口氣說，「殺害了那個叫卡德魯斯的人，他是當初跟安德烈亞．卡瓦爾坎第銬在同一條腳鐐上的囚犯。被告趁他從基督山伯爵府出來的時候殺死了他。」

基督山伯爵向四周迅速地瞥了一眼。安德烈亞已經不見了。

第九十七章　通往比利時的路上

那隊憲兵出其不意的出現，以及隨後的真相大白，在鄧格拉斯先生的客廳裡引起了一場混亂。那個情景就像是賓客群中發現了瘟疫或者流行性霍亂一般。在幾分鐘之內，每扇門，每道樓梯，每個出口，都擠滿了退出去，或者說逃出去的人群。不久後，整座寬敞的宅邸就變得空蕩蕩了。這是因為，在這種遇到重大災禍的情形下，廉價的安慰只會徒然使最好的朋友也變得令人膩煩。所以，客人完全沒有必要多此一舉。

銀行家的府邸裡，只剩下關在書房裡向憲兵軍官作證的鄧格拉斯，還有驚恐萬分地待在我們熟悉的小客廳裡的鄧格拉斯夫人和眼神高傲同時輕蔑地緊抿著嘴脣的歐仁妮。小姐帶著她那位形影不離的同伴路易絲·德·阿爾米依小姐，回到了自己的房間。至於僕人們，這天晚上真是僕從如雲，比往日更勝一籌。主人因為怕盛宴人手不夠，特地又從巴黎的咖啡樹大酒店請來了一批侍者，廚師和領班。這些僕人認為自己受了侮辱，對東家和顧主憋著一肚子氣。他們三五成群地聚集在配膳室，廚房或房間裡，根本不管工作，再說，這時自然也已經無事可做了。

在這些形形色色，出於各自不同利害關係而情緒起伏波動的人們中，只有兩個人是值得我們注意，那就是歐仁妮·鄧格拉斯小姐和路易絲·德·阿爾米依小姐。我們已經說過，這位年輕的未婚妻抿緊嘴脣且神情傲慢地離開了客廳，以一位受辱的女王姿態往自己的房間走去。在後面緊跟著她的那位女伴，臉色比她更蒼白，神情比她更激動。進到臥室以後，歐仁妮把房門從裡面反鎖上，路易絲則跌坐在一張椅子上。

「哦！多麼可怕的事啊！」年輕的女鋼琴家說，「誰能料想得到呢？安德烈亞・卡瓦爾坎第先生竟然是個……殺人犯……逃犯……苦役犯！」

歐仁妮的嘴角彎起，掠過一道訕笑。

「真的，我是命中註定，」她說，「我逃過了馬瑟夫，卻栽給了卡瓦爾坎第！」

「喔！請別把他們兩人相提並論吧，歐仁妮。」

「別說了！男人沒一個是好東西。我現在反而很高興，我不僅能厭惡他們，更且能鄙視他們了。」

「我們怎麼辦呢？」路易絲問。

「我們怎麼辦嗎？」

「是啊。」

「為何這麼問呢？就是我們原本計畫三天以後要做事……走吧。」

「什麼？即使現在您不結婚了，您還是要走？」

「聽我說，路易絲，我恨透了這種社交圈的生活。樣樣都要事先安排好、規定好，不能有半點逾越，就像我們的樂譜一樣。而我想要的，渴望與追求的，是藝術家的生活——一種獨立與自由的生活。在那種生活中，一個人只屬於他自己，所做的一切都是為他自已。我留下來要做什麼？為了讓他們在一個月裡再把我嫁出去嗎？嫁給誰？也許是德布雷先生，因為有一陣談起過這事。不，路易絲，不，今晚的事件給了我一個理由——這不是我去找來，也不是我所盼來，而是上帝送給我的。它來得正是時候。」

「您是多麼的堅強與勇敢啊！」羸弱的金髮女孩對棕髮的同伴說。

「難道您還不了解我嗎？好了，來吧，路易絲，讓我們好好討論我的計畫。旅行馬車……」

「幸好三天前就買了。」

「您吩咐他們停在我們指定的地方了？」

「是的。」

「我們的護照？」

「在這裡！」歐仁妮以慣常的自信神態，打開一張紙念道：「萊翁·德·阿爾米依先生，二十歲，音樂家，黑髮，黑眼，旅伴為其胞妹。」

「好極了！這張護照是誰給您弄來的？」

「我去請基督山先生寫信給羅馬和那不勒斯劇院的經理時，曾向他提起我覺得一名女子出門旅行很不方便。他完全理解我的擔憂，表示可以為我設法弄一張男人的護照。兩天後，我就收到了這張護照，我又在上面加了幾個字：旅伴為其胞妹。」

「很好！」歐仁妮快活地說，「那我們只要收拾行李就行了。原本打算舉行婚禮的當晚啟程，現在換成婚約簽字的當晚就走，只是這點差別而已。」

「您再好好考慮一下吧，歐仁妮。」

「喔！我早就都考慮好了。我已經聽厭了算帳和月終報表，聽膩了多頭、空頭、西班牙公債和海地債券。拋開這一切以後，路易絲，您明白嗎，我們將要享受到空氣，自由，小鳥的鳴叫，倫巴第的原野，威尼斯的運河，羅馬的宮殿和那不勒斯的海灘。我們還有多少錢，路易絲？」

被問的年輕女孩從鑲嵌螺鈿的寫字臺裡拿出一個加鎖的皮夾，打開鎖後點數了裡面的紙鈔，一共是二十三張。

「兩萬三千法郎。」她說。

「我的珍珠，鑽石和首飾至少也值這麼多，」歐仁妮說，「我們夠有錢了。憑著這四萬五千法郎，要是像公主一樣生活，我們可以過上兩年。如果過得不這麼奢華，可以舒舒服服地活上四年。而且不出六個月，憑您的鋼琴和我的歌喉，我們就可以把這筆資本翻倍。來，這筆錢由您保存，而我來保管這只首飾匣。萬一我們之中有誰丟了手裡的財產，至少還有另一個人的那份。現在，整理行囊，趕快，裝箱吧！」

「等一下，」路易絲說著，走到通往鄧格拉斯夫人房間的房門跟前傾聽著。

「您怕什麼？」

「怕被人發現。」

「門鎖著呢。」

「說不定會有人來叫我們開門。」

「那就讓他們去叫吧，我們不開就行了。」

「您真是個完全叫人驚訝啊，歐仁妮！」於是兩位小姐迅速地把她們認為用得上的旅行用品全部塞進一只大行李箱。

「好了，現在，」歐仁妮說，「我去換衣服，您把箱子關上。」

路易絲把兩隻白皙的小手按在箱蓋上，使勁往下壓。

「我不行，」她說，「我力氣不夠，您來關吧。」

「哦！您真是問對人了，」歐仁妮笑著說，「我忘了，我是海克力斯，而您呢，是位白白嫩嫩的翁法勒[25]。」

說完，少女把膝蓋頂在箱蓋上，伸直兩條白皙而有力的手臂拚命往下壓，直到把箱蓋和箱子合攏。德．阿爾米依小姐趕緊把扣鎖扣緊。事情做好後，歐仁妮用隨身帶著的鑰匙打開一個衣櫃，拿出一件紫色綢面的旅行棉斗篷。

「您看，」她說，「我什麼都想到了。有了這件斗篷，您就一點也不會冷了。」

「那您呢？」

「哦！我從來不覺得冷，知道吧！再說，穿了一身男人的衣服……」

「您就在這裡換嗎？」

「當然。」

25 Omphale，希臘神話中的呂狄亞女王。海克力斯依神諭賣身為奴三年，翁法勒就是買主，她讓海克力斯換上女裝同女僕一起做活。一說三年間兩人同居，並生了一個兒子。

「我們還有時間嗎？」

「您不要擔心，膽小鬼！那些僕人滿腦子想的都是那件大事。再說，他們會想我這時一定是悲傷萬分，所以，我把自己鎖在房裡也沒什麼好大驚小怪的，是嗎？」

「這倒是真的。您一說我就放心了。」

「來，幫我一下。」說著，她從取出斗篷的衣櫃裡又拿出一套男人的衣裝，從皮鞋，大衣，到內衣褲一應俱全，不多不少正好是一套齊全的男裝。

於是，歐仁妮穿上皮鞋與長褲，繫好領巾，把長背心的鈕扣一直扣到脖子，再套上一件把她優美的身段和挺起的胸部勾勒了出來的合身大衣。她的動作非常俐落，這表明她穿上異性的服裝鬧著玩，已經不是第一次了。

「哦！這真的太好了……真的，真得很好！」路易絲以讚美的眼神望著她說，「可是這頭美麗的黑髮，還有惹得所有夫人小姐們發出嫉妒讚嘆的髮辮，就憑我看到的這頂男士帽能遮得住嗎？」

「您等著看吧。」歐仁妮說。

說完，她用左手抓住她濃密的頭髮，因為髮量太多，她纖細的手指幾乎握不住它們，同時用右手拿起一把長剪刀，上身向後仰，避免頭髮落在禮服上，很快的，只聽到剪刀在豐茂而柔亮的秀髮中喀嚓一聲，一大束頭髮落到了年輕女孩的腳邊。頭上的髮辮剪下來以後，歐仁妮又分別剪去兩邊的鬢髮，沒有一點可惜的樣子。相反的，她的雙眼炯炯有神，在兩條烏黑的眉毛下面顯得比平時更加明亮，更為開心。

「喔！多好的頭髮！」路易絲惋惜地說。

「哎！我這樣不是更好了一百倍嗎？」歐仁妮大聲說，一邊撫平她散亂的鬈髮。這個髮型已經完全像男人的了。「您不覺得我這樣更美了嗎？」

「喔！您很漂亮，仍然很美！」路易絲喊道，「現在，我們去哪裡呢？」

「如果您願意，就去布魯塞爾吧，從那裡出境最近。我們先到布魯塞爾，列日[26]，埃克斯-拉夏佩爾[27]，然後沿萊茵河到斯特拉斯堡，再穿過瑞士，經聖哥達山口到義大利。您覺得可行嗎？」

「可以。」

「您在看什麼？」

「我在看您。真的，您這個樣子真可愛！人家會說您誘拐我私奔的。」

「見鬼！他們也真的說對啦！」

「哦！我想您說粗話了，歐仁妮。」

兩位年輕的女孩——被其他人認為一個在為自己悲傷，而另一個則是出於對朋友的忠心而跟著哭泣——此時正迸出開心的笑聲。由於準備逃跑的現場很自然的會留下一大堆亂七八糟的東西。所以，她們同時又清除了一些最明顯的痕跡。然後，這兩名逃亡者吹滅蠟燭，伸長脖子，睜大眼睛，豎起耳朵，打開更衣室裡的一扇房門。從這扇門出去

26 Lioge，比利時城市。
27 Aix-la-Chapelle，德國西部城市，離比利時邊境僅五公里路程。

就是僕人使用的側梯，會一直通到庭院。歐仁妮走在前面，用一隻手提著那只大行李箱一邊的提手，而德・阿爾米依則用兩隻手費力地提著另一邊。

庭院裡空無一人。時鐘正敲了十二點。看門人的屋裡仍亮著燭光。歐仁妮輕輕地走近，看見那位可敬的看門人坐在屋子的扶手椅裡睡著了。她回到路易絲身邊，提起剛才放在地上的箱子，兩人貼著牆，沿著牆壁的陰影走到大門前。

歐仁妮讓路易絲躲在大門的一角，即使看門人剛好醒來，也只看得見一個人。然後，她自己走到照亮庭院的光線裡。

「開門！」她用悅耳的女低音輕輕喊道，一邊敲敲玻璃窗。

正如歐仁妮預料的那樣，看門人立刻起身，甚至還走上前幾步，想看看是誰要出門。可是，當他看見一位年輕人正不耐煩地用細手杖在長褲上拍打著，他便立刻把門打開了。路易絲立刻像條蛇似的從門縫裡溜出去，輕盈地跳到了外面。歐仁妮雖然十有八、九心跳比平時要快很多，但表面上維持鎮靜，走出了大門。

這時正好有個挑伕走過，兩名年輕女孩就把箱子交給他，交代他送到勝利女神街三十六號，然後兩人就跟在挑伕的後面。一路上有個男人，讓路易絲覺得稍為安心。至於歐仁妮，她剛強得像個猶滴[28]或大利拉[29]。

28 Judith，基督教《次經》中的古猶太寡婦，殺死亞述大將荷羅孚尼後，拯救了耶路撒冷城。

29 Delilah，《聖經・舊約・士師記》中的非利士女人，她從力大無窮的勇士參孫的口中探明他的力量源於頭髮，並趁參孫沉睡時剃去他的頭髮。

他們來到了指定的門牌前。歐仁妮吩咐挑伕放下箱子，給了他幾枚零錢，在百葉窗上敲了幾下後，就打發他走了。歐仁妮敲的這扇百葉窗裡住著一名洗衣女工，她事先得到通知，所以還沒睡，走過來打開了窗。

「小姐，」歐仁妮說，「請去叫看門人把旅行馬車拉過來，再讓他到驛站去找兩匹馬來。這五法郎是給他的酬勞。」

「說真的，」路易絲說，「我欽佩您，甚至可以說是尊敬您了。」

洗衣女工的雙眼充滿驚愕的神情，但是，因為說好她可以拿到二十個路易，所以她什麼話也沒說。一刻鐘後，看門人把驛站的馬車伕和驛馬都帶來了。馬車伕很快就套好了車，看門人則用繩子和墊塊把箱子固定在馬車上。

「護照在這裡，」馬車伕說，「我們走哪條路，年輕的先生？」

「去楓丹白露的那條路。」歐仁妮用近似男性的嗓音回答。

「哎！您說什麼呢？」路易絲問。

「我是故意這麼說的，」歐仁妮說，「我們雖然給了那個女人二十個路易，但她也許會為四十個路易出賣我們。到了大路上我們再改道。」

說著，她躍上改裝成可以睡臥的馬車，幾乎沒踩踏腳板。

「您總是對的，歐仁妮。」音樂教師說。她也在女友身邊坐下了。

一刻鐘後，馬伕彎上正道，一路甩著響鞭駛出了聖馬丹城門。

「啊！」路易絲鬆了一口氣說，「我們已經出巴黎城了！」

「是的，親愛的朋友，這個誘拐做得漂亮極了。」歐仁妮回答。

「沒錯，但是沒使用暴力。」路易絲說。

「將來我要特別注意提出這個細節，以便可以減輕罪名。」歐仁妮回答。

這些話，消失在車輪碾過通往拉維萊特[30]的大路的轔轔聲裡了。

鄧格拉斯先生就此失去了他的女兒。

30 巴黎東北郊的城鎮。

第九十八章　鐘瓶旅館

現在，我們暫且先讓鄧格拉斯小姐和她的女友坐車駛往布魯塞爾而去，回過來說說在飛黃騰達的半途上卻不幸被截斷的安德烈亞．卡瓦爾坎第吧。

安德烈亞．卡瓦爾坎第先生雖然很年輕，卻是個極其機靈與聰明的人。所以，在客廳裡騷動剛起的那一刻，我們已經瞥見他漸漸走到了門口，穿過兩個房間，最後逃之夭夭了。

有一個情況我們忘了說，而這是個不該漏掉的細節。原來，卡瓦爾坎第經過的一個房間裡，放著新娘的嫁妝、鑽石首飾匣、喀什米爾披巾、瓦朗西納[31]花邊和英格蘭面紗。總之，就是所有能讓每位年輕女孩聽了就會歡喜得怦然心動的誘人高級物品，它們通常就稱為陪嫁。

在經過這個房間時，他證明了自己不僅聰明與機靈，而且還頗有遠見，因為他在這些珠寶首飾中間抓起了最值錢東西藏在身邊。順手撈了這一把以後，安德烈亞覺得心定了一半。於是他輕鬆地跳出窗口，從憲兵的手心裡溜走了。高個子又靈活得像古代鬥士

31　法國城市，所產花邊以精美著稱於世。

且強健得像斯巴達人的安德烈亞，一口氣奔跑了一刻鐘。雖不知道是在往哪裡跑，但他唯一的目的是盡快離開險些被人逮住的那個地方。靠著竊賊總是可以憑本能找出最安全的路，他穿過勃朗峰街以後，到了拉法耶特街的盡頭。他上氣不接下氣，氣喘吁吁的在那裡停了下來。四周只有他一個人。他的左邊是空曠的聖拉紮爾園圃，而右邊就是那黑沉沉的巴黎。

「我完蛋了嗎？」他自問，「不，我只要能比我的對手跑得快就行，現在我的生死就取決在速度了。」

這時，他看見從普瓦索尼埃爾區的上行方向駛過來一輛公共馬車。馬車伕懶洋洋地抽著菸斗，看樣子像是要到聖德尼區的另一頭去，無疑的，他平時應該就是停在那裡。

「喂！朋友！」貝厄弟妥喊道。

「您要做什麼呢，先生？」車伕問。

「您的馬累不累？」

「累不累？喔，是啊，是夠累囉。牠啊，這大半天可都閒著。就只那麼點路，不過就四趟，每人給二十個蘇錢，總共才七法郎。可是我給車行老闆就要十法郎。」

「您願意在您的七法郎上面再加上二十法郎嗎？」

「當然願意，先生。二十法郎，誰會不放在眼裡啊。那我該做些什麼呢？」

「小事一樁，只要您的馬不累就行了。」

「我跟您說，牠跑起來像陣風。您只管說去哪裡就行了。」

「去盧夫勒。」

「喔！我知道路……您能在那買到好的果子酒。」

「正是。我只想去追一位朋友。我跟他說好明天一起去夏佩勒-塞爾瓦爾打獵的。我們說定，他的馬車在這裡等我到十一點半，現在十二點了。他也許等得不耐煩，一個人先走了。」

「這有可能。」

「那麼，您能試著趕上他嗎？」

「沒問題。」

「要是我們到布林熱還沒追上他，就給您二十法郎。要是到盧夫勒仍沒追上，就三十法郎。」

「如果追上他了呢？」

「那就四十！」安德烈亞猶豫了一下，但隨即想到什麼就樂得這麼說。

「那就好！」車伕說，「請上車吧，我們要上路了！駕！」

安德烈亞上了車，輕便馬車迅捷穿過聖德尼區，沿著聖馬丹區一路駛去，出了城門，駛上無止盡的拉維萊特郊區車道。

他們當然追不上那位虛構的朋友。但是，卡瓦爾坎第卻不時向走夜路的行人或跟還沒打烊的小酒店打聽，詢問有沒有見過一輛套著棗紅馬的綠色輕便馬車駛過。因為在這條通往荷蘭的大路上，眾多的輕便馬車中十輛就有九輛是綠色的，所以每次都可以打聽到不少消息。人們總是剛看到這輛綠色馬車駛過，可能就在前面五百公尺，兩百公尺，或者一百公尺。最後，趕到前面一看，卻不是要找的那輛。有一次，他們的這輛輕便馬車也被另一輛車超到前面去了。那是一輛旅行馬車，兩匹驛馬正拉著它飛快地往前趕路。

「哎！」卡瓦爾坎第心想，「要是我有這麼一輛車，有這樣兩匹駿馬，尤其是能帶著兩樣東西上路的護照，那該有多好！」他深深地嘆了口氣。

那輛旅行馬車上載著的正是鄧格拉斯小姐和德．阿爾米依小姐。

「快！快！」安德烈亞說，「我們必須追上它。」

於是，那匹從出了城門以後就沒喘過氣的可憐的馬匹，又抬腿狂奔起來，就這樣渾身冒著熱氣一直跑到了盧夫勒。

「事情明擺著，」安德烈亞說，「我是趕不上我的朋友了，再跑下去我會把您的馬累死的。所以，我還是停在這裡吧。這是您的三十法郎，我到紅馬旅店去睡一夜，明天再去搭頭班車。晚安，我的朋友。」說完，安德烈亞把六枚五法郎的錢幣放在車伕手裡，俐落地跳下車。

車伕開心地把錢放進口袋，調轉車頭朝回巴黎的方向駛去。

安德烈亞裝成往紅馬旅店走去的樣子，但他在店門外站了片刻，等到馬車的聲音漸漸遠去，直到聽不見以後，就拔腿一路小跑，奔出了兩里格路後，他休息了一下。那裡大概就在他說過要去的夏佩勒-塞爾瓦爾附近了。安德烈亞．卡瓦爾坎第下來並不是累了的緣故。而是因為，他需要做出一個決定，並且思索一個計畫。乘驛車是不可能的；

租旅行馬車同樣不可能。用這兩種辦法旅行，都必須要有護照。那麼待在瓦茲省，也就是留在法國一個防範最嚴密且藏身最困難的省份裡，更是不行。尤其是對於像安德烈亞這樣一位犯罪專家來說，更是絕對危險。

安德烈亞坐在溝邊，雙手抱住頭思索著。十分鐘後，他抬起頭──決定已經下了。他把半邊外套上下都撲上塵土，這件外套是當他溜過前廳時還來得及從衣鉤上取下，套在了舞會禮服的外面。然後，他到了夏佩勒──塞爾瓦爾，壯著膽子去敲當地唯一的客棧的門。老闆來開了門。

「我的朋友，」安德烈亞說，「我騎馬從蒙特豐泰納到桑利斯去，那匹馬性子很倔，半路上一個偏閃，把我摔出了十步之外。我今晚必須趕回貢比涅，否則我家裡會非常擔心。所以，您能租一匹馬給我嗎？」

每家客棧，好歹總會有匹馬。夏佩勒──塞爾瓦爾的客棧老闆叫來照顧馬廄的伙計，吩咐他去給「雪駒」備鞍，另外又喊醒了兒子，讓這個七歲孩子騎在這位先生的背後，隨後再把馬騎回來。安德烈亞給了老闆二十法郎，掏錢的時候，還有意讓一張名片掉在了地上。這張名片是他在巴黎咖啡館的一位朋友的。這樣一來，等安德烈亞走了以後，客棧老闆拾起掉在地上的名片一看，就會相信他的馬是租給了聖多明尼克街二十五號的德．莫萊翁伯爵先生──這是名片上的姓名和地址。

雪駒跑得並不快，但步子邁得均勻而不間歇。於是，三個半小時裡，安德烈亞跑完了到貢比涅的九里格路程。當他來到停放著公共馬車的廣場時，市政廳的大鐘正敲響四點。在貢比涅有家頗出名的旅館。只要在那裡住過一次的旅客，都會記得它。安德烈亞有一次到巴黎郊外出遊時，曾在那裡休息過，所以他記得那家鐘瓶旅館。他向四周望去，在路燈的光線下瞥見了那家旅館的招牌。於是，他把身邊的零錢都掏出來給了那孩子，把他打發走以後，就走上前去敲門。他心裡一邊算計著，現在還有三、四個鐘頭，最好能好好地吃上一頓，再睡上一覺，養精蓄銳好應付接下去的勞頓顛簸。

來開門的是一個夥計。

「我的朋友，」安德烈亞說，「我從聖讓奧布瓦來，剛才我在那裡參加了一個晚宴。我原想搭午夜的那班車回去的，結果像個傻瓜似的迷了路，在森林裡兜了四個鐘頭圈子。請給我一個面朝院子的精緻小房間，再請人送一隻凍雞和一瓶波爾多紅葡萄酒上去。」

那名夥計沒起疑心——安德烈亞說話的神情從容自若，嘴上含著雪茄，手插在外套衣袋裡。衣服很高雅，鬍子刮得很乾淨，靴子也無可挑剔，看上去是個鄰鄉的夜行客人，如此而已。

夥計去收拾房間時，老闆娘起來了。安德烈亞帶著他最可愛的笑容迎上前去，問她是否能讓他住三號房。他表示上次路過貢比涅的時候，就住過那個房間。可惜的是，三號房已經讓一位年輕人租走了，他是帶著妹妹出來旅行的。安德烈亞似乎很失望，直到老闆娘向他保證，現在給他準備的七號房格局完全跟三號房一模一樣，他才算又高興了起來，一邊在壁爐邊暖腳，一邊跟老闆娘聊聊最近的尚蒂伊之行，直到那名夥計來告訴他說房間已經準備好了。

安德烈亞說那幾間朝著院子的房間精緻，不是沒有道理的。鐘瓶旅館的庭院上方有三道走廊，看上去有點像劇場正廳的模樣，柱廊上攀滿了素馨和鐵線蓮，輕盈雅致，宛如一種天然的裝飾。所以，這個庭院實在稱得上是天下第一可愛的旅館天井。

凍雞很新鮮，紅酒很醇厚，明亮的爐火劈啪作響，安德烈亞驚訝地發覺自己的胃口竟然好到就像什麼事也沒發生過一樣。隨後他就上了床，而且幾乎立刻就進入了夢鄉。這種無法抵擋的睡意，當一個人在二十歲的時候，是經常會遇到的，即使是在良心受著責備的時候也一樣。不過，我們不得不承認，儘管安德烈亞照常理說可能會感到良心受到責備，但是，他並沒這種感覺。

下面就是安德烈亞的盤算，那是一個相當完整的可靠的計畫。

天一亮，他就起床，一分不少地付清旅店的帳，出了旅館，走進森林，藉口要作畫，花錢跟一個農民套交情，弄一身伐木工人的衣服，再加上一柄斧頭，脫下身上這套貴族花公子的衣裝，換上那套工人的衣服。然後，他手上抹點泥巴，頭髮用鉛梳梳成棕色，再照舊日夥伴告訴他的祕方，把臉染成古銅色，穿過森林，一直走到最近的國境線，夜晚行路，白天躲在密林或林間的草地上睡覺，偶爾才到有人煙的地方去買點麵包。越過了國界，就可以把鑽石換成錢，再加上他一直藏在身上以備不時之需的十張紙鈔，他就能擁有五萬法郎了。按照他的人生哲學，這似乎算不上是窮途末路。況且，他猜想鄧格拉斯家裡為了顧全面子，一定會盡量讓這件倒楣事就此平息的。

安德烈亞之所以可以那麼快睡著而且熟睡，除了疲倦之外，就是由於上面說的這些原因。另外，安德烈亞為了要早醒，沒有把百葉窗關上，只是把門閂插上。他還將一把打開的小刀放在床頭櫃上。這把鋒利的小刀他平時是從來不離身的。

早晨七點鐘，一縷陽光透過窗戶，溫暖而明亮地照在他的臉上，把他給弄醒了。凡是條理清晰的頭腦，總有一個占主導地位的思想。它在腦海裡總是最後一個休息，又是第一個起來喊醒整個大腦。當安德烈亞腦海裡的這個主導思想浮上來，在他耳畔輕輕地說他已經醒得太晚了的時候，他的眼睛還沒完全睜開。

他跳下床，奔到窗口，看到有名憲兵正穿過庭院。憲兵是這個世界上最讓人心裡發毛的東西之一，即使是對一個心頭坦然的人也是如此。至於對一個出於某種原因心裡懷著鬼胎的人來說，黃藍白相間的三色制服就是最嚇人的顏色了。

「為什麼有個憲兵在這裡？」安德烈亞暗自思忖。

但他一下子就有了答案。對於他的思考邏輯，想必讀者也都知道了。「在一家旅館裡有名憲兵，這沒什麼可大驚小怪的，還是把衣服穿好吧。」

接著，年輕人迅速地穿起衣服來，儘管這幾個月來一直在巴黎過著時髦的生活，他卻還沒被貼身男僕給慣壞。

「好了，」安德烈亞邊穿衣邊說，「我等他走。他一離開我就上路。」

說這句話的工夫，安德烈亞已經穿好了靴子，繫好了領巾，輕輕地走到窗子旁邊，第二次掀起那塊薄紗窗簾。他看到不僅先前的那名憲兵還在，而且在樓梯腳下又看見了第二件黃藍白的三色制服。那座樓梯是他下樓的唯一通道。另外還有第三個，騎在馬上，手握步槍，在朝街的大門口看著。而那扇大門是他唯一的出口。

這第三名憲兵更說明了問題——在他跟前密密麻麻地圍了半圈看熱鬧的人，把旅館的門都給堵死了。

「他們是在找我！」這是安德烈亞的第一個念頭。「見鬼！」

年輕人的臉變得全無血色。並且焦急不安地朝四處望著。他的房間，跟同一層上的其他房間一樣，只能開門通過外走廊出去，而在外走廊上是誰都看得見的。

「我完了！」這是他的第二個念頭。

確實，對於一個處在安德烈亞境地的人來說，逮捕就意味著——法庭，審判，死刑，而且不容赦免，立即執行。

有一陣子，他的雙手痙攣地抱緊了頭。在這一小段時間裡，他真的差點嚇瘋了。但很快地，從紛亂的思緒中出現了一個想法，閃出了一點希望的火花。他原本毫無血色的嘴唇和攣縮起來的臉頰上，掠過一絲笑意。他往周圍看了看，發現要找的東西都在一張大理石的寫字桌上，它們是——鵝毛筆，墨水和紙。

他拿起鵝毛筆蘸了蘸墨水，用強自鎮定的手，在第一頁上寫了下面幾行字：

我沒有錢付帳了，但我並非是一個不誠實的人。我留下一枚別針做為抵押。這枚別針價值抵得上我膳宿費用的十倍。請原諒我在天剛亮時就溜走了，因為我感到沒臉見人！

他從領巾上取下別針，放在那張紙上。做好以後，他並沒有把門鎖好，反而把門打開，露出一點縫，就像是出了房間忘記把它關好似的。然後他鑽進壁爐的煙囪，像是一個做慣這類體操動作的人。他用腳尖把踩在爐灰上的腳印抹平後，開始在煙囪中往上爬。這就是他猶存一線希望的唯一逃命通道。在這個分秒必爭的時刻，安德烈亞看見的第一名憲兵，已經跟在警長後面上了樓梯。第二名憲兵在樓梯腳下接應。守在大門口的那個可以同時做為他的支援。

這場把安德烈亞搞得如此狼狽的搜捕，背景是這樣的——天剛破曉，電報站就向四面八方發報。在幾乎即刻接到消息的所有市鎮裡，行政官員馬上被喚醒。他們隨即組織人力搜捕殺害卡德魯斯的凶手。

貢比涅，是集王室行宮，狩獵勝地與駐防城市於一身的要地，擁有眾多的行政官員，憲兵和警官。所以，他們剛收到電報傳來的命令，就立即就組織了搜捕隊。加上鐘瓶旅店是城裡首屈一指的旅館，因此搜捕自然就從這裡開始。另外，根據當晚在市政廳（市政廳就緊鄰著鐘瓶旅館）門前值勤的崗哨報告，他在夜裡曾看見有幾名旅客前去投宿。那名清晨六點才下崗的哨兵，甚至還記得他剛上崗時，也就是在四點零幾分的時候，曾經見過一位年輕人和一個鄉下小孩，一前一後合騎一匹白馬。年輕人到這裡後下了馬，打發走小孩和馬以後，就去敲鐘瓶旅館的門。門開了，他進去以後又重新關上。

於是疑點落到了那名深夜投店且形跡可疑的年輕人身上。而他不是別人，正是安德烈亞。

警長和那名憲兵——他是憲兵隊長——由於手上有了這點線索，所以直接衝到了安德烈亞的門前，只見門半開著。

「嘿嘿！」憲兵隊長說。他是個老狐狸，對罪犯的這套把戲稱得上是見多識廣。「門開著可是個不好的預兆！我寧可它上了三道鎖！」

果然，安德烈亞留在桌上的短箋和別針都證實了，或者不妨說，其意在使人相信一個可悲的事實——安德烈亞已經逃走了。

我們說其意在使人相信，是因為這位隊長並不是個看見一項證據就會善罷甘休的人。他環顧四周，查看了床底，又掀開窗簾，打開櫥門，最後停在壁爐前。

幸虧安德烈亞早有準備，沒有在爐灰上留下任何痕跡。

但是，這畢竟是一個出口，而且在目前的情形下，每個出口都是嚴格檢查的對象。於是，隊長叫人拿來了柴薪和麥秸，並且把他們堆在壁爐裡，然後點上火。火焰把柴燒得嗶剝作響，而一股濃煙沿著煙囪往上躥，猶如從火山往天空噴射出的的灰暗熔岩。但是這位隊長，並沒有像他預期的那樣看到罪犯掉下來。這是因為，安德烈亞自幼就在社會上跌打滾爬，智謀不輸給任何一名憲兵，即使這名憲兵已經晉升到了隊長的位子。他已預先想到可能會有這場火攻，所以早爬上屋頂，蹲在煙囪外邊。

一時間，他覺得有救了，因為他聽見隊長在招呼那兩名憲兵，對他們喊道：「他不在這裡。」

可是，當他小心翼翼地探出頭去，卻看見那兩名憲兵聽到這喊聲以後，並沒理所當然的撤出去，反而顯得更加警惕了。他環視了一下四周——市政廳是座十六世紀的巨大建築，像陰沉的壁壘般的高聳著。從那座建築右邊的窗戶，可以一覽無遺地看清旅館的屋頂，猶如從山頂俯視峽谷一般。安德烈亞明白，他馬上就會看見憲兵隊長的臉從其中某個窗戶伸出來。一旦暴露，他就完了。在屋頂的追逐中，他是絕無逃脫機會。因此，他決定重新下去，但不是從上來的那條通道，而是從另一條類似的煙囪通道下到別的房間。他找了一個沒有在冒煙的煙囪，到那裡後，就神不知鬼不覺地消失在煙囪口裡。

正在此時，市政廳的一扇小窗打開，憲兵隊長的臉探了出來。那張臉就像那座建築上的石雕似的，絲毫不動地待了一會兒，然後，伴著一聲失望的長嘆，那張臉消失了。這位鎮靜且尊嚴得有如他所代表之法律的隊長，對廣場上聚集的人群爭先恐後提出的問題一概置之不理，直接回到了旅館。

「怎麼樣？」那兩名憲兵問。

「嗯！小子們，」隊長回答說，「那名竊賊真的是一大早就逃走了。但是，我會派人到維萊-科特雷和諾瓦榮的森林裡去搜尋，絕對能把他抓回來的。」

這位可敬的官員，以他那種憲兵隊長特有的聲調說出上面的這番話。但聲音還沒落地，就聽到一聲長長的驚叫，伴隨著一陣猛烈的鈴聲，驟然迴響在旅館的庭院裡。

「哦！這是什麼聲音？」隊長喊道。

「像是哪位客人等得不耐煩了。」旅館老闆說。

「是幾號房間在拉鈴？」

「三號。」

「快跑去，夥計！」

這時，又響起了叫聲和鈴聲。那夥計拔腿要跑。

「別跑，」隊長止住夥計說，「依我看，這個拉鈴的人要的不是店裡的夥計。我這先為他送名憲兵去吧。誰住三號房間？」

「昨晚乘旅行馬車來的一位年輕人和他的妹妹。他要了一間放兩張床的房間。」

鈴聲第三次響起，聽上去焦急萬分。

「隨我來，警長先生！」隊長大聲說，「跟在我後面，別落下。」

「請等一下，」旅館老闆說，「有兩座樓梯通道三號房——一座外樓梯，一座內樓梯。」

「好！」隊長說，「我上內樓梯，這裡歸我。您們的槍都上膛了嗎？」

「是的，隊長。」

「那好！您們看住外樓梯，要是他想逃跑，就開槍。照電報上的說法，他是名很危險的罪犯。」

隊長和警長，一前一後立即消失在內樓梯，留下圍觀的人群在議論著剛才隊長所透露的安德烈亞狀況。

剛才的事情是這樣的——安德烈亞很靈巧地在壁爐煙囪裡往下爬了三分之二，但突然腳底打滑，儘管兩隻手仍攀在爐壁上，還是止不住地滑了下去。其速度之快，尤其是聲音之響，都超過了他的預想。如果下面是個空房間，也就罷了，但倒楣的是，裡面住著人。

有兩名女子睡在一張床上，這響聲把她們驚醒了。她倆的視線直直地往發出響聲的地方望去，看見壁爐口冒出了個男人。其中金黃頭髮的那位就發出了一聲響徹整個旅館的可怕的叫聲，而另外那位棕色頭髮的則撲過去死命地拉鈴報警。我們看到了，安德烈亞真是不走運。

「行行好！」他臉色慘白，暈頭轉向地喊道，甚至都沒看清自己是在向誰說話，「行行好！別喊啦，救救我吧！我並不想傷害您們。」

「安德烈亞，那個殺人犯！」兩名女子中的一個喊道。

「歐仁妮！鄧格拉斯小姐！」卡瓦爾坎第喃喃地說，他從慌亂變成驚呆。

「救命呀！救命呀！」德．阿爾米依小姐喊道，從歐仁妮僵住的手中奪過拉鈴的繩子，使出比同伴更大的力氣猛拉起來。

「救救我吧，他們在追我！」安德烈亞雙手合在胸前說，「行行好，可憐可憐我，別把我交出去！」

「已經太晚了，他們上來了。」歐仁妮回答說。

「那就把我藏在什麼地方吧。您就說您們是無緣無故地覺得害怕。您想理由打消他們的疑心，就救了我的命啦。」

兩個女孩緊靠在一起，用被單裹住身體，一聲不響地聽著他苦苦哀求。她們的腦海，完全被懼怕和厭惡的情緒所占據了。

「嗯，好吧！」最後歐仁妮說，「就從您進來的那條路出去吧，卑鄙的傢伙。走吧，我們不說。」

「他在這裡，他在這裡！」房門口有個聲音喊道，「他在這裡，我看見他了！」

原來，隊長把眼睛湊在鎖眼上，看見了安德烈亞站著在央求。

槍托用力一擊，砸飛了門鎖，又是兩下，打掉了門栓，同時砸壞了的房門倒了進來。安德烈亞奔到另一扇向著庭院走廊的房門前，打開門想奪路而逃。那兩名憲兵正站在那裡，平舉著步槍瞄準著。安德烈亞一下子愣住了。他臉色慘白地站定，身子微微後仰，痙攣的手裡握著那把已起不了作用的小刀。

「快逃呀！」德．阿爾米依小姐喊道，隨著恐懼心理的減退，她又動了惻隱之心，「快逃呀！」

「要不就自殺！」歐仁妮說，她的語調和姿勢，就像古羅馬競技場裡的女祭司[32]在伸出拇指命令得勝的鬥士去結決失敗的對手。

渾身打顫的安德烈亞，帶著一個鄙夷不屑的笑容望著年輕女孩，他的笑容表明他無

32 古羅馬人信奉灶神與火神威斯塔，並由最高祭司團選出若干名少女擔任威斯塔女祭司，她們的任務是看守威斯塔神廟裡的長明燈，使其永不熄滅。這些女祭司平時極受尊敬，享有特權。

法理解這種崇高而冷酷的榮譽感。

「要我自殺！」他把小刀一扔，說，「為何？」

「為何？您自己說了，」鄧格拉斯小姐喊道，「他們會判您死刑，會把您當最危險的罪犯立即處決的！」

「呸！」卡瓦爾坎第把雙臂叉在胸前說，「我還有許多朋友呢。」

隊長抽出軍刀拿在手裡，向他逼近。

「好啦，好啦，」卡瓦爾坎第說，「把軍刀插進鞘裡去吧，老兄，既然我已經放棄抵抗了，何必還要這麼裝腔作勢呢。」說著，他伸出雙手等著上手銬。

年輕女孩們驚恐地看著眼前這幕醜陋羞恥的蛻變顯形場景——這位上流社會的年輕人剝下了他的偽裝，又變回苦役犯了。

安德烈亞對她倆轉過身來，臉上掛著厚顏無恥的笑容。「您有什麼口信要我帶給令尊大人嗎，歐仁妮小姐？」他說，「因為我應該還是要回巴黎的。」

歐仁妮用雙手掩住了臉。

「哦！哦！」安德烈亞說，「儘管您是追我而來，但沒什麼好難為情的。我不就差一點就成了您的丈夫嗎？」

說完這句嘲弄的話，安德烈亞就走了出去，留下兩名女逃亡者去忍受恥辱的煎熬和他人的品頭論足。

一個小時後，她倆都穿著女裝，登上了她們的那輛旅行馬車。

在這以前，旅店曾經關上大門，把圍觀她倆的人群擋在外面。但當這扇大門重新打開的時候，她們還是被夾在圍觀的人群中間，因此只能從這一雙雙火辣辣的眼睛和一張張竊竊私語的嘴巴中間穿行而過。歐仁妮拉下車窗的遮簾。但是，雖然她看不見，卻依然聽得到那些訕笑一直傳到她的耳畔。

「哦！為什麼這個世界不是一片荒無人煙的沙漠呢？」她撲倒在德·阿爾米依小姐的懷裡喊著。她的眼裡迸射出強烈的怒火。這正是當年尼祿恨不得羅馬帝國就像一顆頭顱，好讓他一刀砍下來時的模樣。

第二天，她們抵達布魯塞爾，下榻在弗蘭德旅館。

從前一天晚上起，安德烈亞就關進了巴黎法院的附屬監獄。

第九十九章　法律

我們已經看到，鄧格拉斯小姐和德．阿爾米依小姐是在怎樣一種從容不迫的情況下換裝出逃的。這是因為當時每個人都忙於自己的事，無暇顧及她倆。

我們先讓銀行家面對銀行倒閉的幽靈，滿頭是汗地寫下那一欄一欄長長的負債數額，還是來看男爵夫人吧。她經受了剛才那下猛烈的打擊，在最初的那陣沮喪氣餒過後，起身去找她知己顧問羅新．德布雷了。男爵夫人原來希望那件婚事能讓她最終擺脫掉一種監護的責任。對於有一個像歐仁妮這樣性格的女兒來說，監護的責任勢必是非常煩人的。另外，維護家庭中的等級關係，素來需要有一種默契。那就是，母親對女兒必須始終是明智的表率和完美的典範，要不然，做母親的就不可能成為女兒心目中的主宰。

不過，鄧格拉斯夫人對歐仁妮的冷眼旁觀和德．阿爾米依小姐給她女兒出的主意都是既擔心又害怕。她有時看得出女兒投向德布雷眼神中的鄙夷神情。這種眼神似乎在告訴她，女兒對她跟那位機要祕書之間的曖昧關係以及經濟上的往來都是一清二楚的。只是實際上情況並非如此，有一種更精明且更深刻的解釋會告訴男爵夫人，歐仁妮討厭德布雷，並不是因為他在她父親家裡是一塊使她感到丟臉與憤慨的絆腳石。而是因為，她根本已經把他歸進了第歐根尼[33]所說的兩足動物的範疇。這是對人類的這一個別稱。柏拉圖的說法稍微委婉一些就是——長著兩隻腳，身上沒有羽毛的動物。

不幸的是，這世界裡，每個人都透過自己的方式看事情。正是這種個人的看法妨礙了他去看清別人的想法。因此，鄧格拉斯夫人按照自己的看法，對歐仁妮的婚變感到非常遺憾。倒不是因為這門親事門當戶對，雙方般配，能給她女兒帶來幸福等等，而是因為這件婚事能讓她自己得到自由。所以，她急著跑去找德布雷。

德布雷，和所有的巴黎人一樣，在參加了婚約儀式，並且目睹了後面那當場出醜的一幕之後，就趕忙回到俱樂部，跟幾個朋友去談論這件大事。此時此刻，這座號稱世界都市，有四分之三的男男女女都在談論這件事。

正當身穿黑裙，戴著面紗的鄧格拉斯夫人不顧看門人一再跟她說德布雷先生不在家，直接登樓朝年輕人的房間走去的時候，德布雷正在忙著拒絕一位朋友旁敲側擊的慫恿。那位朋友意在向他表明，鄧格拉斯府上出了這麼一件醜聞以後，他德布雷身為這個家庭的朋友，有責任去把歐仁妮・鄧格拉斯小姐和她那兩百萬娶過來。其實，德布雷並沒有很激動地為自己辯解。因為，平時在他的腦子裡也常常出現這個想法。但是，他了解歐仁妮，知道她那種獨往獨來又傲慢不遜的性格。所以，他又有著全然防禦的立場，聲稱這種結合是不可能的。可是同時，他心底又總是有一種邪念在撩撥著自己。因此我

33 Diogenes（約西元前四〇四—前三二三），古希臘犬儒派哲學家。

們看到，這場談話是很有趣的，每個人都顯得興味盎然，於是，喝茶，打牌，有趣的談話，一直延續到了淩晨一點鐘。

這段期間，鄧格拉斯夫人被羅新的貼身男僕引進綠色小客廳後，戴著面紗坐在兩籃鮮花中間，焦急地等著他回來。這兩籃鮮花，是她上午派人送來的，應該說句公道話，德布雷曾經親自仔細地擺弄過它們，重新插放，還剪去冗枝。看在他細心的分上，可憐的女人也就原諒了他的不在家。到了十一點四十分，鄧格拉斯夫人空等實在等倦了，於是坐上出租馬車回家去了。

某一階層的女人，有一點是跟正在戀愛的輕佻縫紉女工相同的，那就是通常不會在午夜十二點以後回家。男爵夫人回到府邸時的小心翼翼的樣子，就跟歐仁妮剛才出去時一模一樣。她緊張著，輕手輕腳地上樓回到自己的房間。我們知道，她的房間跟歐仁妮的房間相鄰的。她滿心懼怕地唯恐會再引起什麼流言蜚語。她從心底裡堅信——至少在這一點上，這可憐的女人還是值得尊重的——女兒是清白無辜的，是對這個家一往深情的。回到自己房間以後，她貼在通歐仁妮房間的門上聽著，因為沒聽到什麼聲音，就想開門進去，但是，門從裡頭上了鎖。

鄧格拉斯夫人心想，歐仁妮在經受了這一晚上可怕的情緒波動後，大概是筋疲力盡地上床睡著了。她喊貼身女僕來問話。

「歐仁妮小姐，」貼身女僕回答，「是跟德·阿爾米依小姐一起回房間的。然後她們一起喝了茶，之後她們就對我說沒我的事了，要我退下。」

這名貼身女僕退出去後，就一直待在配膳室裡，而且跟大家一樣，以為兩位小姐就在她們自己房裡。

鄧格拉斯夫人於是不存半點疑慮地上床睡覺了，只是，儘管對人放下了心，對事，她卻怎麼也無法釋懷。隨著腦海裡的思緒越來越清晰，婚約儀式的那幕場景也越放越大了。它已經不僅僅是一件招人非議的不光彩之事，而是一件轟動全城的醜聞。這已經不單單是一種羞辱，而是一場聲名掃地的奇恥大辱。

這時，男爵夫人不由自主地想起，當初美茜蒂絲由於丈夫和兒子而蒙受那場同樣可怕的災難之時，她是如何毫無憐憫地對待可憐的美茜蒂絲。

「歐仁妮，」她對自己說，「她是完了，我們也完了。事情一旦張揚出去，就會使我們永遠蒙受恥辱。在我們這個社會裡，有些成為他人笑柄的事，就好比無法治癒的傷口，永遠血淋淋的不會癒合。幸虧，」她喃喃地說，「上帝給了歐仁妮那種有時真叫我膽戰心驚的奇怪性格！」

她抬起頭望著上天。神祕的上帝在早就根據註定要發生的事情安排好了一切，而且，有時會把一項缺點，甚至一件壞事，變成一種祝福。隨後，她的思緒就像在深淵裡振翅撲飛的小鳥一樣，從空中掠過，落在了卡瓦爾坎第身上。這個安德烈亞是個惡徒，竊賊，殺人犯。可是，從他的舉止來看，儘管並不完美但至少也算是有教養的。他被介紹進社交界時，看上去是家貲巨萬，而且門第也很高貴的。

有誰能給她指點迷津呢？她該向誰去訴說，才能掙脫這讓人無法忍受的痛苦困境呢？

德布雷，她已經去找過他了。憑著一名女子想要向她所愛的，有時會把她毀滅的男人求援的最初衝動。但德布雷頂多只能給她一些忠告而已。因此，她要去找的，應該是一個比他更強有力的人。

男爵夫人想到了德．維爾福先生。是德．維爾福先生決定逮捕卡瓦爾坎第。是德．維爾福先生毫不留情地把混亂引進了這個家庭，彷彿這是一個跟他不相識的陌生人家庭似的。但，不是的，回想起來，檢察官並不是一個毫不留情的人。他的不留情，是因為他是一名謹守職責的司法官員。但是，以朋友的角度來說，他是一個忠實可靠的朋友。他用自己的手，粗暴卻堅定地拿起刀子一下子剜掉了最潰爛的傷口——他不是劊子手，而是一名醫生。他是想把鄧格拉斯家庭的名譽，跟那位——曾被他們當成女婿引薦給社交界——聲名狼藉的人分開來。

德．維爾福先生做為鄧格拉斯家庭的朋友，一旦這樣做了，也就不會有人再懷疑檢察官事先對安德烈亞的陰謀有所聞卻任其犯罪了。所以，仔細想來，男爵夫人發現維爾福的做法還是在為他們共同的利益著想。但是，現在該讓檢察官的鐵面無私就到此為止了。她明天要去找他，要讓他答應，即使不是放棄他身為司法官員的責任，至少也要讓他答應網開一面，放一條生路。

她要喚起他往日的情分，喚醒他的回憶，用當年那段有罪卻甜蜜的時光去哀求他。德．維爾福先生會擱起這件案子，或者至少會放卡瓦爾坎第逃脫（他只須把眼睛往旁邊偏一偏就行了），然後對罪犯的幽靈繼續審理，也就是安排所謂的缺席審判就行了。想到這裡，她更加安心地入睡了。

第二天上午九點，她起身後既沒拉鈴叫貼身女僕，也沒洩漏出一點動靜，悄悄地穿上一身跟昨晚同樣樸素的衣服，就下樓出了門。她一直走到普羅旺斯街才乘上一輛出租馬車，吩咐駛往德．維爾福先生的府邸。

一個月來，這座遭詛咒的府邸始終就像發現了瘟疫的檢疫站那樣淒涼。有一部分房間，裡裡外外都關閉了。關得嚴實的百葉窗，很難得才打開片刻透透空氣。這時，可以看見窗戶露出一名僕人驚惶的臉，然後窗子又關上了，就像青石墓板又蓋嚴了墳墓。這時鄰居們會相互竊竊私語：「莫非我們今天又會見到一口棺材從檢察官先生屋裡抬出去？」

鄧格拉斯夫人見到這座府邸淒涼的景象，不由得打了個寒噤。她從出租馬車上下來，膝蓋直發抖地走近緊閉的大門去拉鈴。悲愴的鈴聲彷彿和四周淒清的氛圍融成了一體，直到鈴響三遍，才看見看門人把大門開出一條縫，剛剛夠讓說話聲從中通過。他看見了一名女子，一名上流社會穿著高雅的女子，然而，大門依舊只開一條縫。

「您是要不要開門呢？」男爵夫人說。

「首先，夫人，請問一下您是誰？」看門人問。

「我是誰？您可是認識我的。」

「我們現在誰也不認識了，夫人。」

「我看您是瘋了，我的朋友！」男爵夫人喊道。

「您從哪裡來？」

「哦！這太過分了。」

「夫人，這是給我的命令，請您原諒。您的名字？」

「鄧格拉斯男爵夫人。您見過我有二十次了吧。」

「也許是的，夫人。現在，您有什麼事？」

「哦！這真是太奇怪了！我要告訴德·維爾福先生，他的手下人太放肆了。」

「夫人，這不是放肆，而是謹慎。若是沒有德·阿弗裡尼先生的指示，或者不是有事要找檢察官先生，那就任何人不得入內。」

「那好！我正是有事要找檢察官先生。」

「是急事嗎？」

「這您也該看得出來，我到現在都還沒跳上馬車回去。夠了！這是我的名片，拿去給您的主人吧。」

「夫人等我回來？」

「是的，去吧。」看門人又關上門，讓鄧格拉斯夫人待在街上。

她沒等多久，大門再度開啟，這次寬度足夠讓男爵夫人通過。她進去以後，門又關上了。進了院子，看門人仍無時無刻不把眼睛看著門。他從口袋裡掏出個哨子，吹了一下。

德．維爾福先生的貼身男僕出現在臺階上。

「請夫人原諒這位正直的人。」他一邊朝男爵夫人迎上前來，一邊說，「他接到嚴格的命令，德．維爾福先生也讓我轉告夫人，他這樣做實在是不得已。」

院子裡有一個供貨商，也是經過同樣的手續才進來的。現在有人正在檢查他帶的貨物。男爵夫人走上臺階。她覺得，她被周圍的淒涼的氣氛所影響，甚至使她受到強烈的感染。她由貼身男僕帶路，已經來到了檢察官的書房，一路上那位嚮導的視線一直沒有離開過她。儘管男爵夫人始終想著她此次前來的目的，但是這些僕人對她的接待竟然如此失禮，她不由得在腦中批評了起來。

然而，當維爾福勉強抬起幾乎被悲痛壓得抬不起來的頭，帶著一絲淒苦的笑容望著她時，她那股已經到了嘴邊的怨氣卻又嚥了下去。

「請原諒我的僕人這種驚惶失措的樣子。我無法為此責備他們。因為他們受到了猜疑，而變得更加多疑了。」

檢察官說的驚恐無措，鄧格拉斯夫人在社交場上也曾屢次聽人說起。但是，要不是親眼看到，她無論如何也沒辦法相信，這種情緒竟然會發展到如此地步。

「這麼說，」她說，「您也感到不幸？」

「是的，夫人。」檢察官回答說。

「那麼您同情我？」

「由衷地同情，夫人。」

「您知道我為什麼來嗎？」

「您來對我說您遇到的事情，是嗎？」

「是的，先生，一件可怕的災難。」

「您的意思是說一次不幸的遭遇。」

「不幸的遭遇？」男爵夫人說。

「唉！夫人，」檢察官以他沉著冷靜的態度回答，「現在，我只把那些人力無法挽回的事情才稱為災難。」

「哎！先生，難道您以為外界會忘記……」

「任何事情都會被遺忘的，夫人。」維爾福說，「您女兒還可以再結婚，不在今天，就在明天，不在明天，就在一星期後。而且，要說您是為歐仁妮小姐的未來感到遺憾，我看，也不見得吧。」

鄧格拉斯夫人凝視著維爾福。他這種近乎嘲諷的鎮靜口吻，使她驚呆了。

「我還算是在一位朋友家裡嗎？」她用一種滿含悲憤的語調問。

「您知道您是的，夫人。」維爾福回答，但在說出這句話的同時，他的臉頰微微地泛紅了。

原來，這句話使他聯想起了跟他倆此刻在說的事無關的另外一些事情了。

「好吧！那麼，請別這麼冷淡吧，親愛的維爾福。」男爵夫人說，「請像位朋友，而別像名檢察官那樣對我說話。當我感到極為痛苦的時候，請別對我說我應該愉快些之類的話。」

維爾福鞠了一躬。

「這三個月來我有個討厭的習慣，」他說，「當我聽到有人說起災難時，夫人，我就會想到自己。我就會情不自禁地在腦子裡進行這種很自私的比較。這就是為什麼我覺得，跟我的災難相比，您遇到的只是一件不如意的事。這就是為什麼我覺得，跟我的悲慘處境相比，您的處境還是值得羨慕的。但是，若這使您不高興，我們就別再說了吧。您剛才要說什麼呢，夫人？」

「我來，我的朋友，是為了從您這裡了解一下，」男爵夫人說，「那個騙子的案子現在進行得怎麼樣了？」

「騙子！」維爾福說，「夫人，您看來真的是有些事會盡量誇大，又有些事會刻意輕描淡寫。安德烈亞．卡瓦爾坎第先生，或者說貝尼德托先生，難道只是個騙子！您錯了，夫人，貝尼德托先生是個不折不扣的殺人犯。」

「先生，我不否認您更正的準確性。可是，您對這個惡徒處置得越嚴厲，我家族蒙受的損失也就越嚴重。算了吧，您就把他暫時忘掉，先別去追捕他，讓他逃走吧。」

「您來得太晚了，夫人，通緝令已下達了。」

「喔，要是他們抓住了他……您說他們會逮捕他嗎？」

「我希望會的。」

「要是他們抓住了他，聽我說，我常聽人說監獄裡都擠得滿滿的。所以，就讓他關在監獄裡吧。」

檢察官做了個否定的表示。

「至少把他關到我女兒嫁出去再說吧。」男爵夫人又接著說。

「不行，夫人。法院是按司法序式辦事的。」

「即使為我也不行？」男爵夫人半笑，半認真地說。

「對任何人都如此，」維爾福回答說，「就是對我也一樣。」

「喔！」男爵夫人輕輕喊了一聲，但沒有接下去說明剛才脫口而出的這聲感嘆究竟是什麼意思。

維爾福用一種要看透對方想法的眼神看著她。「是的，我知道您想說什麼。」他說，「您是指社交圈裡沸沸揚揚那些可怕的流言蜚語。說什麼這三個月來我家裡接連死人，還有瓦朗蒂娜這次奇跡般地倖免於難，都是不合情理的事情。」

「我沒想到這上面去。」鄧格拉斯夫人急忙說。

「不，您想了，夫人，這也是公平的，因為您不想這些還能想什麼呢。您在心裡暗暗地說：『看您這麼對罪犯窮追不捨，您倒說說看，為什麼在您身旁就有罪犯逍遙法外呢？』」

男爵夫人臉色發白了。

「您心裡是這麼想的，是嗎，夫人？」

「好吧，我承認。」

「那就讓我來回答您吧。」

維爾福把扶手椅向鄧格拉斯夫人的椅子移近一些，然後，他雙手撐在辦公桌上，用一種比往常更喑啞的聲音說：「是有罪犯在逍遙法外，不過，那是因為我不知道誰是罪犯。我怕錯把無辜的人當作罪人來嚴懲。但是，一旦我知道了誰是主謀（維爾福把手伸向辦公桌對面牆上的一個十字架），一旦我知道了誰是凶手，」他重複說，「我以聖靈的名義發誓，夫人。我不管那個人是誰，都必須去死！現在，在我發過誓並表示絕不食言以後，夫人，您還想請求我寬恕那個惡徒嗎？」

「哎！先生，」鄧格拉斯夫人說，「您能肯定他真的像外界所說的那樣罪行嚴重嗎？」

「請您聽著，這裡有他的檔案——貝厄弟妥，先是十六歲時因造假幣被判服苦役五年，您看，這小子多有出息，然後是越獄，再後來是殺人。」

「這可憐人是什麼出身？」

「唉！那誰知道！一個流浪兒，一個科西嘉人。」

「從未有親人去認過他？」

「從來沒有。我們不知道他的父母是誰。」

「那個從盧卡來的男人呢？」

「也是個像他一樣的詐騙犯吧，說不定就是他的同夥。」

男爵夫人把雙手合在胸前。「維爾福！」她用最甜蜜、最溫柔的音調叫他。

「看在老天的分上！夫人，」檢察官用堅定得近於冷酷的態度回答，「看在老天的分上！請不要再為一個罪犯來向我求情了。我是什麼人呢？我就是法律。法律難道有眼睛能看見您的悲傷嗎？法律難道有耳朵會聽到您甜蜜的聲音而融化嗎？法律難道有記憶會因您細膩的回憶而心軟嗎？不，夫人，法律只知道命令，而當法律命令的時候，就是無情的打擊。

「您會對我說，我是人，是活生生的人，而不是法典，不是一部書。請您看看我，夫人，請您看看我的周圍。人們可曾把我當兄弟般地對待過嗎？他們愛過我嗎？他們體諒過我嗎？他們寬容過我嗎？有誰像您現在請求我放人一馬一般，同情過德·維爾福先生嗎？不，不，不！只有打擊，只有無情的打擊！

「夫人，您是位迷人的女子。您是執意要用您誘人的眼睛來凝視著我，好讓我回想起我應當因之而臉紅的，是嗎？那麼，就這樣吧！就讓我因您明白的原因而臉紅吧。而且或許……或許還有別的原因。

「可是，自從我犯下了過失——也許那是比別人更為嚴重的錯——我從未休息直到我把我同類的偽裝一件一件撕扯下來，並且找出他們的弱點為止。我總是能找到它們，而且還能挖到更多。我懷著喜悅與勝利的心情一再地重複這樣的行為。我總是能到人類軟弱和墮落的證明。每一個我定罪的犯人，都好像是活生生的例子在向我自己證明，我並不比別人更邪惡！唉！哎！唉！人人都是惡徒，夫人，讓我們來證明這一點，讓我們來打擊邪惡吧！」

維爾福說最後幾句話時，神情激昂而狂熱，這讓他的話語被賦予一種冷酷的說服力。

「可是，」鄧格拉斯夫人還想再做最後一次努力。「您不是說過這個年輕人是個流浪兒，是沒人認領的孤兒嗎？」

「這是最壞的，或者該說，這樣反而更好。這是天意，這樣就沒有人會為他哭泣。」

「可這是欺凌弱者啊，先生。」

「好一個殺人的弱者！」

「他的壞名聲會影響到我全家。」

「死亡的名聲不也在影響我全家嗎？」

「哦！先生！」男爵夫人喊道，「您對別人太無情了。好吧！讓我告訴您，他人也會對您這麼無情的！」

「那就讓它這樣吧！」維爾福說著，用一種咄咄逼人的姿勢把手臂舉向天空。

「假如這個可憐蟲被抓住的話，至少請把他的案子拖到下次開庭再審理吧。這樣，還可以有六個月的時間來沖淡人們的記憶。」

「不，」維爾福說，「離這次開庭還有五天，而且預審準備都已經做好了。五天，這已經比我需要的時間多了。再說，難道您不明白，夫人，我也需要沖淡我的記憶嗎？是的，當我工作的時候，當我日以繼夜地工作的時候，有時我會覺得我不再有記憶了。當我不再有記憶的時候，我就跟死人一樣什麼煩惱都沒有了，這畢竟比受著痛苦的折磨好一些。」

「先生，他已經逃亡了，就讓他逃走吧，暫緩行動就是寬容的表現。」

「可是我對您說過，已經太遲了。今天稍早電報就發出去了，到了這時……」

「先生，」貼身男僕走進來說，「這份內務部電報是一個名龍騎兵送來的。」

維爾福一把抓過電報，急切地拆封。鄧格拉斯夫人嚇得直發抖，維爾福則興奮得打顫。

「抓住了！」維爾福喊道，「他在貢比涅被抓住了。事情了結啦！」

鄧格拉斯夫人渾身冰涼、臉色蒼白地站起身。

「告辭了，先生。」她說。

「再見，夫人。」檢察官回答，幾乎是愉快地把她一直送到門口。

隨後他又回到書房。

「行了，」他用右手的手背拍了拍電報信函說，「我手上已經有一件偽幣案，三件搶劫案和三件縱火案，就只缺一件謀殺案。這下全齊了，這次開庭一定會大獲成功。」

第一〇〇章　露面

正如檢察官對鄧格拉斯夫人所說的那樣，瓦朗蒂娜還沒有復原。她仍全身無力地躺在床上，並且是在她自己的房間裡，從德・維爾福夫人的口中聽到我們先前所提的那些奇異事件——歐仁妮出走，安德烈亞・卡瓦爾坎第，或者更確切地說，貝厄弟妥被捕，並被指控犯有殺人罪。可是，瓦朗蒂娜實在太虛弱了，所以她聽到這些事情之後的反應，也許跟她在健康的情況下會有大不相同的反應。其實，在她腦子裡出現的，只是一些朦朧的意念和捉摸不定的形體，並混合著奇怪的想像，在她眼前掠過。

白天裡，諾瓦第埃總會讓人把他推到孫女的房裡，待在那裡用充滿慈愛的眼神溫情地望著瓦朗蒂娜。而瓦朗蒂娜因為有爺爺在身邊，神志也會相當清楚，沒有幻覺。另外，維爾福從法院回來時，也會來陪父親和女兒待上一兩個鐘頭。到了六點鐘，維爾福回書房去工作。八點鐘，德・阿弗裡尼先生來。夜間給瓦朗蒂娜服用的藥水是由醫生親自帶來的。隨後，僕人就把諾瓦第埃送回自己的房間。

這時，房裡只留下一名由醫生指定的護士來接替其他的人。她會一直待到十點或十一點瓦朗蒂娜睡著以後才離開。她離開房間下樓，就把瓦朗蒂娜的房門鑰匙親手交給德・維爾福先生，這樣一來，除了穿過德・維爾福夫人的套房和小愛德華的臥室，就誰也無法進入病人的房間了。

每天早晨，摩萊爾都到諾瓦第埃的房裡去打聽瓦朗蒂娜的消息。但奇怪的是，摩萊爾看上去倒像一天比一天安心了。首先，瓦朗蒂娜儘管仍處於神經極度亢奮的狀態，但情況是在好轉中。其次，在他氣急敗壞地奔去找基督山時，伯爵不是對他說過，瓦朗蒂娜只要在兩小時裡不死，就會有救的嗎？而現在，四天過去了，瓦朗蒂娜還活著。

瓦朗蒂娜就連睡著的時候，或者說就連她剛醒來仍半醒半睡的時候，都依然處於我們上面所說的那種神經亢奮的狀態。這時，夜深人靜，屋裡只有壁爐架上那盞徹夜點著的小油燈在乳白色的燈罩下透出一點光亮。在這片寂靜和昏暗中，她總會看見那些永遠聚集在病人房間裡的幽靈，從她的房間裡一一走過。而她的熱度，又會振動顫抖的雙翼把這些幻影搧得左右搖晃起來。

這時，她有時會看見樣子嚇人的繼母，有時是向她伸出雙臂的摩萊爾，有時又是像基督山伯爵那樣她平時幾乎不熟悉的人。她在這種神志不清的時候，似乎覺得連房裡的傢俱都在移動，都在走來走去。這種狀態一直要持續到淩晨兩、三點鐘，之後，年輕女孩只覺得一陣深沉的睡意向她襲來，於是就此睡到天亮。

那天早上，瓦朗蒂娜聽說了歐仁妮離家出走和貝厄弟妥被捕的消息。當天晚上，她迷迷糊糊地把這些事情，跟自己現在處境的感覺攙和在一起，想了一陣子以後，這些事情就開始漸漸地離開了她的思緒。隨後維爾福，德．阿弗裡尼和諾瓦第埃也都相繼離開了房間。當羅爾的聖菲利浦教堂敲響十一點的鐘聲時，女護士把醫生準備的藥水放在病人的床頭櫃上，鎖上房門，走到樓下的配膳室裡再嚇得渾身發抖地聽僕人們說故事。把那些近三個月來一直是檢察官府邸前廳夜談話題的淒慘事全部裝進腦子裡。正在這時，在那間鎖得緊閉的病人房間裡，卻出現了一幕意想不到的場景。

那名護士離去差不多有十分鐘。瓦朗蒂娜已經發了一個小時高燒。這陣發燒是每晚都有的，她任那已經不由意志控制的頭腦，繼續處於單調卻又無法擺脫的亢奮狀態，拼命想重複同樣的意念，想重現同樣的幻影。那盞夜燈散發出無數道光芒，每一道都在她混亂的想像中有著各自奇特的樣子。突然間，在那盞燈的閃爍光線下，瓦朗蒂娜彷彿看見在壁爐旁邊凹進去的書房門，慢慢地在轉動，但沒發出一絲聲響。換了別的時候，瓦朗蒂娜會抓住那根絲帶拉鈴叫人進來。但是，她處在目前的狀況下，已經對什麼都見怪不怪了。她在心裡對自己說，周圍這些幻影都是由於她神志不清才出現的。她之所以相信這一點，是因為一到早晨，夜間的幽靈就全隨著曙光消失得無影無蹤，從沒留下過半點痕跡。

門後出現了一個人影。瓦朗蒂娜由於發高燒的緣故，對這種幻覺已經習以為常，不覺得有什麼可怕的。她只是睜大眼睛，希望能認出來者是摩萊爾。那個人影繼續朝她的床走來，隨後停住，像是在仔細地聆聽。這時，一道燈光映在了這位夜間來客的臉上。

「這不是他！」她喃喃地說。

於是，她一心想著眼前是幻覺，等著那個人就像在夢裡常會發生的那樣消失不見，或是變幻成另一個人。但她碰到了自己的脈搏，感覺到它跳得很厲害。她記起了，擺脫這些討厭的幻影有個最好的辦法，就是喝水。床邊的藥水，是瓦朗蒂娜告訴醫生自己情緒過於興奮以後，醫生開的鎮靜劑。喝一點這種藥水，不僅能退燒，而且能使頭腦的感覺變得清晰起來。前幾夜她喝了以後，有一陣子是真的有覺得舒服一點。於是，瓦朗蒂娜伸出手去，想拿起放在玻璃盤裡的杯子。但正當她顫抖地從床上把手臂伸出去的時候，那個幻覺中的人影卻突然疾步往她床前又走近了兩步。此刻他跟年輕女孩離得很近，以至於她聽到了他的呼吸聲，而且似乎覺得他在按住她的手。

這次看到的幻影，或者不如說是這次看到的真實情景，是瓦朗蒂娜從來沒有遇過的。她開始相信自己是清醒著。她意識到自己的神志是完全清晰的。想到這裡，她不由得打了個寒噤。

瓦朗蒂娜手上感到的那一按，其用意是要她不要把手伸過去。她慢慢地把手臂縮了回去。但她的視線無法從那個人影身上挪開，而且現在看上去，對方似乎並沒有惡意，反而像是來保護她的。這時，只見他拿起玻璃杯，湊近燈光看了一下杯裡的液體，彷彿是想判斷一下它透明清澈的程度如何。但是，這第一步檢驗還不夠。那個人，或者說那個幽靈——因為他走動得那麼輕，踩在地毯上簡直沒有一點聲音——從玻璃杯裡倒出一匙液體，吞了下去。瓦朗蒂娜望著眼前發生的事情，完全驚呆了。她以為，眼前的這一切馬上就會消失，換成另一幅圖景。

但是，那個人非但沒有像幽靈一樣的消失，反而向她走近，一邊伸手把杯子遞給她，一邊用充滿感情的聲音說：「現在，喝吧。」

瓦朗蒂娜渾身打顫。這是幻影第一次用這麼清晰的聲音對她說話。她張嘴想喊。那個人舉起一個手指放在嘴脣上。

「基督山伯爵先生！」她喃喃地說。

從年輕女孩眼睛裡流露出的驚恐神色。從她兩手不停的顫抖，從她急忙把身子縮進毯子裡去的動作，都可以看出她心裡仍懷疑眼前的一切究竟是不是真的。畢竟，基督山伯爵在這樣一個時刻，神不知鬼不覺，又完全不可思議地從牆壁裡走進她的房間，對精神恍惚的瓦朗蒂娜來說，實在是太難以置信了。

「別叫任何人，也別害怕，」伯爵說，「就連心底裡也不要有絲毫懷疑和不安。您看見在您眼前的這個人，不是一個幽靈，不過是位最慈愛的父親和您所能夢想擁有的最恭敬的朋友。」

瓦朗蒂娜無法回答。這個向她證明眼前的這個人是真實存在的聲音，使她感到極為害怕，以至她都不敢去應答了。可是她驚惶的眼神似乎在說：「既然您是光明磊落的，那為什麼現在會在這裡呢？」

伯爵以他過人的智慧，一下子就明白了年輕女孩心裡在想些什麼。

「請聽我說，」他說，「或者不如說請您看著我。您看到我的眼睛發紅，臉色也比平時更白了。這是因為，一連四夜，我沒有闔過一下眼睛，一直看顧著您。為了我們的朋友馬西米蘭先生，我在保護您，並且保證您的安全。」

病人的雙頰立刻升起了喜悅的紅暈。因為，伯爵剛才說出的名字，把她對他還存有的最後一點懷疑都消除了。

「馬西米蘭！」瓦朗蒂娜重複說。她念著這個名字覺得多麼親切啊。「馬西米蘭！那麼他什麼都對您說了？」

「都說了。他對我說，您就是他的生命，我答應他，您會活下去的。」

「您答應過他，我會活下去？」

「是的。」

「可是，先生，您剛才說到守夜與保護。那麼，您是醫生嗎？」

「是的，而且是上天此刻能給您派來最好的醫生，請相信我吧。」

「您不是說您在守夜嗎？」瓦朗蒂娜不安地問，「在哪裡呢？我怎麼沒看見您？」

伯爵伸手朝書房的方向指了指。

「我躲在這扇門後面，」他說，「它能通到我在隔壁租的屋子。」

瓦朗蒂娜帶著少女羞澀的驕矜，一下子把目光移開，驚駭地說：「先生，您做的這些事真是荒唐透頂。您對我說的這種保護，簡直就像是對我的侮辱。」

「瓦朗蒂娜，」他說，「在漫長的守夜時間裡，我看到的只是這些事情——有哪些人進出您房裡。他們給您預備什麼食品，給您送來什麼飲料。然後，當我覺得那些飲料有危險的時，就像剛才那樣進來，把杯子裡的毒藥倒掉，換上一種有益的藥水。讓您喝了非但不會像有人期望的那樣死去，反而會在您的血管裡注入新的生命。」

「毒藥？死？」瓦朗蒂娜喊道，以為自己又在發高燒，產生幻覺了。「您在說些什麼呢，先生？」

「噓！我的孩子，」基督山邊說，邊把手指再次放在嘴脣上。「我是說毒藥。是的，我也說到了死。我現在還要再對您說這個字，不過您還是先把這喝了。（伯爵從口袋裡拿出一個小瓶子，把裡面的紅色液體倒了幾滴在杯子裡。）您把這喝了以後，今晚上就別再喝其他的東西了。」

瓦朗蒂娜伸出手去，但手還沒碰到玻璃杯，又驚恐地縮回。

基督山拿起杯子，喝下其中的一半，然後遞給瓦朗蒂娜，她帶著笑容把剩下的都喝了下去。

「哦！是的，」她說，「我嘗得出這就是我每天夜裡喝的藥水。喝了這種藥水，胸口會舒服些，腦子裡也會鎮靜些。謝謝，先生，謝謝。」

「這就是您這四夜能活下來的原因，瓦朗蒂娜。」伯爵說，「但是，我又是如何度過這些日子的呢？哦！我熬過的是可怕的時光。當我看見您的杯子裡被倒進了致命的毒藥時，我會渾身顫慄地想到，也許在我還來不及把它倒進壁爐以前，您就會把它喝下去。那時，真是如酷刑般的折磨！」

「先生，」瓦朗蒂娜恐怖之至地問，「您忍受著可怕的煎熬，看見致命的毒藥倒進我的杯子？那麼，如果您看見毒藥倒進我的杯子，也一定也看到了那個倒毒藥的人了？」

「是的。」

瓦朗蒂娜從床上坐起來，拉住細麻布繡花被罩遮在比雪還白的胸口上。這條已經被發燒時的冷汗浸濕的被罩，現在又沾上了驚恐的冷汗。

「您看見那個人了？」年輕女孩重複問道。

「是的。」伯爵又說一遍。

「您對我說的話太嚇人了，先生。您要我相信的事情簡直是太恐怖了。什麼？就在我父親的家裡。什麼？就在我的房間裡。什麼？就在我的病床上，居然還有人想害死我？哦！請您出去，先生，您是在蠱惑我。您是在褻瀆神明，這是不可能的，不會有這種事的。」

「您難道是這隻手要加害的第一個人嗎，瓦朗蒂娜？您不曾看見在您周圍，德．聖米蘭先生，德．聖米蘭夫人以及巴魯瓦，不是都一個一個倒下去嗎？至於諾瓦第埃先生，要不是他近三年來接受以毒攻毒的治療讓他習慣了這種毒性，您不也早就會看見他倒下去了嗎？」

「哦！天啊！」瓦朗蒂娜說，「就為這個緣故，所以這一個月來，爺爺才要我喝他的藥水嗎？」

「而那些藥水，嘗起來都有一種乾橘皮的苦味，是嗎？」

「哦！是的，是的！」

「這下全都清楚了。」基督山說，「您的祖父也知道，住在這裡的人中有人下毒。而且，說不定還知道是誰。他讓您，他心愛的孩子，有了預防那種致命毒性的能力。因為您漸漸地習慣了它的毒性，於是，它就失效了。我一直不明白，您四天前喝了那種通常無法解救的毒藥以後，為什麼還能活下來。這下我明白了。」

「這個凶手，這個殺人犯，到底是誰？」

「現在我來問您。您是否曾在夜裡看過有人走進您的房間呢？」

「哦！有的。我常常覺得有什麼東西像幽靈似的走過。那些幽靈走近，然後又走遠，直到消失。可是，我總以為那是我發高燒時的幻覺。真的，剛才您進來時，我也以為是精神錯亂影響下的幻影。」

「這麼說，您不知道那個要害死您的人是誰？」

「不知道，」瓦朗蒂娜說，「為什麼有人想要我死呢？」

「您現在應該就知道是誰了。」基督山說，一邊豎起耳朵仔細聽著。

「為什麼？」瓦朗蒂娜問，害怕地向四周望去。

「因為，今天晚上您既沒發燒也沒有神志不清。因為，今天晚上您完全是清醒的。還有，因為現在就要敲午夜十二點，凶手就要出來了。」

「哦！天啊！」瓦朗蒂娜邊說，邊用手去抹去額頭沁出的汗珠。

午夜十二點鐘聲，緩慢而淒涼的響著。一聲一聲銅錘的撞擊聲簡直就像敲在年輕女孩的心上。

「瓦朗蒂娜，」伯爵繼續說，「您要用您的全部力量控制住自己，讓您的心不要跳得太劇烈，讓您的喉嚨不要發出一點聲音。您要裝作睡著的樣子。您會看見的，會看見的！」

瓦朗蒂娜抓住伯爵的手。「我好像聽見有聲音，」她說，「您快走吧！」

「再見，或者說待會兒見吧。」伯爵回答說。

然後，他帶著憂鬱而又慈愛的笑容，踮起腳尖退回到書房那裡，年輕女孩望著他的笑容，心中充滿了感激。不過，他在關上書房以前，又轉過身來。

「千萬不要動，」他說，「也不要出聲，讓那個人以為您是睡著了。否則，說不定還來不及等我趕過來，您就被人殺死了。」

說完這句可怕的叮囑後，伯爵就消失在門後。門又悄悄地關上了。

第一〇一章　蝗蟲[34]

房間裡只剩瓦朗蒂娜一個人。遠處有兩個比羅爾的聖菲利浦教堂的鐘走得略慢的大鐘，前後分別傳來午夜十二點的鐘聲。此後，除了偶爾有些馬車遠遠駛過的聲音，四周一片寂靜。這時，瓦朗蒂娜的注意力，全部集中在了房裡的那只掛鐘上，鐘擺滴答滴答地計著秒。

她跟著滴答聲數了起來，而且發現這聲音比自己的心跳要慢一半。只是，她還是心存疑慮——從來不去傷害別人的瓦朗蒂娜，無法想像竟然有人想要置她於死地。那是為什麼呢？是出於什麼目的呢？她究竟做錯了什麼事，竟然會有這樣的仇人？

所以，根本不用擔心她會睡著。她神經高度緊張的腦子裡，只有一個念頭，一個可怕的想法在不停地盤旋著——在這個世界上，有一個人曾經想害死她，而且現在還想這樣做。

要是這一次，這個人看見下毒一直沒效，再也按捺不住，就像基督山伯爵說的那樣，乾脆動刀了呢！要是伯爵來不及趕過來搭救呢！要是她這次就要走到生命的盡頭，

34　歐美人常以蝗蟲指破壞成性，欲將對手全部置於死地才肯甘休的人。

要是她就要永遠見不到摩萊爾了，那可怎麼辦呢！這些想法，使瓦朗蒂娜嚇得面無血色，冷汗淋漓，差一點要想抓起拉鈴的繩子喊人進來了。但是，她似乎覺得，穿過書房的門，瞥見了伯爵炯炯有神的雙眼。他的雙眼已經印在她的記憶之中，想起它們，她就感到萬分羞愧，她捫心自問，要付出多少感激之情，才能回報伯爵所冒的危險以及他真誠付出的友誼。

二十分鐘，漫長的二十分鐘，就這樣過去了。接著又過了十分鐘，掛鐘終於先發出些許聲響，然後敲響了十二點半的鐘聲。就在這時，傳來一陣輕微得難以察覺的用手輕叩書房的聲音，意思是告訴瓦朗蒂娜，伯爵在注意著，她也必須提高警覺。在此同時，在她的對面，也就是愛德華房間的方向，瓦朗蒂娜似乎聽見有聲音出現在地板上。她豎起耳朵，用力屏住呼吸，憋得都快透不過氣來了。門鎖轉動了，而房門也慢慢地被打開。瓦朗蒂娜原本是在床上撐起身體，這時剛來得及躺下去，把一條手臂遮在眼睛上。然後，她感到整顆心被一種無法形容的恐怖抓得緊緊的，驚惶而激動地等待著。

有個人走過來，靠近床邊，碰到了床幔。瓦朗蒂娜努力地控制住自己，發出輕微而均勻的呼吸聲，就像是睡得很平穩的樣子。

「瓦朗蒂娜。」一個聲音輕輕地說。

年輕女孩從心底裡打了個寒顫，但沒有出聲。

「瓦朗蒂娜。」這個聲音重複說。

依然寂靜無聲──瓦朗蒂娜下了決心，不能醒來。

隨後，一切都靜止了，除了，瓦朗蒂娜聽見了一個輕得幾乎聽不出來的聲音。那是液體被倒進她剛喝空的玻璃杯的聲音。這時，她因為手臂擱在眼睛上而有了遮掩，於是壯著膽子微微睜開眼睛。她只見一名身穿白色睡衣的女子，正在把一個小瓶子中的液體倒進她的玻璃杯裡。這瞬間，瓦朗蒂娜或許是呼吸聲急促了一些，也可能是動彈了一下，因為那名女子神情不安地停手，朝病床俯下身，想看清楚她是不是真的睡著了——這人是德．維爾福夫人。

瓦朗蒂娜認出繼母後，無法自制地全身顫抖，連床也震動了起來。德．維爾福夫人立即退後貼在牆壁上並躲在床幔後面，一聲不響，警覺地注意著瓦朗蒂娜任何最細微的動靜。

瓦朗蒂娜記起了基督山伯爵那幾句可怕的叮嚀。她覺得那隻沒有拿著瓶子的手裡，握有一把鋒利的長刀。這時，瓦朗蒂娜聚集全部的意志力，拚命地想把眼睛閉上。但是，這個通常最簡單執行的人類最敏感器官的最單純動作，在此刻，想完成卻變得幾乎不可能。因為，強烈的好奇心在不斷地驅使她睜開眼睛，好看看到底是怎麼回事。但是，這時瓦朗蒂娜又恢復了均勻的呼吸聲。

周圍的寧靜使德．維爾福夫人又放下了心。她相信瓦朗蒂娜睡著了，所以又伸出手臂，側身躲在床頭的床幔後面，把小瓶裡的液體全都倒進了瓦朗蒂娜的玻璃杯。隨後她無聲地離開，連瓦朗蒂娜都沒能聽見她退出房間的聲音。瓦朗蒂娜所能感覺到的，只是那條手臂消失不見了。那條圓潤手臂的主人只是一名二十五歲的女子，但是她卻在對自己傾注著死亡。

要想形容出德・維爾福夫人待在房間裡的這一分半鐘時間中，瓦朗蒂娜到底感受到了些什麼，那是不可能的。用手輕叩書房的聲音，把年輕女孩從近乎麻木的昏沉的狀態中驚醒過來。她吃力地抬起頭來。書房的門再次悄悄地轉過來，基督山伯爵又出現了。

「怎麼樣，」伯爵問，「您還有疑慮嗎？」

「哦！」年輕女孩喃喃地說。

「您有看到嗎？」

「唉！」

「您認出來了嗎？」

瓦朗蒂娜發出一聲呻吟。「是的。」她說，「可是我沒有辦法相信。」

「那麼，您寧願死，而且讓馬西米蘭先生也去死嗎？」

「哦！」年輕女孩幾乎是神志恍惚地重複說，「難道我不能離開這個家嗎？我不能逃走嗎？」

「瓦朗蒂娜，對您下毒的手，會跟著您到任何地方。她可以用金錢來誘惑收買您的僕人。而且，死神也會披著各式各樣的偽裝降臨到您身上。您在溪澗喝的泉水，在樹上摘的果子，都會有危險。」

「但是，您不是說過，我慈祥的爺爺採取的預防措施，已經使我有抗藥性了嗎？」

「沒錯，但是這無法抵抗大的劑量。她會變換別種毒或者增加劑量。」他拿起玻璃杯，用嘴脣抿了一下。

「沒錯，」他說，「她已經這樣做了。這次對您下的毒不是馬錢子鹼，而是一種普通的麻醉藥。我辨得出溶解這種麻醉藥的酒精味道。如果您把德．維爾福夫人剛才倒進這杯裡的東西喝下去……瓦朗蒂娜……瓦朗蒂娜，您就完了。」

「但是，」年輕女孩喊道，「她為何要這樣對我呢？」

「為什麼？……您真的太善良……心地太好了，如此沒有防人之心。您連這也不明白嗎，瓦朗蒂娜？」

「不明白。我從來沒有傷害過她呀。」

「可是您有錢，瓦朗蒂娜。您有二十萬法郎的年金，而且是您讓她的兒子無法得到這筆二十萬法郎年金的。」

「怎麼會呢？我的財產又不是她的，那是從我的至親那方得到的。」

「沒錯。那就是為什麼，德．聖米蘭先生和夫人都死了。那是為什麼，在諾瓦第埃先生指定您為遺產繼承人的當天，就對他下了毒手。那是為什麼，您，現在輪到您要死了。這樣一來，您的財產就歸您父親繼承，而您的弟弟身為獨子，正是他的繼承人。」

「愛德華，可憐的孩子！她犯下這些罪行都是為了他嗎？」

「哎！您總算明白了。」

「啊！我的上帝！但願報應別降在他身上！」

「您真是個天使，瓦朗蒂娜。」

「可是，為什麼她讓我爺爺活著呢？」

「她是這麼想的，您死了以後，只要您弟弟沒被剝奪繼承權，這筆財產早晚就是他的。考慮下來，她覺得下那個毒手並沒有意義，而且還會增加危險，所以就歇手了。」

「這樣可怕的計謀，竟然都是在一名女子的腦中想出來的？這有可能嗎？」

「您還記得在佩魯賈的拉波斯特旅館的葡萄涼棚和那個穿棕色披風，您繼母向他請教有關托法娜毒藥情況的男人嗎？是的，從那時候起，這個可怕的計畫就在她的腦子裡醞釀成熟了。」

「哦！如果真是這樣，先生，」溫柔的年輕女孩淚流滿面地喊道，「我就註定要死了。」

「不會的，瓦朗蒂娜。因為我已識破了這個陰謀。不會的，因為我們的敵人已經被識破了，她會失敗的。您會活下去的，瓦朗蒂娜。您會為了使自己得到幸福的人，和為了讓一位心靈高尚的人得到幸福，而活下去的。可是，要活下去，瓦朗蒂娜，您必須完全信任我。」

「命令我吧，先生，我要做什麼呢？」

「您必須完全地照我所說的去做。」

「唉！如果只是為我一個人，我寧願死！」

「您不能對任任何人提及此事，就連您父親也不行。」

「我父親並沒有參與這可怕的陰謀，是嗎，先生？」瓦朗蒂娜把兩手合在一起說。

「沒有。可是您父親是一個慣於起訴指控之人。他應該想到自己家裡接踵而至的猝死都不是自然死亡。您的父親，本該是他守在您的身邊，此刻也該是他站在我這個位置，該是他倒空杯子，更該是他與那個凶手對抗。惡鬼對惡鬼啊！」他低聲喃喃地做了結尾。

「先生，」瓦朗蒂娜說，「我會盡一切努力活下去的。因為，在這個世界上有兩個人深深地愛著我。我要是死了，他們也會死的。他們就是我爺爺和馬西米蘭。」

「我會像看顧您一樣地去關照他們的。」

「好吧！先生，我聽您的吩咐。」瓦朗蒂娜說。

隨後她又把聲音壓得很低地說：「哦，我的上帝！還有什麼會降臨在我身上呢？」

「無論發生什麼事，瓦朗蒂娜，都不要驚慌。如果您覺得痛苦，如果您喪失了視覺，聽覺和觸覺，別害怕。如果您醒來時不知道您在哪裡，別害怕。即使您醒來時，發現自己是在陰森森的墳地裡，或者是被釘在棺材裡，您也別害怕。您要馬上提醒自己，對自己說：『此時此刻，有一位朋友，一位父親，他希望我和馬西米蘭得到幸福，他在看顧著我。』」

「唉！唉！多可怕的情景！」

「瓦朗蒂娜，您願意揭露您繼母的陰謀嗎？」

「我情願死一百次！哦！是的，我寧願死！」

「不，您不會死的。請答應我，無論您遇到什麼情況，都不要抱怨，一定要懷有希望，好嗎？」

「我會想著馬西米蘭的。」

「您是我心愛的孩子，瓦朗蒂娜。只有我能夠救您，而且我一定會做到的。」

瓦朗蒂娜害怕地合緊雙手（因為她覺得這是請求上帝賜給她勇氣的時候），坐起身來祈禱，斷斷續續地念著，忘了她潔白如玉的肩上只有長髮遮蓋著，也忘了從睡衣精緻的花邊之下是可以看見她心臟跳動的胸部。

伯爵伸出一隻手輕輕地按在年輕女孩的手臂上，把天鵝絨被罩拉到她的頸部，帶著慈愛的笑容說：「我的孩子，請您相信我的忠誠，就像您相信上帝的仁慈和馬西米蘭的愛情一樣。」

瓦朗蒂娜以充滿感激的眼神凝望著他，神情就像一個受到保護的孩子那般溫順。這時，伯爵從背心口袋裡掏出那個祖母綠的小匣子，揭開金蓋，把一粒豌豆大小的藥丸倒在瓦朗蒂娜的右手心裡。瓦朗蒂娜用左手拿起這粒藥丸，神情專注地望著伯爵。這位剛毅的保護人臉上，顯露著一種威嚴的神情和超凡的力量。顯然，瓦朗蒂娜是在用目光向他詢問。

「是的。」他回答。

瓦朗蒂娜把藥丸放進嘴裡，吞了下去。

「現在，我要跟您告別了，我的孩子。」他說，「我要去試著睡一下，因為您已經得救了。」

「去吧，」瓦朗蒂娜說，「無論發生什麼事情，我答應過，絕對不會害怕。」

基督山凝視著年輕女孩一段時間，看著她在他剛才讓她吞下的麻醉藥的作用下，漸漸入睡。這時，他拿起玻璃杯，把其中四分之三的液體倒進壁爐裡，好讓人以為是瓦朗蒂娜喝掉的，再把杯子放回到床頭櫃上。然後，他回到書房的門那裡，最後向瓦朗蒂娜看了一眼。這時的她，已經像睡在上帝腳邊的天使那樣，帶著信賴而純真的神態睡著了。

隨即伯爵也消失了。

第一〇二章　瓦朗蒂娜

壁爐架上的那盞小夜燈依舊亮著，但已經耗盡了浮在水面上的最後幾滴燈油。一圈光暈染紅了半球形的乳白燈罩，顯得格外明亮的燈焰發出最後的一陣嗶剝聲。這種油燈將滅時的最後的搖曳，常常被比作可憐病人臨終前的抽搐。一縷幽暗慘澹的光線，把年輕女孩的白色床幔和被罩都染上了一層乳白色。

此刻，街上的聲音已歸於沉靜，屋裡是像死一般的寂靜。這時，通著愛德華臥室的房門打開了，一張我們已經見過的臉出現在房門對面的鏡子裡——這是德．維爾福夫人，她要回來看看藥水是否有效。

她在門口停住腳步，諦聽著油燈發出的嗶剝聲，在這個簡直就像沒有人住的房間裡，這是唯一可以聽得見的聲音，隨後她悄悄地走近床頭櫃，想看清楚瓦朗蒂娜的杯子是不是空了。我們上面說過，杯裡還剩四分之一的液體。德．維爾福夫人拿起杯子，走過去倒在爐灰上，再把爐灰輕輕攪動一下，好讓液體被吸收得更快些。之後，她仔細地涮淨杯子，用自己的手帕擦拭，再把它放回到床頭櫃上。

如果有人能看穿到這間房裡的話，他就會看到，德．維爾福夫人在凝視著瓦朗蒂娜，一步一步走近床時，有一種猶豫不決的神態。慘澹的光線與死一般的寂靜，這種可怕的深夜氛圍，想必是跟她腦海裡的恐怖意念交織在一起——這個下毒的女人，面對自己的作品時，感到害怕了。終於，她鼓起勇氣，撩開床幔，把手撐在床頭上，瞧著瓦朗蒂娜。

年輕女孩停止了呼吸，微微鬆開的牙齒中間，沒有一絲顯示生命跡象的氣息。她毫無血色的嘴唇已經停止了顫抖，那股彷彿從皮膚裡透出來的紫色氣體[35]，霧濛濛地凝聚在眼睛上。她鼓起的眼瞼顯得分外蒼白，長長的睫毛在變得像蠟的臉上勾畫出兩條黑線。德·維爾福夫人凝視著這張不動卻依舊動人的臉，這時，她鼓足勇氣掀開毯子，伸手按在年輕女孩的胸口上。

胸口冷冰冰的，沒有一點動靜。

她感覺到的跳動，是她自己手指上的搏動。她驚恐地縮回了手。

瓦朗蒂娜的手臂伸在床沿外邊，從整個從肩部到肘彎，像是根據傑爾曼·皮隆[36]雕塑的《恩典三女神》塑造出來的。但是，她的前臂由於抽搐而稍稍有些變形，模樣很美的手腕微微有些僵直地擱在桃花心木的床沿上，手指都叉開著。指甲的根部都發青了。

對德·維爾福夫人來說，已經沒什麼可懷疑的——結束了，這件可怕的事，這件她必須完成的最後任務，終於完成了。這名下毒的女子在這個房間裡已經無事可做了。她小心翼翼地往後退去，顯然是怕自己的腳在地毯上弄出聲音來。只是，她往後退的時

35 西方古代醫學認為從血液或其他體液蒸發到頭部的氣體。
36 Germain Pillon（一五三七—一五九〇），法國雕塑家。

候，手裡還撩著床幔，望著這讓她無法抵擋其吸引力的死亡景象。因為死者樣貌並不使人感到厭惡，依然像是一個謎。時間一分鐘一分鐘地過去，德．維爾福夫人手裡撩著像裹屍布似的床幔，懸在瓦朗蒂娜臉的上方，彷彿無法鬆手。她放任自己陷入了冥想——罪犯的冥想，也許就是內疚吧。

這時，油燈又響起了嗶剝聲。德．維爾福夫人聽到聲響，渾身一抖，鬆手放開了床幔。正在這時，油燈熄滅了，整個房間沉浸在嚇人的黑暗之中，而掛鐘同時敲響了四點半的鐘聲。這名下毒的女子，驚駭地聽著悠蕩的鐘聲，躡手躡腳地退到門邊，而在回自己房間的時候已經滿頭都是冷汗了。

黑暗又持續了兩個小時。然後，微弱的晨光漸漸地透過百葉窗，鑽進了屋子。接著，光線又變得越來越亮，使物體和人都有了色彩和形狀。這時，樓梯上傳來了那名女護士的咳嗽聲，她手裡拿著咖啡杯，走進瓦朗蒂娜的房間。對一位父親或是一個情人來說，是能一眼就能看出瓦朗蒂娜死了。但是，對這名受雇的護士來說，瓦朗蒂娜只不過是睡著了。

「好了，」她走近床頭櫃說，「她已經喝過藥水，玻璃杯裡只剩三分之二了。」

然後她走到壁爐旁邊，重新生好火，在自己的扶手椅裡坐下。雖然她剛睡醒，但她還是想趁瓦朗蒂娜還在睡的時候再小憩片刻。掛鐘敲了八點鐘的聲響驚醒了她。這時，她看到年輕女孩居然睡得這麼死，看到她的手臂就垂在床邊不伸進去，不由得感到害怕起來。她走近床邊，這時才第一次注意到瓦朗蒂娜的嘴脣發白。她想把手臂放回床上，但是手臂過於僵硬而無法移動。

一名護士是不會不知道這意味著什麼。她驚恐地大聲尖叫，隨後，朝門口奔去。「救命啊！」她喊道，「救命啊！」

「發生什麼事了？」德．阿弗裡尼先生問。他在樓梯下面應聲，這時正好是醫生平時來的時間。

「什麼事？」維爾福問。他從書房裡急忙奔出來。「大夫，您聽到喊救命的聲音嗎？」

「是的，是的。我們快點上去吧。」德．阿弗裡尼回答說，「那是瓦朗蒂娜的房間。」

但是，在醫生和父親趕到之前，樓上的僕人們，不管是在別的房間裡，還是在走道上的，都已經湧進了瓦朗蒂娜的房間。他們看見瓦朗蒂娜臉色灰白，一動不動地躺在床上，都紛紛向上天舉起雙手，就像突發眩暈似地搖晃著身子。

「去叫德．維爾福夫人！去叫醒德．維爾福夫人！」檢察官喊道。他待在房門口似乎不敢進去。

可是那些僕人並沒有人前去回覆他，只是望著德．阿弗裡尼先生。他已經進了房間，跑到瓦朗蒂娜身邊，把她抱在懷裡。

「什麼？連她也是嗎？」他把喊著，「哦，這什麼時候才會結束啊？」

維爾福衝進屋裡。「您在說什麼，大夫？」他向上天舉起雙手大喊。

「我說瓦朗蒂娜死了！」德・阿弗裡尼回答。他莊嚴聲音裡有著可怕的意味。

德・維爾福先生搖搖晃晃的，並且把他的頭埋在瓦朗蒂娜的床上。聽見醫生的宣判，聽見父親的叫喊，驚恐萬分的僕人們一邊發出嘶啞的詛咒聲，一邊四散逃開。之後，只聽到樓梯和通道上傳來他們急促的腳步聲，接著是院子裡的一片喧嘩，隨後就什麼也沒有了，聲音全都消失了——這座遭受詛咒的宅子裡，上上下下的僕人都跑光了。

這時，德・維爾福夫人披著晨衣，一條手臂還沒伸進袖子，掀開了門簾。她在門口停了一下，做出想詢問在場的人的樣子，同時也想擠出幾滴眼淚。突然間，她雙手伸向那張床頭櫃，猛然地往前走上一步，或者不如說蹦上一步。她剛瞥見德・阿弗裡尼好奇地向床頭櫃俯下身去，拿起那個她清楚記得在半夜裡已經倒空的玻璃杯。杯裡還有三分之一的液體，正好就像她沒把殘液倒進爐灰時的情形一樣。即使此刻瓦朗蒂娜的鬼魂立在這名下毒的女子面前，也不會使她更為驚駭了。

完全沒錯，那就是她倒在瓦朗蒂娜杯子裡，而且年輕女孩喝過的溶液顏色。德・阿弗裡尼先生仔細察看著拿在手裡的這杯溶液，這種毒藥是逃不過他的眼睛的。這無疑是上帝顯靈，是為了讓人能夠揭發罪行而留下的線索和證據。就在德・維爾福夫人像尊可以取名為「恐怖」的雕像般佇立在那裡，以及德・維爾福把頭藏在死者的床單裡，對周圍的一切都看不見的當下，德・阿弗裡尼走到窗子前，更加仔細地察看玻璃杯裡的溶液，並用指尖蘸了一點嘗了一下。

「哦！」他喃喃地說，「已經不是馬錢子鹼了。讓我來看看這是什麼！」

說著，他奔到房間裡的一個改裝成藥箱的櫃子前，從裡面的一個小銀盒裡拿出一小瓶硝酸，滴了幾滴在玻璃杯的乳白色溶液裡，只液體馬上變成了血紅色。

「哦！」德·阿弗裡尼輕輕地喊道。這喊聲中有審判官發現罪行真相時的恐怖，但也參雜著學者解決一個難題時的欣喜。

德·維爾福夫人轉身站立片刻，眼睛裡先是迸出激動的光芒，隨後又變得黯淡了。她伸出一隻手，踉蹌地向房門摸去，然後就消失不見了。不久後，只聽到遠遠地傳來撲通一聲，像是有誰倒在地板上。只是，沒人注意到聲響。女護士聚精會神地在觀察化學分析。維爾福仍然頹喪地撲在床上。只有德·阿弗裡尼一人從剛才就注意著德·維爾福夫人，看到了她突然離去。他掀起瓦朗蒂娜房間的門簾，從愛德華的房間裡望過去，視線一直穿到德·維爾福夫人的房裡，看見了她一動也不動地昏倒在地板上。

「快去照顧德·維爾福夫人。」他對女護士說，「德·維爾福夫人不舒服。」

「那麼瓦朗蒂娜小姐呢？」女護士結結巴巴地問。

「瓦朗蒂娜小姐不需要看顧了。」德·阿弗裡尼說，「因為瓦朗蒂娜小姐已經死了。」

「死了！死了！」維爾福悲痛欲絕地輕聲喊道。這種悲痛，正是因為，對這顆青銅鑄成的心來說，是一種全新且前所未有的陌生感情，所以，聽起來越發令人心碎。

「什麼？死了？」另外一個聲音喊道。

「是誰說瓦朗蒂娜死了？」兩個男人同時轉過身去，只見摩萊爾臉色蒼白，神情激動且可怕地站在門口。

原來事情是這樣的：

摩萊爾按往常的時間，來到通諾瓦第埃房間的那扇小門跟前。但跟往常不同的是，他發現門開著，因此他無須拉鈴就進了門。他在前廳裡等了片刻，並且叫喚僕人把他領進諾瓦第埃的房間，但無人回應。因為我們知道，宅子裡的僕人都跑光了。本來，摩萊爾心裡並沒有感到特別的不安，因為基督山伯爵向他承諾過瓦朗蒂娜會活下去。直到目前為止，這個諾言都未被打破。每天晚上，伯爵帶給他的都是好消息，而且在第二天會由諾瓦第埃親自證實。但是，眼前的這片寂靜使他感到很奇怪。他喊了第二遍，第三遍，仍然是一片寂靜。於是他決定上樓去。

諾瓦第埃的房門，也像其他的房門一樣敞開著。他第一眼見到的，就是在老地方坐在輪椅裡的老人。他的眼睛睜得大大的，彷彿是在表示內心的一種恐懼。而且，整張臉顯得非常蒼白，更加證實了這一點。

「您好嗎，先生？」年輕人問。他的心不由得已經緊張了起來。

「好！」老人眨著眼睛表示，「好！」

可是他臉上焦急不安的神情更加明顯了。

「您是在擔心，」摩萊爾繼續說，「您想要什麼東西。您要我拉鈴去喊僕人來嗎？」

「是的。」諾瓦第埃表示。

摩萊爾拼命拉鈴。可是，就算把繩子拉斷了，也看不見有人來。他轉過身去朝著諾瓦第埃。老人的臉上越來越蒼白，也越來越焦躁不安。

「哦！」摩萊爾大聲說，「為什麼沒有人來呢？這屋裡有誰生病了嗎？」

諾瓦第埃的眼睛好像要從眼眶裡迸出來似的。

「您怎麼了？」摩萊爾繼續說，「您的樣子真可怕。瓦朗蒂娜？是瓦朗蒂娜？」

「是的！是的！」諾瓦第埃表示。

馬西米蘭張嘴想說話，可是發不出聲音。他搖搖晃晃地走去扶住護牆板。然後，他伸手指向門口。

「是的，是的，是的！」老人接著表示。

馬西米蘭奔到小樓梯前，三步併作兩步地往上衝，因為，諾瓦第埃的目光似乎在對他大喊：「快呀！快呀！」

才一分鐘，年輕人就穿過了好幾個房間，一路跑到瓦朗蒂娜的套房。他不用推門，因為房門大開。他最先聽到的是一陣嗚咽聲。之後，他彷彿透過一層雲霧似的，看見一個黑色的人影跪在地上，頭埋在一堆淩亂的白色床幔裡。一種恐懼，一種可怕的恐懼，像把他釘住似的，使他站在房門口。

就在這時，他聽見一個聲音在說：「瓦朗蒂娜死了！」

而另一個聲音像回聲似的應答說：「……死了……死了！」

第一〇三章　馬西米蘭

維爾福站起身，被人看見他如此痛哭流涕，使他感到有些難為情。二十五年可怕的職業生涯，或多或少已經把他變成了一個鐵石心腸的人。

他的雙眼一時茫然地盯在摩萊爾的臉上。

「您是什麼人，先生？」他說，「您難道不知道，有人過世的屋子裡，外人是不能隨便進來的嗎？請您出去，先生！出去！」

可是摩萊爾依然站著不動。他凝視著淩亂的床和床上的瓦朗蒂娜蒼白的臉，無法把視線從這可怕的景象上移開。

「出去，您聽見嗎？」維爾福喊著。

德．阿弗裡尼走上前去把摩萊爾往外拖。馬西米蘭神情茫然地望著床上的屍體，兩個站著的男人以及整個房間，猶豫了一下，張口想說什麼。但是，儘管有無數的想法佔據著他的大腦，他卻是連一句話都回答不出來。他用雙手抓著自己的頭髮，返身向外走去。他的行動，一時間竟讓維爾福和德．阿弗裡尼撇下自己的思緒看著他離開，彼此交換了一個眼神，意思是說：「他瘋了！」

可是，不到五分鐘，就傳來一陣樓梯不堪重負的嘎吱響聲，只見摩萊爾正以一種超乎常人的力量，抱住諾瓦第埃的輪椅，把老人抬上二樓。上了樓，摩萊爾把輪椅放在地板上，迅速地推進瓦朗蒂娜的房間。所有的動作，年輕人都是靠著處於近乎癲狂的亢奮狀態下所爆發出來的力量完成。但是，更讓人感到驚駭的，還是被摩萊爾推到瓦朗蒂娜床邊的諾瓦第埃。他的臉展現出他所有的思想，而他的雙眼提供了其他官能的需求。所以，維爾福看著這張蒼白的臉和神情異常激動的眼神，就像是看著一個可怕的幽靈。每次他跟他父親接觸時，總會發生可怕的事。

「看看他們對她做了些什麼！」摩萊爾大喊。他一隻手仍按在已經推到床邊的輪椅背上，而另一隻手則伸向瓦朗蒂娜，「您看，爺爺，您看啊！」

維爾福往後退了一步，驚訝地望著這位年輕人。維爾福幾乎不認識他，可是他卻叫諾瓦第埃爺爺。這時，老人的整個心靈彷彿都展現在他充血的雙眼上。隨後，他頸部的筋脈都暴了起來，像是癲癇患者布滿全身的那種青紫色，從他的頸部、臉頰和太陽穴上泛了出來。這種內心極度激動的表現，只差了一聲吼叫。或者不妨說，這叫吼聲是從他全身的毛孔中迸發出來的，而且正因無聲才更嚇人，正因靜默才更令人心碎。

德．阿弗裡尼急忙走到老人跟前，給他吸入一種強烈的誘導劑。

「先生！」這時摩萊爾抓住癱瘓老人僵硬的手喊道，「他問我是什麼人，有什麼權利到這裡來。哦，這您都是知道的，請您告訴他！請您告訴他吧！」年輕人的聲音哽咽得說不下去了。

至於老人，他直喘著粗氣，胸膛劇烈地起伏。他這種躁動不寧的神態，幾乎使人想到臨終前的樣子。終於，眼淚從諾瓦第埃的眼眶裡流了下來。比起欲哭無淚而抽噎吞聲的年輕人，他是幸運的。他垂下眼瞼，閉上了眼睛。

「告訴他們，」摩萊爾聲音發哽地繼續說，「告訴他們，我是她的未婚夫！告訴他們，她是我的摯愛，我的高貴女孩，是我在這世上唯一受到的祝福！告訴他們，哦，告訴他們，這個屍體是屬於我的！」

說著，年輕人用痙攣的手指用力地緊抓住床邊，因為他的傷痛過於沉重而跪倒在地。這樣一個堅強的男人，頓時間垮了下來，真是觸目驚心的一幕。這樣的悲慟，實在太令人傷心，以至於德．阿弗裡尼不禁轉過臉去，以便掩飾自己的情緒。維爾福也不再要求對方做進一步的解釋，同時不由自主地像被磁性吸住似的，向年輕人伸出手去。當我們在為失去的親人哭泣時，那些曾經愛過他或她的人，就會有這種吸引我們的磁性。可是摩萊爾什麼也沒看見，他把瓦朗蒂娜冰涼的小手緊握在手裡，因為欲哭無淚，只好呻吟地咬著床單以宣洩他的悲慟。

有段時間，在這個房間裡只聽得嗚咽聲，詛咒聲和祈禱聲此起彼落。

最後，最為鎮定的維爾福說：「先生，」他對馬西米蘭說，「您說您愛著瓦朗蒂娜，您是她的未婚夫。我不知道您們在相戀，也不知道有這個婚約。可是，身為她的父親，我原諒您。因為我看得出，您的悲慟既真且深。何況，此刻我心中充滿了悲痛，已容不下怒氣了。但是，您知道，您所期盼的天使已經離開了人世。她跟人世間的愛慕已經不相關了。所以，先生，請您向她的遺體告別吧，最後一次握一下您曾經希望牽起的這隻手，就此與她訣別吧。瓦朗蒂娜現在只需要一位為她祝福的神父了。」

「您錯了，先生，」摩萊爾單膝跪著直起身喊道。他的心從來沒有被如此尖銳劇痛刺穿過。「……您錯了。瓦朗蒂娜是死了，但她不只需要一位神父，還需要一位能為她報仇的人。德．維爾福先生，請您派人去請神父。而我，我來為她報仇。」

「您這是什麼意思，先生？」維爾福喃喃地說。摩萊爾這種突如其來神志恍惚的神態，使他感到不寒而慄。

「我是對您說，您有著雙重的身分，先生。身為父親，已經哀悼夠了。現在，應該讓檢察官開始行使職責了。」

諾瓦第埃的眼睛亮了一下；德．阿弗裡尼走上前來。

「先生們，」年輕人繼續說，一邊把在場的人臉上流露出的表情都看在眼裡。「我明白我在說什麼。您們也都比我更明白我要說些什麼。瓦朗蒂娜是被人害死的！」

維爾福垂下頭去；德．阿弗裡尼又跨前一步；諾瓦第埃用眼睛表示同意。

「現在，先生，」摩萊爾繼續說，「在我們所處的時代，一個即使不像瓦朗蒂娜這樣年輕、美麗、可愛的人，一旦突然從這個世界上消失不見，我們也不能不聞不問，就那麼任他或她消失不見呀。好了，檢察官先生，」摩萊爾越說越激動，「不要心軟，我向您揭發了罪行，請您去尋找凶手吧！」

說完，他用毫不留情的眼神察看著維爾福，而維爾福則把求助的目光時而投向諾瓦第埃，時而投向德．阿弗裡尼。可是，維爾福在父親和醫生那裡都沒有得到同情。他在他倆的眼睛裡看到的，是跟摩萊爾同樣斷然的神情。

「是的！」老人彷彿在說。

「正是！」德·阿弗裡尼說。

「先生，」維爾福說，他還想跟這種三位一體的意志，以及跟他自己的感情再做一番搏鬥，「先生，您錯了，在我家裡並沒有發生過罪行；命運在打擊我，上帝在讓我遭受痛苦；想到這些固然很可怕，但是並沒有誰在殺人！」

諾瓦第埃的眼睛像要冒出火來；德·阿弗裡尼張開嘴想說話。摩萊爾伸出胳臂，示意大家安靜。

「可是我要對您說，這裡有人在殺人！」摩萊爾輕輕地說，壓低的嗓音絲毫沒有減弱那種可怕又震撼人心的力量。

「我要對您說，這已經是四個月來第四個遭到毒手的犧牲者了。我要對您說，四天前已經有人想要毒死瓦朗蒂娜，但沒有得逞。原因是諾瓦第埃先生早就採取了預防措施！我要對您說，那人加大了劑量，或是改換了毒藥，這一次終於成功了！我要對您說，您對所有的一切知道得跟我一樣清楚。因為，那位先生做為醫生和朋友，事先曾經警告過您。」

「哦！您是在胡言亂語，先生。」維爾福說，還想在自己已陷進去的旋渦裡做一番掙扎。

「我胡言亂語？」摩萊爾說，「好吧！那麼，我請德·阿弗裡尼先生來主持公道。

請您問問他，先生，他是不是還記得德．聖米蘭夫人去世的那晚，在您的花園裡，就在這座宅子的花園裡，他都說過些什麼話呢？當時，您以為旁邊沒有別人，所以您和他正在談論那次猝死的事件。您歸咎於命運。您不公正地指責上帝，最後造成的後果只有一個，就是慫恿那名凶手加害瓦朗蒂娜！」

維爾福和德．阿弗裡尼面面相覷。

「是的，是的，」摩萊爾說，「回想一下當時的情景吧。因為這些您們以為只有沉寂夜空聽見的話，都落進了我的耳朵裡。是的，自從那晚以來，我眼看著德．維爾福先生包庇他的家人犯罪，是理應向當局舉發的。那樣的話，瓦朗蒂娜，我心愛的瓦朗蒂娜，我就不至於像現在這樣成為殺死您的幫凶了！可是，這個幫凶現在會為您報仇的。這第四次的謀殺是明目張膽的，是人人都看見的，瓦朗蒂娜，如果您父親不管您，那麼我，我向您發誓，我一定會把凶手找出來。」

這一次，彷彿老天爺終於對這個準備憑他自己的力量去摧垮強壯體魄的男子發了慈悲。他的最後幾句話哽在喉嚨，從胸口迸發出一陣嗚咽。他鬱結已久的淚水奪眶而出，刷刷地流了下來。他腿一軟，號啕大哭地跪倒在瓦朗蒂娜的床邊。

這時，德．阿弗裡尼開口了。「我也一樣，」他聲音洪亮地說，「我也和摩萊爾先生一樣，要求伸張正義。因為，我只要想到自己的懦弱慫恿了凶手，就感到噁心！」

「哦，天哪！天哪！」維爾福神情沮喪地喃喃說道。

摩萊爾抬起頭來，看見老人的眼睛裡透出一種奇異的光芒。

「喔，」他說，「看啊，諾瓦第埃先生想說話了。」

「是的。」諾瓦第埃表示。正因為這位癱瘓老人的所有官能都集中到了他的眼神裡，所以這種目光的神情就越顯得可怕。

「您知道誰是兇手？」摩萊爾說。

「是的。」諾瓦第埃表示說。

「您要告訴我們？」年輕人喊道，「快聽！德·阿弗裡尼先生，快聽呀！」

諾瓦第埃帶著一種憂鬱的笑容望著可憐的摩萊爾。這種用眼睛表達的溫柔笑容曾經有許多次給瓦朗蒂娜帶來過歡樂。接著，他斂容凝神望著一個地方。然後，不妨這麼說吧，等他把對方的視線吸引過來以後，他又把目光轉移到了房門上。

「您是要我出去嗎，先生？」摩萊爾傷心地喊道。

「是的。」諾瓦第埃表示。

「唉！唉！先生，對我發發慈悲吧！」

老人的視線無情地盯住門口。

「那至少我還可以再回來吧？」摩萊爾問。

「是的。」

「就我一個人出去？」

「不。」

「那我該把誰帶走？是檢察官先生？」

「不。」

「大夫？」

「是的。」

「您想單獨跟德·維爾福先生留下？」

「是的。」

「他能懂得您的意思嗎？」

「是的。」

「喔！」維爾福說，調查可以私下進行，似乎使他感到很高興，「喔！請放心，家父的意思我完全能懂。」他帶著我們所說的那種高興的表情說這幾句話的時候，激動得上下牙齒直打顫。

德·阿弗裡尼扶住摩萊爾的手臂，把年輕人領到了隔壁的客廳。這時，整幢房子籠罩在一片比死更深邃的沉寂之中。終於，一刻鐘過後，傳來一陣踉蹌的腳步聲，維爾福出現在客廳的門口。德·阿弗裡尼和摩萊爾此時正等在這個客廳裡，一個在沉思冥想；另一個激動得似乎連氣都透不過來。

「您們來吧。」維爾福說。

說完，他把兩人帶到諾瓦第埃的輪椅跟前。這時候，摩萊爾神情專注地望著維爾福。檢察官臉色發青，額頭上流下一大滴汗。他手指間夾著一截被他揉得變形的折斷羽毛筆身。

「先生們，」他聲音哽咽地對德．阿弗裡尼和摩萊爾說，「請您們用名譽擔保，這個可怕的祕密會永遠埋藏在我們的心底。」

兩人都往後退了一下。

「我懇求您們！」維爾福繼續說。

「可是，」摩萊爾說，「那個凶手……那個殺人犯……那個暗殺者呢！」

「請不用擔心，先生，正義會得到伸張的。」維爾福說，「家父把罪犯的名字告訴了我。家父也像您一樣渴望報仇。但是，他也和我一樣地懇求您，不要把謀殺的祕密張揚出去。

「是這樣嗎，父親？」

「是的。」諾瓦第埃回答。

摩萊爾流露出恐懼和懷疑的表情。

「哦！先生。」維爾福說著一邊拉住馬西米蘭的手臂，「如果家父這位堅強的人，現在請求您這樣做，那是因為，他知道也確信瓦朗蒂娜的仇一定能報。是這樣嗎，父親？」

老人做了肯定的表示。

維爾福繼續往下說：「他是了解我的。而我，已經向他做了保證。所以請放心吧，二位。三天，我只要求您們給我三天時間，比司法機關所需要的時間更短。三天以後，我就要把那個殺害我孩子的凶手親手找出來。我的報仇會讓最無動於衷的人看了也膽戰心驚的。是這樣嗎，父親？」

說這些話的時候，維爾福把牙齒咬得格格作響，用力搖著老人麻木的手。

「他的承諾會兌現嗎，諾瓦第埃先生？」摩萊爾問。德·阿弗裡尼的眼神也提出同樣的問題。

「是的。」諾瓦第埃表示，目光中有一種陰森的欣喜。

「所以，二位，」維爾福把德·阿弗裡尼和摩萊爾的手拉在一起說，「發誓吧。發誓說您們將顧念到這個家庭的名譽，讓我來報這個仇，好嗎？」

德·阿弗裡尼轉過臉去，極輕地說了一聲「好的。」

摩萊爾則把自己的手從檢察官的手心裡掙脫出來，急步走到床前，把嘴唇貼在瓦朗蒂娜冰涼的嘴唇上，然後，隨著一聲從絕望心靈深處發出的長長呻吟，快速地離開了。

我們前面說過，全府的僕人都跑光了。於是，德·維爾福先生只好請德·阿弗裡尼代為安排治喪的全部事宜。在大都市裡死了人，尤其是在這種頗具疑慮的情況下去世，是有很多麻煩事的。

至於諾瓦第埃，他這種沒有動作的悲痛，沒有手勢的絕望，無聲地潸然淚下，真是使人不忍目睹。維爾福回到書房。德·阿弗裡尼去找市政廳專門負責驗屍的醫生，這名醫生有個頗為貼切的外號，就叫死人醫生。諾瓦第埃不肯離開孫女兒的身邊。半小時後，德·阿弗裡尼帶著他的同行回來了。街上的大門是關上的，而看門人又跟其他僕人一起走了，所以維爾福只好親自來開門。他陪他們進屋，但到樓梯口就止步。他沒有勇氣再走進那個停放著屍體的房間。於是，兩位醫生自己上樓到瓦朗蒂娜的套房。

諾瓦第埃待在床邊，跟死者同樣的臉色慘白，同樣的靜止不動與寂靜無聲。死人醫生帶著跟屍體交手半輩子的漠然神情走到床邊，掀起蓋在年輕女孩身上的床單，只是稍稍掰了掰她的嘴脣。

「唉！」德・阿弗裡尼嘆著氣說，「她真的死了，可憐的孩子！」

「是的。」那個醫生極其簡潔地回答，鬆手讓床單重新蓋住瓦朗蒂娜的臉。

諾瓦第埃發出陣陣嘶啞的喘氣聲。德・阿弗裡尼轉過臉去，只見老人的眼睛在閃閃發光。好心的醫生明白，諾瓦第埃的意思是說他想再看看他的孩子。於是，他就把老人推到床前，趁死人醫生把碰過死人嘴脣的手指浸到漂白液裡去時，掀起床單顯露出那張猶如安睡的天使般安詳白皙的臉龐。從諾瓦第埃眼角滾下的淚水，表達了他對好心的醫生的感謝。

死人醫生就在瓦朗蒂娜屋裡的一張桌子邊上擬寫驗屍報告。在這最後一項手續辦完以後，德・阿弗裡尼便送他出去。維爾福聽見兩人下樓的聲音，就走到書房門口。他向那名醫生說了幾句表示感激的話以後，轉身向著德・阿弗裡尼。

「現在，」他說，「請個神父吧。」

「您有想特地指定的神父來為瓦朗蒂娜祈禱嗎？」德・阿弗裡尼問。

「沒有，」維爾福說，「就近找一位好了。」

「要近的。」那個醫生說，「有位不錯的義大利神父，前一陣剛搬到您隔壁的房子。我順道去請他來好嗎？」

「德．阿弗裡尼，」維爾福說，「那就麻煩您陪這位先生一起走吧。請把這鑰匙帶上，這樣進出可以方便些。您把神父請來以後，就勞駕您陪他到我那可憐孩子的房間去吧。」

「您要跟他說話嗎，我的朋友？」

「我想一個人獨處。您能原諒我的，是嗎？一名神父，想必能夠理解父親失去子女的悲痛的。」

說完，德．維爾福先生遞給德．阿弗裡尼一把鑰匙，向那位陌生的醫生鞠躬告辭，然後就回到自己的書房裡工作起來了。對有些人來說，工作是醫治任何悲痛的最好的藥方。

兩位醫生下樓走到街上時，看見一名身穿長袍的男子站在隔壁房子的門口。

「這就是我對您說的那位神父。」那名醫生對德．阿弗裡尼說。

德．阿弗裡尼走向那位神父。

「先生，」他說，「有位不幸的父親，就是維爾福檢察官先生，剛剛失去他的女兒。不知能否請您前去幫助他？」

「啊！先生，」神父帶著很明顯的義大利口音回答，「是的，我知道他家裡有人過世了。」

「那麼，我就無須向您說明，他冒昧地有求於您的，是怎樣的一種服務了。」

「我正要去自薦，先生。」神父說，「恪盡職守是我們的使命。」

「那是位年輕女孩。」

「我知道，先生，是從那幢房子裡跑出來的僕人告訴我的。我知道她叫瓦朗蒂娜，而且，我已經為她祈禱過了。」

「謝謝您，先生，」德·阿弗裡尼說，「既然您已經開始履行您的聖職了，那就請繼續下去吧。請去坐在死者的身邊祈禱，喪家會對您感激不盡的。」

「我這就去，先生，」神父回答說，「而且我敢說，誰的祈禱也不會有我這麼虔誠。」

德·阿弗裡尼攙著神父，一路來到瓦朗蒂娜的房間。在經過維爾福的書房時，房門緊閉，維爾福把自己關在了裡面，所以他們沒有見到他。瓦朗蒂娜還躺在床上，殯儀館的人要到傍晚才來。神父走進房門時，諾瓦第埃跟他視線相接，而且應該是從對方的眼神中看出了某種特殊的含義，因為，他的目光就此停留在了對方的臉上。德·阿弗裡尼把死者和諾瓦第埃都託付給了神父。神父答應德·阿弗裡尼，在為瓦朗蒂娜祈禱的同時，也會照顧好諾瓦第埃的。

神父神情嚴肅地開始工作，而且，為了避免有人來中斷他的祈禱，也免得有人來打擾悲痛中的諾瓦第埃，他等德·阿弗裡尼先生出了房門以後，不僅去把醫生離去的那扇房門鎖上，並且把通到德·維爾福夫人房間的房門也鎖上了。

第一〇四章　鄧格拉斯的簽字

第二天是個陰霾多雲的日子。殯儀館的人在昨夜已經執行了他們憂鬱的工作，把床上的屍體用裹屍布包好。儘管有人說死亡面前人人平等，但蒙在死者身上的裹屍布卻往往是他們生前奢華生活的最後一個證明。這塊裹屍布，其實是年輕女孩在半個月前才買的一塊質地極好的細麻紗。

傍晚時，兩名負責收屍的人把諾瓦第埃從瓦朗蒂娜的房間抬回到他自己的屋裡。出乎他們意料的是，使老人從孫女身邊離開居然沒遇到困難。

布索尼神父一直守候到天色破曉，之後離去時也沒跟任何人打招呼。

早晨八點鐘，德·阿弗裡尼來時，正好遇到維爾福要到諾瓦第埃的房裡去，於是就陪他一起去看看老人睡得如何。他們看見老人坐在當床用的大扶手椅裡，睡得正甜——臉上幾乎帶著微笑。兩人站在門口愣住了。

「看啊，」德·阿弗裡尼對正在望著熟睡父親的維爾福說，「老天知道該如何緩和最深切的悲傷。無人會說諾瓦第埃先生不愛他的孫女，可是他仍睡著了。」

「是的，您說得很對，」維爾福神色驚訝地回答，「他睡著了。可是，這真的很奇怪，因為，他平時心裡稍微有些不愉快，就會徹夜不眠的。」

「哀傷把他壓垮了。」德·阿弗裡尼說。

說完，兩人一路沉思，回到檢察官的書房。

「看吧，我還不曾闔眼，」維爾福朝著德·阿弗裡尼指了指那張根本沒碰過的床說，「悲傷並沒把我壓垮。我已經有兩夜沒睡了，可是，您看看我的辦公桌，這兩天兩夜，我填滿了這些紙，寫好了這份指控貝厄弟妥行兇殺人的起訴書！哦，工作，工作！……我的激情，我的愉悅，我的歡樂……就是這些舒緩著我的悲傷！」

說完，他痙攣地抓住德·阿弗裡尼的一隻手。

「您是要我做什麼事嗎？」醫生問。

「不是的。」維爾福說，「只是請您十一點鐘再來一趟，到了中午十二點要……要……哦，天哪！我可憐的孩子，可憐的孩子！」檢察官此刻變回一個普通人，抬頭望著天，發出一聲哀嘆。

「您會去大廳接待來客嗎？」

「不，我有一位堂弟會來代為行使這傷心的職責。我還要工作，大夫，當我工作的時候，就會忘了一切。」

果然，還沒等醫生走到門口，檢察官又工作了起來。

在臺階上，德·阿弗裡尼遇見了維爾福對他說起的那位親戚。此人在這個故事裡正如在這個家族中同樣是個無足輕重的角色——在這個世界上，有一類人是生來服務他人或是供人差遣的。他很準時，穿著黑衣，手臂上箍著黑紗，帶著一副準備隨時根據需要而調整的表情來見他的堂兄，隨後就到客廳去了。

十一點鐘，靈車轔轔駛過院子裡的石板地。聖奧諾雷區的街上擠滿了交頭接耳的人群。這些看熱鬧的人碰到富家辦喪事，就像碰上喜慶節日一樣興致勃勃，而且像是去看公爵小姐婚禮一樣，興高采烈地趕去參觀一次鋪張的出殯。

接待賓客的大廳裡漸漸擠滿了人，首先到達的是我們的一些老朋友——德布雷，夏托．勒諾，博尚。然後是司法界、藝文界和軍界的名人，因為德．維爾福先生憑他的社會地位，尤其是憑他的個人聲望，在巴黎社交界是屬於第一流的人物。那位堂弟站在門口接待每一位來客。對這些態度冷漠的來客而言，看見他臉上帶著與他們並無不同的無動於衷表情，都覺得輕鬆不少。因為，他的臉不像一位父兄或未婚夫那樣，讓來客覺著非要裝出一副虛偽的愁容或者擠出幾滴假惺惺的眼淚不可。那些彼此認識的來客用眼神打著招呼，三三兩兩地聚在一起。其中有一小群人就是由德布雷，夏托．勒諾和博尚組成的。

「可憐的女孩！」德布雷也像其他人一樣先對這場喪事言不由衷地說上幾句，「可憐的女孩！這麼有錢，這麼漂亮！夏托．勒諾，不過才三、四個星期以前，我們不是才在婚約簽字儀式開始前看過她嗎？那時候您想得到會有這種事嗎？」

「的確想不到。」夏托．勒諾說，「您認識她嗎？」

「我在德．馬瑟夫夫人的舞會上跟她交談過一、兩次。儘管她的神情有點憂鬱，但看上去還是迷人的。她的繼母去哪裡了，您知道嗎？」

「她跟接待我們的那位尊貴先生的夫人待在一起。」

「他是何許人?」

「您是指哪一位?」

「就是接待我們的那一位。是位議員?」

「哦,不是的。我每天都必須見到那些議員先生們,」博尚說,「但是,他對我來說卻是完全陌生。」

「您有把這條噩訊,刊登在您的報上嗎?」

「報上有提,不過那篇文章不是我寫的。說真的,我覺得德.維爾福先生看了應該會不高興。因為那篇文章寫著,假使這四件接踵而至的死亡事件不是發生在檢察官先生的府上,而是出現在別的地方,檢察官先生應會更積極一些。」

「還有,」夏托.勒諾說,「為家母看病的德.阿弗裡尼醫生說,他情緒非常沮喪。不過,您是在找誰呢,德布雷?」

「我在找基督山先生?」年輕人回答說。

「我到這裡來時,在大街上遇過他。我想他是剛出門,他表示要去他的銀行家那裡。」博尚說。

「去他的銀行家那裡?他的銀行家不就是鄧格拉斯嗎?」夏托.勒諾問德布雷。

「我想是的吧。」那位機要祕書略微有些尷尬地回答,「不過,我沒看到的人不止基督山先生。我也沒見到摩萊爾先生。」

「摩萊爾？他也認識這家人嗎？」夏托．勒諾問。

「我記得他只被介紹給德．維爾福夫人。」

「不過，他仍應該來。」德布雷說，「否則，我懷疑今晚他能談些什麼？這場喪禮，可是今日的頭條啊。不過，別說話了，司法大臣先生來了。他應該會覺得有必要向那位堂弟發表一場小小的演說。」說完，這三個年輕人走到靠近門口的地方，準備洗耳恭聽司法大臣的小小演說。

博尚沒說錯，在趕來參加喪禮的路上，他是遇見過基督山伯爵。那一位正坐車往昂坦堤道街的鄧格拉斯府邸而去。銀行家從窗子裡看到伯爵的馬車駛進院子，就出來迎接。他有些愁眉苦臉的樣子，但態度很殷勤。

「我想，」他手伸向基督山伯爵說，「您是來向我表達慰問的吧。說實話，我的家門是遭到了不幸。但是，剛才看見您來時，我不禁捫心自問，我是否希望過可憐的馬瑟夫家遭受不幸，以至應驗了一句老話：『願人遭禍者，禍必降其身。』喔，憑良心說，沒有，我從來沒有希望馬瑟夫家遭受不幸。對一個像我這樣白手起家的人來說，他也許是有點驕傲，但是，每個人都有缺點的。您知道嗎，伯爵，像我們這代人……不是說您屬於這一代，您還是個年輕人……我要說的是，我們這代人今年的日子可不好過啊。看看那位公正廉潔的檢察官，他才失去了他女兒，事實上，這一連串離奇的猝死幾乎使維爾福家破人亡。馬瑟夫名譽掃地，自殺身亡。我呢，由於那個貝厄弟妥的醜行而受盡他人的嘲笑，還有……」

「還有什麼？」伯爵問。

「唉！您不知道嗎？」

「又是件不幸的消息嗎？」

「我女兒……」

「鄧格拉斯小姐？」

「歐仁妮離開我們家了。」

「哦！天哪！您在說什麼呢？」

「這是真的，親愛的伯爵先生。哦！您既沒妻子又沒孩子，這有多快活啊！」

「您這麼認為？」

「我真的是這麼想！」

「您說歐仁妮小姐……」

「她無法容忍那個惡徒對我們的羞辱，要求我允許她外出旅行。」

「所以她走了？」

「前兩天的晚上離開的。」

「跟鄧格拉斯夫人一起？」

「不是，跟一位親戚一起。不過，我們恐怕再也見不到我們親愛的歐仁妮。我了解她，以她驕傲的個性是不會再肯回法國來了！」

「可是，男爵先生，」基督山說，「家庭的不幸，對一個把孩子視為全部財富的人來說，這是會擊垮他的打擊。但是，對一位百萬富翁而言還是承受得了的。哲學家或許說的很好，而且實際之人也絕對支持著他們的看法，那就是——許多事情，有錢就能得到慰藉。如果您承認這種慰藉的效用的話，您應該比任何人都更快地得到安慰——您是金融之王，是各種勢力的交匯點。」

鄧格拉斯斜眼看了一下伯爵，想看看他是否是認真的。「是的，」他說，「如果財富能使人得到慰藉的話，我是理應得到安慰的。因為我有錢。」

「非常有錢，親愛的男爵先生。您的財富可以堆成幾座金字塔。就算您想摧毀它，也做不到。就算這有可能，您也不敢。」

鄧格拉斯看到伯爵居然這麼天真地相信了他的話，不由得笑了一下。

「這提醒了我，」他說，「您剛才進門時，我正要簽五張小額的憑單。我已經簽了兩張，您能允許我把剩下的三張也一起簽完嗎？」

「請繼續吧。」

房裡寂靜了片刻，只聽見銀行家的羽毛筆在沙沙作響，基督山伯爵則抬頭看著天花板上鍍金的裝飾板條。

「是西班牙債券，海牙債券，還是那不勒斯債券呢？」基督山說。

「都不是，」鄧格拉斯笑著說，「是當場現付的法蘭西銀行憑單。喔，」他又說，「伯爵先生，如果我是國王，那麼您就是金融界的皇帝了。但是，像這樣每張價值一百萬的紙片，您見過很多嗎？」

基督山伯爵接過鄧格拉斯自滿地遞給他的紙張，然後念道：

法蘭西銀行理事先生台鑒：

請憑此單據於本人存款名下支付一百萬法郎。

鄧格拉斯男爵

「一，二，三，四，五，」基督山說，「五百萬！哦！您真是克雷綮斯陛下[37]！」

「我平時做生意，也是這樣。」鄧格拉斯說。

「這真是好極了！」伯爵說「最重要的是，如果這筆款子真能付現，當然，我對此並不懷疑。」

「當場能付現金。」鄧格拉斯說。

「能有這樣的信用真的是件好事。真的只有在法國才能有這種事。五張小紙片價值五百萬！真得要親眼見到才能相信。」

「您不相信？」

「不是。」

「可您說話的口氣……您等一下就會被說服的。您跟我的辦事員一起去銀行，就可

37　Coresus（約西元前五六一—前五四六），古代小亞細亞國家呂底亞的國王，以巨富著稱。

以看見他會帶著這幾張憑單上一樣的總額現款離開的。」

「不用了，」基督山說，同時把五張紙片折了起來。「真的不必了。我對這件事太好奇了，所以想要親自去體驗一下。我曾經預定在您這裡提取六百萬。我已取了九十萬法郎，因此您還要支付給我五百一十萬法郎。這五張憑單既然有您的簽字，我當然可以信任了。現在我就收下它們，這是一張六百萬提款全部結清的收據。我事先就準備了這張收據，因為不瞞您說，我今天有急用。」

說完，基督山伯爵一手把五張紙片放進衣袋，另一手則把收據遞給銀行家。即使有個轟天雷霳在鄧格拉斯腳前，他也未必會感到更加驚恐。

「什麼，」他結結巴巴地說，「您拿走這筆錢？真是對不起，抱歉，這筆錢是我欠濟貧院的慈善基金……一筆存款，我答應了今天上午會支付的。」

「哦！那好吧，」基督山說，「我不一定非要拿這五張憑證，請另外換一種方式付款給我好了。我是出於好奇才拿了它們，希望有一天能向別人說，鄧格拉斯銀行不用事先通知而且在五分鐘內，就當場就給了我五百萬現款！那會是件多了不起的事！不過，這幾張憑單您還是拿回去吧。請用其他方式付給我好了。」說完，他把那五張票據遞給鄧格拉斯。

鄧格拉斯臉色鐵青地伸出手，就像禿鷲伸出爪子來抓別人從牠那裡奪去的肉似的。突然間，他改變了主意，竭盡全力控制住自己。隨後，只見他微笑起來，而他驚慌失態的臉則漸漸地變得笑容可掬了。

「其實，」他說，「您的收據就是錢。」

「哦！親愛的男爵先生，如果您在羅馬，憑著我的收據，湯姆森─弗倫奇公司就會付款給您，手續並不比您這裡麻煩多少。」

「原諒我吧，伯爵先生，真對不起。」

「那麼我可以收下這筆錢了嗎？」

「是的，」鄧格拉斯說，同時從頭髮根沁出了汗珠。「是的，請收下……請收下。」

基督山伯爵把憑單再次放入口袋中，而臉上帶著一種無法形容的表情，似乎在說：「來吧！再考慮一下，要後悔，現在還來得及。」

「不，」鄧格拉斯說，「不了，我決定了，請收下我的簽字憑單。不過，您知道，沒有人會比一個金融家更拘泥形式。我本來是打算把這筆錢付給濟貧院的。我覺得如果沒有把這幾張憑單交出去，就好像是我在搶劫他們了。真是太荒謬了，居然認為一個埃居換成另一個埃居就不行了。請您務必原諒！」

說完，他開始大聲笑了起來，但似乎很緊張。

「我當然會原諒您，」基督山態度優雅地回答，「那我收下了。」說完，他把這些憑單放進錢袋裡。

「不過，」鄧格拉斯說，「我們還有十萬法郎沒有結清。」

「哦！小事一件，」基督山說，「銀行手續費就差不多這些錢了。您不必付了，我們結清了。」

「伯爵先生，」鄧格拉斯說，「您此話當真？」

「我從來不跟銀行家開玩笑。」基督山以極為冷淡的態度阻止了對話的發展。說完，他轉身向門口走去。

正在這時，貼身男僕通報說：「濟貧院財務主任德・博維爾先生到。」

「天啊，」基督山說，「我想我來得正是時候，及時拿到您的簽字憑單，否則，就有人要來跟我爭了。」

鄧格拉斯的臉又再次變白了。他趕緊跟伯爵告別。

基督山伯爵向站在前客廳的德・博維爾先生禮貌性地欠了欠身子，而這位先生也還了禮。等基督山伯爵一走，這位先生立即就被帶進了鄧格拉斯先生的書房。伯爵看見濟貧院財務主任手裡拿著公事包時，神情莊重的臉上不由得掠過一個轉瞬即逝的笑容。到了門口，他登上自己的馬車，吩咐即刻去法蘭西銀行。

這時，鄧格拉斯正控制住自己的情緒，向財務主任迎上前去。不用說，他的嘴角正裝模作樣地掛著親切的微笑。

「您好，債權人，」他說，「因為我敢打賭，這次來的一定是位債權人。」

「您猜對了，男爵先生，」德・博維爾先生說，「我是代表濟貧院來的。我受那些孤兒寡婦之托來向您提取一筆五百萬的捐款。」

「有道是孤兒最惹人憐！」鄧格拉斯希望能延長這句玩笑話，「可憐的孩子！」

「而我就是以他們的名義來見您的，」德・博維爾先生說，「您想必已經收到我昨天送來的信了？」

「是的。」

「我今天把收據帶來了。」

「親愛的德．博維爾先生，恐怕必須請您的孤兒寡婦們再多等二十四個小時。因為基督山先生，就是您剛才看見從這裡出去的那位……我想您看見他了，是嗎？」

「是的，所以？」

「是這樣的，基督山先生把他們的五百萬給帶走了！」

「怎麼回事呢？」

「伯爵在我這裡有一個可以無限貸款的帳戶，是羅馬的湯姆森—弗倫奇公司開的憑證。他剛才表示要在我這裡一次提款五百萬，於是，我開了他法蘭西銀行的憑單。我的資金都存放在這家銀行。而您明白，我擔心在同一天裡向銀行理事先生支取一千萬，會使他覺得很奇怪。若是分兩天，」鄧格拉斯笑著說，「那就不同了。」

「算了吧！」德．博維爾先生用一種全然不信的口氣喊道，「剛才出去的那位先生拿了您五百萬？他剛才出去時還跟我打了招呼，好像我也認識他似的。」

「您雖不認識他，可是他或許認識您。基督山先生什麼人都認識。」

「五百萬！」

「他的收據在這裡。請相信您的雙眼吧。」

德．博維爾先生拿過鄧格拉斯遞給他的那張紙，念道：「茲收到鄧格拉斯男爵先生五百一十萬法郎，此筆款項他可隨時向羅馬的湯姆森—弗倫奇公司支取。」

「確實是真的！」德．博維爾說。

「您知道湯姆森—弗倫奇公司嗎？」

「知道。我曾經和它有過一筆二十萬法郎的交易。不過，從那以後我就沒聽說過它的消息了。」」德．博維爾先生說。

「那是歐洲最有信譽的公司之一。」鄧格拉斯一邊說，一邊把他剛從德．博維爾先生手裡拿回來的那張收據隨便地往辦公桌上一扔。

「他光在您這裡就有五百萬？怎麼會？那這位基督山伯爵一定是個大富豪了？」

「確實是！我不知道他到底是什麼人。不過，他有三個無限提款的戶頭——我這裡一個，羅特希爾德那裡一個，拉菲特那裡還有一個，另外，」鄧格拉斯隨意地接著說，「您看，他把十萬法郎留給我當作手續費，算是給我的優惠。」

德．博維爾先生表現出佩服得五體投地的樣子。

「我一定要去拜會他一次，」他說，「請他為我們捐些錢。」

「哦！您應該可以辦到。他每個月光花在善行上的錢就不止兩萬法郎。」

「那真是太好了。另外，我還要在他面前舉出德．馬瑟夫夫人和她兒子的例子。」

「什麼例子？」

「他們把全部財產都捐給了濟貧院。」

「什麼財產？」

「他們的財產，也就是已故德．馬瑟夫將軍的遺產。」

「什麼理由？」

「因為他們不想接受一份不名譽的家產。」

「那他們靠什麼為生呢？」

「母親到外省隱居；兒子去從軍。」

「我不須坦白地說，他們可真是顧慮太多了！」

「昨天我剛把他們的捐贈登記入冊。」

「他們擁有的財產值多少？」

「喔，不算很多——一百二十到一百三十萬法郎。不過，我們還是再來談談那五百萬吧。」

「當然，」鄧格拉斯用世上最自然的口氣說，「您是急於要拿到這筆錢嗎？」

「是的，因為我們明天要查點帳目。」

「明天？那您為何不早說呢？不過，離明天還早得很！幾點鐘開始查點？」

「兩點。」

「中午十二點派人來吧。」鄧格拉斯笑著說。

德．博維爾先生沒說話，只是點點頭，然後拿起那只公事包。

「哎！我想到了，」鄧格拉斯說，「您還有個好辦法。」

「怎麼說？」

「基督山先生的收據就等於是錢。您可以拿張收據到羅特希爾德銀行或者拉菲特銀行去，立刻就能取得現款。」

「即使要到羅馬才能兌現也沒關係？」

「那當然，只是會扣掉五千或六千法郎罷了。」財務主任嚇得倒退一步。「天啊！我寧可等到明天。這是什麼提議呀！」

「我只是以為，」鄧格拉斯厚顏無恥地說，「或許，您有一筆缺額需要填補？」

「是嘛。」財務主任說。

「如果真有那種情況，做點犧牲也是值得的。」

「謝謝您！不需要，先生。」德．博維爾說。

「那麼，就明天了。」

「是的，但不許有問題了。」

「哦！您在嘲笑我了！請在中午十二點派人來，銀行會被事先通知的。」

「我親自來。」

「那更好，我又能有幸與您見面了。」

兩人握手。

「順便問一句，」德．博維爾先生說，「我來的路上正遇見可憐的德．維爾福小姐的送葬行列，您不去葬禮嗎？」

「不了。」銀行家說，「自從出了貝厄弟妥這件事後，我似乎成了大家的笑柄，所以不想出面了。」

「喔，您錯了。那件事怎麼能怪到您頭上呢？」

「請聽我說，一個人像我這樣，名聲從沒受過玷汙，就會變得敏感了。」

「大家都很同情您，先生，尤其是，鄧格拉斯小姐。」

「可憐的歐仁妮！」鄧格拉斯長嘆一聲說，「您知道她進修道院了嗎，先生？」

「不知道。」

「唉！這是不幸，但是真的。出事的第二天，她就決定跟她的一位修女朋友一起離開巴黎。她要到義大利或西班牙去找一所教規嚴謹的修道院。」

「哦！太糟糕了！」感嘆一聲過後，德·博維爾向這位父親說了撫慰的話後，就起身告辭。

但他前腳剛出門，鄧格拉斯就做了一個極有表情的姿勢。這個姿勢，是只有看過弗雷德里克扮演的羅貝爾·馬凱爾[38]的人才能懂得的，同時他還喊了一聲：「傻瓜！」

然後，他把基督山伯爵的收據塞進一個小錢袋裡。他接著說：「好啊，就十二點來吧。我那時應該跑得遠啦。」

之後，他把房門鎖了兩圈，回過來把抽屜全都清空，湊到五萬法郎左右的紙鈔，燒掉一些文件，再把另一些放在顯眼的地方。接著，他開始寫信，寫完後封好口，寫上——

38 Robert Macaire，一八三四年首演的同名歌劇中的主人公，海盜出身，但一直以銀行家的身分混跡上層社會。該劇劇本系法國劇作家邦雅曼•昂蒂埃（一七八七—一八七〇）等三人所作。

鄧格拉斯男爵夫人收。

「今天傍晚，」他喃喃地說，「我親自把它放在她的梳粧檯上。」

最後，他從抽屜裡取出護照。「很好，」他說，「有效期還有兩個月。」

第一〇五章　拉雪茲神父公墓

德・博維爾先生確實曾在路上遇到那支陪送瓦朗蒂娜去最後歸宿的送殯行列。天空陰霾多雲，吹過的風還帶著暖意，但已對枝頭的黃葉透出蕭瑟的殺機。黃葉被風從日漸變得光禿的樹枝上吹落，在擠滿林蔭大道的行人頭上飄舞著。

德・維爾福先生是個十足的巴黎人，在他心目中，唯有拉雪茲神父公墓才配得上安置一個巴黎家庭成員的遺體，至於其他的公墓，只不過是些鄉間的墳場和死者暫時的棲身之地。只有在拉雪茲神父公墓，一個有教養的亡靈才能得到真正的安息。因此，他在那裡購置一座墓室，並且，很快地就住進了他的家人。陵墓的三角形橫楣上鐫刻著「德・聖米蘭與維爾福家族」。這是瓦朗蒂娜的母親——可憐的芮妮——的最後願望。

排場很大的送殯隊伍從聖奧諾雷區往拉雪茲神父公墓出發。一行人穿過整個巴黎，通過唐普爾區，然後沿著周邊道路直抵公墓。前導的是二十輛喪車，緊接著是五十多輛私家馬車，在它們後面還有五百多個步行的人。

瓦朗蒂娜的死，對所有的年輕人幾乎都像是個晴天霹靂。雖然此時是蕭颯且單調的季節，但對於這位美麗、純潔、可愛的年輕女孩，竟然在如花之年早逝，使他們無法不去向她獻上最後的致意。

離開巴黎市區時，只見一輛由四匹馬拉著的馬車疾駛而來，趕上行列後，馬匹猛然挺直如彈簧般強勁有力的腿，車子戛然停住——來的是基督山先生。伯爵從敞篷馬車下來，步行跟在柩車後面的人群之後。夏托．勒諾瞥見了伯爵，馬上從他的雙座四輪轎式馬車下來，迎上前去。博尚也下了他搭乘的輕便馬車。

伯爵在人群縫中仔細地看來看去，顯然是在找人。最後，他實在忍不住了。「摩萊爾先生在哪裡？」他問，「各位，您們有誰知道他在哪裡嗎？」

「我們在喪家弔唁時，就問過這個問題了，」夏托．勒諾說，「因為我們之中誰也沒有見過他。」

伯爵沒說話，但繼續往四周看著。

最後，送殯行列到達了公墓。

基督山敏銳的視線突然往紫杉和冷松的樹叢望去。不久，他焦急不安的神情就消失了。他看到紫杉樹叢後面閃過一個人影，基督山伯爵已經認出了他要找的人。

在大都市中舉辦喪禮，通常都是大同小異。黑壓壓的人群分散在白色的墓道上，天地間一片寂靜，只有從圍繞墓塋的綠籬中偶爾傳來的細枝折斷聲來打破這肅穆的氣氛。隨後，響出神父憂鬱地吟誦聲，其中還不時夾雜著從飾著鮮花的女帽那裡傳來的一陣嗚咽聲。

基督山注意到的那個人影，快速地穿過從愛洛伊絲和阿貝拉爾[39]的墓地呈星狀延伸

39 阿貝拉爾（一〇七九—一一四二），法國經院哲學家、神學家，與女學生愛洛伊絲相戀私婚，後被拆散，愛洛伊絲進隱修院。

出去的林蔭道路，來到柩車的馬匹旁邊，與死者的幾個僕人邁著同樣的步伐走到選定的墓穴跟前。每個人都有各自注意的事物。基督山目不轉睛地望著那個幾乎不被周圍的人所注意的人影。伯爵有兩次走出行列，為的是看清楚，那個人有沒有把手伸到衣服裡去摸藏在裡面的武器。當送殯行列停下以後，可以看清那個人影就是摩萊爾。他穿著鈕扣到脖子的黑色大衣，臉色鐵青，雙頰凹陷，帽子被痙攣的雙手揉得皺皺的。他背靠著高處的一棵大樹。從那裡，他可以俯視陵墓，把即將舉行的葬禮的每個細節都看在眼裡。

每個人都按照常規。有幾位被視為最不容易動感情的男士，正在發表演說。他們有的對逝者的早夭表示同情；有的對那位父親的悲痛侃侃而談；還有一位非常善於想像的人還聲稱這名年輕女孩曾經不止一次地向德．維爾福先生為懸在他法律之劍下面的罪犯求情。最後，直到他們用盡所知的隱喻之詞和傷感的演說才停止。基督山伯爵什麼也沒聽見，什麼也沒看見，或者說，他只看見了摩萊爾。這位年輕軍官鎮靜而沒有表情的神態，在唯一能洞悉他內心的伯爵眼裡，是非常可怕的。

「看啊，」博尚說，同時只給德布雷看。「那不是摩萊爾先生嗎！他在那裡做什麼？」之後，他倆又叫夏托．勒諾看。

「他臉色有多蒼白啊？」夏托．勒諾說著打了個寒噤。

「他應該是太冷了。」德布雷說。

「不是的，」夏托．勒諾悠悠地說，「我看，他是動了情。馬西米蘭是個多愁善感的人。」

「算了吧！」德布雷說，「他幾乎可說是不認識德．維爾福小姐。這是您自己說的。」

「沒錯。可是，我記得在德．馬瑟夫夫人家的舞會上，他跟她跳過三次舞。您知道的，伯爵先生，就是您大出風頭的那次舞會。」

「不，我不知道，」基督山回答。但他根本不知道自己在回答什麼問題，也不知道自己在跟誰說話。因為，他正在全神貫注地看著摩萊爾的一舉一動。只見那位年輕人的雙頰在抽動，就像有些人在抑制或是屏住自己的呼吸時那樣。

「演講結束了。再見，各位。」伯爵突然說道。

說完，他做了個要離去的手勢，便消失不見了。誰也不知道他究竟去了哪裡。

葬禮結束，參加者紛紛返回巴黎。只有夏托．勒諾朝四周張望了一陣子，想找出摩萊爾。但是，剛才他目送伯爵離開時，摩萊爾已經不在原處。於是，夏托．勒諾找了一陣沒找到後，就跟在德布雷和博尚後面離去了。

基督山伯爵剛才閃進一片矮林，藏身在一座寬闊的墳墓後面，窺伺著摩萊爾的一舉一動。這時，陵墓前看熱鬧的人都已散去。隨後，工人也走了。可是，摩萊爾卻往那裡漸漸地走去。他神情茫然地緩緩環視四周。但是，當他的目光掃到對面的那塊圓形墓地時，基督山伯爵已經悄悄地又向前走了十多步路卻沒被他發覺。

年輕人跪了下去。

伯爵伸長脖子，睜大眼睛凝望著摩萊爾，繼續朝他走去，而且膝部保持彎曲，彷彿準備一有情況就撲上去似的。

摩萊爾低下頭去，直到前額碰到墓石，雙手抓住鐵柵喃喃地說：「啊，瓦朗蒂娜！」這短短的一聲喊叫所流露的一片至情，使伯爵感到為之心碎；他又上前一步，把手按在了摩萊爾的肩上。

「您在這裡，我親愛的朋友，」他說，「我正在找您呢。」

基督山伯爵以為摩萊爾會發作，指責他，對他大發雷霆，但是，他想錯了。摩萊爾轉過頭，外表看上去非常平靜。

「您看見了，」他說，「我在禱告。」伯爵用疑慮的眼神把年輕人從頭到腳看了一遍。看完後，他似乎放心一些了。

「要不要我陪您回巴黎？」他說。

「不用了，謝謝。」

「那您還想要些什麼嗎？」

「請讓我禱告。」

伯爵沒有表示異議，立即離去。但是他這樣做，只是為了找一個新的位置，可以把摩萊爾的每個動作都看在眼裡。摩萊爾終於站起身，拍去膝蓋在石板地上沾的灰塵，頭也不回地走上了回巴黎的路。他緩緩地沿著拉洛凱特街往下走。伯爵吩咐他那輛停在拉雪茲神父公墓的馬車先回去，自己則跟在摩萊爾後面，和他保持一百步的距離。馬西米蘭穿過運河，沿著林蔭大道折回了梅斯萊街。摩萊爾到家才五分鐘，伯爵也到了。

裘莉站在花園入口的地方，全神貫注地看著佩納隆師傅。他用認真的態度以園丁為職業，正在為孟加拉玫瑰插枝。

「啊！基督山伯爵先生！」她欣喜地喊道。每當基督山伯爵到梅斯萊街作客的時候，這個家庭的成員都會有這種欣喜的表示。

「馬西米蘭先生剛回來，是嗎，夫人？」伯爵問。

「是的，我剛才好像看見他走過去。」少婦說，「要不要去叫伊曼紐爾來？」

「不好意思，夫人，我必須馬上到馬西米蘭先生的房間去。」基督山說，「我有件極為重要的事要跟他說。」

「那請上去吧。」她說，帶著甜美的笑容並目送他直到消失在樓梯口。

基督山伯爵很快地穿過從底樓通往馬西米蘭套房的那兩層樓面。到達欲前往的那一層的樓梯口時，他側耳細聽但什麼聲音也聽不到。

就像大多數獨戶人家居住的老房子一樣，這個樓梯口只攔了一道鑲玻璃的門。不過，在這道門上沒有插著鑰匙。馬西米蘭從裡面把門鎖上了，而且沒辦法看到裡面，因為，一塊紅色絲簾遮住了玻璃。伯爵焦急的心情，從這位喜怒不形於色的男人臉上，出現了極少會有的紅暈，可見一班。

「我該怎麼做？」他喃喃地說，之後思索片刻。「我該拉鈴嗎？」他對自己說，「哦，不行！鈴聲，表示有人來訪。對一個處於馬西米蘭這樣狀況的人來說，只會促使他做出決定，恐怕到時回應鈴聲的會是另一種響聲。」

基督山伯爵渾身顫抖起來，但他已經習慣迅速與立即地做出決定，所以，他抬起手肘猛然地向門上的玻璃撞去。玻璃頓時裂成碎片飛開，他隨即撩開門簾，看見摩萊爾坐在書桌前面，手裡握著一支羽毛筆。他因為聽到玻璃撞碎的聲音，從椅子上跳了起來。

「我獻上萬分的歉意，」伯爵說，「沒事的。是我腳滑，手肘撞在您的門玻璃上，既然碎了，我乾脆就直接進去了，不用勞駕，不用勞駕。」

說完，伯爵把手臂從缺口處伸進去，打開了門。

摩萊爾立即站起身來，神情不悅地向基督山伯爵迎上去。不過，他並不是想迎接伯爵，而是想擋住他，不讓他過去。

「天啊！」基督山揉著手肘說，「這是您家僕人的不是，您的樓梯擦得太亮，光滑得就像鏡子似的。」

「您受傷了嗎，先生？」摩萊爾冷冷地問。

「我想沒有，不過，您在做什麼呢？您在寫東西嗎？」

「我？」

「您的手指上沾著墨水。」

「喔，是的。」摩萊爾回答，「我是在寫東西。雖然我是個軍人，但有時也會寫寫東西。」

基督山伯爵在房間裡走了幾步。馬西米蘭只好讓他過去，但緊緊跟在他後面。

「您是在寫東西？」基督山又問，目光逼視著對方。

「我已經有幸對您說過了，是的。」摩萊爾說。

伯爵朝四周看了看。

「您的手槍放在文具盒旁邊！」他指著放在書桌上的武器對摩萊爾說。

「我要外出旅行。」馬西米蘭回答。

「我的朋友！」基督山以一種無限溫情的口氣說。

「先生！」

「我的朋友，我親愛的馬西米蘭先生，別做出極端的決定，我求您了！」

「我，極端的決定？」摩萊爾聳聳肩膀說，「什麼？我想請問您，外出旅行算是極端的決定嗎？」

「馬西米蘭先生，」基督山說，「讓我們先把彼此帶著的假面具拉下吧。您無法用這種裝出來的鎮靜騙過我，而我也無須以無謂的關心來哄您。您能明白的，是嗎？我之所以會像剛才那樣撞碎玻璃，擅自闖進一位朋友的房間，我說，您一定明白，我之所以這樣做，自然是因為我有確實的擔憂，或者說，有很可怕的確信。摩萊爾先生，您是想自殺！」

「說真的，伯爵先生，」摩萊爾打了個冷顫說，「您腦海中怎麼會出現這種想法呢？」

「我說您想自殺，」伯爵繼續說，「而這就是我所說的證據。」隨後，他走到書桌前，掀開年輕人遮在一封才剛起頭的信上的白紙，把信拿在手裡。

摩萊爾衝上去想把信奪走，但是，基督山伯爵預料到他會這麼做，伸手抓住了馬西米蘭的手腕。

「您想要自殺，」伯爵說，「您都寫下來了。」

「好吧！」摩萊爾喊道，平靜的外表頓時間變得激動異常。「好吧！就算是這樣，就算我決定要把槍口對準自己，誰又能來阻攔我？有誰敢來阻攔我？

「如果我說，我所有的希望都破滅了，我的心碎了，我的生命之火熄滅了，只有死亡的悲哀和厭惡的情緒籠罩著我，世界已經變成一片死灰，任何人說話的聲音都讓我感到撕心裂肺的痛苦。

「如果我說，讓我死才是對我的慈悲，因為您若不讓我死，我就會喪失理智，就會發瘋。哦，您說，先生，如果我帶著內心的悲楚和淚水這麼說了，難道您還會對我說『您錯了』嗎？難道您還會阻止我，不讓我結束自己悲慘的生命嗎？告訴我吧，先生，您敢這麼做嗎？」

「是的，摩萊爾先生，」基督山說，平靜的語氣跟年輕人激動的神情形成一種奇特的對比。「是的，我敢這麼做。」

「您！」摩萊爾喊道，氣憤和責備的態度越發明顯。「就是您，用荒誕的希望欺騙了我。就是您，就算我無法拯救她，至少還能讓她死在我的懷抱裡的時候，您卻用一些空泛的承諾來誘勸我，哄騙我。就是您，假裝洞悉一切，甚至可以看穿隱藏的真相，扮演著地球上的守護天使，實際上卻連一點解藥也沒法給一個年輕女孩！哦！說實話，先生，要不是您讓我感到可憎的話，我真會為您感到可憐！」

「摩萊爾……」

「是的，您剛才要我放下假面具，我把它放下了，您滿意了吧！是的，當您在墓園跟在我後面時，我還是有回答您，因為我心軟。當您到這裡來時，我仍讓您進入。但是，既然您得寸進尺，既然您使原以為受盡一切折磨的我，又遭到新的磨難，那麼基督山伯爵先生，我假意的恩人，基督山伯爵先生，您這位天下的守護者，您可以滿意了，因為您就要見證一個朋友死亡！」

說完，摩萊爾帶著瘋狂的笑容，又一次地向手槍撲過去。

基督山伯爵伸手壓住槍，對失去理智的年輕人說：「而我要再說一遍，您不能自殺！」

「那麼阻止我吧！」摩萊爾回答，同時拼命想拉開伯爵的手。但是，跟前一次一樣，無法掙脫伯爵的鐵腕。

「我要阻止您！」

「可您到底是誰，竟敢對一個有思想的自由的人這麼專橫地濫施權威？」馬西米蘭喊道。

「我是誰？」基督山重複說，「您聽著，我是這世上唯一有權對您說這些話的人。摩萊爾先生，我不願意看到您父親的兒子在今天死去！」說著，基督山伯爵的神情變得很莊嚴，顯得無比的崇高。他雙臂交叉在胸前向年輕人走上兩步。摩萊爾只覺得心跳加遽，不由自主地被這個猶如神祇般的人的威儀所懾服，往後退了一步。

「您為什麼要提到我的父親？」他囁嚅著說，「您為何要把我對父親的回憶跟我今天的事混合在一起？」

「因為是我在您父親像您今天一樣想要自殺的時候，救過他的命。因為是我把那個錢袋送給您年輕的妹妹，而把法老號送給了老摩萊爾。因為我就是在您小時候把您抱在膝蓋上玩的愛德蒙．鄧蒂斯！」

摩萊爾又後退了一步，像透不過氣來似地直喘氣，整個垮了。接著，他精疲力竭地大喊一聲，撲倒在基督山伯爵的面前。但是驟然間，在一種神奇力量的支配下，他突然地變了一個人。他站起身，飛步衝出房門，跑到樓梯邊，用力氣喊道：「裘莉！裘莉！伊曼紐爾！伊曼紐爾！」

基督山伯爵也想衝出去，但馬西米蘭頂住門，拼死也不肯讓伯爵出來。聽見馬西米蘭的喊聲，裘莉、伊曼紐爾、佩納隆和幾個僕人都神色慌張地奔了過來。摩萊爾握住他們的手，打開房門。

「跪下！」他聲音嗚咽哽塞地喊道，「快跪下！他就是我們的恩人，就是我們父親的救命恩人！他就是……」

他想說：「他就是愛德蒙．鄧蒂斯！」

但是，伯爵抓住他的手臂制止了他。

裘莉撲過去拉住伯爵的手；伊曼紐爾像抱著一位守護神那樣地抱住了他；摩萊爾

又再次跪了下去，用額頭去碰地板。此時，這個鐵石心腸的男人只覺得心臟在胸膛裡擴張，一股熱流從喉嚨口湧到眼眶。他低下了頭，眼淚流了下來。

一時間，房間裡只聽得到令人感動的抽泣聲和嗚咽聲，就連上帝最寵愛的天使，也一定會覺得這是最動人、最悅耳的聲音。裘莉還沒來得及從她所受到的情感衝擊中恢復便衝出房門，帶著孩子般的喜悅心情奔到樓下的客廳，掀開球形的玻璃罩，取出當年梅朗小道的陌生人送的那個錢袋。

這時，伊曼紐爾在用斷斷續續的聲音對伯爵說：「哦！伯爵先生，您經常聽到我們說起那位不知名的恩人，知道我們是懷著怎樣感激和崇拜的心情想念著他。您怎麼能一直等到今天才讓我們知道是您呢？哦！這不僅對我們太殘忍，而且我要冒昧地說，伯爵先生，這對您也太殘酷了。」

「請聽我說，我的朋友，」伯爵說，「我可以這麼稱呼您，因為，您雖然不了解這個祕密，但已經跟我做了十一年朋友了。這個祕密會洩露，完全是由於一件您大概還不知道的嚴重之事的緣故。上帝可以為我作證，我本來是希望一輩子把這件祕密藏在心底的。結果，是您的大舅馬西米蘭先生用過度的言詞逼得我吐露出來。現在我敢肯定，他對自己說的話已經感到後悔了。」

說完以後，他瞥見馬西米蘭仍跪在地上，但把頭斜過去靠在一張扶手椅上。

「請您注意看顧他。」基督山輕輕地說，一邊意味深長地在伊曼紐爾的手上按了一下。

「為什麼？」年輕人驚訝地問。

「我不能告訴您原因，但請您注意他。」

伊曼紐爾用目光掃視了房間，看見了摩萊爾的手槍。他驚恐地凝視著槍，慢慢地舉起手指給基督山伯爵看。基督山伯爵點點頭。伊曼紐爾朝著手槍走了一步。

「別去動它。」伯爵說。

然後，他走到摩萊爾面前，握住他的手。一度在年輕人心中撞擊翻騰的那些紛亂思緒，此刻似乎都凝滯了。他木然地待在那裡。

裘莉上樓來了，她手裡拿著那個絲織的錢袋，兩顆喜悅的明亮淚珠宛如兩滴晨露，沿著臉頰淌了下來。

「這就是那珍貴的紀念品，」她說，「但您千萬別認為，當我知道恩人是誰後，就會對它不像以前那樣珍惜了。」

「我的孩子，」基督山回答說，他的臉紅了。「請允許我把這錢袋拿回去吧。既然您們已經知道了我的臉，我只希望您們把我期待您們給予我的愛，留在記憶中就行了。」

「哦！」裘莉把錢袋貼在胸口上說，「不，不，我求您不要拿走它。因為，在令人傷心的一天，您將會離開我們，是嗎？」

「您猜對了，夫人，」基督山含笑回答說，「一星期後，我就要離開這個國家，離開這個讓許多本該受到報應的人卻活得快活，但我的父親卻死於饑餓和痛苦的國家。」

當他說出即將離去的計畫時，基督山伯爵的視線盯在摩萊爾臉上。他注意到「**我就要離開這個國家**」這句話，並沒能把摩萊爾從麻木的狀態中拉出來。他明白，他還必須跟這位朋友的悲痛做最後的爭鬥。

於是，他拉起裘莉和伊曼紐爾的手，握在自己的手裡，以一位父親溫情卻威嚴的口吻對他倆說：「我的好朋友，請讓我單獨跟馬西米蘭先生待在這裡。」

對裘莉來說，這是一個把基督山伯爵忘了再提起的那件珍貴紀念品帶走的機會。她趕緊拉起丈夫離開。「讓他們留在這裡吧。」她說。

伯爵和摩萊爾留在屋裡。摩萊爾像尊雕像似的，一動不動。

「好了，」伯爵用手指觸碰他的肩膀說，「您現在又變回了男子漢了嗎，馬西米蘭先生？」

「是的，因為我又開始感到痛苦了。」

伯爵的額頭蹙了起來，看上去內心在憂愁地猶豫著。

「馬西米蘭！馬西米蘭先生！」他說，「縈繞在您心頭的那個想法，是一個基督徒不該有的。」

「哦！請不用擔心，我的朋友，」摩萊爾說。他抬起頭，對著伯爵笑了笑，但笑容中卻包含著一種無法形容的哀愁。「我已經不會再去尋死了。」

「這麼說，」基督山說，「您不再需要槍，也不再絕望了嗎？」

「不，那是因為，我找到比子彈與刀子更能治癒痛苦的辦法了。」

「可憐的朋友，是什麼辦法？」

「我的悲慟就會置我於死。」

「朋友，」基督山跟他同樣悲悽地說，「請聽我說。曾經，我也跟您現在一樣的感到絕望。因為，我也下過同樣的決心，也像您一樣想過要自殺。曾有一天，您的父親也在同樣的絕望心情中想過要自殺。

「當您的父親把槍口對準自己額頭的時候，當我已經絕食三天卻仍把麵包從囚房的床上推開的時候，在那最後的時刻，若有人對他，對我，對我倆這麼說：『活下去吧！那一天會來到的，那時您們會感到幸福，會讚美生活的。』那麼，不管這聲音來自何方，我們都會帶著將信將疑的微笑或躊躇不安的心情去聽它。然而，當您父親擁抱您的時候，他又曾經多少次地讚美過生活？而我，也曾經多少次……」

「哦！」摩萊爾打斷伯爵的話喊道，「您僅僅失去了您的自由。我父親僅僅失去了他的財產。而我，我失去了瓦朗蒂娜。」

「看著我，」基督山說，臉上帶著有時使他顯得非常崇高，讓人信服的神情。「看著我，此刻我眼裡沒有淚水，我血管中也沒有熱血奔流，但我仍看見您的痛苦……您，馬西米蘭先生，我像愛兒子一樣愛您。哎！難道這一切都沒告訴您，不管是在悲傷或是在生活之中，總是存有希望嗎？現在，如果我懇求您，如果我命令您活下去，摩萊爾先生，那是因為我確信總有一天您會因為我保全了您的生命而感激我的。」

「哦，天哪！」年輕人喊道，「哦，天哪！您在說些什麼，伯爵先生？小心啊！但是，或許是您從來沒愛過吧！」

「孩子！」伯爵回答。

「我是指，愛情。」摩萊爾說，「您知道，我從成年起就是個軍人。直到二十九歲，我都還沒有嘗過愛情的滋味。因為直到那時，我所體驗過的感情，都還稱不上是愛情。然後，到了二十九歲，我遇見了瓦朗蒂娜。在這將近兩年的時間裡，我始終愛著她，我能在她身上看到一名少女和一名成熟女子的種種美德。那是上帝親手寫在我這顆猶如一本書似的敞開著的心靈上的。

「伯爵先生，當我和瓦朗蒂娜在一起時，我曾經有過一種永無終止、永無邊際、從未體驗過的幸福。對這個世界來說，這種幸福實在是太崇高、太完美、太神聖了。如今沒有了瓦朗蒂娜，這個世界就再也無法給我這種幸福。人世間留給我的就只有絕望和憂傷了。」

「我對您說過，要抱有希望。」伯爵說。

「然後我又要對您說當心啊。」摩萊爾說，「因為，您是想要說服我，而一旦您成功了，我就將喪失理智。因為您給了我可以再次見到瓦朗蒂娜的希望。」

伯爵笑了笑。

「我的朋友，我的父親！」摩萊爾充滿激情地喊道，「當心啊，我再次對您說，因為您對我的影響如此之大，都使我感到恐懼了。請先衡量您所要說的話，因為我的眼睛比以前明亮，我的心跳也比之前強勁，因為您是在讓我相信那些超自然的事。即使您要我召喚死亡或是走在水上，我都會照做的。」
「要抱有希望，我的朋友。」伯爵仍然說。
「哦！」摩萊爾說，從亢奮的高峰跌進了憂傷的低谷。「哎！您是玩弄我，就像那些好母親，或者說像那些自私的母親，她們用甜言蜜語來哄著孩子。因為，孩子的哭喊使她們感到厭煩。不，我的朋友，我對您說要留神是說錯了。不，請不必擔心，我會把自己的痛苦埋在心底，我會偽裝它，這樣，您甚至都可以不必再費心來憐憫我了。別了！我的朋友！別了！」
「正好相反，」伯爵說，「從此刻起，您必須在我身邊跟我一起生活，也不能離開我。一星期後，我們就會把法國拋在我們的腦後了。」
「您仍然對我說要抱有希望嗎？」
「我對您說要有希望，因為我有一個可以治癒您的方法。」
「伯爵先生，您使我比之前更悲傷了——如果這有可能的話。您認為我遭到一次打擊，承受了尋常的痛苦，所以，您相信可以用尋常的辦法治癒我，那就是換個環境。」說完，摩萊爾以一種鄙夷不屑的懷疑神情搖著頭。
「我還能再說些什麼呢？」基督山問，「我對自己的方法是很有信心的。我只請求您給我證明的機會。」
「伯爵先生，您只能是在延長我的痛苦罷了。」
「難道，」伯爵說，「您的靈魂就如此軟弱，連給我嘗試的機會都不允許？喔，您知道基督山伯爵的能耐有多大嗎？您知道這塵世間有多少生命是在他的掌控之下嗎？您知道，他幾乎可以創造奇蹟？您就等著看我希望可以完成的奇蹟吧，否則……」

「否則？」摩萊爾重複說。

「否則，當心啊，摩萊爾先生，我要說您忘恩負義了。」

「請給我一點同情吧，伯爵先生。」

「我非常同情您，馬西米蘭先生，所以，請聽我說。假如在這一個月，當時間一天一天，一小時一小時地過去，而我還不能治癒您的話，那麼摩萊爾先生，請您記住我的話。我會親手把一對上膛的手槍和一杯最靈驗的義大利毒藥放在您面前。這種毒藥，我可以向您保證，比害死瓦朗蒂娜的毒藥毒性更強更快。」

「您答應我了？」

「是的，因為我是個男子漢。因為，正如我告訴過您的，我也曾經想死過。而且，即使在不幸已經遠離我之後，我依然經常嚮往著長眠的快樂。」

「喔！您真的答應我了，伯爵先生？」馬西米蘭處於極度興奮的狀態中，忘情地喊著。

「我不只是答應您，而且對您發誓。」基督山伸出一隻手說。

「您憑榮譽保證，在一個月以後，如果我沒能得到安慰，您就任我自由處置我的生命，不管我做什麼事，您都不會說我忘恩負義了嗎？」

「一個月，有一天算一天，馬西米蘭先生。一個月，有一個小時算一個小時。這個日期是神聖的，馬西米蘭先生。我不知道您有沒有想到，今天就是九月五日。十年以前的今天，我救了您想要自殺的父親。」

摩萊爾抓住伯爵的手吻著。伯爵任他這樣表達著他的敬意，覺得自己該讓他如此做。

「一個月以後，」基督山繼續說，「您會在我們待的地方看到一張桌子，它的上擺著精良的手槍，和一罐藥性極佳的藥。但是，在另一方面，您必須答應我，在時間到之前，不能再嘗試自殺。」

「喔！我也能向您發誓！」摩萊爾喊道。

基督山伯爵把年輕人抱在懷裡，久久地摟著他。

「現在，」他對年輕人說，「從今天開始，您就搬到我家裡。您可住在海蒂的那間套房。這樣，我至少有了個兒子來代替女兒了。」

「海蒂？」摩萊爾說，「海蒂怎麼樣了？」

「她昨晚離開了。」

「離開您？」

「為了等我……所以，您準備好了以後，就到香榭麗舍大道找我。現在，請您陪我出去，別讓任何人看見我。」

馬西米蘭低下頭，像個孩子或者聖徒似的，照著他的吩咐做了。

第一〇六章　財產分割

艾伯特·德·馬瑟夫為他的母親在聖日爾曼草場街上選定了一間公寓三樓的套房。這座公寓是由一位神祕人物租下的。這個男人平時進出時，看門人從來沒看清過他的臉。在寒冷的夜晚，他總像在劇院門口等主人的車伕，把下巴埋在一條圍巾裡。到了夏天時，每當他要從門房前經過，卻又總是在擤鼻涕。這位住客打破了習慣，始終沒有被人看清他的長相。大家傳說他位居要職，因此避免不合宜的接觸。而這種傳聞反而使人對他的不肯暴露自己身分的神祕行蹤肅然起敬。

他的到訪時間通常是固定的，只是偶而會有一點前後時間的落差。不管冬天還是夏天，他總會在下午四點鐘左右來到他的套房，而且從不過夜。冬天時，會有一名像是套房管家的謹慎僕人在三點半時進去生火，而在夏天時，會在同樣的時間把冰塊端上去。

到四點鐘，正如我們說的，那位神祕人物來了。二十分鐘後，一輛馬車停在旅館門前。一位身穿黑色或深藍色衣服，永遠戴著大面紗的女子下車後，就像個幽靈似的走過門房前，上樓時腳步輕得聽不到一點樓梯的吱嘎聲。從來沒有人問過她要上哪裡。所以，那兩個看門人對她，也像對那名陌生男子一樣，從來不曾看清她的容貌。在首都恐怕沒有比他倆還謹慎小心的看門人了。

不用說，這名女子到了二樓就止步。她用一種特殊的方式輕輕叩門。門開了一下，隨即又關緊，而餘下的事我們就不需多講了。

離開旅館時，情況跟進來時相仿。陌生女子先走，依然戴著面紗，登上馬車，有時向右轉，有時往左彎地離開。二十分鐘過後，陌生男子也把臉埋在圍巾或手帕裡走出旅館，同樣地消失不見了。

基督山伯爵去拜訪鄧格拉斯的第二天，也就是瓦朗蒂娜出殯日的第二天，那位神祕的住客不像往常那樣在下午四點鐘左右，而是在上午十點鐘進了旅館。不像往常那樣的間隔一段時間，而是幾乎同時，一輛出租馬車駛來，那位戴面紗的女子下車後便匆匆地走上樓去。

門打開，但在關上以前，那名女子喊說：「喔，羅新！我的朋友！」

這一來，看門人就在無意中第一次聽到那位房客名叫羅新。不過，由於他是一位模範看門人，他決定連他妻子也不說。

「怎麼了！出什麼事，親愛的？」被戴面紗的女子慌張洩漏名字的那名男子問，「告訴我，什麼事？」

「哦，羅新，我能依靠您嗎？」

「當然，您知道您可以的。可是，出了什麼事？您上午的信，簡直讓我不知所措。這麼倉促……這個不尋常的會面。說吧，好讓我放心，或者直接讓我嚇一跳吧！」

「羅新，出大事情了！」那女子用探究的眼神凝視著羅新說，「鄧格拉斯先生昨晚離開了。」

「離開？鄧格拉斯先生離開了？他去哪裡？」

「我不知道。」

「您是什麼意思？他不打算回來嗎？」

「應該是！昨晚十點鐘，他乘馬車到了夏朗東城門，有一輛套好馬的大馬車在那裡等著他。他帶著貼身男僕上了車，對自己的車伕說他要去楓丹白露。」

「那麼，您剛才怎麼說……」

「別急……他留給我一封信。」

「一封信？」

「是的，您念吧。」說完，男爵夫人從口袋裡拿出一封已拆封的信，遞給德布雷。

德布雷接過信，在念之前先停了一下，彷彿想猜測信裡的內容，或者，不管信裡寫些什麼，他或許想先決定一下該怎麼辦。幾分鐘過後，他想必是拿定了主意，因為他開始念信了。

下面就是把鄧格拉斯夫人攪得心亂如麻的那封信的內容：「我忠實的夫人」

德布雷不假思索地停了一下，望向男爵夫人，她的臉開始轉紅。

「念吧。」她說。

德布雷繼續念道：「當您收到這封信時，您已經失去您的丈夫了！哦！您不用過於驚慌。您無非是像失去女兒一樣地失去了丈夫。我的意思是說，此刻我正在可以從法國出境的三、四十條大路中的某一條路上。我理應向您對我的行為做出解釋。由於您是能完全理解我的人，所以，我這就把理由說了。請聽好。

「今天上午突然有人來提一筆五百萬的款項，我支付了。緊接著，又來了一筆同樣數額的提款，所以我請對方延期到明天。我今天的出走，就是為了逃避這個無法捱過的明天。這您是能理解的，是嗎，我珍貴的夫人？我說您能理解，是因為您對我的財務狀況，知道得跟我一樣清楚。您甚至比我更了解。若要問我，那筆從前還頗為可觀的財產，如今其中的一大半到哪裡去了，我可是無法回答。但是您則不然，我能肯定地說，您對此知道得一清二楚。

「女人生來就有一種非常可靠的本能，她們甚至會用自己發明的代數語言去解釋那種不可思議的事情。而我，只知道我的那些數字，也不知道有一天這些數字會欺騙我。您可曾對我的突如其來的失敗感到過驚訝嗎？看到我的金條這麼燒熔掉，您曾有過迷惘嗎？

「我承認，我只看到了火；但願您能在灰燼裡找到一點金子。我是帶著這個使我感到安慰的希望走的，夫人與審慎的妻子，在良心上也絲毫也沒有拋棄您的愧疚。您仍有朋友，還有我剛才提到的灰燼。而且，最重要的是，我歸還了您的自由。

「這裡，夫人，我必須再多加一條解釋。當我想著您還能為這個家增加收益和女兒的財產做努力時，我總是通達地閉上雙眼。可是，當您已經造成了這個家庭的破產，我就不想被您用來當作幫別人發財的墊腳石。

「我娶您的時候，您很有錢，但是並不受人尊敬。請原諒我對您說得這麼直率。可是，既然這只是我倆之間的私房話，我就完全沒有必要閃爍其詞。我增加了我們的財產。十五年來，我們的財產一直在增值，直到那些出乎尋常與無法預期的災禍從天而降，把它翻倒為止。而且，我可以誠實地宣稱，這其中是沒有一點是我的錯。

「您，夫人，您只是在努力增加您的財產，而我深信，您成功了。所以，我現在就還您當初我娶您時的樣子——有錢，但不受人尊敬。別了。從今日起，我也要為自己而努力。您為我做出的榜樣，我是會效仿的，請接受我為此對您表示的感謝。您忠誠的丈夫，鄧格拉斯男爵。」

德布雷念著這封長而痛苦的信時，男爵夫人的視線始終停在他的臉上。她注意到，儘管他向來很有自制力，但臉上仍然有一、兩次變了色。念完後，他慢慢地把信重新折好，露出一種沉思的神情。

「怎麼樣？」鄧格拉斯夫人問。她焦慮不安的神色是不難理解的。

「怎麼樣，夫人？」德布雷機械地重複說。

「看了信，您有什麼想法？」

「哦，這很簡單，夫人。我的想法是，鄧格拉斯先生離開時是有所猜疑的。」

「那當然。可是您要對我說的就這些嗎？」

「我不明白您的意思。」德布雷冷冰冰地說。

「他走了！走了！不會回來了！」

「喔！，夫人，千萬別這麼想！」

「我對您說，他不會再回來了。我知道他的個性，只要是對他有好處的事，他決定後是絕不會回頭的。要是我對他還有用處，他會帶我一起走的。他把我留在巴黎，是因為我們的離異有利於他的計畫。所以，他走了，而我從此自由了。」鄧格拉斯夫人依然帶著祈求的語調接著說。

可是，德布雷並沒有回答，只是任由她帶著焦急不安的探詢眼神看著他。

「怎麼？」她最後說，「您不回答我嗎，先生？」

「我只有一個問題想問您。您打算怎麼辦？」

「我正要問您。」男爵夫人心跳快速地回答。

「喔，這麼說，您是要我給建議？」

「是的，我是要您給個建議。」男爵夫人緊張地說。

「那麼，既然您想要聽我的建議，」年輕人冷冷地回答，「我勸您去旅行。」

「旅行！」鄧格拉斯夫人喃喃地說。

「正是。就像鄧格拉斯先生所說的，您很有錢，而且是完全的自由。我的想法是，

歐仁妮的婚事破滅而鄧格拉斯先生又失蹤，這勢必會第二次引起轟動。所以，您離開巴

黎一段時間是絕對必要的。這樣做，大家會認為您被遺棄又很窮。因為，外界是無法原

諒一個破產者的妻子居然生活富裕，境況又好的。

「要做到前一種情形，您只需在巴黎再留半個月，逢人便說您遭到了遺棄，並且

把您怎麼會被拋棄的原因，原原本本地告訴您最好的朋友。於是，她們會在社交圈裡傳開。之後，您就離家出走，把您的首飾都留下，丈夫的財產也都不去動它，這時，大家就會說您潔身自好，對您備加稱讚。如此一來，外界就都知道您被遺棄，而且相信您手頭窘迫。

「只有我一個人了解您的經濟狀況。而且，我現在就準備用您忠實的合夥人身分來向您報告一下帳目情況。」

男爵夫人嚇呆了。她臉色蒼白地聽著德布雷說出這番話。他說話時居然可以如此鎮靜，且若無其事。她不禁聽得發怵又絕望。

「被遺棄？」她重複說，「哦！是的，我真的是被遺棄了！您說得對，先生，沒人會懷疑我的狀況的。」

這名如此驕傲又如此癡情的女子所能回答德布雷的，就只不過是這一句話了。

「但是您有錢，真的非常有錢。」德布雷說著，拿出錢袋，把裡面的幾張紙攤在桌子上。

鄧格拉斯夫人沒去看那些紙，只顧著抑制自己的心跳，不讓已在眼眶裡滾動的淚水淌下來。最後，男爵夫人的自尊心終於占了上風。雖然，她沒能緩和自己的心跳，但至少忍住了眼淚。

「夫人，」德布雷說，「大約半年前，我們決定合夥。您投資了十萬法郎。今年四月正式開始合作。五月開始營業，當月賺了四十五萬法郎。六月，紅利累計達九十萬。

七月，收入一百七十萬法郎。您知道，那個月做的是西班牙公債。八月初，虧損了三十萬法郎，不過，到十五日又賺了回來。

「我把我們的帳目，從合夥的那天起到昨天為止結算了一下。我們的資產共計是二百四十萬法郎，也就是說，每人一百二十萬法郎。現在，」德布雷邊說邊以經紀人的樣子不動聲色地翻看著一個小本子，「這筆錢還有八萬法郎的利息在我手裡。」

「不過，」男爵夫人打斷他說，「這利息是怎麼回事，我們沒放過利息啊？」

「我要請您原諒，夫人，」德布雷冷冷地說，「我是得到您的授權才這麼做的，所以我就善加利用。因此，您應得利息的一半四萬法郎，再加上起初投資的十萬法郎，您所得部分共計是一百三十四萬法郎。」

「現在，夫人，」德布雷繼續說，「出於謹慎，我前天已經把您的錢提了出來。這是不久之前，您看，我就是預感到了您隨時會喚我來向您彙報財務狀況。那裡有您的錢——一半是紙鈔，一半是銀行憑單。

「我說『那裡』，完全是照實說。因為，我覺得放我家裡不大可靠，那些公證人的嘴也不夠緊，至於那些房地產商，那就比公證人還多嘴。最後，因為您除了婚後共同財產外，沒有權利買下或擁有其他財產，所以我把這筆錢，這筆屬於您的私房錢，保存在那個壁櫥的一個密封箱子裡。為了更保險起見，那個壁櫥是我親手封上的。」

「現在，」德布雷繼續說著，同時打開壁櫥，拿出錢箱。「現在，夫人，這裡是八百張一千法郎的紙鈔，您看，它就像一本包鐵皮的書，還有一張兩萬五千法郎的息票。

至於餘額，我想大概還有十一萬法郎，這裡是一張我的銀行家開的支票，由於他不是鄧格拉斯先生，他會付您全額，您可以放心。」

鄧格拉斯夫人機械式地接過憑單、息票和那疊紙鈔。為數可觀的紙鈔放在桌子上，似乎並不怎麼起眼。鄧格拉斯夫人眼裡沒有淚，但是胸部像在嗚咽似地起伏著。她拿起那疊紙鈔裝進包裡，扣上鎖，把息票和憑單放在錢袋裡，臉色蒼白、默默無言地站著，等待著一句溫柔的話來安慰一下如今這麼有錢的她。可是，她白等了。

「現在，夫人，」德布雷說，「您可以過著非常優裕的生活，以及相當於六萬法郎年金收入。這對一名至少在一年內不用操持家務的女子來說，是一筆豐厚的收入。您可以盡情花用您的法郎。況且，若您覺得您的收入不夠的話，看在我倆過去的情分上，您還可以用我的，夫人。我隨時可以把我的那份提供給您，當然，是借給您。」

「謝謝您，先生，」男爵夫人回答，「您忘了，您給我的那筆錢，對一個從現在起會有相當長的時間退出世人眼前的可憐女人來說，已經是太多了。」

德布雷一時感到有些驚愕，但很快地恢復常態。他鞠了個躬，似乎是在說：「那就隨您的意吧！」

鄧格拉斯夫人在這以前也許還存有某些期待。但是，當她看到德布雷剛才那種漫不經心的鞠躬，看到他的目光，以及伴隨著意味深長的沉默，她毅然地抬起頭，打開門，既不憤怒，也不發抖，同時毫不猶豫地衝下了樓梯，甚至不屑於對這個就如此與她分手的男人說最後一聲再見。

「哎呀！」德布雷等她走了以後說，「這些還算是不錯的方法，她可以待在家裡看看小說。雖然，她不能再去交易所，可照樣能在家裡玩牌的。」

說完，他拿著小本子，很仔細地把剛才付出去的那筆款項劃掉。

「我還剩下一百零六萬法郎。」他說，「多可惜啊，德．維爾福小姐死了！要不然，她在各方面都與我很相配，而我本來可以娶她的。」

跟往常一樣，他很冷靜地等鄧格拉斯夫人走了二十分鐘以後，才決定動身離去。在這二十分鐘裡，德布雷都在算帳，旁邊放著他的懷錶。

阿斯莫代[40]這個魔鬼的角色，要不是勒薩日先把他寫進了他的大作，其他想像力豐富的作家也是有機會把他塑造出來的。此刻，要是這位喜歡掀開屋頂偷窺裡面的阿斯莫代在德布雷算帳時，掀開聖日爾曼草場街這座小旅館的屋頂，他一定會看到一幕很奇特的場景。德布雷跟鄧格拉斯夫人平分兩百五十萬法郎時所在的房間樓上，有一個房裡也住著我們的兩位熟人。他們在前面的故事中扮演著相當重要的角色，因此，我們對於能在這裡見到他們，還是很感興趣的。

這個房間裡住著美茜蒂絲和艾伯特。幾天來，美茜蒂絲的模樣改變了很多。並不是因為她穿得很樸素，以至於我們第一眼認不出她來。其實，即使在她非常富裕的時候，

40 Amodeus，勒薩日的小說《瘸腿魔鬼》中的主人公，即瘸腳魔鬼。一個大學生無意中闖進法師的房間，把這個魔鬼從瓶子裡放了出來，它就帶著大學生飛到上空，揭開屋頂讓他看到一幢幢房子裡發生的事情。

她也從來不用驕奢的排場來炫耀自己的身分和地位。也不是因為她落到如此失意的狀態，無法隱藏其悲戚的樣貌。不是的，美茜蒂絲的模樣變了，是因為她的眼睛不再有光彩，她的嘴唇不再有微笑。最後還因為她原本流暢而機智的談吐，現在已經變得常常欲言又止了。

貧困並沒有擊垮美茜蒂絲的意志。她也沒有因窮苦而消沉。只不過，儘管是美茜蒂絲自願捨棄優裕的生活，置身於自己選擇的新環境。但是，就好比一個人驟然間從燈火輝煌的客廳來到一片黑暗之中；美茜蒂絲則猶如一位女王捨棄王宮住進了一個小茅屋，身邊只有一些最簡單的生活必需品。她必須親手拿到桌上的只是一些粗瓷碗，而且舒適的大床變成了簡陋的小床。這一切，都是她不熟悉的。

確實，美麗的加泰羅尼亞女孩，或者說高貴的伯爵夫人，已經沒有了自豪的眼神和迷人的微笑。因為環顧四周，滿目寒磣——房間的牆壁上貼著灰色的壁紙，精打細算的房東特意選了這種耐髒的顏色；地上鋪的是方磚；傢俱則是讓人無法把目光從硬充闊氣的寒酸相上移開。總之，所有的物品都在衝擊著一雙看慣優雅氛圍的眼睛。

德．馬瑟夫夫人自從離開她家後，就住在這樣的一個環境裡。周圍無邊無際的寂靜，使她感覺壓抑。她知道艾伯特時時在偷眼看她，想了解她的心境如何。所以，她只好讓嘴角露出一種單調的笑容，但沒有眼睛的笑意所蘊涵的溫柔之光。因此，那笑容看上去就僅是一種月亮的反光——一種沒有溫暖的亮光。

至於艾伯特，他也憂心忡忡，很不自在。因為，奢華生活留下的痕跡，還不時讓他跟當下的生活環境顯得很不協調。他想不戴手套出門，卻發現自己的手太白。想徒步到街上去走走，又覺得自己的靴子太亮。

然而，母子間親情之愛把這兩個高尚、聰明的人緊密地維繫在一起。他們之間不用說一句話，也不用像朋友之間那樣經過摸索和嘗試，就能彼此心靈相通，建立起生活中絕不可少的坦誠關係。而且，即使艾伯特對母親說：「母親，我們沒有錢了。」她聽了臉也不會變色。

美茜蒂絲過去從來沒有真正窮困過。年輕時，她常說自己窮，但是，想要和必要是兩個含義迥然不同的同義詞。住在加泰羅尼亞時，美茜蒂絲想要過許多東西，但她卻從未真的缺少什麼。只要網好，就能捕魚。賣掉了魚，就又有錢買繩子來織網。另外，除了愛情之外，她並不需要友情，這樣就不會擾亂她的日常生活。她只要考慮自己，不必顧慮他人，只須想到自己就夠了。在那個手頭拮据的年代，她還是能應付自如。但是今天，她一無所有，卻要照料兩個人的生活。

冬天近了。美茜蒂絲之前在宅邸裡從前廳到小客廳都是溫暖的，如今在這個毫無設備而已透出寒意的房間裡，卻連個壁爐也沒有。當初她的屋裡像擺滿珍奇花卉的暖房，如今卻連一朵小花也無！

可是，她有個兒子。

在這以前，由責任感所激起的亢奮狀態，始終在支撐著他們。亢奮是和激情相近的；而激情往往能使人忘卻塵世間的事物。但是，當激情熄滅後，就必須從夢幻中回到現實。理想耗盡之後，就必須面對實際的問題了。

「母親，」就在鄧格拉斯夫人走下樓的同時，艾伯特說，「我們來算算還有多少錢好嗎？我需要把這筆總數規劃一下。」

「總數是零。」美茜蒂絲苦笑說。

「不是的，母親。首先，總數是三千法郎，我打算用這三千法郎，把我們的生活弄得像樣些。」

「我的孩子！」美茜蒂絲嘆著氣說。

「唉！我的好母親，」年輕人說，「可惜過去我花了您那麼多的錢，今天才知道它的價值。三千法郎，您看，是一大筆錢呢。我要用這筆錢創造一個永遠充滿安寧的奇蹟般未來。」

「話是這麼說，我的朋友，」可憐的母親接著說，「可是，您真的以為我們該接受這三千法郎嗎？」美茜蒂絲紅著臉說。

「我以為，這是說定的。」艾伯特語氣很堅決地說，「因為我們正缺錢用，更應該接受這筆錢。您知道，這筆錢就埋在馬賽的梅朗小路上那座小樓的花園裡。而且，有兩百法郎，我們就可以到馬賽了。」

「兩百法郎！」美茜蒂絲說，「您真這麼想嗎，艾伯特？」

「喔！說到這一點，我有先到公共驛車站和輪船公司詢問訊息，也事先合計過了。您可以預定一輛雙人驛車先到夏隆。您看，母親，我給您的待遇就跟女王一樣，這筆車費是三十五法郎。」

艾伯特拿起一支筆，寫了起來：

雙人驛車……………………………三十五法郎
從夏隆到里昂，坐輪船………………六法郎
從里昂到阿維尼翁，仍坐輪船…………十六法郎
從阿維尼翁到馬賽……………………七法郎
沿途費用……………………………五十法郎
總計……………………………一百一十四法郎

「就算二百吧，」艾伯特笑著說，「您看，我手頭挺寬裕的，是嗎，母親？」

「可您呢，我可憐的孩子？」

「我？您沒看見我還為自己留了八十法郎嗎？母親，年輕人是不用太舒適的。再說，我知道出門是怎麼回事。」

「可是，那時是乘著驛站快車，還帶著貼身男僕。」

「不管怎麼說，我還是知道的，母親。」

「那好吧，就算是這樣，」美茜蒂絲說，「可是那兩百法郎呢？」

「兩百法郎就在這裡，而且另外還有兩百。喔，我把我的錶賣了一百法郎，錶鏈上的掛件賣了三百。您看我運氣有多好！掛件賣了錶的三倍價錢。它不過就是個華而不實

的東西。所以，我們還算闊綽。您一路上只會花費一百一十四法郎，但卻可以帶著二百五十法郎上路。」

「可是，我們欠的房租呢？」

「三十法郎，但我可以從自己的一百五十法郎裡扣。就這樣說定了。而且，既然我一路上只會花八十法郎，所以您看，我的錢是綽綽有餘的。我另外還有一筆錢。您看這是什麼，母親？」

說完，艾伯特拿出一本搭金鈕的小記事本。那是他留下的一件法式生活紀念品，而且，說不定是哪位來敲那扇小門戴著面紗的神祕女郎含情脈脈的禮物。他從這個小記事本裡抽出一張一千法郎的紙鈔。

「這是什麼？」美茜蒂絲問。

「一千法郎啊。」

「但您是從哪裡得來的？」

「您聽我說，母親，千萬別太激動。」說完，艾伯特站起身，走上前吻了吻母親的雙頰，然後站在那裡凝望著她。

「您不知道，母親，您在我眼裡有多美！」年輕人懷著兒子愛母親的一片深情說，「您真是我所見過的最高貴，而且也最美麗的女子！」

「親愛的孩子，」美茜蒂絲說，她強忍著在眼角往上湧的淚水，但終究沒能忍住。「真的，只要看到您遭受不幸，我對您的愛就變成崇拜。只要有我的兒子在，我就不會不幸的！」

「哦！那現在，」艾伯特說，「就讓考驗開始吧。您知道我們最後決定的事嗎，母親？」

「我們有決定任何事嗎？」美茜蒂絲問。

「是的，我們說好您住在馬賽，而我動身去非洲。在那裡，我不會再用我已經拋棄的姓氏，而將用我現在使用的姓氏。」

美茜蒂絲嘆了口氣。

「還有，母親，昨天我已經加入了北非騎兵軍團。」年輕人低下眼睛說。他感到有些羞愧，這是因為，他自己還不知道他所受的這種屈辱有多麼崇高。「或者說，我因為意識到我的身體是屬於自己的，我可以賣出，所以，昨天我頂替別人入伍。我就像俗話說的那樣，把自己賣了個好價錢。」他勉強笑了笑說，「我沒想到自己還能值這麼多錢——整整兩千法郎。」

「那麼，這一千法郎？」美茜蒂絲渾身打顫地說。

「是總數的一半，母親，另外一半在一年內付清。」

美茜蒂絲用一種無法形容的表情抬起頭來望著上天，還有眼淚，因內心激動而奪眶而出，沿著臉頰淌了下來。

「這是他的血換來的代價！」她喃喃地說。

「是的，如果我戰死的話。」艾伯特笑著說，「但我可以向您保證，母親，我有堅定的決心要好好保護我自己。我求生的欲望從來沒有像現在這樣強烈過。」

「慈悲的上帝啊！」美茜蒂絲說。

「再說，母親，為什麼您認為我一定會被殺死呢？拉莫里西埃[41]，這另一個南方的內伊[42]，有被殺死嗎？尚加尼埃有被殺死嗎？貝多有被殺死嗎？我們都認識的摩萊爾，他有被殺死嗎？請您想想，母親，當您看著我身穿繡金線的制服回來的時，您會有多高興吧！告訴您，我一定會做得很出色。而且，我選擇這個軍團，也是出於自己的意願。」

美茜蒂絲想笑一下，但終究還是嘆了口氣。這位聖徒般的母親覺得自己讓兒子挑起了全部犧牲的擔子，心裡非常難受。

「好了，現在您都明白了，母親！」艾伯特接著說，「這裡有四千多法郎歸您所用。有著這四千法郎，您至少可以生活兩年。」

「您是這麼想嗎？」美茜蒂絲說。

這句話，伯爵夫人是脫口而出的，其語調的悲痛如此真切，艾伯特馬上明白了它的涵義。他覺得自己的心收緊了，拉起母親的手，溫柔地握在自己的掌心裡。

「是的，您會活下去的！」他說。

「我會活下去的！」美茜蒂絲喊道，「您不會離開我了，是嗎，我的孩子？」

41 Lamoriciere（一八〇六—一八六五）及下文中的尚加尼埃（一七九三—一八七七）和貝多（一八〇四—一八六三）都是有名的法國將軍，且都曾參加征服北非阿爾及利亞等地的戰役。

42 Ney（一七六九—一八一五），拿破崙手下的著名元帥，驍勇善戰的傳奇式英雄。

「母親，我必須離開。」艾伯特用一種平靜而堅決的口氣說，「憑您對我的愛，您是不會讓我毫無作為、渾渾噩噩地待在您身邊的。再說，我已經簽約了。」

「您就按照您的心願以及上天的旨意去做吧！」

「不是按照我的心願，母親，而是理智——遵從必要。我們難道不是兩個絕望的人嗎？如今，生命對於您還有什麼意義？沒有了。生命對於我還有什麼意義？哦！要是沒有您，也就沒有多大意義了。母親，請相信這一點，要是沒有您，我可以肯定地說，早在我懷疑父親，拋棄他的姓氏的那一天，我的生命就已經停止了！總之，如果您還允許我抱有希望，那我就會活下去。如果您還願意讓我來為您今後的幸福操心，您就會使我有加倍的力量。

「那麼，我會去見阿爾及利亞的總督。他是一位正直的人，尤其有著軍人的本色。我要把我悲慘的身世告訴他。我要請求他時時對我多加注意。要是他肯承諾注意我的一舉一動，那麼不出六個月，我要不是死在戰場上就是準備當軍官了。如果我當了軍官，您的生活就不用愁了，因為我會有足夠我們生活用的錢。而且，我會有一個使我倆都感到驕傲的新姓氏，那就是您本來的姓。如果我死在戰場上……那麼，親愛的母親，您也就可以死了。到那時，我們的不幸就可以結束了。」

「好的，」美茜蒂絲帶著而富有表情的眼神回答，「您說得有理，我的愛。讓我們向那些注視著我們行動的人證明，我們是值得同情的。」

「讓我們都別去想這些悲傷的事情吧！」年輕人喊道，「我跟您保證，我們是很幸福的，或者會很幸福的。您曾經是一名充滿熱情且堅韌不拔的女子。而我，已經變得對什麼都索然無味也不會動情了。我進了軍隊，就會有錢；您到了鄧蒂斯先生家裡，就會得到安寧的。讓我們試試看吧！我求您了，讓我們努力再次快樂起來吧。」

「好的，我們試試吧。因為您是應該活下去，應該得到幸福的。」美茜蒂絲回答說。

「那麼，我們的財產就這麼分好了，母親。」年輕人裝著輕鬆的樣子說，「我們今天就可以動身。好吧，我該去為您訂位子。」

「那您呢，我親愛的兒子？」

「我還要再待個兩、三天。我們要讓自己習慣於離別。我需要幾封推薦信，也還要了解一些有關非洲的情況。我會到馬賽跟您見面的。」

「好吧，那就這樣，我們可以動身了。」美茜蒂絲一邊說，一邊圍上她從家裡帶出來唯一的披巾，還碰巧是一條很貴重的黑色喀什米爾披巾。

艾伯特匆匆整理好文件，拉鈴叫人來結清欠房東的三十法郎，然後就讓母親挽著他的手臂，沿著樓梯往下走去。

有個人在他們前面下樓。這個人聽見綢裙擦著欄杆的窸窣聲，回過了頭來。

「德布雷先生！」艾伯特喃喃地說。

「是您，馬瑟夫先生！」大臣祕書說，當刻在樓梯上停住腳步。

在德布雷身上，好奇心勝過了隱蔽身分的初衷，再說，人家也已經認出了他。其實，在這個鮮為人知的地點，能碰到這位因之前的不幸遭遇才在巴黎引起轟動的年輕人，是相當奇怪的。

「馬瑟夫先生！」德布雷重複說。

隨後，他在昏暗的光線下看見了德·馬瑟夫夫人還顯得很年輕的儀態和那塊黑面紗。

「喔，對不起，」他微微一笑接著說，「我先走了，艾伯特先生。」

艾伯特知道德布雷在想什麼。

「母親，」他轉過臉去對美茜蒂絲說，「這位是內政部大臣祕書德布雷先生，我以前的一位朋友。」

「什麼以前的？」德布雷囁嚅地說，「您這是什麼意思呢？」

「我這麼說，德布雷先生，」艾伯特接著說，「是因為如今我已經沒有朋友，而且也不應該有朋友了。承蒙您還認得我，我很感激，先生。」

德布雷重新走上兩級樓梯，伸出手去跟對方緊緊地握了一下。

「請您相信，親愛的艾伯特，」他盡可能動情地說，「請您相信，我對您遭遇的不幸是深切的同情，並且願意盡我所能隨時為您效勞。」

「謝謝，先生，」艾伯特笑著說，「在我們的不幸之中，卻還有足夠的錢，不需要請求他人的幫助。我們就要離開巴黎了，而在扣除旅途的費用之後，我們還能剩下五千法郎。」

德布雷的臉上升起了紅暈，他的錢袋裡裝著一百萬。儘管他那精確的頭腦裡的詩意很貧乏，但他還是情不自禁地聯想到，就在不久以前，在這同一棟房子裡有著兩名女子，其中一名蒙受恥辱是咎由自取，她離去時斗篷底下藏著一百五十萬法郎卻還覺得自己窮；另一名，遭到了不公正的打擊，但她在不幸中仍顯得那麼崇高，雖然身邊只有少得可憐的一點錢，卻覺得自己很富足。這個對照使他那種做出來的彬彬有禮態度有點難以為繼。眼前的實例所說明的哲理，使他在精神上垮了。他含糊地說了幾句客套話，就匆匆下樓去了。

這一天，部裡的職員與他的下屬，都成了他的壞脾氣的出氣筒。但當天傍晚，他成了坐落在瑪德萊娜林蔭大道上的一座漂亮別墅的買主，同時還擁有一筆五萬法郎的年金。

次日，當德布雷在房契上簽字的時候，也就在傍晚五點鐘左右，德．馬瑟夫夫人滿懷柔情地擁抱了兒子，也接受兒子充滿溫情的擁抱之後，登上一輛雙座的公共驛車，關上了車門。

在拉菲特運輸行大院的中二樓（辦公樓都有這麼個介於底樓和二樓之間的夾層），有一扇拱形窗戶後面躲著一個人。他看著美茜蒂絲登上驛車，看著馬車轔轔駛去，看著艾伯特慢慢走遠。這時，他舉起一隻手按在布滿疑雲的前額上，說道：「唉！我從這兩個無辜的人手裡奪去的幸福，用什麼辦法才能還給他們！願上帝幫助我吧。」

第一〇七章　獅穴

中央監獄裡有一個專門關押最兇悍、最危險的囚犯的牢區，叫做聖貝爾納牢區。犯人們按他們的行話把它叫做獅穴。這大概是因為裡面的在押犯不僅經常用牙齒咬鐵柵，而且有時也咬獄卒的緣故。這是一座監獄中的監獄。它的牆壁比別處要厚一倍。獄卒每天來檢查鐵柵門的粗鐵條是否完好無損。從這些獄卒如海克力斯般的個頭和冷酷而銳利的目光，就可以看出他們是精選出來，靠著優秀行動力與才智來管轄犯人。

這個牢區的院子裡，四周都圍著高牆。當陽光想要光顧一下這個集精神和肉體醜陋之大成的深淵時，它也只能斜斜地從大牆上面鑽過來。從一大早起，這些被法律卡著脖子俯身在斷頭檯刀口下的人，就愁容滿面、驚恐莫名、臉色蒼白，像幽靈似的在這個院子的石板地上悠蕩著。在這些高牆下面，可以看到犯人們排開貼著牆站著或蹲著。他們有時也三三兩兩地聊天，但更常的是獨自蹲在那裡，眼睛直直地望著鐵門。這扇鐵門有時也會打開，從這悲慘的住處喊一個住客出去，或者，再把社會中的放逐之人拋進來。

聖貝爾納牢區有個專門的會見室。那是一個長方形的房間，由兩道彼此平行的鐵柵欄隔成兩部分。兩道鐵柵欄中間相距三步，以防探監的人跟囚犯握手或者傳東西給他們。這個會見室既陰暗又潮濕，樣子很恐怖，尤其是當您想到曾經有許多令人毛骨悚然的悄悄話從這兩道鐵柵欄中間擦過，把鐵條磨得鏽跡斑斑的時候，就更會不寒而慄了。不過，這個地方雖然很嚇人，但是對那些來日無多的人來說，看起來在某種程度上仍像個天堂。凡是從獅穴出去的，不是被送到聖雅克城門[43]，便是被送去服苦役或關進單間黑牢，例外的情況十分罕見。

在這個我們剛才描述過且散發著陰冷潮氣的牢區裡，有一個年輕人雙手插在上衣口袋中，來回地踱著步。中央監獄的住客們充滿好奇地打量著他。要不是他那件上裝撕破了，本來憑它的款式，是可以讓人把他視為一位高雅的紳士。不過，這件上裝並不舊，而且完好部位布料又細又軟。所以，這件上裝在這名囚犯的撫摸下毫不費事地已經恢復了它原有的光澤——這位年輕人恨不得能把它變成一件新衣服。他同樣小心翼翼地收拾著那件細麻布襯衫。自從他進監牢以來，那件襯衫的顏色已經變了很多。他還拿出一塊在家族大寫字母上端繡有皇冠紋章的手帕，用手帕角擦擦上光的皮靴。

獅穴裡的幾個犯人饒有興趣地看著這位年輕人整飾自己的外表。

「看喔，親王在打扮。」一個竊賊說。

「他生來就長得挺俊俏的，」另一個竊賊說，「要是有把梳子，有點髮蠟，他就能把那些戴白手套的先生都比下去了。」

「他的上裝原先一定是新的，皮靴現在也還是亮晶晶的。我們有這位體面的夥伴，

---

43 Saint-Jaccques，當時巴黎一個處決犯人的刑場。

也夠有面子啦。那些憲兵可真不是東西。他們是眼紅！好好的一身衣服被撕成這個樣子！」

「他看上去還真有點來頭，」另一個說，「穿得挺帥……派頭又好……年紀輕輕就來這裡！喔！真氣派！」

此時，這些可憎讚譽的對象，正走近那扇有個獄卒正把背靠在上面的小門。

「喔，先生，」他說，「請借給我二十法郎，很快就會還您的。跟我打交道，您不會吃虧。您想，我那些親戚的錢，一百萬一百萬地數，比您一銅板一個銅板地數還要來得多。好吧，就借我二十法郎，我求您啦。讓我能買件睡衣。整天穿著這上裝和皮靴，可難過死了！先生，這衣服怎麼能給卡瓦爾坎第親王穿呢！」

那個獄卒把背對著他，聳了聳肩膀。聽到這種讓人忍俊不禁的話，他居然連笑也不笑一下。因為，他聽這種話聽得多了，或者說，他聽來聽去都是這一類的話。

「喔，」安德烈亞說，「您可真是個鐵石心腸的人。我會讓您丟掉飯碗的。」

聽到這話，那獄卒轉過身來，這一次他放聲大笑了起來。這時，囚犯們湊近過來，圍成了一個圈。

「我告訴您，這筆可憐的小錢可以做什麼。」安德烈亞繼續說，「我可以有一套衣服，弄到一個房間，可以接待我每日等待來訪的那位貴客啦。」

「當然！當然！」囚犯們說，「……任誰都看得出他是個體面的人。」

「好啊！那麼您們去借給他二十法郎吧。」獄卒說，他換了個姿勢，用另一邊強壯的肩膀靠在門上，「您們對一個同夥不也有這點義務嗎？」

「我不是這些人的同夥，」年輕人驕傲地說，「請別侮辱我。您沒有這個權利。」

竊賊們看看彼此，輕聲低語了幾句，一場風暴開始在這個擺弄貴族派頭的囚犯頭上聚集。這場風暴與其說是由安德烈亞的話激起的，不如說是由獄卒挑唆的。這個獄卒自信事態鬧大時，他有辦法 quos ego[44]，所以任憑烏雲漸漸聚斂，好讓這個討厭且糾纏不休的傢伙受些教訓，同時也可以給白天冗長的值勤時間添加樂趣。

這些竊賊們已在逼近安德烈亞。有些人在嚷：「鞋子！鞋子！」

這是一種很殘酷的刑罰。這些先生們並不是用普通的破鞋子，而是用一種釘了鐵釘的鞋子，來痛打他們看不順眼的夥伴。還有人提議用「鰻」。這種消遣的辦法是用幾塊手帕包住砂子、小石子，有錢幣的話再放些分量重的硬幣。施刑者把它像連枷似的接連往受刑者的肩膀和腦袋打下去。

「讓我們教訓這個體面的先生！」有些人嚷道。

可是安德烈亞轉身面對他們，眨了眨眼睛，用舌頭鼓起腮幫，靠嘴唇發出一種聲音。這種聲音在迫於形勢不能出聲的強盜中間，抵得上一千個暗號。這是卡德魯斯教他的一個共濟會的暗號。頓時，他們認他是自己人了。手帕包當場摔在地上，而釘了鐵釘的鞋子回到那個為首的傢伙腳下。有好幾個聲音在說，這位先生是有道理的，他想改善

---

44 拉丁文，自己對付。

一下生活，就該讓他這麼做，他會為心智的自由做出榜樣。就這樣，騷亂平息下去了。

那名獄卒簡直是驚詫莫名，馬上抓住安德烈亞，上下搜起身來。在他看來，獅穴裡的這些犯人居然能在瞬時間變得這麼順從，這人光眼神的威懾是做不到的，必定另有高招。安德烈亞任他搜身，但嘴上卻抗議著。突然間，小門外面傳來一聲叫喊。

「貝厄弟妥！」一個巡官喊道。

那名獄卒鬆開了手中的獵物。

「有人喊我？」安德烈亞說。

「到會見室！」那個聲音喊道。

「您看，有人來探視我了。喔，我親愛的先生，您將會看到，卡瓦爾坎第是不能被當作普通人那樣對待的！」

說完，安德烈亞像個黑影似的走進院子，從半開的小鐵門裡快速地躥了出去，把那些犯人和那名獄卒都看得驚嘆不已。

確實有人把他叫到會見室去，不過，他本人並不像旁人那樣感到驚訝。因為，這個工於心計的年輕人自從進了中央監獄後，一直保持著沉默的態度，不像一般人那樣利用允許在押犯寫信的機會到處申訴。

「所有事，」他暗自思忖，「都向我證明，我受著某個有權勢的人的保護。突如其來的好運，輕易使我除去障礙的幫助，一個意料之外的家庭與歸我所有的顯赫姓氏，雨點般向我落來的金錢，還有前程似錦的美滿婚姻。命運裡一個不幸的疏忽，還有我的保護人一時不在，把我扳倒。雖然如此，可不會永遠這樣！一度縮回去的那隻手，在我以為自己要落進萬丈深淵時，會再重新伸出來抓住我的。

「我為何要冒險去做傻事呢？那樣一來說不定反而會引起保護人的反感！他有兩個辦法可以幫我擺脫困境——一個是花錢買通監獄，安排一次神祕的越獄；一個是迫使法官宣判免於起訴。我暫且先別開口，別做出任何舉動，一直等到我確證他完全甩下我不管的時候，再……」

就這樣，安德烈亞擬定了一個可以說算是聰明的計畫。這不幸的年輕人進攻時奮不顧身，防守時也異常厲害。坐牢的劫難，樣樣匱乏的生活，他都曾經歷過。可是天性，或者說是習慣，漸漸地占了上風。安德烈亞忍受不了襤褸、骯髒和饑餓。他開始感到度日如年了。就是在如此心煩意亂的當下，他聽到了巡官喊他到會見室去的聲音。安德烈亞覺得自己的心在愉悅地跳動。預審法官不會來得這麼早；典獄長或醫生也不會來得這麼晚；所以來的必定是個意想不到的人。

安德烈亞被領到會見室的鐵柵欄後面。他滿心好奇地睜大眼睛望過去，望見的卻是貝爾圖喬先生的那張陰鬱但精明的臉。後者此刻也驚訝而憂鬱地望著鐵柵欄、加門的鐵門以及一道一道鐵柵門後面晃動的人影。

「哦！」安德烈亞大為感動地說。

「您好，貝厄弟妥。」貝爾圖喬用深沉而洪亮的嗓音說。

「您？您？」年輕人驚慌地朝四周望著說。

「您不認識我了嗎，不幸的孩子？」貝爾圖喬說。

「別說了……請小聲！」安德烈亞說。他知道這裡的牆壁的聽覺是很靈的。「我的老天，別說得這麼大聲啊！」

「您想跟我單獨談談，」貝爾圖喬說，「是嗎？」

「喔！是的，」安德烈亞說。

「那好吧。」說完，貝爾圖喬一邊把手伸進衣袋，一邊對站在小門窗口後面的那名獄卒做了個手勢。

「請看一下吧。」他說。

「這是什麼東西？」安德烈亞說。

「讓您搬到一個單間，好讓我跟您說話的命令。」

「哦！」安德烈亞說，高興地跳了起來。

緊接著，他馬上在心裡思忖道：「又是那位匿名的保護人做的！他沒忘記我。他想要保密，所以要找個私人的單間談話。我懂了，貝爾圖喬是我的保護人派來的！」

獄卒跟上司商量了一會兒，隨後打開兩扇鐵柵門，把安德烈亞領到二樓的一個面朝院子的房間裡。這間牢房的牆壁是按監獄的規矩用石灰刷白的，在一名囚犯眼裡幾乎是蓬蓽生輝了。而裡面有一個火爐，一張床，一把椅子，一張桌子，簡直可以說是整套奢華的傢俱。

貝爾圖喬在椅子上坐下。安德烈亞往床上一躺。獄卒退了出去。

「現在，」管家說，「您要跟我說些什麼？」

「您呢？」安德烈亞說。

「您先說。」

「喔，不。既然是您來找我，當然您有不少話要對我說了。」

「那麼就這樣吧。您在為非作歹的路上越走越遠，既是偷，又是殺人。」

「算了吧！我要說，如果您把我弄到一個單人房來，就是要對我說這些事情，那就大可不必勞駕了。這些事情我早就知道了。我不知道的是另外一些事情。我們還是說說那些事吧。您是誰派來的？」

「喔！您太性急了，貝厄弟妥先生。」

「是的，但是卻說到重點上。別說廢話了，誰派您來的？」

「沒人。」

「您怎麼會知道我在監獄裡的？」

「一段時間前，我就認出您打扮時髦地騎在馬上，神氣活現地走過香榭麗舍大道。」

「哦，香榭麗舍！喔，是的，我們差不遠了，就像我們在玩鑷子遊戲時說的那樣。香榭麗舍？沒錯，我們談談我的父親吧？」

「那麼我是誰呢？」

「您嗎，先生？……您是我的養父。可是我想，給我十萬法郎讓我在四、五個月裡花用精光的，不是您吧。替我弄個義大利紳士當父親的，不是您吧。讓我踏進社交界，使我應邀到奧特伊去跟全巴黎最出色的人物一起吃飯的，也不是您吧。那次飯桌上還有位檢察官，我沒跟他攀交情真是失策。要不然，他現在對我可有用處了。最後，當我落難，把底洩漏出去後，肯花一、兩百萬來把我保出去的，也不是您吧。算了吧，說啊，可敬的科西嘉先生，說吧！」

「您要我說什麼？」

「讓我來幫幫您。您剛才說到了香榭麗舍大道，我尊敬的養父。」

「嗯？」

「沒錯，香榭麗舍大道上，住著一位非常非常有錢的先生。」

「您在他家裡偷過東西殺過人，是嗎？」

「我想是的。」

「基督山伯爵先生？」

「就像拉辛先生說的，是您把他的名字說出來的。好吧！要不要我像皮克塞雷古[45]先生說的那樣，撲進他的懷裡緊緊地摟住他，對他喊：『我的父親！我的父親！』？」

「別開玩笑！」貝爾圖喬板著臉回答說，「這個名字不是讓人在這裡隨便亂說的，您別太放肆。」

45　Pixerecourt（一七七三—一八四四），法國悲劇作家。

「胡扯！」安德烈亞有點讓貝爾圖喬嚴肅的表情給鎮住了。「為什麼不能說？」

「因為叫這個名字的人是蒙上帝厚愛，不會有您這樣一個壞種。」

「喔！別說得這麼嚇人。」

「要是您不謹慎小心些，那後果才可怕！」

「恫嚇我……我才不怕。我會說出去……」

「您以為您是在跟像您這樣的小丑打交道嗎？」貝爾圖喬說話的口氣非常平靜，眼神中充滿自信。安德烈亞不由得在心裡打了個寒顫。「您以為您是在跟您這種卑賤的苦役犯或是初進社會的毛頭小子打交道嗎？貝厄弟妥，您落在了可怕的手裡，它們已經張開等著好好利用您。您應該好自為之才是。它們暫且尚未動作，可是，只要您膽敢去妨礙它們的行動，它們就會對您嚴懲不貸。」

「我的父親……我要知道誰是我的父親！」執拗的年輕人說，「哪怕要我死也不要緊，我非要知道他是誰。我還怕什麼出醜聞呢？什麼財產，什麼名聲，什麼招牌——照博尚的說法——我什麼都沒有。可是您們這些上流社會的人，儘管您們已經有百萬家產，總怕醜事張揚出去，會使自己遭受損失。說吧，我的父親是誰？」

「我就是來告訴您這件事的。」

「啊！」貝厄弟妥喊道，眼睛裡出現喜悅的光芒。

正在這時，門打開了，獄卒對著貝爾圖喬說：「對不起，先生，預審法官在等著犯人。」

「這是最後一次訊談。」安德烈亞對可敬的管家說，「我希望那個討厭傢伙遇見鬼！」

「我明天再來。」貝爾圖喬說。

「好！」安德烈亞說，「憲兵先生，我聽候您們吩咐。喔！先生，請您留十來個埃居在保管室裡，好讓他們給我買些我需要的東西。」

「我會給的。」貝爾圖喬說。

安德烈亞伸手給他，但貝爾圖喬仍把手插在口袋裡，把幾枚銀幣弄出叮噹的響聲。

「我就是這個意思。」安德烈亞裝出微笑的樣子說。不過，他已經完全被貝爾圖喬那種讓他捉摸不透的鎮靜所懾服了。

「我會不會被騙呢？」他被帶上那輛俗稱「生菜籃子」的長方形鐵籠車時，這麼想道，「咱們等著瞧吧！那麼，明天見！」他轉過身去對貝爾圖喬又說了一句。

「明天見！」管家回答說。

第一〇八章　法官

我們記得，布索尼神父曾單獨跟諾瓦第埃待在瓦朗蒂娜過世的房間裡。他們兩人為年輕女孩守過靈。也許是神父根據教義的規勸，也許是他慈愛的誘導，也許是他富有說服力的話語，使老人恢復了勇氣。因為，自從諾瓦第埃跟神父接觸以後，他從原先充滿絕望的狀況中擺脫了出來，出現一種聽天由命的寧靜神情。這是那些知道他對瓦朗蒂娜感情之深的人都大為驚訝。

德．維爾福先生自從瓦朗蒂娜去世的那天早晨起，就沒有再見到過老人。整幢房子都已經變了樣——他換了個貼身男僕；諾瓦第埃用了個新僕人；德．維爾福夫人的兩名女僕也是新來的。事實上，所有的僕人，連看門人和車伕，都是對這座宅子裡各位主人而言的陌生面孔。這也使這些主人間原本就已經相當冷淡的關係越發變得疏遠了。再說，法庭再過三天就要開庭，維爾福整天把自己關在書房裡，以一種狂熱的姿態準備著卡德魯斯被殺案的訴訟材料。這個案子，跟其他牽涉到基督山伯爵的案子一樣，在巴黎社交界引起了很大的轟動。然而，證據並不怎麼令人信服。因為，主要的證據就是一名奄奄一息的苦役犯死前所寫的一張紙條。這位當年跟被告在苦役監獄裡銬在同一根腳鐐上的同夥，也有可能是出於洩憤或報仇的目的而誣陷他。但是，司法人員的傾向是顯而易見的，檢察官腦子裡已經形成了一個非常明確的概念，那就是貝厄弟妥是有罪的。而他本人則要從這場艱難的勝利中贏得自尊心的滿足，以此來稍稍刺激一下他那顆冰冷的心。

維爾福想把此案做為下次開庭的第一個案子。由於他持續不斷地努力工作，此案的預審作業已告一段落。這一來，他也不得不比以前更少露面，要不然，找他的人一定會蜂擁而至，纏住他要旁聽證。而且，可憐的瓦朗蒂娜落葬只不過是幾天以前的事，這座宅子依舊沉浸在悲哀的氣氛中。這位做父親的所能找到的唯一排遣自己哀傷的辦法，就是埋頭盡自己的職責。所以，這座宅子裡的人看到他如此發憤工作，誰也不會感到驚訝。

在一個星期天，也就是貝爾圖喬第二次去看貝厄弟妥，而且大概把他生父的名字告訴他的第二天，維爾福見過一次他的父親。當時，被工作弄得精疲力竭的檢察官下樓走進後花園。他臉色陰沉，低頭沉浸在一種排遣不開的思緒中。就像塔克文[46]用手杖猛抽長得最高的罌粟花一樣，德·維爾福先生用他的手杖抽著蜀葵枯萎的細莖。小徑兩側這兩排枯謝的蜀葵，猶如是剛過去的季節中曾燦爛綻放的花朵的幽靈。他已經不止一次走到花園的盡頭，也就是我們很熟悉的那扇面朝荒蕪苜蓿地的鐵門。每次他都沿著同一條小徑往回走，而且始終以同樣的姿勢跨著同樣大小的步伐，眼睛下意識地對著房子望著，耳邊能聽見兒子在屋裡玩耍的叫喊聲。愛德華平時白天要去學校，只有星期天和星

46 Tarquin（約西元前五三四—前五〇九），古羅馬王政時代的第七王，以專橫暴虐著稱。

期一才能整天待在母親身邊。

這時，他瞥見諾瓦第埃先生的屋裡有一扇窗子開著。老人讓僕人把他的輪椅推到這扇窗前，因為他想再看一下落日的餘暉。它依然帶著暖意探過頭來，跟已經凋謝的牽牛花和爬滿平臺的五葉地錦紅葉告別。老人的目光正好落在維爾福看不很真切的一個點上。諾瓦第埃的目光中充滿著仇恨、凶殘和焦灼。檢察官馬上離開他走的那條小徑，循著目光的方向以便看清它究竟是落在誰的身上。隨後，他看見德·維爾福夫人正坐在一叢枝葉凋零的椴樹下面看書。但是，她不時放下手中的書，或是給兒子一個微笑，或是把他執拗地從客廳扔到花園裡去的皮球拋還給他。

維爾福的臉色變白了，因為他懂得老人的意思。

諾瓦第埃一直在望著同樣的對象，但突然間，他的視線從妻子移到了丈夫身上。現在，是維爾福本人在承受這令人心悸的目光攻擊。這道目光在變換對象時也變換了其中的含義，但是，它含有威脅的表情卻絲毫沒有改變。

德·維爾福夫人對聚集在她頭頂上的那團怒火一無所知。此刻，她正捧著兒子的球，用手勢要他來讓她吻一下才會把球還他。可是，她等了很久，愛德華就是不肯過去。他大概覺得母親的吻還抵償不了他跑過去受這一吻的麻煩。最後他總算下了決定，從窗口跳到一叢天芥菜和紫苑花中間，滿頭是汗地朝德·維爾福夫人奔去。德·維爾福夫人替他拭去額頭上的汗，在這象牙色且濕漉漉的額頭上吻了一下，然後讓這孩子一手捧球，一手抓著一把糖果奔回去。

維爾福被一種不可抗拒的力量吸引著，猶如被蛇懾服的小鳥一樣，朝屋子走去。他走得越近，諾瓦第埃追隨著他的目光就越向下垂，瞳孔裡的怒火到了像要噴射出去的地步。維爾福只覺得自己整個人，甚至是內心的深處，都被這股怒火所吞噬了。事實上，這道目光所顯露出來的，不僅是一種可怕的威脅，也是一種嚴厲的譴責。接著，諾瓦第埃抬起頭，舉眼望著上天，彷彿是在提醒兒子，他忘記了自己的誓言。

「好吧！先生，」維爾福站在院子裡抬起頭來說，「好吧！請您再耐心等待一天。我說過的話絕對算數。」

諾瓦第埃聽了這句話，似乎平靜了下來，把視線漠然地轉到另一邊去了。維爾福煩躁地解開憋得他透不過氣來的外衣鈕扣，舉起毫無血色的手按在前額，回了書房。

夜晚寒冷而寧靜。整幢房子裡的人都跟平常一樣上床睡了。只有維爾福，他仍跟平時一樣，在別人都在睡著的時候，獨自一直工作到淩晨五點——他又看了一遍前一天晚上預審法官的最新審訊紀錄，查閱了證人的證詞，並且再一次修改了起訴書，使它顯得乾淨俐落，堪稱他生平撰寫過的最雄辯也最精巧的一份起訴書。

第一次開庭日就定在隔天，是星期一。破曉時，維爾福看見微弱而慘澹的晨曦透了進來，藍濛濛的光線照在紙上用紅墨水寫的一行行字上。燭臺發出最後的嘆息聲時，檢察官稍稍睡了一下，但燭火的嗶剝聲又驚醒了他。他醒來時只見手指又濕又紅，像是在血裡浸過似的。他推開窗子——遠處天空上橫貫著一道長長的橘紅色的晨霞，把一排在地平線上勾勒出黑色輪廓的纖細的白楊樹攔腰折成了兩段。掩映在栗樹中的那扇鐵門後面，有一隻雲雀從苜蓿地裡飛向天空，傳來一曲清脆的晨歌。黎明時分濕潤的空氣向維爾福迎面拂來，使他的記憶又清晰了起來。

「就在今天，」他用力地說，「就在今天，司法之劍的執掌者該無情地劈向罪犯了。」

說完，他的視線不由自主地望向諾瓦第埃的窗戶。前一天晚上，他就是在這扇窗子裡見到老人的。窗幔是拉上的。然而，父親的形象非常清晰地浮現在他眼前。所以，他對著關緊的窗戶喃喃地說著話，彷彿窗子還開著，而他又從窗裡見到了那位咄咄逼人的老人似的。

「是的，」他喃喃地說，「是的，您放心吧！」他的頭垂到了胸前，並且，就這麼垂著頭在書房裡轉了幾個圈子，然後，他和衣躺在長沙發上。他這麼做並不是想睡覺，而是想讓被整夜工作的勞累和徹骨的寒意弄得僵硬的四肢變得軟和一些。

漸漸地，整幢房子裡的人都起來了。維爾福從書房裡聽得見那些相繼傳來的聲音，也正是那些聲響構成了這座宅子的生活——房門開進開出的聲音，德·維爾福夫人召喚貼身女僕的拉鈴聲，以及愛德華剛起床時歡樂的叫喊聲，通常像他那個年紀的孩子起床時都會這樣。

維爾福也拉了拉鈴。那名新來的貼身男僕進屋時，隨身帶來了報紙，同時，還送來了一杯巧克力。

「您那是什麼東西？」維爾福問。

「一杯巧克力。」

「我沒要過。是誰這麼想著我的？」

「是夫人，先生。她說您今天在審理那件謀殺案時必須講許多話，所以，您需要吃些東西維持體力。」

說完，男僕把杯子放在最靠近長沙發旁邊的茶几上。這張茶几也跟其他的桌子一樣，上面堆著文件。男僕退了出去。維爾福神情陰鬱地看著杯子片刻，隨後，他神經質地猛然拿起杯子，把裡面的液體一飲而盡。他這個模樣，簡直讓人覺得他恨不得這東西就是致命的毒藥，恨不得自己能以一死來擺脫責任，因為，這種責任對他來說是比死更艱難。喝完後，他站起身，帶著一種會讓人心裡發怵的笑容，在書房裡踱步。這杯巧克力是正常的，德．維爾福先生安然無恙。早餐的時間到了，德．維爾福先生沒去就餐。貼身男僕又進了書房。

「夫人吩咐提醒先生，」他說，「十一點鐘剛敲過，法庭是在十二點開庭。」

「嗯！」維爾福說，「還有呢？」

「夫人已經換好了裝。她都準備好了，想問一下她是不是陪先生一起去。」

「去哪裡？」

「法院。」

「為何要去？」

「夫人說她很想旁聽這次開庭。」

「哼！」維爾福以一種使那名僕人感到害怕的語氣說，「她想去旁聽？」

僕人往後退了一步說：「要是先生想一個人去，我就去告訴夫人。」

維爾福沉默片刻。他用手指按著毫無血色的臉頰，在這蒼白的臉上，黑色的鬍子顯得格外刺眼。

「去告訴夫人，」最後他說，「我有話要跟她說，請她在房間裡等著我。」

「是，先生。」

「去過了就回來就替我刮鬍換裝。」

「馬上就來。」果然，貼身男僕很快又回來了，他替維爾福刮鬍，並幫他換上一身莊重的黑衣服。

等事情都做完以後，他說：「夫人說，她希望先生換好裝馬上就去。」

「我這就去。」

說完，維爾福腋下夾著卷宗，手裡拿著帽子，往妻子的房間走去。到了房門口，他停了一下，用手帕擦了擦沿著死灰色的額頭往下淌的汗珠。接著，他推開門。德·維爾福夫人坐在一張土耳其長沙發上，不耐煩地翻看著報紙和幾本小冊子。這些小冊子，小愛德華還沒等母親有時間去看，就撕成一頁一頁的了。她穿著出門的裝束，帽子擱在一邊的椅子上，戴著長手套。

「哦！您總算來了，先生。」她說話的語氣自然而平靜。「天哪！看您的臉色有多蒼白啊，先生！您又熬了好幾夜吧？剛才您為什麼不跟我們一起用早餐呢？那麼，您帶我去，還是我自己跟愛德華去？」

我們看見了，德．維爾福夫人一連串地提了好幾個問題，想讓維爾福回答。可是，德．維爾福先生只聽她這麼發問，但冷漠與沉默得像一尊雕像。

「愛德華，」維爾福用威嚴的目光盯住孩子說，「到客廳去玩，我要跟您母親說話。」

德．維爾福夫人看見這種冷峻的態度，聽見這種決斷的口吻和奇怪的開場白，不禁打了個寒噤。愛德華抬起頭瞧著母親，他看到她沒有認可德．維爾福先生的命令，便又去砍那些小鉛兵的腦袋了。

「愛德華！」德．維爾福先生粗暴地喊道，把坐在地毯上的孩子嚇了一跳，「您沒聽見嗎？出去！」

這種待遇對這孩子來說是非常罕見的。他站起來，臉色變得慘白，不清楚他是生氣還是害怕。父親走上前去，抓住他的手臂，在他的額上吻了一下。

「去吧，」他說，「我的孩子，去吧！」

愛德華出去了。德．維爾福先生走到房門跟前，把門上了鎖。

「哦，我的上帝！」少婦邊說，邊凝視著丈夫，想看透他心裡在想些什麼。接著，她的臉上綻出一個笑容，但維爾福那張鐵板的臉，使她的笑容在半途上就凝住了。「出什麼事了？」

「夫人，您平時用的毒藥放在哪裡？」檢察官站在妻子與房門中間，直接了當地發問。

德．維爾福夫人此時的感覺，想必就是雲雀看見鳶鷹殺機畢露地在頭頂上盤旋，圈子越非越小時的感覺。德．維爾福夫人臉色由白轉成死灰，從胸口發出一聲既不像叫喊又不像嘆息的嘶啞嗚咽聲。

「先生，」她說，「我……我不懂您的意思。」

說完，正如剛才她驚駭之極時站起身來一樣，此刻，她被第二波更加劇烈的恐怖抓住，不由得又倒在了沙發的靠墊上。

「我是問您，」維爾福聲音極其平靜地繼續往下說，「您用來毒死我岳父德．聖米蘭先生，毒死我的岳母，巴魯瓦和我女兒瓦朗蒂娜的毒藥藏在什麼地方？」

「啊！先生，」德．維爾福夫人雙手合在胸前喊道，「您在說什麼呀？」

「現在不是要您問話，而是要您回答。」

「是回答丈夫還是回答法官？」德．維爾福夫人囁嚅地問。

「回答法官，夫人！回答法官！」

這名女子臉色慘白，目光驚惶，渾身上下抖個不停，看了實在令人心裡發怵。

「啊！先生！」她喃喃地說，「啊！先生！……」除此之外她再也說不出話了。

「您還沒有回答，夫人！」可怕的審問官喊道。

接著，他帶著一個比發怒更使她毛骨悚然的笑容添上一句：「可是，您確實也沒否認！」

她往後縮去。

「您是無法否認的。」維爾福又說，舉起一隻手向她伸過去，彷彿是要以法律的名義去抓住她似的，「您靠著卑鄙無恥的手段做成了一件又一件罪行。可是，您能騙過的只是那些因他們的愛而對您盲目信任的人。自從德．聖米蘭夫人死後，我就知道這座房子裡有人在下毒，而且，德．阿弗裡尼先生提醒過我這一點。

「在巴魯瓦死後，我的懷疑落在了一個人身上，上帝寬恕我！落在了一位天使身上！即使在沒有罪案發生的日子裡，我的心也無時無刻不在警覺地懷疑著。可是，在瓦朗蒂娜死後，我心裡的疑團都解開了。而且不僅是我，夫人，別人也同樣如此。所以，您的罪行，現在已經有兩個人知道，有一些人懷疑，它就要公諸於世了。正如我剛才對您說的，夫人，現在，與您對話的已經不是一名丈夫，而是一位法官！」

少婦用雙手掩住臉。

「啊，先生！」她囁嚅著說，「我求您，不要去相信表面的假象！」

「難道您是個膽小鬼？」維爾福用一種鄙夷不屑的口氣喊道，「也是，我早就注意到，下毒的人都是些懦夫。而您，曾經喪心病狂地親眼看著被您下毒的兩名老人和一個女孩在您面前死去。您，居然也是個膽小鬼？」

「先生！先生！」

「您，」維爾福愈說愈激動了，「曾經一分鐘一分鐘地計算過四個受害者臨終前的時間。曾經那麼周密地制訂出這些惡毒的計畫。曾經那麼精確地配製出這些致命的毒藥。

難道，您竟然是個膽小鬼嗎？您把一切都策劃得那麼周全，但有一件事，就是罪行一旦敗露，您將落得什麼下場，難道您居然忘了算計嗎？喔！那是不可能的。您一定還留著一些比其他毒藥更甜更香、見效更快的毒，好用來逃避您應得的懲罰。我想，您至少是配製過一些的吧？」

德．維爾福夫人絞著自己的雙手，跪倒在地上。

「我知道……我知道，」他說，「您招認了。可是，是在法官面前才招認，是在最後一刻才招認，是在沒辦法再抵賴的時候才招認。這種招認，是不會讓法官對罪犯減輕懲罰的。」

「懲罰？」德．維爾福夫人喊道，「懲罰？先生，您已經說了兩遍了？」

「正是。難道因為您已經犯了四次案，您就以為自己能逃脫懲罰嗎？難道因為您是提起公訴的檢察官的妻子，您就以為懲罰輪不到您頭上嗎？不，夫人，不！只要是下毒的女人，無論她是誰，等待著她的都只能是斷頭臺。正如剛才我對您說的，特別是在這名下毒的女子沒有多為自己留幾滴最有效的毒藥之時。」

德．維爾福夫人發出一聲狂叫，一種可怕的、無法遏制的恐怖的神情布滿了那張變了形的臉。

「喔！不用擔心斷頭臺，夫人。」檢察官說，「我不希望看到您名聲掃地，因為，那樣我也會名聲掃地。不，正好相反，如果您聽清了我的話，您該明白，您是不會死在斷頭臺上的。」

「不，我不明白。您到底想說什麼？」那不幸的女人完全嚇呆了，囁嚅地說。

「我想說，京城首席檢察官的妻子是不會用她的恥辱去玷汙一個潔白無瑕的姓氏，不會讓她的丈夫和孩子都落到聲名狼藉的地步。」

「不會的！哦，不會的！」

「好吧，夫人！這將是您要做的一件好事，而我會為這件好事而感謝您。」

「您感謝我！為了什麼？」

「為了您剛才說的話。」

「我說什麼啦？我都嚇昏了。我什麼都弄不明白，天哪！天哪！」她頭髮蓬亂，嘴角吐著泡沫，站起身來。

「夫人，您已經回答了我剛進門時提的那個問題。您平時用的毒藥放在哪裡，夫人？」

德．維爾福夫人朝天舉起雙臂，兩隻手痙攣地緊握在一起。

「不，不，」她大聲喊道，「不，您不會希望看到這個的！」

「我所不希望看到的，夫人，是您在斷頭臺上喪命，您明白了嗎？」維爾福回答。

「哦！先生，發發慈悲吧！」

「我所希望看到的，是正義得到伸張。我生在人世，就是為了對惡人施行懲罰，夫人，」他目光炯炯地接著說，「對任何別的女人，哪怕她是王后，我都會把她送到劊子手那裡去。可是對您，我是會寬容的。對您，我說的是，夫人，您是不是還保存著幾滴口味最甜、見效最快、藥力最可靠的毒藥呢？」

「哦，饒了我吧，先生，給我留一條命吧！」

「您是個膽小鬼！」維爾福說。

「想想吧，我是您的妻子！」

「您是個下毒的女人！」

「看在老天爺的分上！」

「不！」

「看在您曾經給過我的愛情的分上！」

「不，不！」

「看在我們的孩子的分上！哦！為了我們的孩子，請給我留一條命吧！」

「不，不，不！我對您說，要是我留下您一條命，說不定哪天，您也會像對其他人那樣地毒死他的。」

「毒死我的兒子？」失去理智的母親向維爾福撲過去喊道，「我？毒死我的愛德華？……哈！哈！」

她話未說完，發出一陣魔鬼般淒厲且瘋狂的大笑。這笑聲最後又變成了抽抽噎噎的、嘶啞的喘氣聲。德·維爾福夫人倒在了丈夫的腳邊。

維爾福向她逼近。「您好好想想吧，夫人，」他說，「要是我回來時正義還沒有得到伸張，那我就要親口檢舉您，親手逮捕您。」

她嘶啞地喘著氣，虛弱而沮喪地聽著他說。她全身上下只剩眼睛還有著生氣，還蘊蓄著一團可怕的火焰。

「我的話您聽清楚了。」維爾福說，「現在，我要到法庭去宣讀起訴書，要求判一個殺人犯死刑。要是我回來看見您還活著，您今晚就必須睡在巴黎法院的附屬監獄裡了。」

德·維爾福夫人一聲哀嘆，全身癱軟地倒在地毯上。檢察官似乎動了一絲惻隱之心。他望著她的眼神稍稍變得溫和了一些，還微微向她欠了欠身。

「別了，夫人，」他緩緩地說，「別了！」

這聲「別了！」猶如一把致命的刀落在德·維爾福夫人身上。她昏死了過去。

檢察官出去了，出房門時，用鑰匙在鎖眼裡轉了兩圈，把門從外面鎖上。

第一〇九章　開庭

當時，法庭以及上層社會稱之為「貝厄弟妥事件」的這起謀殺案，引起了非常大的轟動。這位假卡瓦爾坎第之名的人，在巴黎輝煌生活了兩、三個月。他曾是巴黎咖啡館的常客，也經常出現在根特林蔭大道和布洛涅森林。所以，他已經結交了一大批熟人。報紙對這名被控告的罪犯，在當苦役犯和混跡上流社會時的兩種截然不同生活情況做了報導。因而，在那些跟安德烈亞·瓦爾坎第親王相識的人中間激起了強烈的好奇心，驅使他們決定不惜冒任何風險也要去看一看坐在被告席上的貝厄弟妥先生——那個殺害銬在同一條腳鐐上同伴的殺人犯。

在許多人眼裡，貝厄弟妥即使不是法律的一個犧牲品，至少也是法律的一件過錯。他們在巴黎見過老卡瓦爾坎第先生，所以大家期待他會再來保護這個名聞遐邇的兒子。有些人從沒聽過他到基督山伯爵府上時，穿的那件奇怪的直領長禮服。因此，他們對這位老貴族軒昂的儀表，紳士的舉止以及世故通達的風度都印象至深。而且，那一位只要不開口說話，也不埋頭算帳，看上去還確實是位高貴的大人物。

至於被告本身，許多人還記得當初見到他時，是那麼友善，那麼英俊，那麼慷慨。所以，他們寧願相信他是被某個仇人算計陷害。畢竟，在上層社會裡，財產愈多，就越容易遭來不知名敵人的惡意與忌妒。於是，人人都趕來旁聽這次的開庭。有的是為了看看熱鬧；有的是為了品頭論足。從早上七點起，鐵門外就排起了隊。開庭前一小時，審判廳裡已經坐滿了享有特權的人。

每逢審理重大案件的日子，在法官入場前，有時甚至在他們入場後也是這樣，審判廳就好像一個客廳，許多熟人因為坐得較近，為了不離開座位，於是就拉開嗓門聊天，或者，因為中間隔著一些來客、律師和法警，因而不得不彼此用手勢打著招呼。

這是秋天裡一個陽光明媚的日子，這種好天氣有時像是特地補償轉瞬即逝或是過於短促的夏天。德．爾福先生清晨見到那些被朝霞染紅的雲層，早就魔幻般地消散了。陽光正明亮地普照著九月末這個和煦的秋日大地。

博尚是無冕之王，因而到處都有他的寶座。此刻，他正東張西望地看著。他看到夏托．勒諾和德布雷剛跟一名法警商量，讓他決定站在他倆背後，而不是站在前面執勤，以免擋住他們的視線。這名可敬的法警嗅出了大臣祕書和百萬富翁身上的味道，因而對這兩位高貴的鄰人優渥有加，甚至答應讓他們去跟博尚攀談，由他代為看好他們的座位。

「看來，」博尚說，「我們都來看我們的朋友了！」

「是啊，可不是！」德布雷回答，「好一個親王！詛咒這些義大利親王們！」

「還是一位讓但丁為他寫系譜的人，甚至可以追溯到《神曲》了！」

「該上絞刑架的貴族。」夏托．勒諾冷冷地說。

「他會被判死刑的，是嗎？」德布雷問博尚。

「我親愛的朋友，我認為這問題該問您才對。您對這類的問題，知道得比我們還清楚。您昨晚有見過大臣嗎？」

「見過。」

「他說了些什麼？」

「說了件會讓您們大吃一驚的事。」

「哦！那就快說吧。我有好久沒聽到這種消息了。」

「好吧，他告訴我，大家都以為貝厄弟妥是個狡詐的老手，是個詭譎的行家，其實，不過是個三流的騙子，一個蹩腳貨色。而且，他死了以後根本不值得做顱相學實驗。」

「胡說！」博尚說，「他演親王還演得很好啊。」

「是啊，因為您厭惡這些不幸的親王，博尚。您恨不得看到他們的醜態。對我則不然，我憑本能就能嗅出誰是真正的紳士。碰到貴族世家，不管它藏在哪裡，我都能像條專門研究紋章的獵犬那樣把它銜出來。」

「這麼說，您是從不相信他的親王頭銜囉？」

「是的，但我相信親王的頭銜，卻不信親王的氣質。」

「不錯啊。」德布雷說，「但是，我仍能肯定地告訴您，他騙過了許多人。我在幾位大臣的府上都見過他。」

「喔，是的！」夏托．勒諾說，「這下，您們的大臣們總算領教過親王了！」

「您剛才那句話很精采。」博尚哈哈大笑地說。

「不過，」德布雷對博尚說，「既然我跟大臣談過，您想必也跟檢察官說過話了？」

「這根本不可能，因為從上星期開始，德．維爾福先生就沒露過面。再說，這也是很自然的事，畢竟他的家族已屢遭不幸，現在又加上他女兒的死因蹊蹺……」

「蹊蹺？您這是什麼意思，博尚？」

「哦！算了吧，您是想裝作內政部對這一切都沒有察覺嗎？」博尚一邊說，一邊把單片眼鏡擱在眼睛上，試著想把它夾住。

「我親愛的先生，」夏托．勒諾說，「請允許我告訴您，要說擺弄單片眼鏡，您可比不上德布雷。德布雷，教教博尚先生吧。」

「等一下，」博尚說，「我沒看錯。」

「什麼？」

「那是她。」

「哪個她？」

「大家都說她離開了的那位。」

「歐仁妮小姐？」夏托．勒諾問，「她已經回來了？」

「不，是她的母親。」

「鄧格拉斯夫人？胡說！這不可能！」夏托．勒諾說，「她女兒離家出走才十天，而且她丈夫破產才三天啊！」

德布雷的臉微微紅了起來，朝博尚所指的方向望去。

「算了吧！」他說，「那是名戴著面紗的女子，一位陌生的夫人，或許是哪位外國公主，也可能是卡瓦爾坎第親王的母親。不過您剛才說到，或者說您正要說到的事，博尚，我倒是很感興趣。」

「我？」

「是的，您說了瓦朗蒂娜的死因蹊蹺。」

「喔！是的，我說過。但是，為什麼德．維爾福夫人沒來呢？」

「可憐的好女士！」德布雷說，「她一定在忙著幫醫院蒸餾藥酒，或者在為自己和朋友配製美容劑了。您知道，據說她每年在這項愛好上要花費兩、三千埃居。其實您說對，德．維爾福夫人為什麼沒來呢？見到她會使我感到很高興的，我喜歡這位夫人。」

「可是我厭惡她。」夏托．勒諾說。

「為什麼？」

「我不知道。我們為什麼愛？又為什麼恨？她讓我覺得不舒服，所以我討厭她。」

「或者就是一種直覺吧。」

「也許是吧。不過，我們還是回到您剛才說的事吧，博尚。」

「好的！您們知道為什麼維爾福府上會接二連三有人過世嗎？」

「接二連三才好。」夏托．勒諾說。

「親愛的朋友，這話出自聖西門[47]的書上吧。」

「可是，這些事是出在德．維爾福先生的府上。我們還是回到主題吧。」

「說到這件事！」德布雷說，「夫人之前才對我詢問過那棟屋子的事。那棟三個月來始終掛著喪幔的宅邸。」

「哪位夫人？」夏托．勒諾問。

「當然是大臣夫人！」

「喔！原諒我，」夏托．勒諾說，「我從未去過大臣府上，都是讓那些親王去的。」

「說真的，您原先只是閃閃發光，現在可說是明亮照人了，男爵。可憐可憐我們吧，否則您就要像另一個朱庇特，把我們都燒死了。」

「我不再說話了。」夏托．勒諾說，「但也求您們行行好，別老是對我說的話找碴。」

「好啦，我們還是往主題說下去吧，博尚。我對您們說了，夫人昨天對我問起這件事。二位若有什麼消息就請告訴我，好讓我可以去跟她報告。」

「好吧！二位，如果說維爾福府上接二連三人有人過世——我喜歡這個詞——那是因為這座屋子裡有個殺人凶手！」

兩位年輕人都打了個冷顫，因為，在他倆的腦子裡也不止一次地有過這個念頭。

47 Saint-Simon（一六七五—一七五五），法國貴族作家，以《回憶錄》多卷著稱。

「誰是殺人凶手？」他們問。

「小愛德華。」

兩名聽眾不禁哈哈大笑，但說話的人卻毫不窘迫地接著往下說：「是的，二位，就是小愛德華，那個與眾不同的孩子。他殺人已經稱得上是高手了。」

「您是開玩笑吧？」

「絕對不是。昨天我雇用了一名從德．維爾福先生府上出來的僕人。此人我明天就要解雇他，因為他食量奇大，一心想把在那裡嚇到不敢吃的東西補回來。好了，現在聽著吧。」

「我們聽著。」

「看起來，似乎是那個親愛的孩子弄到了一瓶麻醉藥。他就三不五時就用那瓶藥水對付他不喜歡的人。首先是他討厭的德．聖米蘭外公、外婆。他給他們倒了三滴那種藥劑──三滴就夠了。然後，是那位正直的巴魯瓦，諾瓦第埃爺爺的老僕人。因為，他有時候要責備那個小搗蛋。小搗蛋也給他倒了三滴那種藥劑。再下來就是可憐的瓦朗蒂娜，她沒罵過他，可是他嫉妒她。於是，他也給她倒了三滴那種藥劑。因此，她也就跟他們一樣死了。」

「您是在對我們說什麼鬼故事啊？」夏托．勒諾說。

「沒錯，」博尚說，「就像是另一個世界的故事，不是嗎？」

「荒唐之至！」德布雷說。

「哦！」博尚說，「您們懷疑我？那好啊，您們可以去問我的僕人，或者說那名就快要不是我的僕人的傢伙好了。那幢屋子的人都是這麼說的。」

「可是那瓶藥劑，它在哪裡？它是什麼東西？」

「那孩子把它藏起來了。」

「可是，他是從哪裡找到的呢？」

「從他母親的實驗室裡。」

「這麼說，他母親的實驗室裡有毒藥？」

「我怎麼會知道？您們像是檢察官，在質問我。我只是在重複我聽到的消息。而且，就像我的消息提供者，我能說的都已經說了。那個可憐的傢伙前一陣嚇得都不敢吃東西了。」

「這真叫人難以置信。」

「不，親愛的朋友，沒什麼難以置信的。您們去年看過黎塞留街的那個男孩，就為了好玩，在他哥哥、姐姐熟睡的時候，把別針刺進他們的耳朵弄死了他們。我們這下一代是很早熟的。」

「算了，博尚，」夏托．勒諾說，「我敢打賭，您對我們說的這個故事，您自己根本就不相信。……我在這裡沒看見基督山伯爵。」

「他不愛湊熱鬧。」德布雷說，「再說，他恐怕未必願意露面，因為他剛被那兩位卡瓦爾坎第騙了一筆錢。看起來是，他倆各自帶著一封偽造的債權信來見他。結果，一個親王的頭銜就騙走了他十萬法郎。」

「順便問一句，德．夏托．勒諾先生，」博尚說，「摩萊爾先生近況如何？」

「天啊，」這位紳士說，「我去他家三次，一次都沒碰到他。不過，他妹妹看起來並不怎麼擔心。她輕鬆地對我說，她也兩、三天沒見過他，可是她確信他一切都好。」

「哦！我想起來了！基督山伯爵是不會到法庭來的。」博尚說。

「為什麼？」

「因為他是這齣戲裡的演員。」

「莫非他也殺了什麼人？」德布雷問。

「不是，正好相反，是有人想要殺他。您們知道，那位德．卡德魯斯先生，是從伯爵府邸離開時，被他的朋友貝厄弟妥殺害的。您們也知道，那件轟動一時的背心是在伯爵家裡找到的。而且，婚約簽字儀式就是被背心裡的那封信破壞的。您們看見那件出名的背心嗎？它正血跡斑斑地放在桌子上當作物證。」

「喔，說得好。」

「噓！二位，法官進來了。我們還是回到各自的位子上吧！」

法庭裡響起一片喧嘩聲。法警對他的兩位被保護人大聲地「嗨！」了一聲，招呼他們快回到座位上去。守門員出現在廳口，用博馬舍時代的守門員已有的尖細嗓音喊道：

「各位，開庭了！」

第一一〇章　起訴書

法官們在一片肅靜中就座，陪審員也紛紛坐下。眾人矚目，甚至可以說眾望所歸的德·維爾福先生，也在高背扶手椅上就座，以平靜的眼神環視四周。每個人都驚訝地望著他嚴肅而冷峻的臉。從這張毫無表情的臉上根本看不出半點做父親的悲痛。大家帶著一種恐怖的感覺，望著這個全然不為人類感情所動的人。

「法警！」庭長說，「帶被告。」

聽到這句話，聽眾席上的氣氛更活躍了，所有人的視線都盯在貝厄弟妥將要進來的那扇門上。不久，門打開，被告出現了。在場的人得到了一個相同的印象，而且每個人都看清了他臉上的表情。

他的臉上，完全沒有那種使心臟停止跳動，使額頭和臉頰變得蒼白的強烈激動情緒的痕跡。他的一隻手優雅地拿著帽子，而另一隻手瀟灑地插在白背心的鈕孔裡。他的手指沒有絲毫顫抖，目光平靜，甚至是明亮。他剛走進大廳，目光就在法官席和聽眾席上掃過，在庭長身上，尤其在檢察官身上停留的時間特別長一些。

在安德烈亞旁邊的是他的律師，這名由法庭指定的律師（因為安德烈亞覺得這種事無關緊要，不想為這種小事多費心），是個淡黃頭髮的年輕人，情緒比被告要激動一百倍，所以，此刻已經滿臉通紅了。

庭長請檢察官宣讀起訴書。正如我們知道的，這份起訴書出自維爾福那枝靈巧且無情的筆下。起訴書篇幅很長，在宣讀的過程中，大家的注意力仍停留在安德烈亞身上。他則以斯巴達人的那種樂觀精神承受著這種負擔。維爾福的起訴書從未寫得像今天這樣生動而雄辯，罪行也被描述得有聲有色。從罪犯的經歷，他的淪落，到少年時代起所犯的罪行間的聯繫，都被分析得絲絲入扣。只有一位像檢察官這樣思想敏銳的人，憑著他的人生經驗以及洞察人心的天賦才能辦到。

安德烈亞對這些相繼提出指控並加在他身上的罪名，根本不在意。德．維爾福先生常常停下來打量他。檢察官一定是想把他常在被告們身上進行的心理研究繼續用在他的身上。然而，檢察官的視線，卻一次也沒能讓他垂下眼睛。終於，起訴書宣讀完了。

「被告，」庭長說，「您的姓名？」

安德烈亞站起來。

「請原諒，庭長先生，」他口齒清晰地說，「依我看，您所要採用的提問程序恕我無法遵命。我要求您對平時的提問程序稍加變通，而且，接下來我就會證實我的要求確實是事出有因。所以，我請求能允許我以另一種順序來回答問題。我仍然會對全部問題都給予答覆的。」

庭長驚訝地望著陪審團；陪審員們則望著檢察官。全場的人都露出一種莫名驚訝的表情。但是，安德烈亞依然不動聲色。

「您的年齡？」庭長問，「這個問題您可以回答吧？」

「我會回答這個問題，其他的也會回答，庭長先生，但要按一定的順序。」

「您的年齡？」法官重問一遍。

「我是二十一歲，或者該說，幾天後會滿二十一歲。因為我出生在一八一七年九月二十七日到二十八日的夜間。」

德．維爾福先生正在做筆記，聽到這個日期抬起了頭。

「您出生在什麼地方？」庭長繼續問。

「在巴黎近郊的奧特伊。」貝厄弟妥回答。

德．維爾福先生第二次抬起頭來看著貝厄弟妥，而且就像看到了梅杜莎的頭似的，臉上變得沒有一點血色。

貝厄弟妥則掏出一塊繡著花邊的細麻布手帕，很瀟灑地輕輕按了按嘴脣。

「您的職業？」庭長問。

「起先是造假幣，」安德烈亞說，語氣十分平靜。「後來就偷東西，最近又殺了人。」

一陣低語聲，或者說一陣憤慨驚詫的聲浪，從整個大廳席捲而過。法官們驚愕地面面相覷；陪審員們沒想到一個體面的人竟然會這麼厚顏無恥。他們都露出非常厭惡的神情。德．維爾福先生用一隻手按在前額上。他的臉剛才毫無血色，此刻又變得通紅滾燙了。突然間，他站起身，神情恍惚地環顧四周——他已經舉止失措了。

「您是在找什麼東西嗎，檢察官先生？」貝厄弟妥帶著最殷勤的笑容問。

德．維爾福先生沒有回答，又重新坐下，或者說是跌倒在他的椅子上。

「被告，您現在願意說出您的姓名嗎？」庭長問，「鑒於您在列舉自己的罪行時那種肆無忌憚的樣子，還有您在陳述時的得意神態，法庭必將以人類道德尊嚴的名義對您嚴懲。您似乎把這些罪行視為榮譽。而您之所以不肯先說出您的名字，也許正是出於這個原因。您是想靠前面的一串頭銜使這個名字聽上去響亮些吧。」

「您真是太神奇了，庭長先生，您完全看穿了我的心思。」貝厄弟妥以最親切的語調、最謙恭的態度說，「我請求您顛倒提問的順序，就是出於這個目的。」

眾人的驚愕到了無以復加的地步。此刻，被告說的話裡，既沒有欺騙，也沒有誇耀。聽眾們感覺到，將有個令人震驚的真相會隨著這不祥的前奏之後被揭露出來。

「好吧！」庭長說，「您的名字？」

「我沒辦法告訴您我的名字，因為我自己也不知道。但是，我知道我父親的名字。我可以把他的名字告訴您。」

一陣疼痛難忍的眩暈，使維爾福感到眼前直冒金星。他用一隻痙攣而顫抖的手下意識地翻動著卷宗，只見酸澀的汗珠一滴接一滴地順著他的臉頰滾落到紙上。

「那就說出您父親的名字吧。」庭長接著說。

寬敞的大廳裡一片寂靜——所有的人都屏息等待著。

「我的父親是名檢察官。」安德烈亞鎮靜地回答。

「檢察官？」庭長驚愕地說，並沒有注意到維爾福臉上的驚慌神情。「檢察官？」

「是的。而且，既然您想知道他的名字，那我就告訴您。他叫德．維爾福！」

在所有的人胸中積壓已久，出於對法庭權威的敬重才克制的氣憤，如同一聲驚雷般地爆發出來。法官們也無意去制止聽眾情緒的發洩。斥責與怒罵，向毫無表情的貝厄弟妥鋪天蓋地湧去。許多人激憤地做著手勢；法警來回地走動著。有一部分聽眾——凡是集會上出了麻煩，起了騷亂，總免不了有這些卑賤的聽眾會上躥下跳地起哄——此刻正拼命對著貝厄弟妥冷笑或傻笑。這種混亂的局面一直延續了五分鐘之久，法官和守門員才使整個法庭重歸平靜。

在剛才那片喧鬧聲中，可以聽見庭長在大聲喊道：「您是在戲弄法庭，被告！您竟然敢當著您的同胞面前立下如此混亂的例子？即使是在世風日下的今天，仍相當荒謬。」

有幾個人急忙跑去癱軟在座位上的德．維爾福先生身邊。他們安慰他，鼓勵他，向他表示關切和同情。整個大廳差不多都安靜下來，只剩少數人仍在竊竊私語。據說有位女士剛才暈了過去，但旁邊的人給她聞了嗅鹽，又清醒過來了。在這場騷亂中，安德烈亞始終轉過臉微笑地面對聽眾。混亂過後，他以一種頗為優雅的姿勢，把一隻手撐在被告席的橡木欄杆上。

「諸位，」他說，「上帝不會容許我起念侮辱法庭，並且在諸位可敬的先生與夫人的面前無理取鬧。他們問我年齡，我說了。他們問我在哪裡出生，我回答了。他們問我名字，我沒法作答，因為我從小就被父母遺棄。但是，雖然我因為沒有名字所以無法回答，我卻能告訴他們我父親的名字。所以，我再重複一遍，我的父親名叫德·維爾福先生，而且我準備好證明這一點。」

在這位年輕人的神態中，有一種能量，一種確信，一種真誠，使喧鬧的大廳頓時安靜了下來。無數的視線齊向檢察官望去，而他則像一具剛遭到雷劈的屍體般，木然不動地待在座位上。

「諸位，」安德烈亞繼續說道，一邊用手勢和聲音要求大家安靜。「對於之前的話，我還欠大家證據與解釋。」

「可是，」庭長氣急敗壞地喊道，「您在預審中說過您叫貝厄弟妥，是個孤兒。您還說您的家鄉在科西嘉。」

「我在預審中說的都是為了應付預審的回答。因為，我不願讓人有機會沖淡或是消除我的話會引發的嚴重反應。這種事是隨時都可能發生的。現在，我向您重複一遍，我在一八一七年九月二十七日到二十八日的夜間出生在奧特伊，是檢察官德·維爾福先生的兒子。現在，您是不是需要了解詳情？我可以提供。我誕生在方丹街二十八號二樓一個掛著紅緞窗幔的房間裡。我父親抱起我，對我母親說我已經死了，用一塊繡有H和N字樣的繈褓把我裹住，帶到花園裡活埋了。」

全場的人眼看被告越說越自信，但德·維爾福先生卻越聽越驚惶，都不由得打起寒顫。

「您是怎麼知道這些詳細情況的?」庭長問。

「請聽我說,庭長先生。那天晚上,正好有人潛入我父親掩埋我的花園。那個人和我父親有不共戴天之仇,長久以來一直伺機要按照科西嘉人的方式向他報仇。那個人藏身在樹叢裡,看見我父親在埋一個箱子,於是,就趁機刺了他一刀。之後,他以為箱子裡藏的是金銀財寶,掘出來一看,發現我還沒斷氣。那個人把我送到了育嬰堂。我在那裡的登記是五十七號。三個月後,他的嫂子從羅利亞諾趕到巴黎來找我。她領養了我,把我當作養子帶回了家。就是這個緣故,我雖然出生在奧特伊,卻在科西嘉長大。」

接下來是片刻的靜默。這是一種絕對的靜默,要不是成千上百個胸膛焦慮的呼吸造成了一種不安的氣氛,真的會讓人覺得整個大廳是空的。

「請繼續說下去。」庭長的聲音響了起來。

「當然,」貝厄弟妥繼續說,「我在這些愛著我的好人身邊,本來是可以過得很幸福。但是,我邪惡的本性扼殺了我養母想澆灌在我心中的種種美德。我走上了歪道,轉到了犯罪之途。於是有一天,我在詛咒上帝把我造得這麼壞,給我一個這麼可憎的命運時,我的養父走過來對我說:『別說褻瀆神明的話,可憐的孩子!因為上帝造您時是並沒有怨怒。罪過是在您的父親,而不是在您。是您的父親讓您註定了要受罪。要是您當初死了,您就會進地獄。即使是上天的奇蹟讓您活下來了,您也註定要受苦!』

「從那之後,我就不再詛咒上帝,而是詛咒我的父親。我之所以會說出那些受到您譴責的話,原因就在這裡,庭長先生。我之所以會做出讓諸位到現在還在感到震驚的羞恥舉動，原因也在這裡。如果這也是一條罪名，那就懲罰我吧。但是，如果我已經說服了您，讓您相信，我從出的那天起，就註定要遭受悲痛、苦澀、淒慘的命運，那就請您憐憫我吧！」

「那您的母親呢？」庭長問。

「我的母親當時以為我死了，她是無罪的。我沒有想去探究我的母親是誰。我不知道她的名字。」

這時，從我們剛才說過的那位女士的周圍人群中，傳來了一聲尖叫，隨後，它又變成了一陣嗚咽聲。這位女士由於神經受到過度的刺激而暈了過去，於是馬上被抬出法庭。在扶她起來時，遮在她臉上的那塊厚面紗被掀了開來，大家認了她是鄧格拉斯夫人。維爾福儘管情緒緊張而沮喪，儘管耳朵裡的嗡嗡聲響個不停，儘管腦子昏亂得像要發瘋，還是認出了她。他站起身來。

「證據！證據！」庭長說，「被告，您要記住，這一連串駭人聽聞的指控，是必須有最確鑿的證據才能成立。」

「證據？」貝厄弟妥笑著說，「證據，您想要證據嗎？」

「是的。」

「好吧！請您看看德．維爾福先生，再來跟我要證據吧。」

所有的人都轉過頭去望著檢察官。他承受不了這麼多雙眼睛盯著他看的重負，搖搖晃晃地走到大廳中央，頭髮蓬亂，臉上布滿指甲抓出的道道血痕。全場響起一片持續很久的驚訝低語聲。

「他們向我要證據，父親，」貝厄弟妥說，「您說我要給他們嗎？」

「不……不，」德．維爾福先生聲音發哽，結結巴巴地說，「不……不用了。」

「什麼，不用了？」庭長喊道，「您這是什麼意思？」

「我的意思是說，」檢察官喊道，「在這致命的打擊下，我再怎麼掙扎也是徒勞，諸位。我看清了，我落在了復仇之神的手裡。不用什麼證據，也沒有那個必要。這位年輕人剛才說的全都是事實！」

一陣令人感到壓抑的陰森靜默，如同自然界的災難來臨前的寂靜，把所有在場的人裹進了如鉛一樣沉重的帷幔裡，使他們一個一個聽得連髮根都豎了起來。

「什麼？德．維爾福先生！」庭長喊道，「您不會聽任幻覺控制您吧？怎麼了？您沒有失去理智吧？我們都能理解，一個如此奇特，如此意想不到，如此可怕的指控，一定是把您的腦子弄糊塗了。唉，請您恢復一下神志吧！」

檢察官搖搖頭。他像發高燒的人那樣，牙齒格格地打顫，但他的臉色卻是死一樣的慘白。

「我沒有喪失理智，先生。」他說，「我僅僅是身體出了毛病，這一點您是不難看出的。這位年輕人剛才指控我的罪名，我都承認。從現在起，我將待在家裡聽候新任檢察官的處置。」

德．維爾福先生以一種沙啞的、幾乎窒息的聲音說出這些話的同時，搖搖晃晃地向大廳的門走去，站在門口的守門員機械式地為他打開了門。

全場的人聽了那番指控，又聽了這番招供，都驚嚇得說不出話來。這場指控與招供，為半個月來轟動巴黎上流社會的真實戲劇安排了一個如此可怕的結局。

「好啊！」博尚說，「現在還會有誰會說這齣戲不合情理！」

「哦！」夏托．勒諾說，「我寧可像德．馬瑟夫先生那樣收場——對準自己開一槍，也要比經歷這場災難舒服一些。」

「再說，他還是必須去死的。」博尚說。

「我啊，有一陣還打算娶他的女兒。」德布雷說，「我的天，幸虧她死了，可憐的女孩！」

「諸位，現在退庭！」庭長說，「本案將移交下一庭審理，並將另行委任檢察官，重新進行預審。」

至於安德烈亞，他依然那麼鎮靜自若，而且更加讓人感興趣了。他由法警押送著退出審判庭時，連這些法警也不由得對他刮目相看。

「我說，您對這件事有什麼看法，老兄？」德布雷問那名法警，一邊往他手裡塞了一個路易。

「根據有些情況，可能會酌量減刑，」這名法警回答說。

第一一一章 贖罪祭禮

德・維爾福先生看見擁擠的人群在他面前閃開了一條路。極度的悲痛會使旁人產生一種敬畏。即使在歷史上最不幸的時代，集聚人群的第一個反應，幾乎都是對蒙受巨大災難的人表示同情。許多人冤死於一場騷亂之中，但是，參加這場騷亂的歹徒，不管他們的罪行有多大，那些在旁聽著他們被宣判死刑的群眾，卻幾乎無人前去侮辱他們。於是，維爾福從聽眾、法警和法官之中穿過，走遠。他雖供認自己有罪，但他的悲痛保護了他。

遇到這種情況，人們往往是憑直覺行動，而不是依理智判斷。在這種情形下，最偉大的詩人就是喊得最有感情、最自然的人。大家能從這聲叫喊中聽出一整段故事。當這聲叫喊的感情是真摯的時候，他們更有理由認為它是崇高的。然而，維爾福離開法院時的那種恍惚迷離的狀態是難以言述的。像是一種極度的亢奮，使他的每條動脈都在搏動，每根神經都在繃緊，每根血管都像在脹裂。在這具受盡折磨之痛的軀體中，每個部位都像在被宰割，這一切也都是難以描繪。

維爾福拖著身體沿著通道往外走，靠的僅是一種習慣。他從肩頭往下拉著檢察官長袍，並不是為了想舒服一些，而是因為肩頭的這件長袍已經成了一種難以忍受的重負，成了一件讓人煎熬的涅索斯毒袍[48]。他踉踉蹌蹌地走到多菲納廣場，看見他的馬車停在那裡。他一邊推醒車伕，一邊自己打開車門，跌坐在車廂的靠墊上，只能用手指指著聖奧諾雷區的方向。車伕駕車出發了。

厄運臨頭，所有的一切都在倒塌，而且都往他的頭上壓下來。它們的重量完全把他壓垮了。他無從得知後果將會怎樣。他無法像冷酷的凶手評論著自己熟知的法律條款那樣，去判斷自己的未來。他心裡想到的是上帝。

「上帝，」他喃喃地說，卻不知道自己在說什麼，「上帝……上帝！」在這場剛降臨的災難後面，他看到的是上帝。

馬車跑得很快，維爾福在靠墊上顛了一下，覺得有件什麼東西頂在背上。他伸手拿到了這件東西，是德．維爾福夫人忘在車廂座背和靠墊間的一把扇子。這把扇子猶如一道閃電掠過夜空，喚醒了他的記憶。維爾福想到了妻子。

「喔！」他喊道，彷彿有一根燒紅的鐵針刺穿了他的心。

在過去的一個小時裡，他的全副心思只想到了自己的罪行。現在，另一件同樣淒慘的事浮現在他的眼前。他的妻子！他才剛嚴厲地審判過她，剛宣判了她的死刑。而她，受著恐懼的煎熬和內疚的噬齧，由於他義正辭嚴的呵斥而感到羞愧難當。她，一名可憐、軟弱的女子，是沒有力量自衛，跟一種專橫且至高無上的權力進行對抗的，所以，

48 希臘神話中人頭馬腿的怪物，他將染上毒血的長袍送給德伊阿尼拉，德伊阿尼拉的丈夫海克力斯穿上這件長袍後，即中毒而死。

此刻的她或許已經準備去死了！

從他要她去死到這時，已經過一個小時了。也許。此刻的她正在回憶自己一件一件罪行，正在祈求上帝的寬恕。也許，她正在寫信哀求德行高潔的丈夫的寬恕——她用生命做為代價的寬恕。

維爾福又悲慟地狂吼一聲。

「哦！」他喊道，「那個女人是因為跟我在一起，才變成罪犯的。是我帶著罪孽的傳染源！她感染到了罪孽，就像有人被傳染了斑疹傷寒、霍亂、鼠疫！……而我卻去懲罰她……我竟敢對她說：『懺悔吧，去死吧！』但是，不！她不能死；她必須活下去……跟我一起。我們可以逃走，離開巴黎，有多遠就走多遠，直到天涯海角。我對她說到斷頭臺！哦，天啊！我竟忘了它也在等著我啊！我怎麼會說出那個字呢？

「是的，我們可以逃走。我會向她坦白一切。我會每天跟她說，我也犯過一樁罪行！……哦，這是怎樣的組合——老虎與蛇——這樣的妻子配上像我這樣的人！她必須活下去，我會用我的惡行去沖淡她的恥辱！」

維爾福把車廂前面的窗戶放下來。「快，再快！」他大喊。他的聲調把車伕嚇得在車座上跳了起來。驚恐萬分的馬匹，飛也似的向宅邸奔去。

「是的，是的，」維爾福看著越來越接近自己的家，反覆地念著，「是的，那個女人必須活下去，她必須懺悔，並且撫養我的兒子。可憐的孩子，在這個遭遇厄運的家裡，他和那個生命力特別頑強的老人，是僅有的倖存者！她愛那孩子，是為了他才做出那些事的。一位母親只要還愛著她的孩子，就不應該對她感到絕望。她會懺悔的，沒有人會知道她是有罪的。

「在我家裡犯下的罪，儘管外面已經議論紛紛，但隨著時間消逝，很快就會被遺忘的。或者，假使有幾個仇人非要記住不可，那好吧，就讓我把他們列在我的殺人名單之上。再多殺一個、兩個、三個，又有什麼關係呢？我的妻小可以帶著錢，遠離這個深淵。她會活下去，既然她傾注全部之愛的兒子會一直待在她身邊，或許她還會幸福的。我該來做一件好事，這樣我的心會得到一些寬慰。」

檢察官鬆了一口氣，感覺到已經有好久沒有呼吸得這麼順暢了。

馬車在宅邸的院子裡停下。維爾福從馬車跳下，看到僕人們見他這麼快回家都露出驚訝之色，但他無法讀懂他們臉上的表情。沒有人對他說話；他們只是像平時那樣立定，讓他從面前經過。他經過諾瓦第埃的房間時，從半開的房門裡瞥見兩個人影，但他沒有心思去過問跟他父親是和誰在一起。他焦急不安地想趕快到另一個地方去。

「沒事，」他走上通往他妻子房間的樓梯時對自己說，「什麼都沒有變。」他隨手把樓梯門先關上。「不能讓任何人來打擾我們。」他說，「我必須能毫無顧忌地對她說話，在她面前認罪，和坦誠……」他走到門前，手觸碰水晶門把，門自行開了。「沒鎖，」他大聲說，「那很好。」

說完，他走進愛德華睡覺的小房間。因為孩子每天早上在學校念書，因此他母親晚上便不肯讓他離開自己的身邊。維爾福一眼就把房間掃視了一遍。

「不在這裡，」他說，「她一定是在臥室裡。」他快步走到臥室門前，發現門鎖著。他停在門外，渾身直發抖。「愛洛伊絲！」他喊道。他好像聽到有傢俱移動的聲音。「愛洛伊絲！」他又喊。

「是誰在外面？」他叫喊之人的聲音回覆。他覺得這聲音比平時要微弱。

「開門！」維爾福喊道，「開門，是我！」可是，儘管他在命令，儘管他的聲音裡充滿著焦慮，門依舊沒有打開。

維爾福一腳把門踹開。在臥室通往內客廳的門邊，德．維爾福夫人站著，臉色慘白，肌肉痙攣，目光嚇人地凝視著他。

「愛洛伊絲！愛洛伊絲！」他說，「怎麼了？說話呀！」

少婦把她僵直發青的手朝他伸去。「已經結束了，先生，」她聲音嘶啞得像要把喉嚨撕裂似的喘著氣說，「您還想要怎麼樣呢？」說完，她直挺挺地倒在了地毯上。

維爾福撲上前去，抓起她的手。這隻手痙攣地握緊著一個金蓋的小玻璃瓶。德．維爾福夫人死了。維爾福驚恐之極地往後退去，一直退到了房門口，眼睛死死地盯在屍體上。

「我的兒子！」他猛然間喊道，「我的兒子在哪裡？愛德華！愛德華！」他往房門外衝去，嘴裡喊道：「愛德華！愛德華！」

他呼喊這個名字的語氣是如此恐慌，使得僕人們都跑了上來。

「我的兒子在哪裡？」維爾福問，「快把他帶離這座屋子，別讓他看見……」

「愛德華少爺不在下面，先生。」貼身男僕回答。

「他一定在花園裡玩，快去找找看！」

「沒有，先生。大約半小時前夫人把他叫上去；愛德華少爺進了夫人的房間後就一直沒下來。」

維爾福額頭直冒冷汗，雙腿直打顫，各種念頭出現在他的腦海裡，好似掛錶裡胡亂轉的齒輪。

「在維爾福夫人的房間？」他喃喃地說，並且慢慢地往回走，一隻手拭著前額，另一隻手扶在護壁板上。要走進那個房間，就會再次看到他不幸妻子的屍體。要呼喊愛德華，就會在這個變成棺材的房間裡引起回聲。要在這裡說話，就必須打破這墳墓的靜穆。維爾福覺得自己的舌頭在喉嚨裡僵住了。

「愛德華，愛德華。」他結結巴巴地說。

孩子沒有回答。如果照僕人的說法，孩子進了母親的房間以後就沒出來過，那麼他會到哪裡去了呢？維爾福往前走了一步。德．維爾福夫人的屍體橫躺在內客廳的門口，而愛德華一定是在內客廳裡面。屍體就像是守護在門口，張得大大的眼睛凝望著一個方向，嘴角帶著一種恐怖而神祕的嘲弄表情。

在屍體後面，從掀起的門簾往裡望，可以看見內客廳的一角有一架豎式鋼琴和一個藍緞面沙發。維爾福往前走了三、四步，看見他的孩子就躺在沙發上。他一定是睡著了。這可憐之人感到一陣無法形容的喜悅湧上心頭，似乎有一線光明，照進了絕望和黑暗的深淵。現在只要跨過那具屍體，走進內客廳抱起孩子，帶著他一起逃走，走得遠遠的就行了。

維爾福不再是文明人了。他只是一隻受了致命傷，連牙齒都咬碎的老虎。他不再怕那個被他預判過的女人，只怕鬼罷了。他連跑幾步，就像是越過一盆燒得通紅的炭火似的，從屍體上面跳過。他抱起孩子，摟他、搖他、喊他，但是孩子沒有一點反應。他把滾燙的嘴唇貼在孩子慘白冰涼的臉頰上；他撫摸著孩子僵直的四肢；他把手按在孩子的心口，這顆心已經不再跳動了。孩子死了。

一張折成四折的紙片，從愛德華的胸口掉了下來。維爾福猶如五雷轟頂，腿一軟就跪倒在地。孩子從他變得麻木的手臂裡滑落，滾到母親的身邊。維爾福拾起紙片，認出那是妻子的筆跡，迫不及待地看了起來。

紙上寫道：

您知道我是個好母親，因為我是為了我的兒子才犯罪的！一個好母親是不能撇下兒子走的！

維爾福無法相信自己的眼睛，也無法相信自己的理智。他用膝蓋向愛德華的屍體爬去，再一次極其細心地檢查了一遍。一隻母獅望著牠死去的幼獅時，就是用這種神情。隨後，從他的胸膛裡爆發出一聲令人撕心裂肺的叫喊。

「上帝！」他喃喃地說，「仍舊是上帝！」

這兩個死人使他感到驚恐至極。這兩具屍體的存在形成了一種孤寂的氛圍，他只覺得恐怖在向他逼近。剛才支撐他的是狂熱和絕望。狂熱能使強壯的人變得力大無比，而絕望則能在極度苦惱的人身上產生一種異乎尋常的勇氣。激勵提坦攀登天界，以及驅使埃阿斯[49]對神祇伸出拳頭的，正是狂熱和絕望。

維爾福不堪痛苦的重負，低下了頭。他從地上站起來，甩了甩被汗水浸濕的頭髮，內心充滿著恐懼。這個從不曾憐憫過別人的人，現在要去找他的父親，找那位老人家。因為，他需要找一個人，可以向他訴說自己的不幸，可以在他身邊痛哭一場。他走下我們很熟悉的那座樓梯，走進諾瓦第埃的房間。當維爾福進屋時，諾瓦第埃正以一名癱瘓老人所能表示出最親熱的態度，聚精會神地在聽布索尼神父說話。這位神父仍然像平時一樣平靜而冷漠。

維爾福看見神父，不由得把一隻手按在額頭上。他記起了奧特伊那次晚宴後的第三天他對神父的拜訪，也記起了瓦朗蒂娜去世當天神父的來訪。

「您在這裡，先生！」他大聲說，「可是您怎麼總像是伴隨著死神一起來的呢？」

布索尼轉身，看見檢察官變樣的面容和眼睛裡露出的凶光，他知道庭審的那齣戲已經收場，但是他當然想不到還有其他的情況。

49　希臘神話中特洛伊戰爭的英雄。

「我曾經來為您女兒的遺體祈禱過。」布索尼回答。

「那您今天又來做什麼？」

「我來對您說，您已經把欠我的債還得差不多了。從現在起，我會向上帝禱告，祈求他也像我一樣就此感到滿足。」

「天啊！」維爾福說著往後退去，臉上露出驚恐萬分的表情，「這不是布索尼神父的聲音！」

「不是。」神父脫下頭套，搖著頭，讓壓緊的黑髮披散開來，垂到他的肩頭，襯托著那張蒼白的臉。

「這是基督山先生的臉！」維爾福神色驚慌地喊道。

「您還不完全對，檢察官先生。您必須再往以前想想。」

「這聲音，這聲音！我是在哪裡第一次聽見這個聲音的？」

「您第一次聽見這聲音是在馬賽，是二十三年前，在您和德．聖米蘭小姐訂婚的那天。在您的紀錄裡好好找找吧。」

「您不是布索尼？……您不是基督山？哦，天啊！您就是那個躲在暗處，毫不留情地非置我於死地不可的仇人！我在馬賽一定做了什麼得罪您的事，哦！災難降臨我身！」

「是的，您現在想對了方向，」伯爵把雙臂交叉在寬闊的胸前說，「想想吧，再找找吧！」

「可是，我到底對您做了什麼？」維爾福大喊。他的神志已經處於錯亂的邊緣，飄蕩在半夢半醒的雲霧中。「我到底對您做了什麼？告訴我吧！說吧！」

「您判了我一種緩慢而可怕的死刑。您害死了我的父親，奪走了我的自由、愛情和幸福！」

「您是什麼人？您是誰？」

「我是被您埋在伊夫堡地牢裡的一個可憐之人的幽靈。當他從墳墓中爬出來時，上帝給了他基督山伯爵的模樣，賜了他鑽石和黃金，並且把他帶到您的面前。」

「啊！我認出您了……我認出您了！」檢察官說，「您是……」

「我是愛德蒙．鄧蒂斯！」

「您是愛德蒙．鄧蒂斯！」檢察官一把抓住伯爵的手腕喊道，「那麼，您跟我走！」說著，他拉著伯爵走上樓去。基督山伯爵不知道發生什麼事，只是驚訝地跟著他。但是，他預感到了某種新的災難。

「看吧！愛德蒙．鄧蒂斯，」他邊說邊把妻子和兒子的屍體指給伯爵看，「看吧！您看呀，您的仇報了吧？」

基督山伯爵看著這令人毛骨悚然的景象，臉色變得慘白。他明白，他剛才已經把報仇的權利用過頭了。他明白，他已經不能再說這句話了——「**上帝是站在我這邊，祂與我同在。**」他帶著一種無法形容的驚恐的表情撲到孩子的屍體上，撥開他的眼睛，按著他的脈搏，然後抱起他衝進瓦朗蒂娜的房間，把門從裡面鎖上。

「我的孩子！」維爾福喊道，「他把我孩子的屍體搶走了！哦！該死！惡徒！不得好死！」

他想跟在基督山伯爵後面衝進去，但是，他猶如置身於夢中，只覺得兩隻腳彷彿生了根，雙眼拼命睜大，就像要從眼眶裡凸出來，手指在胸口往肉裡摳，直到指甲漸漸地被血染紅，太陽穴的血管裡脹滿了滾燙的體液，像是要把過於狹窄的顱蓋頂起，把腦子融進一片烈火中去似的。這種遲滯的狀態持續了好幾分鐘，直到令人驚心動魄的神智錯亂過程完成為止。這時，他大喊一聲，爆發出一陣持續的大笑，逕自往樓下衝去。

一刻鐘以後，瓦朗蒂娜房間的門打開了，基督山伯爵走了出來。他臉色慘白，眼神憂傷，胸口像是透不過氣來似的。這張平時總是那麼平靜、那麼高貴的臉，此刻由於悲痛而神色大變。他的臂彎裡抱著那個已經無法起死回生的孩子。他彎下一條腿跪在地上，虔敬地把他放在他母親身邊，讓他的頭枕在她的胸前。然後，他站起身，走出房間。在樓梯上，他遇到一名僕人。「德·維爾福先生在哪裡？」他問。

僕人沒有作聲，用手向花園的方向指了指。

基督山伯爵走下臺階，朝僕人指的方向走去，只見維爾福被僕人們團團圍在中間。他手裡拿著一把鍬，發狂地挖著地。

「這裡也沒有，」他說，「這裡也沒有。」說著，他又往前面去掘了。

基督山伯爵走近他，用一種幾乎可以說是謙卑的語氣對他低聲說：「先生，您失去了一個兒子，可是……」

維爾福打斷了伯爵的話；他既沒有聽，也聽不懂。

「哦！我會找到他的。」他說，「您說他不在這裡也是白說。我會找到他的，即使要找到末日的審判來臨，我也會找下去。」

基督山伯爵驚恐地往後退去。「喔！」他說，「他瘋了！」

說完，他像是害怕這座詛咒之宅的牆壁會塌下來壓在他身上似的，急忙往外面的街上跑去。這時，他對於自己是否有權做他所做過的一切，他第一次感到懷疑。

「喔！夠了，這樣就夠了，」他說，「快去把最後一個救回來吧。」

回到香榭麗舍大道的府邸時，他遇到摩萊爾在他的客廳裡來回踱著步，沉默得猶如一個幽靈，正在等待上帝指定回墳墓去的時刻來到。

「您準備一下，馬西米蘭，」他微笑著對年輕人說，「我們明天就離開巴黎。」

「您在這裡沒有別的事要做了？」摩萊爾問。

「沒有了，」基督山回答說，「上帝希望我別做得太過分了！」

第一一二章　啟程

最近發生的一連串事件，成了整個巴黎議論的話題。伊曼紐爾和他妻子，此刻就在梅斯萊街的小樓裡以一種自然的驚奇心情談論著馬瑟夫、鄧格拉斯和維爾福這三家人所遭遇的出乎預料與突如其來的災難。馬西米蘭是來看他們的。他跟平常一樣神情木然地聽著他倆談話，或者說，他僅僅是在場而已。

「說真的，」裘莉說，「我們不都幾乎這麼想嗎，伊曼紐爾？這些人如此富有，如此幸福，但昨天，他們卻被成功繁榮拋棄了。因為那些邪惡的精靈——像是佩羅[50]的故事裡中在婚禮或受洗禮時不請自來的惡靈一般——盤旋在他們的頭上，突然間冒出，報復了他們要命的疏忽。」

「多麼慘痛的災難！」伊曼紐爾說。他想到了馬瑟夫和鄧格拉斯。

「多麼難以忍受的痛苦！」裘莉說，她想到了瓦朗蒂娜，但憑著女性的直覺，並沒在她哥哥面前說出這個名字。

「如果說這是上天在懲罰他們，」伊曼紐爾說，「那一定是因為仁慈為懷的上帝在

50 Perrault（一六二八—一七〇三），法國著名童話故事作家。

這些人的過去經歷中找不到可以讓他們減輕懲罰的理由。」

「您這不是在非常輕率地做評斷嗎，伊曼紐爾？」裘莉說，「當我的父親手裡握著槍準備自殺的時候，如果有人像您現在這樣說：『這個人是罪有應得。』這個人豈不是說錯了嗎？」

「沒錯，但是上帝沒有讓我們的父親死去。上帝派了天使在半途上斬斷了正在飛來的死神的翅膀。」

伊曼紐爾的話還沒說完，只聽見鈴聲響了起來。這是看門人通知有客來訪的信號。幾乎就在同時，客廳的門打開了，基督山伯爵出現在門口。兩位年輕人不約而同地發出一聲欣喜的叫喊。馬西米蘭抬起頭來，又垂了下去。

「馬西米蘭先生，」伯爵說。他裝作沒注意到自己的來訪在主人身上引起的不同反應。「我是來找您的。」

「找我？」摩萊爾像從夢中驚醒似的說。

「是的，」基督山說，「我們不是說好了，我會帶您一起走，而且我還提醒過您做好準備的嗎？」

「所以我來了，」馬西米蘭說，「我是來跟他們告別的。」

「您要去哪裡呢，伯爵先生？」裘莉問。

「先去馬賽，夫人。」

「去馬賽？」兩位年輕人齊聲說。

「是的，而且會把您們的哥哥一起帶去。」

「哦！伯爵先生，」裘莉說，「請把他治癒以後再還給我們吧！」

摩萊爾轉過臉去，不想讓人看到自己的臉紅。

「這麼說，您們也看出他很痛苦了？」伯爵說。

「是的，」少婦回答，「我怕他跟我們在一起覺得煩膩了。」

「我會帶他去散散心的。」伯爵說。

「我準備好了，先生，」馬西米蘭說，「別了，我善良的朋友們！別了，伊曼紐爾！別了，裘莉！」

「什麼？別了？」裘莉喊道，「您這麼說走就走，什麼都沒準備，連護照都沒有？」

「時間拖得越長只會增加離別的憂傷，」基督山說，「至於馬西米蘭先生，我相信他一定早就就把東西都準備好了。我事先提醒過他了。」

「護照我有了，旅行箱子也收拾好了。」摩萊爾仍然表情平靜而木然地說。

「很好，」基督山笑著說，「由此可見優秀的軍人做事就是俐落。」

「您們現在就要離開我們？」裘莉說，「馬上就走？您們不能再多待一天，哪怕再多待一個鐘頭了嗎？」

「我的馬車等在門口，夫人。我必須在五天內趕到羅馬。」

「可是馬西米蘭不去羅馬吧？」伊曼紐爾說。

「伯爵想帶我去哪裡，我就去哪裡。」摩萊爾帶著憂鬱的笑容說，「還有一個月，在這個期間我是屬於他的。」

「哦！天啊！他怎麼說這種話呢，伯爵先生？」

「馬西米蘭先生會一路陪著我，」伯爵帶著他能使人安心的親切態度說，「所以，您們不用為您們的哥哥擔心。」

「別了，妹妹！」摩萊爾重複說，「別了，伊曼紐爾！」

「看著他這麼無心的樣子，我的心都要碎了。」裘莉說，「哦！馬西米蘭，馬西米蘭，您一定有事瞞著我們。」

「哦！」基督山說，「您們會看到他恢復精神且高興笑著回來的。」

馬西米蘭對基督山瞥了一眼，眼神蔑視，且幾乎可說是憤怒。

「我們走吧！」伯爵說。

「在您走之前，伯爵先生，」裘莉說，「請讓我對您說，那一天您為我們所做的……」

「夫人，」伯爵拉住她的兩隻手，打斷她的話說，「您要對我說的話，永遠抵不上我從您的眼睛裡看到，您在心裡所想，以及我在心裡感覺到的一切。身為傳奇故事裡的恩人，我本該不辭而別的。可是，我沒法做到這一點。因為，我是一個軟弱且虛榮的人。因為，我的同類濕潤、欣悅而溫柔的目光會使我感到溫暖。現在我要走了，我的自私讓我無法不對您們說一句：『請別忘了我，朋友們，因為您們恐怕再也見不到我了。』」

「再也見不到您了？」伊曼紐爾喊道。兩顆大大的眼淚則沿著裘莉的臉頰淌了下來。「永遠也見不到您了？這麼說，離開我們的不是一個凡人，而是一位神祇。這位神祇在降臨塵世做了好事以後要回到天上去了。」

「別這麼說，」基督山急切地說，「千萬別這麼說，朋友們。神祇是不會做錯事的。祂們想要做到什麼地步就會做到那裡為止。命運不會比他們強，是祂們在掌握著命運。不，我只是個凡人，伊曼紐爾。正像您的話是褻瀆神明一樣，您的讚譽也是不公正的。」

說著，他拉著裘莉的手吻了一下，而裘莉撲進了他的懷抱。他把另一隻手伸給伊曼紐爾。然後，他毅然走出這幢房子，離開這個幸福溫柔的家。他做了個手勢，把木訥寡言、垂頭喪氣的馬西米蘭拉著一起往外走。自從瓦朗蒂娜去世以來，馬西米蘭始終是這個模樣。

「請讓我哥哥重新得到歡樂吧！」裘莉俯在基督山耳邊說。

基督山伯爵握了一下她的手，就跟十一年前在通往老摩萊爾書房的樓梯上握她的手時一模一樣。

「您還能信得過水手辛巴達嗎？」他微笑著問她。

「哦！是的。」

「那好吧，您放心地安睡，把一切都託付給上帝吧。」

正如我們說過的，馬車等在門口。四匹強健的駿馬豎起鬃毛，不耐煩地蹬踏著地面。在臺階前，滿頭大汗的阿里等在那裡，像是才剛趕了長路回來。

「嗯，」伯爵用阿拉伯語問他，「您到那老人家屋裡去過了？」

阿里表示是的。

「您像我吩咐的那樣，把信攤在他面前給他看了？」阿里挪到光線下面，好讓主人看清他的臉，然後，他惟妙惟肖地模仿著老人的表情，像老人要說「是的」時候那樣閉起眼睛。

「好，他答應了，」基督山說，「我們走吧！」

他的話剛說完，馬車已經往前駛去，馬蹄在石子路上濺起夾著塵埃的火星。馬西米蘭一聲不吭地坐在車廂的角落裡。半小時過去了，旅行馬車驟然停下，因為伯爵剛拉了一下繫在阿里手指上的細絲線。努比亞黑奴跳下馬車，打開車門。

星星在夜空中閃爍。他們此刻位於維勒瑞夫[51]的坡地高處，居高往下看去，巴黎像一片黑沉沉的海，數以百萬計的點點燈火猶如波濤上閃爍的磷光。那些確實是波濤，比呼嘯的海洋更喧鬧、更奔放、更活躍、更狂暴、更貪婪，也跟浩瀚大海的波濤一樣，永遠不知平息，永遠澎湃激蕩、捲起浪花且吞噬一切！

伯爵獨自佇立在那裡，阿里順著他手勢的意思，把車停在前面幾步遠的地方。這時伯爵交叉起雙臂久久地凝視著這座偉大的城市。當他敏銳的目光停留在這座曾使宗教狂熱者、唯物主義者和憤世嫉俗者能同樣地沉思的現代巴比倫城時，他低頭合攏雙手，像在祈禱似的喃喃說：「偉大的城市，我闖進您的大門還不到半年。我相信是上帝的智慧指引我到這裡來的，然後，祂又勝利地把我從這裡帶走。我為何要進入您城牆裡的祕

51 Villejuif，位於巴黎東南方的小城。

密，只向上帝吐露過，因為只有祂才能洞察我的心靈。只有他，知道我此刻離去時既無怨恨亦無驕矜，卻仍有遺憾。只有祂，知道我從來不曾為一己的私欲或出於無謂的動機濫用過祂交給我的權力。

「哦，偉大的城市！我在您跳動的胸膛裡找到了我要尋找的東西。我像一名很有耐性的礦工，在您的胸膛裡挖掘，為的是剷除那裡面的毒瘤。現在，我的事情做完了，我的使命完成了。現在，您已經不能再給我歡樂或痛苦了。別了，巴黎！別了！」

他的目光，依然像夜間的精靈，在廣闊的平原上流連著。之後，他把一隻手按在額頭上，登上馬車，門隨即關上，不久後，馬車就消失在高坡的另一側，只留下一片飛揚的塵土和車輪的滾動聲。

車子行駛了兩里格路，兩人始終沒說一句話。摩萊爾在沉思，基督山伯爵在看著他。

「摩萊爾先生，」最後伯爵說道，「您後悔跟我離開嗎？」

「不，伯爵先生。可是離開巴黎……」

「如果我覺得幸福在巴黎等著您的話，摩萊爾先生，我當然會讓您留在那裡的。」

「瓦朗蒂娜安息在巴黎，離開巴黎，我就又一次失去了她。」

「馬西米蘭先生，」伯爵說，「我們失去的朋友並沒有安息在地下，他們珍藏在我們的心間。上帝這樣的安排是為了讓他們能永遠陪伴著我們。我有兩位像這樣永遠陪伴著我的朋友——其中一位給了我生命，而另一位給了我智慧。他們兩人的精神活在我的身上。我遇到遲疑不決之事，就聽聽他們的說法。如果說我做過一些好事，那都要歸功於他們的勸告。聽聽您的心是怎麼說的吧，摩萊爾先生。問問這個聲音，您該不該老是把這憂愁的臉對著我呢？」

「我的朋友，」馬西米蘭說，「我的心聲充滿著憂傷，它只能給我帶來不幸。」

「這是神經變得衰弱的緣故。這時，您看所有的東西都像隔著一層黑紗。一個人看到的景象是隨心境而變的。您的心境很陰鬱，所以您看到的是個烏雲密布的天空。」

「也許是這樣吧。」馬西米蘭說。說完，他又陷入了沉思。

馬車跑得飛快，讓旅行速度神速。這也正是伯爵的一種能耐。一座一座城鎮猶如幽靈似的落在道路的後方。在初起的秋風中搖曳的大樹，像蓬鬆頭髮的巨人般向他們迎面撲來，剛接近時他們便又急速地向後奔去。第二天早晨，他們到了夏隆，而伯爵的汽艇在那裡等著他們。沒有片刻休息，馬車即刻被拉上甲板；兩位旅客也緊接著上了船。船是艘造型輕巧的快艇，看上去就像印第安人的獨木舟。它的兩個葉輪宛如飛鳥掠過水面時的兩隻翅膀。摩萊爾也陶醉在這種由速度引起的快感中。海風不時拂起他的頭髮，像是要暫且驅散一下他額頭的愁雲。

隨著旅人與巴黎間的距離漸漸拉大，彷彿有一種非常人擁有的安詳從容，如光暈似的圍在伯爵的四周。這情形就像是一個流亡多年的遊子回到了故鄉。不久，耀眼、溫暖、充滿生機的馬賽就呈現在眼前了。馬賽——提爾[52]和迦太基[53]的妹妹——繼她們之後

52 Tyre，歷史上曾盛極一時的地中海沿海城市，今為黎巴嫩的蘇爾。
53 Carthage，古代北非奴隸制國家，在今突尼斯境內。

承接了地中海的制轄權。馬賽在他倆眼裡，是一座隨著時光的流逝卻越加顯得年輕的城市。那座圓塔，那座聖尼古拉要塞，那座皮熱設計的市政廳，還有他們在孩提時代都曾在上面玩耍過的磚砌碼頭，對他們來說都是常年縈繞在記憶中的景象。所以，來到卡納比埃爾街，兩人不約而同地停住了腳步。

一艘海輪正要啟航去阿爾及爾——行李與乘客擠滿了甲板，前來送行的親人和朋友在向遠行的人告別。叫嚷、哭泣、離別總是令人心生惻隱的場景，即使對那些天天見到這種場景的人也是如此。但是，從馬西米蘭踏上碼頭寬闊的石板開始，腦子裡就始終只占據著一個念頭，因此，連這樣喧鬧熙攘的場面也沒能分散他的注意力。

「看啊，」他拉住基督山的手臂說，「就在這裡，當年法老號進港時，我父親就站在這裡。就在這裡，那位被您從死亡和恥辱中拯救出來的好人，一頭撲倒在我的懷裡。我的臉上彷彿還能感覺到他的淚水。當時哭的不只他一人，好多人見到我們也都哭了。」

基督山微微地笑了笑。

「我當時在那裡。」他指給摩萊爾看一條街的轉角。

正當伯爵這麼說著的時候，在他所指的方向，我們聽見了一聲痛苦的呻吟。只見一名女子在向即將啟航之海輪上的一名乘客揮手示意。基督山伯爵凝望著那名戴面紗的女子，要不是這時摩萊爾正往反方向望著海輪的話，他一定會馬上注意到伯爵激動的神情。

「哦！天啊！」摩萊爾喊道，「我沒看錯！那名揮著帽子跟人告別還穿著制服的年輕人就是艾伯特·德·馬瑟夫！」

「是的，」基督山說，「我也認出他了。」

「怎麼會呢？您是朝對面的方向看的。」

伯爵笑了笑，每當他不想回答別人問題的時候，他總是這麼笑。他又往那名戴面紗的女子望去，但她已經在街角消失了。

這時，他轉過身來。「親愛的朋友，」他對馬西米蘭說，「您在這裡沒什麼事要做嗎？」

「我要到父親的墳前去大哭一場。」摩萊爾聲音喑啞地回答。

「那好的，您就去吧。請在那裡等我，我會到那裡跟您碰面的。」

「您要跟我分開？」

「是的，我也有一個心中的聖地要去。」

摩萊爾讓伯爵伸手握了握他的手。隨後，他帶著一種無法描繪的憂鬱的表情搖了搖頭，跟伯爵分手，朝城東方向走去。基督山伯爵目送馬西米蘭走遠，站在原地直到看不見他，才朝梅朗小道的方向走去。

他要去的那棟小樓，讀者想必在本書開頭就已經很熟悉了。那棟小樓依然在悠閒的馬賽人常散步的那條有名小道邊上，掩映在椴樹的濃蔭裡。它的牆上爬滿了大片一大片的葡萄藤，而歷盡滄桑的黝黑乾裂老枝在被南方的驕陽曬得泛黃的石牆上攀緣虬結。兩級因長年踩踏而磨光的石頭臺階，通往一扇正門。它是由三塊木板拼成，儘管拼縫每年都會裂開一次，卻從來沒有被粉刷或油漆過，總是靜靜地等到潮濕天氣來臨時才把這些縫隙漲攏。

小樓雖然破舊卻依然那麼可愛，看上去儘管其貌不揚，卻依然有它動人的風采。它就是鄧蒂斯老爹當年居住的小樓，只不過，老人家只住在低矮的頂樓，現在，伯爵則把整座屋子都給了美茜蒂絲。

基督山伯爵剛才看見從啟航的海船面離去充滿悲傷的女子，走進了這座小樓。就在他走到街上轉角時，她把院子的門關上了，所以，他幾乎剛瞥見她的身影，她便馬上消失不見了。對他來說，這些磨光的石階是當年的老朋友。如何打開這扇舊木門，他比任何人都熟悉——只要用一根大頭鐵釘挑開裡面的門閂就行了。於是，他沒有敲門，沒有出聲，就像一個老朋友，一位住在這裡的主人那樣的走進了院子。

一條磚頭鋪成的小徑，通到一個滿是暖意且陽光明媚的小花園。就在這座小花園裡的一個指定地點，美茜蒂絲找到了伯爵精心保存了二十四年之久的那筆錢。從臨街的正門望進去，就可以看見花園裡前面的幾排樹。基督山伯爵走到門口時，聽見一聲很像啜泣的嘆氣聲。他循聲望去，看見美茜蒂絲正坐在素馨花攀成的綠廊下面低頭哭泣。這些佛吉尼亞素馨長得枝繁葉茂，綻開著紫色細長的花朵。

她撥開面紗，把臉埋在雙手中間。剛才在兒子面前壓抑了很久的悲嘆和抽泣，在她獨自面對蒼天的此刻，都盡情地宣洩了出來。基督山往前走了幾步，細砂在他腳下簌簌作響。美茜蒂絲抬起頭來，看見面前站著一名男子，不由得驚恐喊出聲。

「夫人，」伯爵說，「我已經不能為您帶來幸福，可是我想給您一些安慰。您願意把它們當作是一位朋友對您的安慰嗎？」

「我確實非常不幸，」美茜蒂絲回答，「孤零零地活在世上……我只有一個兒子，可是他也離開我了。」

「他做得很對，夫人。」伯爵說，「他是個心地高尚的青年。他懂得，每個人都應該對國家盡自己的義務——有的貢獻他們的才智，有的給予他們的技藝，有的付出自己的勤勉，有的獻出自己的熱血。要是他一直待在您的身邊，他會感到自己虛度年華，會無法習慣在您的悲哀之中生活的。他會為自己的無能而開始憎恨周圍的一切。但是，在跟厄運的搏鬥中，他會變得高大而強壯。他會把厄運變成好運的。讓他去為您們兩人創造一個美好的未來吧，夫人。我敢向您保證，他會得到非常細心的照顧的。」

「哦！」那可憐的女子哀傷地搖著頭說，「您說的好運，這種我從心底裡祈求上帝賜給他的好運，我是享受不到了。在我身上，在我周圍，一切的一切都破滅了。我已經萬念俱灰，離墳墓不遠。伯爵先生，承蒙您讓我回到了這個曾經使我感覺過幸福的地方——一個人曾經有過幸福之地，也應該是她最後的歸宿。」

「唉！」基督山說，「您這些話，夫人，讓我的心感到苦澀和灼痛，尤其是當我想到您是有理由恨我的時候，就更是如此了。您的一切苦難，都是我造成的。您為什麼要憐憫我，為什麼不譴責我呢？您這樣只有使我感到痛苦。」

「恨您，譴責您，對您，愛德蒙？……您饒恕了我兒子的性命。您原先是立過誓，下過狠心，想要把德．馬瑟夫引為傲的兒子置於死地的，可是，您沒有這麼做。難道我還能恨您，譴責您嗎？哦！看看我吧，難道您能從我的臉上看出半點責備的意思嗎？」

伯爵抬起眼睛，注視著美茜蒂絲。她半直起身體，把雙手伸給他。

「哦！看著我吧，」她繼續以一種無限憂傷的語氣說，「如今我的眼裡已經不再有光彩了。當年愛德蒙．鄧蒂斯在他父親住的頂樓窗口等我，望著我微笑地向他奔去的時光，已經一去不復返了。從那以後，多少痛苦的歲月流逝，在我和那段美好時光中間挖出了一道鴻溝。要我譴責您，愛德蒙，要我恨您，我的朋友？不，我譴責我自己，我恨我自己！哦！我是一個壞女人！」

她把雙手合在胸前，抬眼望著上天喊道：「我受到了懲罰！……我曾經擁有虔誠、純潔和愛情。那三樣使人變成天使的幸福我都有過，而我卻那麼可恥，我居然對上帝感到過懷疑！」

基督山向她走上一步，默默地向她伸出手去。

「不，」她輕輕地縮回自己的手說，「不，我的朋友，請別碰觸我。您寬恕了我，然而，在您所懲罰的那些人中，我卻是罪孽最深重的。他們是出於仇恨、貪欲，或是自私，但我，卻是出於怯懦。他們是各有所求，我卻是因為害怕。不，請別來握我的手。愛德蒙，您想說一些親切溫情的話，我看得出，可是請您別說出來。請您留著它們對另一個人說吧，我，我不配聽到這些話。

「您看……（她完全把自己的臉對著伯爵），您看啊，不幸使我的頭髮變得花白，流過那麼多淚水的眼睛，四周有了發紫的黑圈，皺紋也爬上了額頭。而您，愛德蒙，卻依然那麼年輕、英俊、自信。這是因為您沒有放棄過信仰，因為您沒有失去過毅力，因為您始終信賴著上帝，而上帝也一直在支持著您。我，我是個懦弱的女人。我背棄了上帝，因此上帝也拋棄了我，就是這樣。」

美茜蒂絲淚如雨下。痛苦的回憶讓這名女子心都碎了。

基督山伯爵拿起她的手，恭敬地吻了一下。可是，她感覺到這是一個沒有熱情的吻，彷彿伯爵吻的是一個大理石聖女雕像的手。

「有些人，」她繼續說，「是命中註定只要做錯一件事就得毀掉終生的幸福的。我當時既然以為您死了，那我本來也該去死的；因為，把對您的哀悼永遠藏在心裡又有什麼好處呢？那只能讓一個三十九歲的女人就此變成五十歲。在所有的人中只有我認出了您。認出您以後，我卻只救出了我兒子，這又有什麼用呢？難道我不該把那位儘管罪孽深重，但我已經同意做了他的妻子的人也救出來嗎？可是，我卻讓他死了。

「如今我還能說些什麼呢？上帝啊！我不記得，我不願意去記得，他是為了我才犯下變節背叛的罪行。我用自己卑怯的冷漠，用自己的鄙視，促成了他的死亡！我陪著兒子來到這裡，又有什麼用呢？我現在又失去了他——讓他獨自離去，把他交給了非洲那片恐怖的土地。哦！我要對您說，我曾經是個怯懦的女人。我背棄了我的愛情，所以，就像所有的變節者一樣，我給我周圍的人都帶來了不幸！」

「不，美茜蒂絲，」基督山說，「不，別對自己如此嚴厲。您是名高尚而聖潔的女子，是您的悲痛使我的心卸下武裝。只是，在我背後，仍有著我們肉眼看不見的神，是祂派我來，而且也不允許我已經開始進行的懲罰半途而廢。過去十年來，我天天匍伏在祂的腳下，懇求他為我作證。證明我願為您犧牲自己的生命，犧牲跟我的生命維繫在一起的全部計畫。但是，我可以自傲地告訴您，美茜蒂絲，上帝需要我，所以我沒有死去。請您審視我的過去和現在，請您努力去猜想一下我的未來，看看我究竟是不是上帝的工具吧。

「最可怕的不幸，最巨大的痛苦，被愛我的人所遺棄，遭到不認識我的人的迫害，這些就是我人生的第一個階段。然後，突然間，在囚禁、孤獨、受苦之後，我被重新賦予空氣與自由，而且變成了光彩奪目、不可思議的巨大財富擁有者。假如，我到這時還沒領悟是上帝派我來完成偉大的使命，那我一定是瞎眼了。從那時起，這筆財富對我來說就像一種神聖的託付。從那時起，我就不曾再想過要擁有如您，美茜蒂絲，曾有過的甘美生活。我不曾有過安寧，一刻也沒有。我覺得自己像是毀滅的天使。我也像是那些富有冒險精神的船長一樣，正要面對危險的航行。

「所以，我準備好糧食，將槍炮上膛，擬定各種進攻和防守的計畫。我讓肉體適應最劇烈的運動，讓心靈適應最殘酷的打擊，訓練手臂習慣殺人，訓練眼睛習慣看人受到折磨，訓練嘴巴習慣對著最可怕的場景微笑。曾經是善良純潔、信任別人、豁達大度的我，終於變成有仇必報、城府極深、邪惡，或者說，變成了冷酷無情之人。於是，我開始踏上展現在我面前的旅途。我越過重重障礙，達到了目的，而那些擋我路的人，則會遭遇災難！」

「別說了！」美茜蒂絲說，「別說了，愛德蒙！相信我吧，那個唯一能認出您的人，才是唯一能理解您的。所以，愛德蒙，這名認出了您，而且也能理解您的女子，即使她也曾擋過您的路，也曾像玻璃似的被您踩得粉碎，但她還是崇拜您的，愛德蒙！正像在我和過去之間有了一道鴻溝般，在您和其他的人之間也有了一道鴻溝。一直折磨著我，最使我感到痛苦的事，我承認，就是進行比較。因為，這世上是沒有一個人能跟您相比，沒有一個人能與您相像的。現在，請跟我說聲別了，愛德蒙，讓我們就這樣分手吧。」

「在我離開您以前，您有什麼要求嗎，美茜蒂絲？」基督山問。

「我只有一個要求，愛德蒙，那就是希望我的兒子能夠幸福。」

「請向唯一掌握著人的生命的上帝祈禱。請求祂讓您的兒子免於一死吧。除此之外，他的一切我都會負責的。」

「謝謝您，愛德蒙。」

「可是您呢，美茜蒂絲？」

「我嗎？我什麼也不需要。我活在兩座墳墓之中。一座是愛德蒙．鄧蒂斯的。他早就已經死了，而我愛過他！這句話現在從我褪了色的嘴脣裡說出來已經不動聽了，可是，我的心裡還保存著這個記憶。世界上沒有任何事物能叫我忘記這個心靈深處的回憶。另一座是一個被愛德蒙．鄧蒂斯殺死的男人的。我對他的死並不感到惋惜，但我應該為死者祈禱。」

「您的兒子會幸福的，夫人。」伯爵又說了一次。

「那就是我所能擁有的最大幸福了。」

「可是……那麼……您怎麼辦呢？」

美茜蒂絲憂鬱地笑了笑。

「要是我對您說，我在這裡會像當年的美茜蒂絲一樣地生活，也就是說靠自己的勞力來生活，您是不會相信的。我除了祈禱已經什麼也不會了，可是，我也還不需要去工作。我已經在您告訴我的地方找到了您埋下的錢。別人會打聽我是什麼人，會探問我是做什麼的，他們不知道我是靠什麼為生，可是，這些都沒關係！這件事，只要有上帝、您和我知道就夠了。」

「美茜蒂絲，」伯爵說，「我不是在責備您。但是，您放棄了德．馬瑟夫先生累積起來的全部家產，實在是一種過分的犧牲。因為，其中有一半是靠您治家有方，精心操持才得來的。」

「我知道您要向我建議什麼，可是，我不能接受。愛德蒙，我兒子不會同意的。」

「那麼，在沒有得到艾伯特．德．馬瑟夫先生的同意之前，我不會為您做任何事的。我將會去徵詢他的意見，而且照他的意思去辦。不過，要是他同意了，您也會毫不勉強地仿效他，是嗎？」

「您知道，愛德蒙，我已經是個沒有思想的女人了。我除了決定永遠不做決定之外，已經無法做出別的決定了。上帝把我至於暴風雨裡顛簸搖晃得太厲害，我已經喪失了自由意志。我在他的掌心裡，就像一隻麻雀被老鷹抓在牠的腳爪中。可是，既然我還活著，那就表示祂還不願讓我死。如果祂為我送來援助，那也表示祂願意這麼做，那麼，我會接受它們的。」

「您要注意啊，夫人。」基督山說，「我們崇拜上帝，但不是像您這樣的！上帝希望我們理解祂，希望我們對祂的權力提出異議。正因為這樣，祂才給了我們自由意志。」

「可憐的人啊！」美茜蒂絲喊道，「請別對我這麼說吧！如果我相信上帝會給我自由意志，我還能靠什麼來從絕望中得救呢？」

基督山伯爵的臉稍稍變白了，他低下頭，感覺到自己被這強烈的悲痛壓垮了。

「您不願意和我說聲再見嗎？」他說著向她伸出手去。

「我當然要對您說再見，」美茜蒂絲說，神色莊重地向他指了指天空。「我向您說這兩個字，就是向您表明我還懷著希望。」

美茜蒂絲用她瑟瑟發抖的手在伯爵的手上輕輕地碰了一下，就衝上樓梯，在伯爵的眼裡消失不見了。

基督山伯爵於是慢慢地走出屋子，向碼頭的方向走去。美茜蒂絲雖然站在鄧蒂斯父親的那間小屋窗前，卻沒有看見伯爵在一步一步遠去。

她的目光望向遠處，尋找著載著她兒子駛向浩瀚大海的那艘船。只是，她嘴裡，卻好像不由自主地在輕輕念著：「愛德蒙，愛德蒙，愛德蒙！」

第一一三章 往事

伯爵離開這座屋子時心裡很難過，他把美茜蒂絲留在了那裡，而且可能不會再見到她了。自從小愛德華去世以來，基督山伯爵的心理發生了很大的變化。當他沿著曲折的山坡緩慢地爬上復仇的頂峰之後，他在山坡的另一側看到了疑慮的深谷。事情還不止於此，剛才和美茜蒂絲的談話，喚醒了他心底的許多回憶。他覺得必須跟這些它們戰鬥一番不可。像伯爵這樣性格剛毅的人，是不會長久沉浸在憂鬱的狀態裡。這種狀態，或許可以存在那些平庸之人的身上，但是，卻會毀了一個出類拔萃的人。伯爵心想，如果他找到理由責備自己，那麼，必定是在他的計畫中有了一個失誤。

「我不可能讓自己受騙，」他說，「一定是我沒把過去看清楚。」

「什麼！我難道我真的走錯路了嗎？難道我所確定的目的地，最後竟是一個錯誤？難道只要一個小時，就能證明一名建築師傾注了他全部希望的作品竟是一件無法實現，甚至是褻瀆神明的作品？我不能讓這種想法纏住我，它會把我逼瘋的。我現在感到失望的原因，是因為我對往事缺少清楚的評斷。往事就如同旅途中的景色一般，人走過去了，景色也就淡忘了。我現在的情形，就好比那些在做夢時受傷的人，看到了傷口也感覺到疼痛，可是，就是想不起自己曾經受過傷。

「那麼好吧，您這獲得重生的人，您這奢侈的揮霍者，您這覺醒的睡眠者，您這無所不能的遠見之人，您這無堅不摧的百萬富翁，再去重溫飢餓與痛苦的生活，再次重遊當年由厄運和不幸所造成，使您被絕望擁抱的場景吧。在基督山伯爵想看到鄧蒂斯的這面鏡子上，有太多鑽石、黃金和幸運之光的閃耀。收起這些鑽石和黃金，抹去這些光芒吧。您就從富人變回窮人，從自由之人變回囚犯，從獲得重生之人變回屍體去吧。」

基督山一邊對自己說著這些話，一邊沿著工廠街往前走。二十四年前的某一晚，就是在這條街上，一隊沉默的士兵在把他押送到監獄。街道兩旁這些賞心悅目且充滿生氣的房屋，在那個夜晚是陰暗而沉寂，門窗都緊閉著的。

「它們就是當年的房子，」基督山喃喃地說，「只是當時是在晚上，而今天是在陽光燦爛的白天。是陽光使這一切變得明亮，變得歡喜的。」

他沿著聖洛朗街走到碼頭，往行李寄存處走去——當年他就是在這個地方被帶上船的。一艘有遮陽布篷的遊船正好駛過，基督山伯爵向船主人打了招呼，船主人馬上把船靠了過來，他的急切神情，就好比渡船的船夫攬到一筆好生意時的模樣。

陽光明媚，在這種好天氣乘船航行是一種享受。太陽通紅如火焰般地正往下沉，準備投進海洋歡迎的擁抱中。海洋光滑如水晶，不時被迸出水面的魚激起一圈一圈漣漪。這些魚被看不見的敵人所追趕，因此衝出水面在向外界求援。在天水相接的遠方，可以看見如海鷗般雪白與優雅的漁船和滿載貨物駛向科西嘉或西班牙的商船。儘管天空明朗，船影優美，且沐浴在金色光芒中的景色那麼迷人，伯爵卻裹在披風裡一點一點地回憶起了那次可怕航行的每個細節——加泰羅尼亞漁村裡那盞淒涼而孤單的燈光，乍見伊夫堡猛然意識到自己將被帶到什麼地方的衝擊，想縱身跳海時跟憲兵的搏鬥，以及被制伏後的絕望，還有冰涼的槍口猶如冰環似的頂在太陽穴上的感覺。

漸漸地，猶如被夏日驕陽曝曬下而乾涸的泉水，當秋天的雲層在高處聚斂之際又漸漸地變得濕潤，水一滴一滴地冒出般，基督山伯爵又感覺到當年浸透過愛德蒙・鄧蒂斯心田的苦水，從胸中往外滲透出來。於是，明朗的天空、優雅的船影、燦爛的陽光對他來說都不復存在了。天空像蒙上了黑紗，被稱為伊夫堡的那個黝黑龐然大物使他膽戰心驚，彷彿那是一個死敵的鬼魂突然出現在他的眼前。

他們到了。伯爵下意識地往後退去，一直退到船尾。

船主人卻在用最柔和的聲音對他說：「我們登岸吧，先生。」

基督山伯爵記得，就是在這個地方，就是在這塊岩礁上，那隊士兵把他粗暴地拖上岸，用刺刀頂著他的腰，推著他沿斜坡往上走。當初在鄧蒂斯眼前那麼漫長的路程，如今在基督山伯爵眼裡卻覺得它很短。船槳每划一下，就激起一串水珠四濺的浪花，同時也激起千頭萬緒的往事。

自從七月革命以後，伊夫堡不再關押囚犯，只有緝私隊在這裡設立了一個哨站。一名看守城堡的人在門口迎接遊客，領他們去參觀這座已變成旅遊點的陰森城堡。然而，雖然伯爵事先聽說過這些情況，可是，當他從拱頂下進入城堡，走下漆黑的石梯，當那名嚮導按照他的要求把他帶到地牢裡去的時候，他的臉還是變得冰涼慘白，渾身都是冷汗。

伯爵打聽復辟時代的獄卒還有沒有誰留下，但是，他們不是退休就是改行了。帶他參觀的嚮導是在一八三〇年才來到這裡的。伯爵參觀了他當年的地牢。他再次見到了從窄小氣窗透進來的微弱光線。他的視線停在當年放床的地方，在這張已被搬走的床背後，法利亞神父所掘的地道洞口雖然已經堵上，但依照看上去比較新的那幾塊石頭，仍可以判斷出它的位置。基督山伯爵覺得自己的雙腿發軟，於是拉過一張木凳坐了下來。

「關於這座城堡，除了米拉波[54]被毒死的事件以外，還有些什麼故事嗎？」伯爵問，「這些悲慘的牢房，簡直叫人不敢相信裡面竟然關過人。關於它們有沒有什麼傳說呢？」

「有啊，先生，」嚮導說，「就說這間地牢吧，那位獄卒安東尼老兄就給我說過一個故事。」

基督山伯爵打了個冷顫。這名安東尼就是以前看管他的獄卒。伯爵幾乎已經忘了他的名字和長相，可是，一聽到這個名字，他那張長滿絡腮鬍的臉，以及那件褐色上衣，突然間又栩栩如生地浮現在眼前。就連他身上的那串鑰匙，彷彿也還在耳邊叮噹作響。伯爵轉過頭去，恍惚間覺得在通道的陰影裡又看見了他。嚮導手裡火把的亮光，使通道裡的陰影反而顯得更加濃厚。

54 Mirabeau（一七四九—一七九一），法國資產階級革命時期君主立憲派領袖之一。

「先生想聽我講這個故事嗎？」嚮導問。

「是的，」基督山說，「請說吧。」說著，他把一隻手放在胸前，想按住自己怦怦直跳的心。聽別人敘述自己的往事，使他感到不寒而慄。「請說吧。」他重複道。

「這間地牢裡，」嚮導接著往下說，「很久以前關過一名囚犯，聽說他是個很危險的犯人，而且特別有心計，所以就更加危險了。那時候，這裡還關著另一個犯人，可是那個人一點也不兇狠，他是名可憐的神父，是個瘋子。」

「啊！是的，瘋子，」基督山重複說，「他怎麼個瘋法呢？」

「他老是說，誰給他自由，他就會把幾百萬財寶都給他。」

基督山抬起頭眼睛向上天望，可是他看不到天空——有一堵石壁隔在他和蒼穹之中。伯爵心想，在法利亞神父要把財寶給他們的那些人，和他要給他們的那些財寶中間，也隔著一堵同樣厚的屏障。

「犯人彼此能見面嗎？」基督山問。

「喔！不行，先生，這是明令禁止的。可是，他們躲過獄卒，在兩間地牢之間挖了一條通道。」

「兩人中間，是誰挖的通道呢？」

「喔！當然是那位年輕人囉。」嚮導說，「那位年輕人有心計，人又強壯，而那名可憐的神父年紀老，身體又弱。再說，他那麼瘋瘋癲癲的，也不會有清楚的想法的。」

「這些睜眼的瞎子啊！」基督山喃喃地說。

「不管怎麼說吧，」嚮導繼續說，「那名年輕的犯人挖了一條通道。是用什麼東西挖的呢？誰也不知道。可他硬是挖通了，證據就是現在還能看到的那個痕跡。喏，您看到了嗎？」說著，他將火把湊近牆壁。

「啊！真的沒錯。」伯爵說。他的聲音由於激動而變得喑啞了。

「結果呢，兩名囚犯就可以見面了。他們來往了多久？誰也不知道。不過，後來有一天那個年老的病死了。您猜那個年輕的怎麼了？」嚮導打住話說。

「您說吧。」

「他把死人背到自己的牢房，讓他臉朝牆面躺在自己的床上，然後再回到那間空牢房，堵好洞口，鑽進裝屍體的布袋。您可曾聽到有誰想出這樣的主意嗎？」

基督山伯爵閉上眼睛，頓時又感覺到了那個粗麻袋——上面還留有他調包的那具屍體的冰涼感覺——擦過他臉時的全部印象。

嚮導繼續說：「您看，他的計畫是這樣的，他以為死人就埋在伊夫堡，心想他們不會花錢為囚犯買棺材，所以，他盤算自己能用肩膀頂開泥土爬出來。可不幸的是，城堡有一條規矩打亂了他的計畫——他們不把死人埋掉，而是在死人腳上繫個鉛球，直接往海裡一扔了事。當然，對他也這麼做了。我們這位小夥子從懸崖頂上被拋進了海裡。第二天，那名真正的死人在他的床上被發現了，於是，事情全部暴露出來了。這時，那兩名抬死人的獄卒把一直不敢說的一件事說了出來，原來，那個裝屍袋被扔到半空中時，他們有聽到一聲慘叫，但一落進海裡，那聲音馬上就消失在海水裡了。」

伯爵困難地呼吸著，大顆大顆的汗滴沿著額頭淌下來，焦慮和痛苦揪緊著他的心。

「不！」他喃喃地說，「不！我感覺到的疑慮，意味著我開始忘卻過去。但現在，我的心再度流著血，又變得渴望復仇了。」

「那麼，那名犯人，」他問，「您們就再也沒聽到他的下落嗎？」

「沒有聽過，完全沒有。您也明白，他只有兩種可能，一種是平躺著掉下去。因為他是從五十呎的高處摔下去，所以他肯定當場就死了。」

「您說過他們在他腳上綁了個鉛球，那他大概是豎著往下掉。」

「另一種可能就是豎著掉下去，」嚮導接著說，「那麼，鉛球的重量就會把他往海底拉，結果就是葬身海底。可憐的人！」

「您同情他？」

「可不是，我滿同情他的，雖然他死在海裡也算是死得其所了。」

「您這是什麼意思呢？」

「我的意思是，有風聲說那個可憐人當年是個海軍軍官，是以拿破崙分子的身分被關進來的。」

「真理是偉大的，」伯爵喃喃地自語，「烈火無法燒毀；海水無法淹沒！因此，可憐的水手存活在講述他的故事的人們記憶中。他們在溫暖的家裡講著他的悲慘故事。人們聽到他劃破長空栽進大海去的時候都打起了寒顫。」

隨後，伯爵提高嗓音追問；「他們不知道他的名字嗎？」

「哦！是的，就只知道是叫三十四號。」嚮導說。

「哦，維爾福，維爾福！」基督山輕輕地說，「這一幕應該經常縈繞在您失眠的夜裡吧。」

「您還想繼續參觀嗎，先生？」嚮導問。

「是的，尤其是希望您能但我去看一下那可憐神父的房間。」

「喔！……二十七號。」

「是的，二十七號。」基督山重複說。他彷彿在耳邊聽到了當年他問法利亞神父名字時，對方隔著牆壁大聲回答了他這個號碼的聲音。

「請跟我來，先生。」

「請等一下，」基督山說，「我想對這間牢房再好好地看最後一眼。」

「那正好，」嚮導說，「我忘了帶那間牢房的鑰匙。」

「那您去拿吧。」

「我把火把留給您，先生。」

「不用了，請帶走吧。我在黑暗裡也能看見東西。」

「您就跟三十四號一樣啊。聽人說，他在黑暗裡待久了，就連他的牢房最暗的角落裡的一根針，也能看得清楚。」

「他是花了十四年工夫才練到這種地步的。」伯爵心裡想著。

嚮導帶著火把離開了。伯爵沒說錯。才幾秒鐘，他就能像在大白天一樣地看清周圍所有的東西了。於是，他向四周看了看，這時才算真正認清了他的地牢。

「沒錯，」他說，「這是我常坐的石頭！這是我的肩膀在牆壁上磨出的痕跡！這是有一天我用頭去撞牆時留下的血跡！哦！這些數字，我記得它們！那是有一天我在算父親的年齡所刻下的，為的是想知道我能不能在他還活著時再見到他。我算美茜蒂絲的年齡，為的是想知道我能不能在她還沒嫁人時再見到她。算好以後，我曾經有過一陣子希望。但我沒有把飢餓和變心算進去！」

伯爵的嘴角不由得露出一絲苦笑。剛才就像在夢中一樣，他依稀看到父親在往墓地走去，而美茜蒂絲則在走向結婚的聖壇！在另一面牆上，一行刻在石壁上的字映入了他的眼簾。在暗綠色的牆壁上，這行字白濛濛地顯現了出來。

「我的上帝啊！」基督山念著，「請讓我保存記憶吧！」

「啊，是的，」他喊道，「這是我在最後那段日子裡唯一的祈願。我已經不再祈求自由，我只希望保存記憶，因為我怕自己會發瘋，會忘記那一切。我的上帝！您保存了我的記憶。我什麼都沒忘記。謝謝，謝謝您，我的上帝！」

這時，牆壁上映出了火把的亮光。那名嚮導往下走來。基督山走到他面前。

「請跟我來吧，先生。」那人說。說著，他帶著伯爵，直接從一條地下的走廊，無須返回地面，來到了另一間牢房的門口。

到了這裡，千頭萬緒又湧上了基督山伯爵的心頭。他第一眼看到的就是刻在牆上的子午線，那是法利亞神父用來計算時間用的。隨後，他又看見了那可憐囚犯死在上面的那張床的殘骸。見到這些東西，伯爵心中並沒有湧起在自己牢房時所感覺到的焦慮和愁苦，只覺得自己心裡充滿了溫暖的感謝之情，兩行熱淚從眼眶裡流了下來。

「那名瘋神父，」嚮導說，「就關在這裡。那個年輕的，就是從那裡過來的。（他說著，指給基督山伯爵看那條通道的洞口。這一端的洞口並沒有封住。）從石頭的顏色，」他繼續說，「一位有學問的先生推斷出，那兩名囚犯彼此來往了差不多有十年之久。可憐的人啊，那十年裡他們的日子可不好過呀。」

鄧蒂斯從口袋裡摸出幾枚金路易，遞給這個雖然不認識自己，卻已經第二次對自己表示同情的人。這名嚮導收下了。他還以為這只是幾枚普通的硬幣，可是湊在火把下一看，認出了對方給他的這幾枚金幣的價值。

「先生，」他說，「您弄錯了。」

「怎麼了？」

「您給我的是金幣。」

「我知道。」

「什麼！您知道？」

「是的。」

「您的本意就是給我金幣？」

「是的。」

「那我真的可以收下，不用感到不安？」

「是的。」

響導驚訝地望著基督山伯爵。

「您可以心安理得地收下。」伯爵就像哈姆雷特那樣說。

「先生，」響導不敢相信自己的好運氣，「先生，我實在不明白您為什麼要這麼慷慨大方。」

「這很容易明白，我的朋友。」伯爵說，「我當過水手，所以聽了您的故事也許要比別人更感動一些。」

「那麼，先生，」響導說，「既然您這麼慷慨，我也該回敬您一點東西才行。」

「您要給我什麼呢，我的朋友？貝殼，草編工藝品？謝謝！」

「不，先生，不是的，是跟剛才的故事有關的一樣東西。」

「真的嗎？」伯爵急切地喊道，「什麼東西？」

「請聽我說，」響導說，「是這樣的，一陣子我自己在想，一名囚犯待了十五個年的牢房裡，總會能找到些什麼的，於是我就沿著牆壁開始找了。」

「啊！」基督山喊道。他記起了神父藏東西的兩個地方。

「找呀找的，」響導繼續說，「我發現床頭旁邊的牆壁和壁爐下面敲上去都像空心的。」

「喔，」基督山說，「喔。」

「我撬開石頭，發現……」

「一條繩梯和一些工具？」伯爵喊道。

「您怎麼知道的？」嚮導驚訝地問。

「我不知道，是猜的。」伯爵說，「通常在犯人藏東西的地方會找到的，總是這些東西。」

「沒錯，先生，」嚮導說，「是一條繩梯，還有些工具。」

「它們還在您那裡？」基督山喊道。

「不在了，先生。那幾件東西滿稀奇的，所以就把它們都賣給來參觀的遊客。可是，我還留著一樣東西。」

「什麼東西？」伯爵急不可耐地問道。

「那東西有點像本書，是寫在布條上的。」

「哦！」基督山喊道，「您還留著那本書嗎？」

「我不知道這是不是一本書，」嚮導說，「可是東西我確實留著。」

「快去拿來吧，我的朋友，快去。」伯爵說，「如果那真是我心裡所想的東西，您就放心吧。」

「我跑去拿，先生。」說完，嚮導往外就走。

這時，伯爵虔誠地走去跪在那張殘破的床前——死者已使它變成了一個祭壇。

「哦，我的再生之父，」基督山說，「您給了我自由、知識和財富。您就像那些比我們優越的生靈一樣，有分辨善惡的本事。假使在墳墓深處還能有某些東西跟留在世間的人息息相通，假使人死後靈魂還能流連在我們曾經在深深愛過、受過苦難的地方，那麼，您高尚、深邃、超塵脫俗的靈魂，我懇求您，憑著您給我父親般的愛以及我如兒子般尊敬之心懇求您，請您告訴我一句話，讓我看到一個徵兆，或者給我一點啟示，幫我把心底裡最後這點疑慮也消除了吧。因為，我若不把疑慮轉變成確信，它就會變成悔恨和內疚的。」

伯爵低下頭，合攏雙手。

「拿來了，先生！」一個聲音在背後說。

基督山吃了一驚，回過頭。嚮導把凝聚著法利亞神父淵博學識的布條遞給伯爵。這就是法利亞神父關於義大利王國的那部巨著手稿。

伯爵急忙拿過來，他的目光首先落在題詞上，那上面寫道：

主說，您將拔去龍的牙齒，您將傲然地把獅子踩在腳下。

「啊！」他喊道，「這就是回答！謝謝，我的父親，謝謝！」

他從衣袋裡掏出一個小錢袋，裡面有十張一千法郎的紙鈔。

「喏，」他說，「您把這錢袋收下吧。」

「您要把它給我？」

「是的，不過有個條件，要等我走了以後才能打開。」

說完，他把剛得到的這件對他來說比任何珍寶更貴重的紀念品，放進胸口的衣袋裡，疾步走出地牢，出了城堡回到船上。

「回馬賽！」他說。

在船離開時，他的雙眼卻還凝視著那座陰森的監獄。

「讓那些把我關進這座陰森監獄的人，」他說，「讓那些忘了我曾經被關在裡面的人都遭受災難吧！」

遊船再度從加泰羅尼亞漁村前駛過，伯爵回過頭，把臉裹在披風裡，嘴裡喃喃地呼喊著一名女子的名字。他已完全戰勝了自己，已經兩次戰勝了疑慮。他以一種溫柔，幾乎是愛戀的聲音說出的這個名字——海蒂。

上岸後，基督山伯爵向公墓走去，他知道在那裡能找到摩萊爾。十年前，他也曾懷著虔敬的心情到這裡來尋過一座墓，結果沒能找到。當他成了百萬富翁重新踏上法國的土地時，他沒能找到餓死父親的墓。老摩萊爾曾經在那座墓前豎過一個十字架，但那個十字架已經倒了。而且，早已被掘墓人付之一炬。因為，對於雜亂躺在公墓裡的朽木，掘墓人都是照此辦理的。

那位可敬的商人幸運得多——他死在子女的懷裡，由他們護送到公墓，安息在早他兩年長眠於此的妻子身邊。兩塊寬廣的大理石墓碑，上面刻著兩人的名字，並排著豎在一塊小墓地前。墓地四周圍著鐵欄杆，遮蔽在四棵柏樹的濃蔭下面。馬西米蘭倚在一棵柏樹上，眼神茫然地望著兩座墳墓。他的心情是沉痛的，幾乎就要失去理智了。

「馬西米蘭先生，」伯爵對他說，「您該看的不是這裡，而是那裡！」說完，他向摩萊爾指指天空。

「死者是無所不在的。」摩萊爾說，「您帶我離開巴黎時，不是這樣對我說過的嗎？」

「馬西米蘭先生，」伯爵說，「您在途中要求我讓您在馬賽待幾天。您現在還希望這樣嗎？」

「對我，早就無所謂有沒有希望了，伯爵先生。可是我覺得，在這裡等要比在別處等好過一些。」

「那也好，馬西米蘭先生，我就要先跟您分開了，不過，我記得您發過誓的，是嗎？」

「喔！我會忘記的，伯爵先生，」摩萊爾說，「我會忘記的！」

「不！您不會忘記的。因為，您是一位把名譽看得高於一切的男子漢，摩萊爾先生。因為您已經發過誓，也因為您還要重新發誓。」

「哦，伯爵先生，可憐可憐我吧！伯爵先生，我已經夠不幸了。」

「我認識一個比您更不幸的人，摩萊爾先生。」

「這不可能。」

「唉！」基督山說，「這就是人性中一種可憐的驕傲——每個人總以為自己比身邊另一個在哭泣、呻吟的不幸之人更加不幸。」

「還有誰能比一個失去了他在世上全部的愛與期盼的男人更加不幸呢？」

「請您聽我說，摩萊爾先生，」基督山說，「而且，請把您的思想暫且集中在我要對您說的話上。我認識一個人，他跟您一樣，曾經把全部的幸福都寄託在一個女孩身上。他很年輕，有一個他敬愛的老父親，有一位他心愛的未婚妻。就在他要娶她時，變化無常的命運——上帝後來給他啟示，讓他明白這一切都是為了將他引導到一種無限和諧的境界中——要不然，這種變化無常的命運是會讓他懷疑上帝的公正的。那變化無常的命運，奪去了他的自由、他的未婚妻以及他在想像中——因為他就像被矇住了眼睛，只能看到眼前的東西——以為自己能擁有的未來，把他關進了地牢的深處。」

「哦！」摩萊爾說，「關在地牢裡，過一個星期、一個月，或一年也就出來了。」

「他在裡面關了十四年，摩萊爾先生。」伯爵把手按在年輕人的肩膀上說。

馬西米蘭戰慄了一下。

「十四年。」他喃喃地說。

「十四年。」伯爵重複說，「在那十四年裡，他也有過好多絕望的時刻。他也像您一樣，摩萊爾先生，以為自己在所有之中是最不幸的，他想自殺。」

「結果？」摩萊爾問。

「結果是，在最後一刻，上帝通過一個凡人給了他啟示，因為上帝已經不再創造奇跡了。也許一開始——被淚水蒙住的眼睛，是要一些時間才能完全睜開的——他並沒有理解上帝無限的仁慈。但是，他最終還是懂了忍耐和等待。有一天，當他奇蹟般從墳墓中出來時，已經改變了容貌，變得富有，且有權勢，儼然像個神祇了。他的第一聲慟哭是為他父親而發的——他的父親已經死了！」

「我的父親也死了。」摩萊爾說。

「是的，可是您的父親死在您的懷抱裡，是被人愛著、幸福、受尊敬、有錢、頤養天年而終。他的父親卻是貧窮與絕望，最後帶著對上帝的懷疑而死的。當他去世十年之後，他的兒子去尋找他的墓，但就連墓也全無蹤影了。沒有人能告訴他說：『那位曾經慈祥地愛過您的老人家就在那裡。他安息在上帝的懷抱裡了。』」

「哦！」摩萊爾說。

「所以，他是一個比您更不幸的兒子，摩萊爾先生。因為，他甚至連自己父親的墓都不知道在哪裡。」

「可是，」摩萊爾說，「他至少還有那個他心愛的女孩啊。」

「您錯了，摩萊爾先生，那女孩……」

「她死了？」馬西米蘭喊道。

「比這更糟——她變心了。她嫁給了一個迫害過她未婚夫的人。所以您看，摩萊爾先生，那個人是一個比您更不幸的情人。」

「那個人，」摩萊爾問，「上帝可曾給過他安慰？」

「上帝至少給了他寧靜。」

「那個人將來還能有幸福嗎？」

「他這麼希望，馬西米蘭先生。」

年輕人的頭又垂到了胸前。

「您保有我的諾言，」他在沉默片刻過後說，一邊把手伸給基督山，「但請記住……」

「十月五日，摩萊爾先生，我會在基督山島等您。四日那天會有艘遊艇在巴斯蒂亞港等著您，它叫歐洛斯[55]號。您把自己的名字告訴船長，他就會帶您去見我的。這件事就這麼說定了，是嗎，馬西米蘭先生？」

「說定了，伯爵先生，我會照做的。但您要記住十月五日……」

「孩子，」伯爵回應，「您還不知道男子漢承諾的價值……我已經對您說過二十次了，到那一天，如果您還想死，那麼我會幫您去死的，摩萊爾先生。再見了。」

「您要離開我了？」

「是的，我在義大利有些事情。我讓您單獨地跟您的不幸與希望留在這裡。」

「您什麼時候動身？」

「即刻就走，汽艇在等著我。一個鐘頭後我就已經離您遠遠的了。您願意陪我到港口嗎，摩萊爾先生？」

「我悉聽您的吩咐，伯爵先生。」

55 Eurus，希臘神話中的東風神或東南風神。

「擁抱我吧。」

摩萊爾把伯爵一直送到港口。宛如巨大羽翎的白煙，從黑色的煙囪噴向半空中。不久，汽艇啟航了，一小時後，正如基督山伯爵剛才說的，這縷羽翎般的淡淡的白煙已經隱隱飄在東方天水相接的地平線上，融入初起的夜霧中了。

第一一四章　佩皮諾

當伯爵的汽艇消失在莫爾吉翁海角後面，有一個人乘著驛車在佛羅倫斯通往羅馬的大路上，剛駛過阿卡龐當特這座小城。這輛馬車速度雖快，但還不至於快到使人生疑。此人身穿一件長外套，或者該說是一件正式大衣。雖然穿這種衣服旅行算是活受罪，不過它可以把一條榮譽勳位的綬帶襯托得更加鮮豔奪目。從這兩個標誌，再加上他跟車伕說話時的口音，可以看出他是個法國人。還有一個證據，也可以證明他出生在這個全球性的國家，那就是他除了幾個音樂術語外，對義大利文一竅不通。這幾個音樂術語就如費加羅說的 goddam[56] 那樣，可以用來跟其他語言溝通。

「allegro[57]！」每次上坡時他都要對車伕喊一聲。「moderato[58]！」每次下坡時又要喊一聲。從佛羅倫斯出發，取道阿卡龐當特去羅馬，這一路上究竟有多少次上坡和下坡，就只有天曉得了！不過，凡是跟他說過話的人，聽到他說這兩個詞的時候，都忍不

56 英文，該死。費加羅是法國劇作家博馬舍（一七三二—一七九九）的喜劇《塞維爾的理髮師》和《費加羅的婚禮》中的角色。

57 義大利文，音樂術語，快板。

58 義大利文，音樂術語，中速。

住會哈哈大笑。

當車抵達可以望見羅馬的拉斯托爾塔時，這名旅客卻不像一般外國遊客般激動地從車內站起來，好奇地想看一眼在所有景物中能最先辨認出來的聖彼得大教堂圓頂。不，他只是從口袋裡拿出錢袋，從裡面抽出一張折成四折的紙，把它打開看一眼又重新折好。他小心翼翼的樣子有點近乎敬畏，然後他說了句：「很好，它還在我身邊。」

驛車駛過波波洛城門，往左彎，停在西班牙旅館門前。我們的熟人帕斯特裡尼老闆把帽子拿在手裡，站在旅館門口恭候這位旅客。他下了車，吩咐準備一頓可口的晚餐，然後詢問湯姆森—弗倫奇公司的地址。旅館老闆馬上把地址告訴了他，因為它是羅馬最有名的商號之一。它就坐落在聖彼得大教堂附近的銀行街上。在羅馬，就像在其他地方一樣，出現一輛驛馬車是件大事。馬略和格拉古兄弟[59]的十位年輕的後代，赤腳光肘，一隻手叉腰，另一條手臂有模有樣地枕在後腦勺上，打量著旅客、驛車和馬匹。除了他們，另外還加上教皇轄區的五十多流浪漢——在臺伯河裡有水的時候，他們通常是聚在聖天使橋上一邊吐煙圈，一邊朝臺伯河裡吐唾沫。

現在，羅馬的小流氓與流浪漢比巴黎的同行幸運，那就是他們聽得懂每種語言，特別是法語。所以，他們聽懂那名旅客要了一個套房，訂了一份晚餐，最後還問了湯姆

59 Marius and the Gracchi，馬略（西元前一五七—前八十六）是古羅馬統帥、政治家。格拉古兄弟，即提比留・格拉古（西元前一六二—前一三三）和蓋約・格拉古（西元前一五三—前一二一），也都是古羅馬政治家。

森—弗倫奇公司的地址。於是，當那位新到客帶著旅館派給他的導遊走出旅館時，有一個人從看熱鬧的人群中出來，稍稍隔開一段距離跟在外國人後面。外國旅客根本沒注意他，而導遊看上去似乎也沒看到。所以，這個人就用著巴黎警探的技巧尾隨他們兩人。

那名法國人心急地想馬上趕到湯姆森—弗倫奇公司，就連為馬匹套上轡頭的這一點時間也等不及。他吩咐車伕隨後一路追上來，或者就在銀行家的公司門口等他。不過，當他走到目的地時，馬車還沒趕上來。法國人進門後，就把導遊留在前廳。這名導遊馬上就跟兩、三個無所事事的人聊起天起來。這些沒有固定工作，或者什麼工作做的人，平常是總在羅馬街頭的銀行、教堂、古跡、博物館或劇院門口閒晃。

法國人才剛走進，那名尾隨者也跟了進去。法國人敲辦公室門，走進第一個房間；他的影子也照樣這麼做。

「湯姆森先生和弗倫奇先生在嗎？」法國人問。

一名坐在第一張辦公桌的職員做了個手勢，一名接待員馬上站起來。

「我該怎麼通報？」那接待員問，一邊做出為來客引路的姿勢。

「鄧格拉斯男爵。」

「請隨我來，」那個人說。

一扇門打開了，接待員和男爵消失在裡面。尾隨鄧格拉斯進來的那個人則坐在長凳上等著。那名職員繼續書寫了約五分鐘；這期間，那個人一直保持沉默，紋風不動地端坐著。隨後，職員手裡的筆停了下來。他抬起頭，小心翼翼地四周張望了一遍，確認房間裡沒有其他人。

「啊哈！」他說，「您來啦，佩皮諾？」

「是啊。」對方的回答非常簡潔。

「您在這位胖先生身上聞到油水味了嗎？」

「對他我可沒花這番功夫，我們是先得到情報的。」

「所以，您知道他要到這裡來是要做什麼了。」

「沒錯，他是來提款的，但我不知道提多少。」

「等一下您就知道了，朋友。」

「很好，不過，您可別像之前那樣，給了我錯誤的情報。」

「您這是什麼意思呢？……您指的是那位？是前幾天從這裡提取三千埃居的那個英國人嗎？」

「不是，他確實有三千埃居，我們都搜到了。我是指那個俄國親王。您對我們說他有三萬法郎，可我們只搜到兩萬二。」

「您應該搜得不夠仔細。」

「是路易吉．萬帕親自動手搜的。」

「是嗎？那麼，您一定要讓我親自去看一下了，要不然，在我弄清楚總額前，那個法國人就把事情辦完了。」

佩皮諾點點頭，接著從口袋裡摸出一串念珠，嘴裡念念有詞地禱告了起來，而那名職員則消失在接待員和男爵經過的那扇門裡。約十分鐘後，那名職員滿臉興奮地走出來了。

「怎麼樣？」佩皮諾問他的朋友。

「太好了，太好了！」那職員說，「數目可大了！」

「五百或六百萬，對不對？」

「對呀，您知道這數目？」

「拿的是基督山伯爵大人的收據。」

「您認識這位伯爵？這些事，您為什麼知道得這麼清楚？」

「我告訴過您，我們事先就得到情報了。」

「那麼，您為何還要來問我？」

「為了確認一下他就是我們要找的人。」

「沒錯，就是他。五百萬——一筆大數目。對吧，佩皮諾？」

「噓……我們要的人來了。」

職員抓起他的筆；佩皮諾拿起念珠。當門打開時，一個正在寫字，另一個則在喃喃地禱告。鄧格拉斯滿面紅光地出現在門口，銀行家親自送他出來，一直送到大門口。佩皮諾跟跟在鄧格拉斯後面出了門。

照事先約定，後面趕上來的那輛馬車等在湯姆森—弗倫奇公司門前。導遊為鄧格拉斯開車門——導遊是個愛獻殷勤的角色，什麼事情都可以用到他。鄧格拉斯縱身跳進車廂，動作俐落得像個二十歲的小夥子。導遊關好車門，爬上車坐在車伕旁邊。佩皮諾則跳上車坐在車廂外的後座上。

「閣下想去參觀聖彼得大教堂嗎？」導遊問。

「我到羅馬不是來觀光的。」鄧格拉斯大聲說，隨後他帶著貪婪的笑容低聲對自己說，「我是來提款的。」說著，他摸摸自己剛放進一份信用狀的錢袋裡。

「那麼閣下要去……」

「旅館。」

「**Casa Pastrini**[60]。」導遊對車伕說。

這輛馬車就像輛私家馬車似的疾駛而去。十分鐘後，男爵回到了旅館的房間。佩皮諾跟我們在本章開頭提到過的那幫馬略和格拉古兄弟後代中的一個小夥子交談一陣後，就在旅館正門旁邊的長凳上坐了下來。而那個小傢伙則拔腿往卡皮托利山丘拼命跑去。

鄧格拉斯覺得疲憊而滿足，倦意襲了上來。他上了床，把錢袋放在長枕頭下面，不久就睡著了。佩皮諾閒著沒事做；他跟那些**facchino**[61]玩**morra**[62]，輸了三個埃居，為了安慰一下自己，又喝了一小瓶奧爾維耶托酒。

第二天，雖然鄧格拉斯昨晚睡得很早，但他醒得很晚。一連有五、六個晚上，他就

60 義大利文，帕斯特裡尼旅館。
61 義大利文，挑伕。
62 義大利文，猜拳。

算躺在床上，也沒睡過一個好覺。他開心地吃了一頓早飯。正如他說過的那樣，他並不想參觀這座永恆之城的景色，所以他吩咐驛車在中午備好馬。只是鄧格拉斯沒有想到，警方的手續居然如此繁瑣，而驛站總管辦事又如此磨蹭。驛馬到兩點才來，而那份被拿去辦簽證的護照，導遊到三點鐘才送來。但是，格拉古兄弟和馬略的後代們卻一個都沒落下。

男爵得意洋洋地穿過人群，小鬼們為了想得到幾個baiocco[63]，都稱他閣下。鄧格拉斯至今只聽過人稱他為男爵，因此，被人喊「閣下」，使他覺得大為過癮，便丟了十幾枚小錢給這群乞討者。他的口袋裡還另外有十幾枚小錢，準備等他們喊「殿下」時撒出去。

「走哪條路？」驛車伕用義大利話問。

「去安科納的大路。」男爵回答說。

帕斯特裡尼老闆翻譯了這一問一答，隨即馬車就疾駛而去。

其實，鄧格拉斯是想先到威尼斯提一部分錢出來，然後從威尼斯到維也納之後，再把剩下的款項都取出。他盤算著在最後那個城市住下來，因為他聽說那是個尋歡作樂之城。馬車在羅馬城郊剛駛過三里格路，夜色就開始降臨了。鄧格拉斯事先沒想到會這麼晚動身，要不然他就不走了。他問車伕還有多少時間才能到下一個城鎮。

63 義大利文，一種義大利古錢幣的名稱。

「Non capisco[64]。」車伕回答。

鄧格拉斯點了點頭，意思是說：「很好！」

馬車繼續往前行駛。

「到第一個驛站，」鄧格拉斯思忖道，「我就停下休息。」

鄧格拉斯因為昨晚睡了個好覺，現在還能感受到那種舒適愜意的餘味。此刻他懶洋洋地躺在一輛雙層彈簧坐墊的豪華英國馬車裡，感覺到車子正由兩匹駿馬拉著往前行駛。他知道，每隔七里格才會有一個驛站。說真的，一名銀行家還能想些什麼呢，正好又是個破產的銀行家？鄧格拉斯對留在巴黎的妻子想了十分鐘，又對跟著阿爾米依小姐出走的女兒想了十分鐘，接著，對他的債權人以及將來會如何花他們的錢也想了十分鐘。然後，由於沒有其他事好想，就閉上眼睛睡著了。

有時，隨著一下顛簸的猛烈晃動，鄧格拉斯也會暫時張開一下眼睛。這時，他會感覺得到自己仍然在羅馬的城郊飛速前進，沿途都是殘存的高架引水渠[65]，宛如隨著歲月流逝而石化成為花崗岩的巨人屹立在那裡。但夜晚是陰冷的，而且下著雨，在這種時候，能閉上眼睛縮在車廂裡，實在要比從車窗探出頭去問一個只會回答「non capisco」的車伕舒服得多了。

鄧格拉斯想著反正到下一個驛站總會醒的，於是就繼續睡他的覺。馬車停下了，鄧

64 義大利文，聽不懂。

65 古羅馬時代的城市供水設施。廢棄不用後做為古跡保留下來。

格拉斯心想，總算到了驛站。他睜開眼睛從車窗望出去，滿心以為是到了一個城鎮，再不然總也是個村莊。沒想到，他看見的只是一幢孤零零的破房子，還有三、四個像幽靈似走來走去的人影。鄧格拉斯稍微等了一下，想著驛車伕一定會來要車錢，那樣，他可以趁機向替換的車伕問訊息。但是，那兩匹馬卸下了套，新換的馬也安上轡頭，可是卻沒有人來跟乘客要錢。鄧格拉斯驚訝之餘，推開了車門，可是，一隻有力的手馬上又把它關上了，馬車又往前移動。

男爵目瞪口呆，完全清醒了。「哎！」他對著車伕說，「哎！mio caro[66]！」

這個抒情的義大利詞，也是男爵在女兒和卡瓦爾坎第親王在兩重唱時聽來的。可是mio caro 沒有搭腔。

這次，鄧格拉斯只敢打開車窗。「喂，朋友！我們是要去哪裡呀？」他把頭探出去問。

「Dentro la testa[67]！」一個低沉而蠻橫的聲音喊道，還伴隨著一個恫嚇的手勢。

鄧格拉斯明白 dentro la testa 的意思是——把頭縮進去。由此可見，他的義大利文進步得很快。他服從了，但心裡卻不免七上八下。由於這種不安變得越來越強烈，所以不出幾分鐘，他的大腦就不像剛上路時我們所說的那樣空空蕩蕩、昏昏欲睡了。他的頭腦裡，不妨這麼說吧，此刻裝滿著許多的念頭，而這些念頭，一個比一個更適合喚起旅

66 義大利文，親愛的。
67 義大利文，把頭縮進去。

客，尤其是處於鄧格拉斯目前處境的旅客的興趣。

他的眼睛在黑暗中變得非常敏銳，凡是在情緒異常激動的情況下，剛開始都會這樣，但之後會因東張西望看得太緊張，使視覺變得遲鈍起來。在尚未感到害怕的時候，一個人的視力是正常的。在剛受到驚嚇時，他看到的東西都有重影。在已經嚇慌的時候，他看出去就是一片模糊了。鄧格拉斯看見一個人裹著披風，在車廂右側策馬奔馳。

「一個憲兵，」他說，「難道法國方面已經把我的情況發電報通知教皇當局了？」他決定要消除一下這個疑慮。「您們要把我帶到哪裡去？」他問。

「Dentro la testa！」仍然是那同樣的嗓音和同樣的恫嚇口氣。

鄧格拉斯朝車廂左邊轉過身去。那裡也有一個人在騎馬奔馳。

「完了，」鄧格拉斯滿臉是汗，暗自思忖道，「我一定是被捕了。」說著，他往後倒在車廂背墊上，但這一次不是為了睡覺，而是為了思索。

不久，月亮升上來了。他靠在車廂背墊上，望著窗外的原野。這時，他又瞥見了曾經見過的那些花崗岩幽靈似的引水渠架。不過，剛才看見它們時是在右邊，而現在則是在左邊。他明白了，那些人已經把馬車掉頭，現在正帶著他回羅馬。

「哦！倒楣了，」他喃喃地說，「他們該是弄到了引渡權！」

馬車繼續以驚人的速度向前行駛。一個小時間鄧格拉斯就是在擔驚受怕中度過的。沿途每看到一個新的景點，這個逃亡者就會覺得，他們毫無疑問是在往原路返回。最後，他見到了一座漆黑的龐然大物，而且覺得馬車像要撞上去似的。但馬車轉了個彎，擦著它的邊緣繼續往前行駛，這座漆黑的龐然大物原來就是圍繞羅馬的城牆。

「喔！喔！」鄧格拉斯喃喃地說，「我們不是要回城。這麼說，我沒有落到司法部門的手裡。仁慈的上帝！等一下，如果他們是……」

他的頭髮豎了起來。他想起了艾伯特．德．馬瑟夫，那位年輕的子爵，在他快要成為鄧格拉斯夫人的女婿和歐仁妮的丈夫之前，曾對她們母女講的了關於羅馬強盜還算有趣的故事。當時在巴黎，幾乎沒有人把這些故事當真。

「說不定他們就是強盜！」他喃喃地說。

突然間，馬車駛上了一條比碎石路面更堅硬的車道。鄧格拉斯壯著膽子向路的兩邊張望。他看見的都是些奇形怪狀的斷垣殘壁。馬瑟夫講的故事還在他的腦海裡盤桓著，此刻，故事裡的種種細節都呈現在他的眼前。他意識到他現在大概是在阿比亞大道[68]上。馬車左邊，在一片峽谷模樣的凹地裡，可以看見一個圓形的窪陷。那是卡拉卡拉競技場的遺跡。騎馬跑在馬車右邊的那個人一聲令下，馬車停住，同時，左邊的車門打開了。

「Scendi[69]！」一個聲音命令說。鄧格拉斯立即下車。他仍然不會說義大利語，但他已能聽懂了。

半死不活的男爵，往四周望了望。四個人把他圍在中間，這還不算那名車伕。

68 古羅馬時代從羅馬途經加普亞等地通往布林迪西的軍用大道。

69 義大利文，下來！

「Di quà[70]。」四人之中的一人說，同時他領頭走到一條小路。這條小路從阿比亞大道往外延伸。

鄧格拉斯一聲不吭地跟在那個人後面，不用回頭，他也知道另外三個人就跟在他身後。但他似乎感覺到，那三個人一路分別依大致相等的距離站定，就像在布崗似的。鄧格拉斯安靜地跟著前面的人走了大約十分鐘，他發現自己來到了一座小山崗和一片雜草叢生的荊棘叢中間。那三個人一聲不吭地站在三個角上，把他圍在中間。他想開口說話，但舌頭卻不聽使喚了。

「Avanti[71]！」那同一個嗓音短促而專橫地喝道。

這一次鄧格拉斯更加明白了。他不僅聽懂了，而且也領會了動作的含意。走在他後面的那個人把他猛然往前一推，害他他差點撞到前面帶路的人。帶路的嚮導，就是我們的朋友佩皮諾。他走進高高的草叢，沿著想必是由櫸貂和蜥蜴開出的窄路，蜿蜒曲折地往前走。到了一塊掩在一叢茂密荊棘之下的岩石前，佩皮諾停住腳步。這塊岩石向眼瞼似的半開半掩，恰好讓這名小夥子鑽進去，就如我們的夢幻劇中那些妖精跌進了陷阱裡去似的。跟在鄧格拉斯後面的那個人用聲音和動作催促銀行家也照做。無可置疑，破產的法國銀行家是落在羅馬強盜的手裡了。

鄧格拉斯就像一個進退維谷，卻又被恐懼激起勇氣的人那樣，執行了這個命令。儘

70 義大利文，跟著走。

71 義大利文，往前走。

管他的大肚皮非常不適於鑽進羅馬城郊的石頭縫隙，他還是跟在佩皮諾後面鑽了進去，而且閉緊眼睛任自己一路往下滑，直朝洞裡栽下去。直到腳碰到地，他才睜開眼睛。洞裡的通道還算寬敞，但黑漆一片。佩皮諾現在回到家了，不用再躲躲藏藏，於是他就打著火鐮，點亮了一個火把。另外兩人也跟在鄧格拉斯之後下來了，他們充當後衛，一見他停步就從後面推，就這麼一路推著，沿著一道緩坡來到一個模樣陰森可怕的岔道口。四周的石壁疊疊層層地鑿了許多棺材模樣的洞。它們映在灰白色的岩石上，就像一個一個骷髏頭上空洞黑色的眼眶。

一名哨兵啪的一聲把步槍緊握在左手裡。「誰？」哨兵問。

「自己人，自己人！」佩皮諾說，「老大在哪裡？」

「在那裡。」哨兵說著，指了指肩後一個大廳模樣的大岩洞，燭光正從寬敞的拱形洞口透出來，照在通道的石壁上。

「一條大魚，老大，一條大魚。」佩皮諾用義大利語說。然後，他拎著鄧格拉斯的外衣領子，把他帶到那個相當於門的洞口，進去後就是那名首領做為起居室的大廳。

「就是這個人嗎？」首領問。他剛才正專心地看著普盧塔克寫的《亞歷山大大帝[72]傳》。

「就是他，老大，就是他。」

72 Alexander，馬其頓國王（西元前三三六—前三二三），亞歷山大帝國的創立者。

「很好，讓我看看。」

隨著這聲頗為無禮的命令，佩皮諾突然地把火把舉到鄧格拉斯的面前。鄧格拉斯嚇得直往後躲，生怕自己的眉毛被燒掉。這張驚慌失措的臉，看上去已經嚇得毫無血色且極為醜陋。

「這個人很累了，」首領說，「帶他上床去睡吧。」

「喔！」鄧格拉斯喃喃地說，「他說的床，大概就是鑿在牆壁裡躺死人的洞。他說的睡覺想必就是死亡了。我在黑暗中看見它們正閃閃發亮的匕首，隨便哪一把都能叫我沒命的。」

果然，在寬敞的大廳黑暗的深處，可以看見不少人從他們的乾草或狼皮鋪褥上坐起身來。他們都是這位當年馬瑟夫看見他讀凱薩的《高盧戰記》，而這時鄧格拉斯看見他讀《亞歷山大大帝傳》的首領的夥伴。銀行家發出一聲暗啞的呻吟，跟在那名嚮導後面。他不想祈禱，也不想叫喊。他渾身沒有一點力氣、意志、精力和感覺——他什麼都沒有了。他往前走，只是因為有人帶著他走。

他腳下碰到一級臺階，意識到面前有還幾級，因為怕撞到頭，便本能地低下頭，走下臺階來到一個在岩石中間鑿出來的地牢前。這個地牢雖說空無一物，但還算乾淨。雖然是在深不可測的地底，卻仍算乾燥。牆角鋪著（而不是搭著）一張用乾草鋪成，上面蓋著山羊皮的床。鄧格拉斯看見這張床，不啻看見了自己得救的曙光。

「哦！感謝上帝；」他喃喃地說，「這是張真正的床！」

這是一小時來，他第二次提到上帝。這種事他已有十年沒發生過了。

「Ecco[73]。」嚮導說。說完，他把鄧格拉斯往小房間裡一推，在他身後把門關上了。門閂嘎的一響，鄧格拉斯成了囚徒。其實，即使門沒上閂，那也要除非他是聖彼得[74]，而且有天使引路，才能從這夥在聖塞巴斯蒂安地下墓穴安營紮寨的強盜中逃出去。這夥強盜的首領，我們的讀者一定已經認出來了，他就是有名的路易吉．萬帕。

鄧格拉斯也認出了這個強盜。但是，當馬瑟夫想在法國讓他們相信這個強盜的存在時，他可是壓根不相信的。他不僅認出了這個強盜，也認出了馬瑟夫關過的地牢。這裡應該是專門給外國人住的地方。鄧格拉斯想著想著，開始有些高興起來，因為這些回憶使他放下了心。既然這夥強盜沒有馬上殺他，那麼說不定他們根本就沒想要他的命。他們抓他來是為了敲詐錢財。由於他身邊只有不多的幾枚路易，他們一定會向他勒索贖金。他記得馬瑟夫的贖金好像是四千埃居。因為他自以為身價要比馬瑟夫高出許多，所以他在心裡把自己的贖金定為八千埃居。八千埃居，就是四萬法郎。他還有約有五百零五萬法郎。誰要是有了這些錢，就能處處逢凶化吉，化險為夷。所以，這一關他有把握能逃過。畢竟，從來沒聽說過有人的贖金會被要求到五百零五萬。

鄧格拉斯躺在床上，來回翻了兩、三次身後，就像路易吉．萬帕讀的那本書中的主人公一樣安然入睡了。

73 義大利文，到了。
74 《聖經》中耶穌的十二門徒之一。

第一一五章 路易吉·萬帕的菜單

凡是睡眠，只要不是鄧格拉斯曾經害怕過的那種睡眠，總有醒來的時候。鄧格拉斯醒了。對於一個看慣絲綢窗幔，牆壁掛著天鵝絨布，聞慣從壁爐裡嫋嫋升起的白楊木焚燒清香以及從綾緞床幔往下飄散馨香的巴黎人來說，在一個白堊質的岩洞裡醒來，恍惚間似乎仍是在噩夢之中。但在這種情況下，一個人就算是滿腹狐疑，頃刻間也會變得確信不疑。

「是的，沒錯，」他喃喃地說，「我是落在艾伯特·德·馬瑟夫對我們說過的那夥強盜手裡了。」

他的第一個反應就是做深呼吸，好確定自己有沒有受傷。這一招他是從《唐吉訶德》裡學來的。這是他並沒有看過，卻能知道其中一些情節的唯一一本書。

「不，」他說，「他們沒殺我，也沒傷我。那麼，說不定他們把我的錢給搶走了？」

他急忙把手伸進衣袋裡。一切都安然無恙。他留下做為從羅馬到威尼斯的一百個路易旅費，還在褲袋裡。那個裝著五百零五萬法郎信用狀的錢袋，也還在外衣的口袋裡。

「奇怪的強盜，」他暗自思忖道，「我的錢和錢袋都沒動過！像我昨晚臨睡前說的，他們是要我付贖金。嘿！連我的錶都還在！讓我看看現在是什麼時候了。」

鄧格拉斯的懷錶是布雷蓋製作的精品，昨天上路前他曾經仔細地上過發條。此刻，指針正指著早上五點半。要是沒有這只錶，鄧格拉斯就無法知道時間了，因為陽光是透不進這個地牢裡來的。他是否該要求這夥強盜來解釋一下呢？還是就耐住性子等他們來問他？後面的選擇最保險，於是鄧格拉斯等著。

他一直等到了中午。從夜裡起就有個人在門口看守他。早上八點時換過一次人。當時，鄧格拉斯很想看清究竟是什麼樣的人在看守他。他早就注意到有光線，那不是陽光，而是燈光，透過門板的縫照進來。他把眼睛湊近一道縫隙，剛好看到那個強盜正仰著脖子喝燒酒。由於酒是裝在羊皮袋裡，一股怪味讓鄧格拉斯聞到只覺得噁心。

「呸！」他說著，一邊往地牢的角落裡縮去。

到了中午十二點，另一個人換下了喝燒酒的傢伙。鄧格拉斯按捺不住好奇心，又想看看自己的這個新看守人。他又往那條縫隙湊近過去。那是個體格魁梧，大眼，厚嘴脣，塌鼻子的的強盜。他的紅頭髮擰成一綹一綹的披在肩頭，像一條一條蛇。

「喔！喔！」鄧格拉斯說，「這傢伙不像人，倒像是吃人妖魔。好在我老了，啃不大動，而且肉也粗，不好吃。」

我們看見，鄧格拉斯這時還有心思開玩笑。正在此時，那名看守人彷彿是要向他證明自己並非吃人妖魔似的，坐在地牢的對面，從袋子裡拿出黑麵包、洋蔥和乳酪，狼吞虎嚥地吃了起來。

「見鬼，」鄧格拉斯說著從門縫裡看了一眼這個強盜的午餐，「見鬼，我真不明白這種垃圾東西怎麼能吃。」

說著，他走回去坐在羊皮床墊上。這張羊皮又使他想起了第一個看守人的燒酒味。不過，大自然的奧祕真是不可思議，最粗劣的食物對一個空蕩蕩的胃袋竟然會具有如此之大的誘惑力。鄧格拉斯突然覺得自己的胃也空了。他覺得這傢伙不那麼難看，麵包不那麼黑，乳酪也變得新鮮了。最後，就連那些庶民才吃的糟糕生洋蔥，也使他想起他的廚師用高超手藝做的各式醬汁和小菜來了。那時鄧格拉斯總是對那廚師說：「德尼佐先生，今天給我做個好吃的油悶原汁肉。」

他站起來，走去敲門。那強盜抬起頭來。鄧格拉斯看出他是聽到了，就又敲了幾下。

「Che cosa[75]？」強盜問。

「喂！喂！朋友，」鄧格拉斯說著用手指在門板上敲得咚咚直響，「我說，您們也該想到讓我吃點東西吧！」

可是，不知道他是聽不懂，還是因為沒收到有關鄧格拉斯伙食方面的命令，那個巨人又自管自地大吃起來。鄧格拉斯覺得自尊心受了傷害，不想再去和這個野蠻人打交道。他往那塊羊皮上一躺，悶著頭不說話。四個鐘頭過去，另一個強盜來換下那個巨人。鄧格拉斯覺得胃開始在痙攣，一陣一陣地抽痛。他慢慢地爬起來，把耳朵貼在門縫上仔細聽，隨後又用眼睛去看，認出了之前的嚮導那張精明的臉。

75 義大利文，做什麼？

果然，他是佩皮諾。他正坐在門對面，準備把這個工作盡量弄得舒服些。只見他兩腿中間放著瓦盆，裡面盛著一盆熱氣騰騰、香味撲鼻的肥肉片燴鷹嘴豆。在這盆燴豆子邊，佩皮諾還放了一小籃韋萊特裡葡萄和一瓶奧爾維耶托酒。不用說了，佩皮諾是個美食家。看著佩皮諾的豐盛晚餐，鄧格拉斯直嚥口水。

「啊！啊！」這個囚徒說，「讓我看看，他會不會比那個傢伙好說話些。」於是他很斯文地敲了敲門。

「就來，」那強盜說。他常在帕斯特裡尼老闆的旅館裡進出，好歹學會了些法語常用語。他果然走來把門打開。鄧格拉斯認出他就是惡狠狠地向他喊過「把頭縮進去」的那個人。不過這時不是計較這種事的時候。於是他做出一副最和藹可親的模樣，嘴角掛著討好的微笑。

「對不起，先生，」他說，「難道您們不準備讓我吃飯嗎？」

「什麼？」佩皮諾喊道，「閣下是有點餓了嗎？」

「只是有點倒也還好，」鄧格拉斯喃喃地說，「可是我整整二十四個鐘頭沒吃東西了。」他提高聲音接著說：「是的，先生，我餓了，很餓。」

「閣下，您想吃什麼呢？」

說著，佩皮諾把手裡的瓦盆放下，讓香味直接往鄧格拉斯的鼻孔裡鑽。「您吩咐吧。」他說。

「您們這裡有廚房？」銀行家問。

「廚房？當然，很棒的廚房！」

「還有廚師？」

「一流的！」

「好吧！來隻雞，或是魚，野味，管它的，什麼都行。」

「閣下只管吩咐就是了。剛才您是說一隻雞，是嗎？」

「是的，來隻雞吧。」

佩皮諾立起身來，大聲地喊：「給閣下來隻雞！」

佩皮諾的聲音還在岩洞的拱頂下回蕩，一名長相俊秀，體態勻稱，打著赤膊的年輕人跑了出來，手裡托著一個銀盤，一隻烤雞擺在銀盤上。

「簡直像在巴黎咖啡館。」鄧格拉斯喃喃地說。

「雞來了，閣下。」佩皮諾說著，從小強盜手裡接過銀盤，放在一張蟲蛀的桌子上。這張桌子，再加上那張木凳和鋪著羊皮的床，就是這間地牢裡的全部家俱。

鄧格拉斯要一副刀叉。

「來了，閣下。」佩皮諾邊說邊把一把鈍口的小刀和一把黃楊木的叉子遞給他。

鄧格拉斯一手拿刀，一手拿叉，準備把雞切開。

「對不起，閣下，」佩皮諾說著，把一隻手按在銀行家的肩上，「這裡得先付後吃，否則吃完後說聲不滿意就……」

「嘿嘿！」鄧格拉斯對自己說，「這點可不像巴黎，再說，他大概還想敲我一筆，不過，我乾脆做得漂亮些吧。哦，我常聽人說義大利的東西便宜。一隻雞在羅馬想必也只值十二個蘇吧。」

「拿去吧。」他說，一邊拋給佩皮諾一枚路易。

佩皮諾撿起那枚路易。鄧格拉斯把刀向雞伸過去。

「等一下，閣下，」佩皮諾站起身說，「等一下，閣下還少我錢呢。」

「我早說過他要敲我一筆的。」鄧格拉斯喃喃地說。

但他決定接受這種敲詐。「喔，就這麼一隻瘦雞，我還少您多少錢呢？」他問。

「閣下付過一個路易訂金了。」

「一個路易吃隻雞，還算是訂金？」

「閣下現在只少了我四千九百九十九個路易了。」

鄧格拉斯聽到這個漫天要價的笑話，不由得睜圓了雙眼。

「算了吧，我覺得這是很滑稽……很有趣沒錯，不過我餓了，快讓我吃吧。嘿，再給您一個路易，我的朋友。」

「那麼只欠四千九百九十八個路易了，」佩皮諾以同樣的態度說，「我們會耐心地等您付清的。」

「哦！要說這個嘛，」鄧格拉斯說。他對這種胡攪蠻纏的嘲諷忍無可忍了，「說到這個，您們休想拿到了。都給我見鬼去吧！您還不知道自己是在跟誰打交道。」

佩皮諾做個手勢，那個小強盜馬上伸手把那盤雞奪了過去。鄧格拉斯躺到鋪羊皮的床上。佩皮諾關好門後，又吃起他的肥肉片燴豆子了。鄧格拉斯看不到佩皮諾在做什麼，但是咀嚼聲卻明白無誤地告訴他那個強盜在忙些什麼。事情很明顯，他在吃東西，而且像沒有教養的人那樣，吃得聲音很響。

「粗人！」鄧格拉斯說。

佩皮諾只當沒聽見，連頭也不回，照樣慢慢地吃他的東西。鄧格拉斯只覺得自己的胃快穿底了，簡直不知道以後還能不能填滿它。然而，他還是耐住性子等了半小時。若說這半小時對他就像一個世紀，一點也不過分。他又起身走到門前。

「嗨，先生，」他說，「別再讓我這麼餓著等下去，就直接告訴我您們要什麼吧？」

「不是的，閣下，該是請您告訴我們，您究竟要什麼。您只管吩咐，我們馬上照辦。」

「那麼，先把門打開。」

佩皮諾照做。

「現在聽著，我要吃東西！吃東西……您聽到了嗎？」

「您餓了？」

「算了吧，這您早知道了。」

「閣下想吃什麼呢？」

「來一塊麵包吧，既然在這該死地方雞那麼貴。」

「麵包，好的！」佩皮諾說。

「嗨！上麵包！」他喊道。

那小夥子端來一小塊麵包。

「麵包來了！」佩皮諾說。

「多少錢？」鄧格拉斯問。

「四千九百九十八路易。您已經預付過兩個路易了。」

「什麼？一塊麵包要十萬法郎？」

「十萬法郎。」佩皮諾說。

「可是一隻雞您也只收十萬法郎呀！」

「我們這裡所有的菜色都是定一個價。不管吃多吃少，也不管吃十道菜還是吃一道菜，全是一個價錢。」

「又是這種玩笑！親愛的朋友，我告訴您吧，這種玩笑既荒唐又愚蠢！您還是乾脆告訴我，您們就是想餓死我吧。」

「哦，天啊，不是的，閣下，除非是您想自殺。付錢就有得吃。」

「您要我拿什麼付錢，蠢貨？」鄧格拉斯惱怒地說，「難道您以為我會在口袋裡裝著十萬法郎出門嗎？」

「閣下口袋裡有五百零五萬法郎，」佩皮諾說，「夠您吃五十隻十萬法郎的雞，還有五萬可以吃半隻。」

鄧格拉斯渾身發抖，他終於認清了——儘管仍是個玩笑，但他懂得其中的含意。甚至可以說，他覺得這個玩笑不像先前那樣無聊了。

「好吧，」他說，「好吧。要是我把這十萬法郎給您，您就能說話算數，讓我好好地吃雞嗎？」

「當然。」佩皮諾說。

「可是我要怎麼給呢？」鄧格拉斯稍稍鬆了口氣說。

「容易極了。您在羅馬銀行街的湯姆森—弗倫奇公司有一個帳號。您給他們開一張四千九百九十八路易的取款憑單，交給我，我們的銀行家會去取錢的。」

鄧格拉斯心想還是乖乖照辦比較好。他接過佩皮諾遞給他的筆和紙，寫了一張取款憑單，簽了字。

「給您，」他說，「這是當場可以取款的憑單。」

「這是您的雞，給您。」

鄧格拉斯嘆著氣開始切那隻雞。付了那麼一大筆錢後，這隻雞看上去更瘦了。至於佩皮諾，他把那張紙仔細地看了一遍，放進口袋裡，又繼續吃他的肥肉燴豆子去了。

第一一六章　寬恕

第二天，鄧格拉斯又覺得餓了。這岩洞的環境，也不知怎麼會讓人這麼好胃口。但是，這名囚犯心想今天用不著花錢了。他是個節儉的人，把半隻雞和半塊麵包藏在地牢的角落裡。可是剛吃完東西，他就覺得口渴了——這是他不曾料到的。他起先還盡力忍著，但到後來，只覺得舌頭都快跟上顎粘住了。這時，他無法再抵抗這股要把他渾身燒掉的內火，他喊叫了起來。

看守人打開門，是張陌生面孔。他想還是跟一個熟人打交道較好，於是就喊佩皮諾。

「我來了，閣下，」那個強盜一邊說，一邊急忙趕來。這在鄧格拉斯看起來是個好兆頭。「您有什麼吩咐？」

「給我喝的。」這個囚徒說。

「閣下，」佩皮諾說，「您知道，在羅馬附近，酒可貴了。」

「那就給我喝水吧。」鄧格拉斯說，想避開對方的這一擊。

「哦！閣下，水比酒更稀罕。這年頭可是大旱呢！」

「算了，」鄧格拉斯說，「看來我們又要重新兜圈子了！」

說這句話時，這倒楣之人臉上帶著笑，裝著是在開玩笑的樣子，但額頭上卻已經汗水涔涔了。

「嘿，朋友，」鄧格拉斯看見佩皮諾仍然無動於衷，就說，「我不過向您要杯酒，連這個您都拒絕嗎？」

「我已經對您說過了，閣下，」佩皮諾神情嚴肅地回答說，「我們這裡是不零賣的。」

「那好吧，就來一瓶。」

「一瓶什麼？」

「最便宜的。」

「這裡的兩種酒，價錢是一樣的。」

「什麼價錢？」

「每瓶兩萬五千法郎。」

「告訴我，」鄧格拉斯大叫，這個音調中的苦澀，只有阿巴貢[76]才能傳達得出。「就跟我說您們是要洗劫我吧！那要比一刀一刀割我的肉要痛快些。」

「這或許是老大的意思。」佩皮諾說。

「老大？誰是老大？」

「就是前天您去見過的那個人。」

76 Harpagon，莫里哀喜劇《吝嗇鬼》中的主人公，吝嗇刻薄的典型。

「他在哪裡？」

「這裡。」

「讓我見他。」

「沒問題。」

才一下子，路易吉・萬帕就站在鄧格拉斯面前了。

「您叫我？」他問囚徒。

「您，先生，就是把我帶到這裡的那些人的首領嗎？」

「是的，閣下。然後呢？」

「您要我付多少贖金？」

「您身上的五百萬就夠了。」

鄧格拉斯覺得心底升起了一陣可怕的抽搐。

「我在這世上就只剩這些錢了。」他說，「那麼大的家產就只剩這些了。如果您要奪走這筆錢，就把我的命也拿走吧。」

「我們被禁止讓您見血。」

「誰禁止您們？」

「我們服從的人。」

「這麼說，您也服從別人？」

「是的，服從首領。」

「我以為您就是首領？」

「我是這些人的老大，但是，另外有人命令我。」

「是您的首領命令您這樣對待我嗎？」

「是的。」

「他這麼做的用意是什麼？」

「我不知道。」

「可是我的錢袋會被掏空的。」

「或許吧。」

「好吧，」鄧格拉斯說，「給您一百萬怎麼樣？」

「不行。」

「兩百萬？……三百？……四百？……啊，四百？我會給您這些錢，條件是您放我走。」

「值五百萬的東西為何只付四百萬呢？銀行家閣下，您這種算法，我真的不明白。」

「那就都拿去，統統都拿去，我對您說，再把我殺了吧！」

「好了，好了，請您冷靜一點。您會使血液循環加快，然後胃口會好到一天要吃掉一百萬的。您還是省著點用吧！」

「但是，當我沒有錢可付給您的時候會怎麼樣？」被激怒的鄧格拉斯喊道。

「那麼，您就得挨餓。」

「挨餓？」鄧格拉斯臉色發白地問。

「多半是這樣。」萬帕冷冷地回答。

「但您說過不想殺我的？」

「是的。」

「那您卻又想讓我餓死？」

「喔，那是另一回事。」

「好啊！您們這些惡徒！」鄧格拉斯喊道，「我絕不會讓您們卑鄙的陰謀得逞的。我寧可馬上就死。您們就折磨我，拷打我，殺了我吧。可是，您休想得到我的簽字！」

「隨您的意，閣下。」萬帕說。說完，他就退出了這間牢房。

鄧格拉斯怒不可遏地往羊皮床墊上一躺。這幫傢伙是什麼人？那個幕後的首領又是誰？他們到底打算把他怎麼樣？還有，為什麼別人都可以付贖金被釋放，唯獨他不行？喔！當然，乾脆一死了之，既快速又乾脆。對於這些看來像是要在他身上進行一種不可思議的報復手段的死敵來說，這不失為一個打破他們如意算盤的好辦法。

對，一死了之！在他的一生中，鄧格拉斯還是第一次如此渴望又害怕地考慮到死。不過緊接著，他的思緒就被存在每個人心中的的無情幽靈給纏住了。此刻，幽靈正隨著一次一次心跳，在一遍一遍地對他說：「您要死了！」

鄧格拉斯就像那些被圍捕的猛獸，起初會因追逐而激怒，變得異常亢奮，但之後就會變得精疲力竭。只是，正是這種絕望，有時反而能使牠們絕處逢生。鄧格拉斯尋思著逃脫的辦法。但是，這裡的牆就是岩壁，從這間牢房出去的唯一通道上，有個人在看書，而在此人身後又有幾名拿著長槍的人影在來回地走動。

拒不簽名的決心持續了兩天。兩天之後，他拿出一百萬要求吃東西。他們為他送來一頓豐盛的晚餐，拿走了他的一百萬。從那以後，這個倒楣囚徒的生活就淪為苟且偷生了。他已經受夠了罪，再也不想去招惹痛苦，所以什麼都肯答應。到了第十二天的下午，他又像是家貲巨萬時那樣大快朵頤後，算了帳，發覺自己只剩下五萬法郎，其餘的都已經簽憑單簽掉了。

這時，他身上起了一種很奇特的反應——剛把五百萬都灑出去的他，這下卻一心想保住這僅存的五萬法郎。為了保住這五萬法郎，他甚至願意再受饑餓的折磨。他眼前有一種近乎瘋癲的希望之光在閃爍，多年來早已把上帝忘在腦後的他，這時又想起了上帝。他想對自己說，上帝有時是會創造奇跡的，這座洞穴說不定會坍陷，教皇的憲兵說不定會找到這個該詛咒的祕密地點，把他救出去。若是到了那時候，他身邊還有五萬法郎，憑著這筆錢他就餓不死了。他祈禱上帝保住他的五萬法郎，一邊祈禱，一邊流下了眼淚。

就這樣又過了三天。在三天裡，他即使不在心裡，至少也在嘴上，不停地念著上帝。有時他會處於一種離神的狀態，覺得自己透過一扇窗子看見一間陋室裡有個老人正奄奄一息地躺在床上。那名老人，也是餓死的。第四天，鄧格拉斯已經完全不成人形，變成一具活屍了。他揀完了先前掉在地上的食物屑碎，開始嚼起鋪在地上的乾草。這時，他哀求佩皮諾，就像一個人哀求自己的守護神一樣，要想討點吃的東西。他拿出一千法郎想換一小塊麵包。佩皮諾沒答理他。第五天，他爬到牢房門口。

「您難道不是基督徒嗎？」他支撐著跪起來說，「您忍心眼看一個在上帝面前與您同是兄弟的人去死嗎？哦！我當年的朋友，當年的朋友們！」他喃喃地說。

他的頭往下沉，臉貼在了地上。隨後，他帶著一種絕望的神情站起來。

「老大！」他喊道，「我要見老大！」

「我在這裡！」萬帕立刻出現在他面前說，「您還想要什麼？」

「把我最後的一個金幣也拿去吧。」鄧格拉斯把錢袋伸過去，含糊不清地說著，

「請您讓我在這裡，在這個洞裡活下去。我不想要自由了，我只要活下去。」

「這麼說，您真的感到痛苦了？」萬帕問。

「哦！是的，我痛苦，我痛苦極了！」

「但是有人比您更痛苦。」

「我不相信。」

「有的！想想那些活活餓死的人吧。」鄧格拉斯想起了那個老人。他在昏迷的幻覺中，曾經透過那間陋室的窗子，看見他在病床上痛苦地呻吟。他發出一聲低嗚，用頭去撞地。

「是的，您說得不錯，有人比我更痛苦，可是他們，至少是殉道而死的。」

「那您懺悔了嗎？」一個低沉而莊嚴的聲音說。

鄧格拉斯聽得頭髮根都豎了起來。他努力睜大昏花的雙眼想看清眼前的事物。他看見在那個強盜後面，有個人裹著披風站在石柱的陰影裡。

「我該懺悔什麼呢？」鄧格拉斯囁嚅著說。

「懺悔您做過的壞事。」那個聲音說。

「哦！是的，我懺悔！我懺悔！」鄧格拉斯喊道。

說著，他用瘦骨嶙峋的拳頭捶自己的胸口。

「那麼我就寬恕您。」那人甩掉披風，往前走上一步置身在亮處。

「基督山伯爵！」鄧格拉斯說。饑餓和痛苦已經使他變得臉色慘白，此刻，恐懼更使他變得面如土色。

「您錯了，我不是基督山伯爵。」

「那您是誰？」

「我就是那個被您誣陷、出賣和關進監獄的人。他的未婚妻被您害得過著屈辱的生活。我就是那個您踩在腳下爬上去發財的人。他的父親被您害得活活餓死。我，本來也要讓您餓死，但我現在寬恕了您，因為我也需要被寬恕。我是愛德蒙．鄧蒂斯！」

鄧格拉斯大喊一聲，俯身撲倒在地上。

「起來吧，」伯爵說，「您的生命是安全的。您的那兩名同夥運氣就沒這麼好了——他們一個瘋了；另一個死了！您身邊的那五萬法郎就留給您，算是我送您的吧。至於您從濟貧院騙來的那五百萬，它們已經通過匿名的方式歸還給濟貧院了。現在，您可以好好地吃一頓。今晚您是我的客人。……萬帕，等這個人吃飽後，就把他放了。」

伯爵已經走了；鄧格拉斯仍匍伏在地上。當他抬起頭時，只看見一個人影漸漸消失在通道裡。他所過之處，兩旁的強盜都對他躬身行禮。

正如伯爵所吩咐的那樣，萬帕用最上等的葡萄酒和最新鮮的義大利水果款待了鄧格拉斯，然後把他送上馬車，駛到大路上把他放下，讓他背靠在一棵大樹上。他在那裡待了一夜，全然不知自己身在何處。天亮後，他看見附近有條小溪，因為覺得口渴，就一路爬過去，爬到小溪跟前。

當他俯下身去飲水時，他發現自己的頭髮已經完全白了。

第一一七章　十月五日

傍晚六點左右，一縷燦爛的秋天陽光，從乳白色的暮靄中穿過，把金色的光線照射到蔚藍的海面上。白天的炎熱漸漸消退了，微風輕輕拂過，猶如大自然在熱浪灼人的中午休憩一陣後，醒來時呼出的氣息。這清新的氣息，為地中海沿岸送去清涼，把攙和著海水味的森林芳香從一座海灘送往另一座海灘。

在這片從直布羅陀海峽通到達達尼爾海峽，從突尼斯通到威尼斯的遼闊湖面上[77]，有一艘精美而輕巧的遊艇正在初起的暮靄中穿行，猶如一隻天鵝迎風展翅在水面上滑行。它迅速而優美地掠過水面，在船尾留下一道粼光閃閃的水波。

漸漸地，我們禮贊過的那片夕陽，消失在西邊的地平線上。但是，就像要將希臘羅馬神話中絢爛的夢境留給人們遐想似的，尚未收盡的餘輝，如一朵一朵火焰跳動在湧起的浪尖上，彷彿是告訴人們，安菲特裡特[78]把火神藏進她的懷抱以後，並無法用她蔚藍色的斗篷把自己的情人裹緊在裡面。

77 此處的湖，系指地中海。

78 Amphitrite，希臘神話裡的海中女神，海神波塞冬的妻子。火神赫菲斯托斯是宙斯和赫拉的兒子，因生下來時很醜陋，赫拉將他扔入海中。女神忒提斯把他救起交給女神們撫養。他長大後愛戀過好幾個女神。

遊艇迅速地向前駛去，不過海面拂過的風看上去似乎還未強到能吹亂一位年輕女孩的鬈髮。一名高挑身材、膚色黝黑的男子站在船頭，睜大眼睛望著迎面而來的那片黝黑的島礁。這片島礁呈圓錐形，宛如從萬頃波濤中湧上來的一頂巨大加泰羅尼亞人的帽子。

「那就是基督山島嗎？」這位旅客用一種低沉且內心充滿憂傷的聲音問。這艘遊艇看上去完全是遵著他的吩咐行駛。

「是的，閣下，」艇長回答，「我們到了。」

「我們到了！」那名旅客以一種無法形容的憂鬱語調喃喃地說。隨後他輕輕地加上一句：「是的，那就是港灣。」說完，他又陷入了沉思，流露出一種比眼淚更憂傷的苦笑。

幾分鐘後，只見島上閃過一道轉瞬即逝的亮光，一聲槍響也幾乎同時傳到了遊艇上。

「閣下，」艇長說，「島上發信號了，您要不要親自回答？」

「什麼信號？」他問。

艇長伸手指著島，只見島的一側有一縷白煙正嫋嫋地消散。

「喔！對，」他像剛從夢中醒來似的說，「給我吧。」

艇長遞給他一支裝好火藥的步槍；他接過，慢慢地舉起，朝天開了一槍。十分鐘後，水手收起船帆，在一個小港灣的五百米外下了錨。小艇已經放到海面上，裡面有一名舵手和四名槳手；那位旅客也下船上了小艇。小艇的船尾特地為他鋪著一塊藍色的氈毯，但他沒有坐在那裡，卻是把手叉在胸前站著。槳手待命，手裡的槳稍稍地翹起著，宛如海鳥在晾乾它們的翅膀。

「走吧。」那旅客說。

八支槳一齊划入水面，沒有濺起一點水花。接著，小艇就趁勢迅速地向前滑行。不久，他們就到了一個天然形成的小港灣；船底觸到了海灘的細沙。

「閣下，」舵手說，「請騎在這兩名水手的肩膀上，讓他們送您上岸。」

年輕人沒有回答他，只做了個完全不在乎的手勢，跨出小艇滑進齊腰深的海水裡。

「喔！閣下，」舵手喃喃地說，「您不該這麼做，主人會責怪我們的。」

兩名水手蹚水在前面試探可以踏腳的地方，而年輕人跟在後面。走了三十多步後，他們上了岸。年輕人在地面上蹬腳，努力往四周望著，想看看之後他們可能帶他走哪條路，因為這時天色已經完全黑了。在他轉過頭去時，有隻手按在他的肩膀上，同時有個聲音把他嚇了一跳。

「您好，馬西米蘭先生，」這個聲音說，「您很準時，謝謝！」

「是您，伯爵先生，」年輕人喊道，帶著一種可以說是喜悅的表情，同時用雙手握住基督山的手。

「是的，您看見了，我也跟您一樣準時。可是您身上還在淌水呢，親愛的朋友，您必須換衣服，就像卡呂普索對忒勒瑪科斯說的[79]那樣。來吧，島上有個專門為您準備的

79　Calyposo 卡呂普索是希臘神話中居住在俄古癸亞島上的女神。奧德修斯在特洛伊戰爭結束後遭遇海難，被她救上該島。Telemachus，忒勒瑪科斯是奧德修斯的兒子。

住處，您在那裡會忘掉疲勞和寒冷的。」

基督山看見摩萊爾回過頭去，像在等什麼人。原來，年輕人看到那些把他帶到這裡來的水手連一句話也沒跟他說，也沒收他一分錢就走了，不由得大為訝異。他甚至聽到小艇划回遊艇的槳聲。

「啊！對，」伯爵說，「您在找您的水手？」

「是的，我還沒付錢，他們就走了。」

「別去管這些事了，馬西米蘭先生。」基督山笑道，「我跟常年在海上航行的那些人有個約定，凡是到我島上來的客人，一路乘坐的馬車和搭乘的船一概免費。照文明國家的說法，我們是有君子協定的。」

摩萊爾驚訝地望著伯爵。「伯爵先生，」他說，「您跟在巴黎時不一樣。」

「怎麼了？」

「是的，您在這裡笑了。」

基督山伯爵的臉色一下子變得憂鬱起來。

「您這麼提醒我很對，馬西米蘭先生。」他說，「見到您，對我來說是一種幸福，可我忘了，所有的喜悅都是過眼雲煙。」

「哦！不，不，伯爵先生！」摩萊爾又抓住他朋友的雙手，喊道，「您應該笑，應該幸福。您在以您的談笑自若向我表明，生活只有在受著折磨的人眼裡才是個累贅。哦！您如此善良，如此仁慈，如此崇高。我的朋友，您是為了鼓勵我才裝得這麼輕鬆愉快的。」

「您錯了，摩萊爾先生，」基督山說，「我確實很幸福。」

「這麼說，您是把我忘了。那樣也好！」

「為什麼這麼說呢？」

「沒錯，就像古羅馬的鬥士在走進競技場時對至高無上的皇帝說的那樣，我要對您說：『赴死之人來向您致敬了。』」

「您的痛苦沒有減輕嗎？」基督山帶著一種奇特的眼神問。

「哦！」摩萊爾眼神中充滿苦澀地說，「難道您真的以為我能嗎？」

「請聽我說，」伯爵說，「您是明白我的意思的，是嗎，馬西米蘭先生？您不會把我看作一個庸俗無聊又愛喋喋不休，盡說些不著邊際的廢話之人。當我問您有沒有減輕痛苦的時候，我以一個洞悉人類心靈祕密的人在對您說話。來吧！摩萊爾先生，讓我們一起來探索您心靈的深度吧。難道您仍然一如當初，像隻受傷的獅子般感覺到同樣的悲慟狂躁嗎？難道您仍有著直到進了墳墓才能停息的飢渴嗎？您難道仍被讓自己想捨身赴死的悔恨所驅使嗎？或者，您只是經歷了喪失勇氣的沮喪，與遏抑希望之光的煩惱？是因為失去記憶使您無法哭泣嗎？哦！親愛的朋友，如果是這樣，如果您已哭不出來，如果您覺得冰凍的心已死，如果您將全部的信任交給上帝，那麼，馬西米蘭先生，您的痛苦已經減輕了，別再抱怨了吧。」

「伯爵先生，」摩萊爾用既柔和又堅決的聲音說，「請聽我說，請聽一個身體仍在人間但思想已升往天堂的人對您說。我到您這裡，是為了能死在一個朋友的懷裡。是的，這世上還有我愛的人——我的妹妹裘莉以及她的丈夫伊曼紐爾。可是，我需要有人對我張開有力的雙臂，在我臨終時能微笑地對著我。我妹妹會痛哭暈厥的。我看著她那麼悲傷，也會感到痛苦的。伊曼紐爾會奪下我手裡的槍，喊得整座屋子的人都知道。而您是對我做過保證的。再說，您不是個普通人，要不是您也有凡人的軀體，我會以為您是一位神祇。您會安靜且親切地把我領向死神之門的，對嗎？」

「朋友，」伯爵說，「我還有一點疑慮。您是不是因為太軟弱，所以才以炫耀痛苦來做為自己的驕傲呢？」

「不是的，您看，我很正常。」摩萊爾伸手給伯爵說，「我的脈搏不比平時快，也不比平時慢。不，我只是覺得路已走到了盡頭。不，我已無法再往前走。您對我說要等待，要有希望。可是，您知道這讓我付出了多大的代價嗎。您這位不幸的智者？我等了一個月，也就是說，我受了一個月的折磨！我希望過——人真是一種可憐而又可悲的動物——我是希望過的，但是能希望什麼呢？我不知道，反正是一種不可知又荒謬且跟情理相悖的東西！也許我是在盼望一種奇跡。但是，又會是什麼樣的奇跡呢？這一切，只有上帝才能知道。因為是祂把這種人們稱為希望的瘋狂念頭摻進了我的理智。是的，我等待過，是的，我希望過，伯爵先生，就在我們談話的這一刻裡。雖然您並沒有意識到，但您已經一次又一次地刺痛了我的心，使它一次又一次地破碎。因為您的每句話都在向我表明，我已經不會再有希望了。哦，伯爵先生！請讓我靜靜地安息，愉快地走進死神的懷抱吧！」

摩萊爾說最後幾句話時情緒非常激動，伯爵看了不自覺地打了個寒噤。

「我的朋友，」摩萊爾看見伯爵不出聲，就繼續往下說，「您把十月五日定為要求我延緩的最後期限……我的朋友，今天就是十月五日……」

摩萊爾掏出懷錶。「現在是九點鐘，我還有三個鐘頭要活。」

「那好吧，」基督山回答說，「您跟我來。」

摩萊爾機械地跟著伯爵往前走，就這麼不知不覺地走進了一個岩洞。他發現腳下鋪著地毯，有一扇門開了，馥郁的香氣在他的四周繚繞，一道強烈的光線照花了他的眼睛。摩萊爾停住腳步，遲疑著不敢往前走。他怕逸樂會使自己的意志鬆懈下來。基督山伯爵輕輕地拉拉他。

「我們何不就效法古代被尼祿皇帝判了死刑的羅馬人，像他們那樣來消磨這三個鐘頭呢？」他說，「那些死後連財產也得歸皇帝的羅馬人，是坐在堆滿鮮花的桌子邊，吸著天芥[80]和玫瑰的花香從容地死去的。」

摩萊爾笑了笑。「隨您的意吧，」他說，「反正死總歸是死，是忘卻，是休憩，是超脫生命，因此也就是痛苦的解脫。」

他坐了下來，基督山伯爵坐在他對面。他們是在我們曾經描寫過的那個富麗堂皇的

80　一種香氣濃郁的淺紫紅色的花。

餐廳裡。大理石雕像頭上頂著籃子，裡面隨時都裝滿著鮮花和水果。摩萊爾神情茫然地望著周圍的一切，但多半什麼也看不見。

「讓我們像男子漢那樣地談談吧。」他說，視線停在伯爵的臉上。

「請說吧。」伯爵答道。

「伯爵先生，」摩萊爾說，「在您身上集中了人類的全部知識。您使我感覺到，您是從一個跑在我們這世界前面，比它更進化的世界來的。」

「您說的也有幾分道理，摩萊爾先生，」伯爵帶著使他顯得非常俊美的憂鬱笑容說，「我是從一個名叫痛苦的星球上來的。」

「只要是您對我說的話，我都相信，甚至不想去深究其中的含意，伯爵先生。而證據就是，您對我說要活下來，我就活下來了；您對我說要有希望，我就幾乎抱有希望。所以伯爵先生，我要把您當作一個已經死過一回的人，冒昧地問您一個問題。伯爵先生，死想必很痛苦吧？」

基督山伯爵帶著一種無法形容的溫柔神情，望著摩萊爾。

「是的，」他說，「是的，那當然是很痛苦的。如果您粗暴地讓這個執著地想生存下去的軀體毀於一旦，如果您把匕首無情的尖刃捅進這哀號的肉體，如果您把一顆什麼也不懂，只知道亂竄的槍彈射進這稍受震動就會受傷的腦袋，當然，您是會感到很痛苦的。在即將可悲地結束生命時，在絕望的彌留之際，您會感覺到生命是比代價如此慘痛的休息更加可貴的。」

「是的，我明白，」摩萊爾說，「死亡就跟生命一樣，也有它苦與樂的祕密。關鍵是要了解它。」

「您說的對，馬西米蘭先生。這會依照我們有沒有很小心地與它相處而定。有時，死亡會像位朋友一樣輕輕地搖我們入睡，猶如一名看護。有時，它又像個敵人，會粗暴地把我們打得魂靈出竅。將來有一天，當這個世界再活的更久時，當人類能主宰自然界中所有毀滅性的力量，把它們用來為人類造福時，當人類像您剛才說的那樣，完全知道了死亡的祕密以後，死亡就會變得像安睡在心愛的人懷抱裡一樣甜蜜和愉快。」

「假如您想死的話，伯爵先生，您會選擇像這樣死去的，是嗎？」

「是的。」

摩萊爾向他伸出手。「我現在明白了，」他說，「您為什麼選了這座大海中的孤島，這座地下宮殿，這座會讓埃及法老羨慕不已的陵墓，讓我到這裡來見您。這是因為您愛我，是嗎，伯爵先生？這是因為您對我的愛，足以使您決定要讓我能有您剛才說過的那種死亡。一種沒有臨終痛苦的死亡，一種能握著您的手，呼喚著瓦朗蒂娜的名字慢慢離去的死亡，是這樣嗎？」

「是的，您猜對了，摩萊爾先生，」伯爵很簡捷地說，「我就是這個意思。」

「謝謝您，想到明天我就不用再受罪了，我這可憐的心裡感覺到了甜味。」

「您什麼都不留戀了嗎？」基督山問。

「是的。」摩萊爾回答。

「連我也沒想到？」伯爵動感情地問。

摩萊爾頓住不說。他明澈的雙眼一下子變得黯淡，隨後又投射出一種異常的光芒。兩顆晶瑩的淚珠奪眶而出，沿著臉頰淌下，留下兩道閃亮的淚痕。

「什麼？」伯爵說，「這世界上還有您留戀的事物，而您卻要去死！」

「哦！我求求您，」摩萊爾以一種虛弱的聲音喊道，「什麼也別再說了，伯爵先生。請別再讓我繼續痛苦下去了！」伯爵以為摩萊爾的決心動搖了。

這一瞬間的想法使他的腦海中重新浮現他一到伊夫堡就已經被消除的可怕疑慮。

「我一心想把幸福歸還給這個人，」他暗自想道，「我想借此在天平的另一端加上一個重量，來平衡我曾帶給他的痛苦。可是，萬一我弄錯了呢？萬一這個人所遭到的不幸還不值得讓他接受這種幸福呢！唉！我只有在給了他幸福後才能忘懷我給他帶來的痛苦，我該怎麼辦呢！」

「您聽我說！摩萊爾先生，」他說，「我知道，您的痛苦是強烈的。可是您還相信上帝，您不會拿靈魂去冒險。」

摩萊爾憂鬱地笑了笑。

「伯爵先生，」他說，「您知道我是不會做出多愁善感的樣子來的。但我可以向您發誓，我的靈魂早已不屬於我了。」

「請聽我說，摩萊爾先生，」基督山說，「您是知道的，我在這世上沒有任何親人，我一向把您看作我的兒子。好吧，為了拯救自己的兒子，我連生命都能犧牲，更何況財產呢。」

「您想說什麼呢？」

「我想說，摩萊爾先生，您願意結束生命，是因為您還不知道巨大的財富能為生活帶來多少享受。摩萊爾先生，我的財產差不多有一億，我把它們都給您，您有了這筆財產，就能無往不利。您有雄心壯志嗎？那麼每條路都在您面前為您敞開。您就把這世界弄得天翻地覆，讓它變樣吧。您就任自己的瘋狂想法行事，甚至犯罪也行……但要活下去。」

「伯爵先生，您對我保證過的，」摩萊爾冷冷地說，一邊掏出懷錶來，「現在已經十一點半了。」

「摩萊爾先生，您真要在我家裡當著我的面前死去嗎？」

「那麼，請您讓我走吧。」馬西米蘭變得很陰鬱地說，「否則，我就要認為您對我的愛不是為了我，而是為了您自己了。」說著，他站起來。

「好吧，」基督山伯爵這麼說時，臉上露出了喜悅的神情，「您執意要死，摩萊爾先生，什麼也勸不住您。是的！您的苦難如此深重，您自己也說了，只有奇蹟才能治癒您的痛苦。那麼，您請先坐下，摩萊爾先生，再等一下吧。」

摩萊爾照他的話做了。基督山伯爵站起來走到一個仔細上了鎖的櫃子前，從身上拿出一枚懸在金鏈上的鑰匙，打開櫃子取出一個精雕細刻的小銀箱。銀箱的四個角上雕鏤著四個感情激昂且仰面彎著身子的女子。她們象徵著嚮往飛上天堂的天使。基督山伯爵把這個小銀箱放在桌子上。他打開銀箱，取出一個小小的金匣，在暗鈕上按了一下，匣蓋就自動開啟了。金匣裡盛著一種稠膩的膠凍。拋光的金子和鑲嵌在上面的藍寶石、紅寶石、純綠寶石的色澤交映生輝，以至膠凍本身的顏色都看不出來了。它像是一種天藍、緋紅和金色交織在一起的顏色。伯爵用一把鍍金的銀匙舀起一小匙這種膠凍，遞給摩萊爾，同時把目光久久地留在他身上。這時，可以看清這膠凍是暗綠色的。

「這就是您要的東西，」基督山說，「也是我答應過給您的東西。」

「趁我還活著，」年輕人從基督山手裡接過小匙說，「我要說我從心底感謝您。」

伯爵另外拿了一把小匙，又在金匣裡舀起一匙。

「您要做什麼，朋友？」摩萊爾抓住他的手問。

「喔，摩萊爾先生，」基督山微笑著對他說，「我覺得，願上帝寬恕我，我也與您一樣對生命感到厭倦了，既然有這個機會……」

「別動！」年輕人喊道，「哦！您，您愛著別人，別人也愛著您。您是相信希望的。哦！我要做的事，您不能做，那對您是一種罪孽。別了，我高尚而慷慨的朋友，我會把您為我所做的一切，都告訴瓦朗蒂娜的。」

說完，他把伸向伯爵的左手按住對方的手，緩緩地，但毫不猶豫地吞下了基督山伯爵給他的神祕膠凍。這時，兩人都沉默了。阿里悄然無聲地小心翼翼端上菸草和菸管，斟好咖啡，又退了下去。擎在大理石雕像手中的燈漸漸地變得幽暗，摩萊爾似乎覺得熏爐裡的香氣也不那麼濃烈了。基督山伯爵坐在他對面的陰影裡看著他，而摩萊爾只看見伯爵的雙眼在閃閃發亮。一陣巨大的憂傷向年輕人襲來。他覺得菸管從自己手裡滑落，所有的東西都莫名其妙地失去了原有的形狀和色彩。他只覺得昏昏沉沉，從眼睛裡看出去似乎是牆壁生出了門和門簾。

「朋友，」他說，「我覺得我要死了，謝謝。」他努力想把手最後一次地伸向伯爵，但手只能無力地垂落在他的身旁。

這時，他覺得基督山伯爵似乎在微笑，但不是那種曾經好幾次讓他隱約窺見這個深邃心靈中的奧祕的那種奇特而嚇人的笑，而是父親在聽孩子信口胡謅時的那種慈愛寬容的笑。同時間，伯爵在他眼裡變得高大起來，幾乎增加了一倍的身影呈現在紅色壁幔上。他把黑髮掠在後面，就像一位將在末日審判時懲辦惡人的天使般傲然站立著。

摩萊爾衰弱而順從地仰臥在長沙發上，有一種愜意的麻木感滲透了他全身的每一根血管。他的腦子裡，不妨這麼說吧，變幻著成百上千個意念，就像萬花筒裡變幻著成百上千個圖案。摩萊爾平躺著，神情激動，氣喘吁吁，除了還感覺得到在做夢外，渾身無力。他覺得自己很快地進入了一種茫然離神狀態，接著這種狀態而來的應該是那名為死亡卻從未體驗過的狀態了。

他又一次地想把手伸給伯爵，但是這一次，他的手根本無法動彈。他想對伯爵道一聲永別，但舌頭笨拙地堵在喉嚨口，就像一塊石頭堵住了墳墓的出口。他倦怠的雙眼不由自主地閉了起來。然而，從垂下的眼瞼縫隙中看出去，他依稀見到一個人影，而且，儘管他覺得此刻周圍是一片昏暗，還是認出了這個人影是誰。是伯爵，他剛去打開一扇門。

霎時間，一大片明亮的光從相鄰的房間，或者說是從一座金碧輝煌的宮殿，瀉進了摩萊爾正在靜待甘美的臨終時刻來到的這間大廳。這時，他看見一個絕頂美麗的女子從那個房間走來，走到這間大廳的門口。她臉色蒼白，帶著甜蜜的微笑，看上去就像一位來趕走復仇天使的仁慈天使。

「莫非天國的大門已經為我打開了？」這個臨死的人想道，「這位天使真像我失去的那位女孩。」

基督山伯爵對那位女孩用手指了指摩萊爾躺著的長沙發。她雙手合在胸前，嘴邊帶著微笑向他走來。

「瓦朗蒂娜！瓦朗蒂娜！」摩萊爾從靈魂深處喊道。

但是他的嘴裡沒能發出一點聲音，而且，他的全部力量似乎都已經集中到這種內心的激動上，他呼出一口氣，閉上了眼睛。瓦朗蒂娜向他撲了過去。摩萊爾的嘴脣還在動。

「他在叫您，」伯爵說，「他在昏睡中呼喊著您。您把自己的命運託付給了他，死神卻曾經想把您們拆開。幸虧我在那裡，戰勝了死神！瓦朗蒂娜小姐，今後，您們在人世間再也不能分離了，因為他為了找到您，曾急著走進死亡。要是沒有我，您倆都早已死去。願上帝能接受我挽救了兩人的性命做為我的贖罪。」

瓦朗蒂娜抓住基督山的手，在一種無法抑制的喜悅衝動下，捧起它放在嘴脣上吻著。

「哦！您再感謝我一次吧！」伯爵說，「請您不厭其煩地再對我這麼說，再告訴我，是我使您們得到幸福吧！您不知道我是多麼需要確信這一點啊。」

「哦！是的，是的，我是全心全意地感謝您。」瓦朗蒂娜說，「要是您還不能相信我的感激是真心誠意的，好吧！您就去問海蒂，去問我親愛的海蒂姐姐吧。自從我倆離開法國以後，她就一直和我在講您的事，讓我能耐心地等到今天，能看見這個幸福的日子。」

「這麼說，您是愛海蒂的？」基督山帶著一種無法掩飾的激動問道。

「哦！我從心底裡愛她。」

「那麼，請聽我說，瓦朗蒂娜小姐，」伯爵說，「我想求您做件事。」

「我？天啊！我能有這樣的榮幸嗎？」

「是的，您剛才把海蒂稱作您的姐姐。讓她真的做您的姐姐吧，瓦朗蒂娜小姐。請把您把覺得欠我的情都還給她吧。請您和摩萊爾先生好好保護她，因為（伯爵的聲音已經發哽了），因為從今以後她在這世界上就是孤苦伶仃的一個人了……」

「孤苦伶仃的一個人？」一個聲音在伯爵身後重複說，「為什麼？」

基督山轉過身去。海蒂站在那裡，臉色蒼白而冷峻，渾身僵直地望著伯爵。

「因為明天，我的孩子，您就自由了。」伯爵回答，「因為您將在這世界上重新得到您應有的地位。因為我不願意讓我的命運來遮蔽您的前途。您是位公主！我要把財富和您父親的姓氏都還給您。」

海蒂臉色慘白，像童貞女祈求上帝幫助那樣地伸出白皙的雙手，用含著熱淚的沙啞的聲音說：「這麼說，大人，您要離開我了？」

「海蒂！海蒂！您還年輕、美麗，請忘了我的名字，幸福地生活吧。」

「好的，」海蒂說，「我會執行您的命令，大人。我會忘掉您的名字，去過幸福的生活的。」說完，她往後退了一步，準備離去。

「哦！上帝！」瓦朗蒂娜喊道。她這時已經把昏迷不醒的摩萊爾的頭枕在了她的肩上。「您難道沒看見她的臉色這麼白？您難道不明白她有多麼痛苦嗎？」

海蒂帶著一種令人心碎的表情對她說：「您為什麼要希望他能明白我是否痛苦呢，我的妹妹？他是我的主人，而我是他的奴隸。他有權力什麼都不看見的。」

伯爵聽著這撥動他最隱祕心弦的聲音，不由得打了個寒顫。他的視線與那年輕女孩的目光相遇時，覺得自己承受不住那耀眼的光芒。「上帝啊！上帝！」基督山說，「您讓我在心裡隱約猜想過的事，難道竟是真的嗎？海蒂，您真的覺得留在我身邊很幸福嗎？」

「我還年輕，」她溫柔地回答，「我愛這個您永遠為我安排得這麼甜美的生活。我不想去死。」

「難道您是說，要是我離開您，海蒂……」

「我就會去死，大人，是的！」

「難道您愛我？」

「哦，瓦朗蒂娜，他竟然問我是不是愛他！瓦朗蒂娜，就請您告訴他，您是不是愛馬西米蘭吧！」

伯爵覺得自己的胸膛在脹開，心也在膨脹。他張開雙臂，海蒂高叫一聲，撲進他的懷抱。

「是的！是的，我愛您！」她說，「我愛您，就像愛父親，愛兄弟，愛丈夫那樣地愛您！我愛您，就像愛生命，愛上帝那樣地愛您。因為，您在我眼裡是天下最美、最好、最崇高的人！」

「但願能像您想的這樣，我親愛的天使！」伯爵說，「上帝激勵我去跟仇人搏鬥，且讓我成了勝利者。現在我知道了，上帝並不願意讓我在勝利後感到後悔。我曾想懲罰自己，是上帝寬恕了我。愛我吧，海蒂！有誰知道，也許您的愛能使我忘掉那些我不想記得的事。」

「您是什麼什麼意思呢，大人？」

「我是在說，您的一句話比我慢慢摸索了二十年的經驗還要啟發我更多。我在這世上只有您了，海蒂。有了您，我就能重新生活。有了您，我就又可以感覺到痛苦和幸福了。」

「您聽見他說的話嗎，瓦朗蒂娜？」海蒂喊道，「他說有了我，他就能感覺到痛苦！可是，我為了他是願意獻出自己生命的！」

伯爵靜靜地想了片刻。「莫非我已經看見人生的真諦嗎？」他說，「哦，我的上帝！無論是補償還是懲罰，我都願意接受這種命運。來吧，海蒂，來吧……」說完，他摟住年輕女孩的腰，跟瓦朗蒂娜握了手，就離開了。

又過了大約一個小時。在這段時間裡，瓦朗蒂娜一直焦急但默不作聲地凝視著摩萊爾。終於，她覺得他的心臟開始跳動，嘴裡也呼出了一絲極其微弱的氣息。這絲悠悠的氣息，顯示著生命又回到這個年輕人的身體裡了。他的眼睛終於睜開，但起先目光是呆滯的，猶如失去了神智一般。然後，他漸漸地恢復了視覺，看到的影像變得清晰與真切起來。隨著視覺的恢復，感覺也清醒了；隨著感覺的清醒，痛苦也復甦了。

「哦！」他以絕望的語調喊道，「我還活著！伯爵騙了我！」說著，他把手伸到桌子上握住了一把刀。

「我的朋友，」瓦朗蒂娜帶著她可愛的笑容說，「您快醒醒，朝我這裡看看吧。」

摩萊爾大叫一聲。他如癡如狂，充滿疑惑，像見到了天國景象而感到頭暈目眩般跪了下去。

第二天，摩萊爾和瓦朗蒂娜迎著晨曦手挽手地在海邊散步。瓦朗蒂娜把一切原委都跟摩萊爾說了。基督山伯爵是怎麼出現在她的房間裡，怎麼讓她知道事情的原由，怎麼向她揭露那件罪行，以及最後怎麼奇蹟般地把她從死亡中拯救出來，而讓別人以為她真的死了。

他們剛才是發現岩洞的門開著，才走了出來的。此刻，夜晚的最後幾顆星星還在清晨淡藍色的天空上閃爍著。這時，摩萊爾看見一堆岩石的陰影裡站著一個人，像在等著他倆招呼他過去。摩萊爾把這人指給瓦朗蒂娜看。

「啊！那是雅各博，」她說，「遊艇的艇長。」說著，她做了個手勢，招呼他過來。

「您有事要對我們說嗎？」摩萊爾問。

「我這裡有封伯爵先生的信要交給您。」

「伯爵先生的信！」兩個年輕人同時輕輕地喊道。

「是的，請念吧。」摩萊爾打開信，念道：「親愛的馬西米蘭先生：島邊為您們停泊著一艘小帆船。雅各博會把您們帶到來亨港。諾瓦第埃先生正在那裡等著他的孫女，希望能在您領她上聖壇前先為她祝福。我的朋友，這座岩洞裡的全部財寶，我在香榭麗舍大道的宅邸以及特雷波爾的城堡，都是愛德蒙．鄧蒂斯送給摩萊爾船主之子的結婚禮物。也請德．維爾福小姐應允接受其中的一半。因為，我想請她將她從已經發瘋的父親名下，以及從已於九月份與她的繼母一起去世的弟弟名下繼承的全部財產，都捐贈給巴黎的窮苦之人。

「摩萊爾先生，請告訴這位將終生眷顧您的天使，讓她有時為這樣的一個人祈禱吧。他一度曾像撒旦那樣，自以為能與上帝匹敵，但後來終於懷著一名基督徒的謙卑之心認識到，只有上帝才擁有至高無上的權力和無窮無盡的智慧。她的祈禱，也許可以減輕一些他在心底裡感到的內疚。

「至於您，摩萊爾先生，我要告訴您的祕密是——在這世界上既無所謂幸福也無所謂不幸，只有一種狀況和另一種狀況的比較，如此而已。只有體驗過極度不幸的人，才能品嘗到極度的幸福。只有下過死的決心之人，馬西米蘭先生，才能懂得活著有多快樂。

「幸福地生活下去吧，我心愛的孩子們，請您們永遠別忘記，直至上帝垂允為人類揭示未來圖景的那一天來臨之前，人類的全部智慧就包含在這五個字裡面：等待和希望！

「您的朋友　愛德蒙・鄧蒂斯，基督山伯爵」

瓦朗蒂娜從這封信裡才得知父親的發瘋與弟弟的去世。這些情況她一無所知的，所以在念這封信的時候，她的臉色變得慘白，從胸口發出一聲悲痛的長嘆。悄無聲聲但同樣令人心碎的熱淚，沿著臉頰淌了下來。她的幸福，是花了昂貴的代價才換來的。

摩萊爾焦急不安地朝周望著。

「其實，」他說，「伯爵先生實在是太慷慨了。就算只有我那點微薄的財產，瓦朗蒂娜也會很滿足的。伯爵先生在哪裡呢，我的朋友？請把我們帶到他那裡去吧。」

雅各博伸手指著遠方的地平線。

「什麼？您這是什麼意思呢？」瓦朗蒂娜問，「伯爵先生在哪裡？海蒂在哪裡？」

「看吧。」雅各博說。

兩位年輕人沿著水手指的方向望去，在深藍色的大海與地中海的天空相接的遠方，他們看見了一片白帆，小得就像海鷗的翅膀。

「他走了！」摩萊爾喊道，「他走了！別了，我的朋友，我的父親！」

「她走了！」瓦朗蒂娜喃喃地說，「別了，我的朋友！別了，我的姐姐！」

「有誰知道，我們還能不能再見到他們呢？」摩萊爾拭著眼淚說。

「我的朋友，」瓦朗蒂娜說，「伯爵先生不是告訴我們，人類的智慧就包含在這五個字裡面嗎：

「等待和希望！」

（全文終）

關於大仲馬

一

法國文學史上有兩位著名的仲馬：一位是本書和《三劍客》的作者大仲馬（1802—1870）。同歐仁・蘇一樣，大仲馬是十九世紀上半期法國浪漫主義文學潮流中另一個類型的傑出作家，他在當時報刊連載通俗小說的高潮中，用浪漫主義的精神和方法，創作了故事生動、情節曲折、處處引人入勝的長篇小說，把這種文學體裁發展到了前所未有的新水準、新境界。另一位是《茶花女》的作者小仲馬（1824—1895），他是法國戲劇由浪漫主義向現實主義過渡期間的重要作家；他是大仲馬的私生子，當他把小說《茶花女》改編成劇本首演成功時，曾電告其父：「就像當初我看到你的一部作品首演時獲得的成功一樣。」大仲馬回電道：「親愛的孩子，我最好的作品就是你。」

這裡且說大仲馬。一八〇二年七月二十四日，大仲馬誕生於法國北部的維萊—科特雷鎮。他的父親曾是拿破崙手下的陸軍少將，母親是科特雷鎮上一家旅館的老闆的女兒。大仲馬才四歲，父親就離開了人間，因此他在幼年、少年以至青年時代始終生活在窮困之中。大仲馬的母親希望兒子能學得一技之長，節衣縮食為他請了小提琴教師，但他學不下去；後來母親又要他去神學院就職，他也安不下心來。然而，他是個有天賦的孩子，而且有他自己的抱負。一次偶然的機會，他跟撞球店老闆賭輸贏，結果贏了九十法郎，他把這筆錢用作到巴黎去的旅費，開始了他的新生涯。到巴黎以後，他憑藉父親的人事關係，在奧爾良公爵的私人祕書處尋到了一個抄抄寫寫的差事。與此同時，他狂吞亂嚥地大量讀書，廣泛涉獵文學、歷史、哲學和自然科學等知識領域，為日後的多產創作奠定了基礎。看了倫敦的劇團在巴黎演出的莎士比亞戲劇以後，他激動不已地感到「精神上受到強烈的震動」。他花了五個星期寫出了第一個劇本《克莉絲蒂娜》，而且得到了內行人的好評。但由於一個演慣了古典主義劇碼的名演員的阻撓，劇本未能如期上演。現在我們熟知的《亨利三世及其宮廷》，是大仲馬寫的第二個劇本。這個劇本之所以負有盛名，一則由於作品充分顯示了作者卓越的才華，二則由於它是法國第一部突破古典主義傳統的浪漫主義戲劇。經過很有戲劇性的一番周折以後，這個批判封建專制主義的劇本終於在古典主義固守的堡壘——法蘭西劇院上演並取得了空前的成功。它上演的時間，比雨果的《歐那尼》還早一年，不僅開創了歷史劇這個新的文學領域，而且體現了一些浪漫主義戲劇的創作原則，這正是大仲馬在法國文學發展史上的一個偉大功績。

一八三〇年七月，大仲馬投入了推翻波旁王朝的戰鬥，不僅參加巷戰，而且獨自把三千五百公斤炸藥從尚松運到巴黎，奧爾良公爵接見了他。前者不久成了國王，但並未採納他的建議，還嘲笑他道：「把政治這個行當留給國王和部長們吧，你是一個詩人，還是去做你的詩吧！」後來他參加了以共和觀點著稱的炮兵部隊，並在歷史劇《拿破崙・波拿巴》的序言中公開了他與國王的分歧。這下他就闖下了大禍，因此被指控為共和主義者，於是被逼經常到瑞士、義大利等地去旅行，看來他不光是到國外去遊山玩水，其中也還有著「避風頭」的苦衷。但他畢竟是帶著戲劇家的心和眼睛踏上旅途的，一路上難免會有意識地觀察風俗人情，收集奇聞軼事，甚至深更半夜也會到教堂裡去聽故事。凡此都在有意無意之間為日後的小說創作作了充分的準備。

三十年代初，法國報刊大量增加，為了適應讀者的需要，往往開闢文學專欄，連載的通俗小說便應運而生。大仲馬是喜歡司各特的。他仔細鑽研了司各特的歷史小說及其特色後，便運用自己編織故事的神妙技巧和豐富充沛的想像力，從歷史上取材，寫了不少通俗而引人入勝的長篇小說，在報刊上連載，成為當時法國首屈一指的通俗小說專欄作家。一八四四年，《三劍客》的巨大成功，已為他奠定了歷史小說家的聲譽；一八四五年秋開始在《辯論報》上連載的《基督山恩仇記》又轟動了整個巴黎。稿費源源而來，他這時真可以說得上是富比王侯了。一八四八年，他竟然耗資幾十萬法郎建起一座富麗堂皇的府邸，並把它命名為「基督山城堡」。

大仲馬巨大的工作熱情和毅力，超乎常人的充沛精力，也許同他祖傳的優異體質不無關係。他熱愛寫作，而且寫作起來可以毫不誇張地說是文思如湧，一瀉千里。大仲馬成名後，在創作過程中經常有一些合作者，他們有的為大仲馬查找文獻資料，有的向大仲馬提供故事的雛形，有的甚至與大仲馬共同執筆，參與初稿的寫作，但是無論在哪種情形下，主骨和靈魂總是大仲馬。在這一點上，一直有人對大仲馬頗多微詞，譏諷他是「寫作工廠」的老闆。但大仲馬是很坦然的，他理直氣壯地回答說：「莎士比亞也是借用了別人作品的主題進行創作的，難道他就不是偉大的作家了嗎？瞧我的這只手吧，這就是我的工廠。」

大仲馬生性落拓不羈，愛開玩笑，他的一生也像他的作品一樣充滿著傳奇色彩。譬如說，有一回他在俄國旅行時，有個年輕人要求做他的僕役。大仲馬不僅一口應允，而且還寫了一份由他簽署的「護照」給他，並附了張紙條，申明這個年輕人沿途的一應花銷都可將帳單徑寄巴黎，由他付帳。結果，這個年輕人果然一路通行無阻地到了巴黎。

還有一次，大仲馬到西班牙去旅行，一個海關職員要檢查他的行李。這時，旁邊不知是誰說了句：「你要檢查大仲馬先生的行李？」那個職員一聽，忙不迭地趕快放行，一邊嘴裡還喃喃地說：「原來是三劍客先生！」得知大仲馬來訪，西班牙全國上下一片歡騰，人們像迎接凱旋歸來的英雄般地歡迎他。面對這動人的情景，就連一直對父親耿耿于懷的小仲馬也覺得這次隨父親去西班牙是「不虛此行」。

大仲馬雖然天生有強健的體魄，但由於長年超負荷工作，再加上生活放蕩，他的精力消耗太大，所以到一八六七年，他就經常頭暈目眩，無力再從事文學創作。一八七〇年十二月，大仲馬臥床不起，五日晚上，他死在女兒的懷裡，時年六十八歲。維克多•雨果得知噩耗後，說了下麵這段話：「他就像夏天的雷陣雨那樣爽快，是個討人喜歡的人。他是濃雲，是雷鳴，是閃電，但他從未傷害過任何人。所有的人都知道他像大旱中的甘霖那般溫和，為人寬厚。」

大仲馬作為十九世紀最多產而且最受讀者歡迎的作家之一，在法國文學史上的功績是不可抹殺的。他的文學作品到底有多少呢？很難說出一個確切可靠的數字。眾多研究大仲馬的專家的統計結果很不一致。最保守的統計，是戲劇九十部，小說一百五十部（計三百本）。最著名的戲劇除《亨利三世及其宮廷》（1829）以外，還有《安東尼》（1831）和《拿破崙•波拿巴》（1831）。最著名的小說除《基督山恩仇記》外還有：描寫路易十三到路易十四時期的達達尼昂三部曲，即《三劍客》（1844）、《二十年後》（1845）和《布拉熱洛納子爵》（1848—1850）；描寫「三亨利之戰」的三部曲，即《瑪歌王后》（1845）、《蒙梭羅夫人》（1846）和《四十五衛士》（1848）；以及描寫法國君主政體瓦解的一系列小說，如《約瑟•巴爾薩莫》（1846—1848）、《王后的項鍊》（1849—1850）、《紅房子騎士》（1846）、《昂熱•皮都》（1853）和《夏爾尼伯爵夫人》（1853）。而其中影響最大、最受讀者歡迎的，當然首推《基督山恩仇記》和《三劍客》。

二

大仲馬生活和寫作的時代，是法國文學史上一個群星璀璨的時代。雨果、司湯達、巴爾扎克、福樓拜、左拉等人，都可以說是他的同時代人。如果要把大仲馬跟這些我們熟悉的十九世紀法國文學巨匠作個比較的話，也許可以說，大仲馬是最擅長編故事的，他的那些情節扣人心弦、充滿傳奇色彩的小說，就可讀性和通俗性而言是無人可以比擬的。但若要說小說的文學價值，作家在文學史上的地位，恐怕大仲馬就難以與他們抗衡了。為什麼情況會是這樣的呢？

我們試舉司湯達的《紅與黑》、雨果的《悲慘世界》和福樓拜的《包法利夫人》為例，來和《基督山恩仇記》做個比較。這三部小說都是以真實事件做為基礎，然後經作家加工創作成書的，發表的年代也和《基督山恩仇記》大致相近。《紅與黑》發表於一八三〇年，比《基督山恩仇記》的問世早十五年。《包法利夫人》和《悲慘世界》分別發表於一八五六年和一八六二年，比《基督山恩仇記》晚十一年和十七年；但雨果開始寫作《悲慘世界》的時間是一八四五年，恰好是《基督山恩仇記》開始在《辯論報》上連載的同一年。

《紅與黑》雖然也取材於一個真實的案件，但司湯達抱定「小說應是一面鏡子」的創作宗旨，從中照出了廣闊的社會畫面，把一個普通的刑事案件提到了對十九世紀初期法國的社會進行歷史和哲學研究的高度。難怪高爾基要說，于連的形象是十九世紀歐洲文學中反叛資本主義社會的英雄人物的「始祖」。在人物的刻畫上，司湯達傾心於「人的靈魂的辯證法」，他能把人物的心理活動描寫得淋漓盡致，表現得惟妙惟肖，它們所留給讀者的藝術上的享受，是令人經久難忘的。

雨果創作《悲慘世界》，也有一個小小的契機。據說有一次，雨果看到兩個士兵挾著一個犯人在街上走，他原來是個農民，穿一雙木鞋，腳上還在淌血，就因為偷了一隻麵包而被判去服五年苦役。正在犯人被押著往前走的時候，有一個雍容華貴的女人，坐在畫著貴族紋章的馬車裡經過，囚犯用哀傷的目光望著馬車裡的貴婦人，她卻對周圍的這一切都彷彿視而不見。這個小小的場景，使雨果的內心大為震動，從而激發了他寫《悲慘世界》的欲望。因此雨果一開始就把抗議和批判的主題思想賦予他的長篇小說，力圖使他的小說對社會問題的解決有所裨益。他以浪漫主義的寫作手法，賦予人物一種震撼人心的精神力量和人格力量，使整部作品煥發出理想的激情和光輝。

福樓拜呢，他的父親有個學生，是個鄉村醫生。醫生的美貌的妻子有了外遇，結果把丈夫弄得傾家蕩產，她自己也服毒自盡。福樓拜決定把這個普通的桃色事件寫成一部充滿人情味的小說。從一八五二年起，他花了約四年時間寫成了《包法利夫人》。作者用他那支細膩而犀利的筆，刻意寫出了社會是怎樣把一個熱情、浪漫的農村姑娘一步步地推向絕境，最後把她吞噬掉的。他滿懷激情地說過：「包法利夫人就是我！」作為一個嚴格得近於苛刻的文體學家，他要求自己筆下的文字要像音樂那樣抑揚頓挫，因此他的寫作實在是一種慘澹經營的艱苦勞動。

司湯達也好，雨果也好，福樓拜也好，他們當然也都要寫故事。故事是一部小說的骨架，或者按福斯特在《小說面面觀》中的說法，是小說共有的「最大公約數」。如果故事的情節引人，角色動人，就能抓住讀者的興趣，攫住他們的心。然而我們可以看出，編情節寫故事，決非他們創作的最終目的。他們只是把故事和情節作為一種載體，一種手段，他們的目的是要說明一個社會現象，反映一個社會側面，揭示一個社會問題，他們有著一種更崇高的使命感，因此他們的作品就其廣度、深度，特別是就其典型意義而言，跟單純以情節取勝的通俗小說是不能同日而語的。他們筆下的于連、尚．萬強讓和包法利夫人，達到了通過特殊的個體去顯現它的一般意蘊的境界，因此他們都是反映現實生活本質的藝術形象，我們在日常生活中常常可以看到他們的影子，感覺到他們的存在。大仲馬筆下的唐泰斯，卻畢竟是個傳奇式的英雄人物，是個可望而不可即的不夠真實的形象。

形象的表現手法，是和作家的氣質、趣味、個性以及感受生活的方式結合在一起的。大仲馬筆下的鄧蒂斯，一旦擁有基督山島上的財富，仿佛頓時就變成了一個呼風喚雨、無所不能的「超人」，似乎整個社會都在圍著他轉。這固然也有它揭示人欲橫流、金錢至上的社會現象的積極意義的一面，但也從另一面反映了大仲馬本人的「拜金主義」的思想觀念。與他同時代的巴爾扎克，以他犀利的筆，寫出了資本主義社會的金錢罪惡，而在大仲馬的筆下，卻時時透露出金錢可愛、金錢萬能的觀念。

大仲馬曾經直言不諱地說過：「在文學上我不承認什麼體系，也不屬於什麼學派，更不樹什麼旗幟；娛樂和趣味，這就是唯一的原則。」他之所以在文學史上不能得到更高的地位，歸根結底恐怕就是因為這個原因吧。

譯者 一九九一年九月

高寶書版集團
gobooks.com.tw

RR 007
基督山恩仇記 第四冊
Le Comte de Monte-Cristo Vol.4

作　　者　大仲馬 (Alexandre Dumas)
譯　　者　韓滬麟、周克希
編　　輯　曾士珊
排　　版　趙小芳
封面設計　陳威伸
出　　版　英屬維京群島商高寶國際有限公司台灣分公司
　　　　　Global Group Holdings, Ltd.
地　　址　台北市內湖區洲子街88號3樓
網　　址　gobooks.com.tw
電　　話　(02) 27992788
電　　郵　readers@g obooks.com.tw（讀者服務部）
　　　　　pr@gobooks.com.tw（公關諮詢部）
傳　　真　出版部 (02) 27990909　行銷部 (02) 27993088
郵政劃撥　19394552
戶　　名　英屬維京群島商高寶國際有限公司台灣分公司
發　　行　英屬維京群島商高寶國際有限公司台灣分公司
初　　版　2013年1月
二　　版　2017年12月

◎本書中譯文由上海譯文出版社授權。

國家圖書館出版品預行編目(CIP)資料

基督山恩仇記 第四冊 / 大仲馬 (Alexandre Dumas)著；
韓滬麟、周克希 譯. -- 初版. -- 臺北市：高寶國際出版：
高寶國際發行, 2013.1
　面；　公分. -- (Retime; RR 007)
譯自：Le Comte de Monte-Cristo Vol.4
ISBN 978-986-185-803-6(第4冊：平裝)

876.57　　101027618